Mon chemin

Edgar Morin

Mon chemin

Entretiens avec
Djénane Kareh Tager

Fayard

ISBN 978-2-7578-2205-0
(ISBN 978-2-213-63683-2, 1re publication)

CHAPITRE PREMIER

Luna

Vous êtes l'« inventeur » de ce que l'on appelle la pensée complexe. Une pensée globale, déroutante dans la mesure où elle implique de lier les contradictions, intimidante dans un univers qui a opté pour des voies plus faciles...

C'est une pensée qui veut lier la connaissance des parties à celle du tout, et celle du tout à celle des parties, selon la formule de Pascal : « Toutes choses étant causées et causantes, aidées et aidantes, médiates et immédiates, et toutes s'entretenant par un lien naturel et insensible qui lie les plus éloignées et les plus diverses, je tiens pour impossible de connaître les parties sans connaître le tout, non plus de connaître le tout sans connaître les parties. »

Cette pensée est née de votre personnalité atypique, forgée en grande partie, dites-vous, par un drame : la mort de votre mère quand vous aviez dix ans. Ce fut le cataclysme fondamental de votre vie...

Cette mort a provoqué en moi un Hiroshima intérieur. Tout en sachant d'emblée qu'elle était irrémédiable, définitive, j'ai, malgré cela, longtemps attendu son retour. Ma mère s'appelait Luna, la lune. La Lune, déesse à laquelle plusieurs civilisations de l'Antiquité, la Mésopotamie, Carthage, rendaient un culte. Depuis, elle m'apparaît à chaque pleine lune, jusqu'à aujourd'hui, jusqu'à ma mort, et je lui murmure le chant sacré « Casta Diva », qui lui est voué dans *La Norma*. Le cœur de Luna était fragile, elle est morte d'une crise cardiaque dans un train de banlieue. Elle avait trente ans. Ce jour-là, j'étais à l'école. Mon oncle Jo m'attendait à la sortie, et cet événement surprenant ne m'a pas alerté. Il m'a conduit chez lui en m'expliquant que mes parents étaient partis en cure. C'était une belle journée de printemps. Nous sommes montés dans un taxi au toit ouvrant, j'étais debout, je regardais les arbres en feuilles, le vent soufflait sur mon visage, j'étais heureux. Je ne me doutais de rien. Deux ou trois jours plus tard, on m'a emmené au square Martin-Nadaud qui jouxte le cimetière du Père-Lachaise. Je jouais sur le gazon quand j'ai vu des chaussures noires devant moi. J'ai levé les yeux. Un pantalon noir, une veste noire, j'ai vu un homme tout en noir, mon père. En un éclair, j'ai tout compris, j'ai su que ma mère était morte, mais j'ai fait comme si je ne comprenais pas. Il m'a dit : « Ne joue pas sur le gazon, c'est interdit. » J'ai répondu par un geste de mauvaise humeur. Il revenait de l'enterrement, mais ne m'a rien révélé.

Ne pensez-vous pas qu'à travers son silence votre père voulait probablement, comme cela se faisait alors, vous atténuer le choc ? Vous étiez un enfant...

Sans doute, mais ce fut pire, car il a sous-estimé la conscience d'un enfant de neuf ans. Ma tante maternelle Corinne m'a dit que ma mère était partie en voyage au ciel, qu'elle reviendrait peut-être, toutes ces balivernes que l'on raconte aux enfants. Je les ai tous détestés, non seulement pour leur mensonge, mais aussi pour m'avoir empêché de lui dire au revoir. J'en ai conservé une haine du mensonge. J'ai haï ma tante quand elle m'a demandé de la considérer désormais comme ma mère ; j'ai haï mon père qui, en voulant m'éviter une émotion, m'a causé un choc dont je ne me suis jamais remis. Je ne leur ai jamais parlé de ma mère, au point qu'ils ont été persuadés de mon indifférence à son égard – c'est trente ans plus tard, quand j'évoquerai la mort de Luna dans *Autocritique*, qu'ils comprendront. En même temps, je les aimais. Je ressentais l'amour filial pour mon père, et j'aimais cette tante qui était déjà très présente avant la mort de ma mère (elle me donnait par exemple le bain chez elle parce que nous n'avions pas de baignoire) et qui allait s'occuper de nous ensuite. Je refusais toutefois de les accompagner sur sa tombe pour les anniversaires de sa mort. Je n'y ai été pour la première fois qu'à l'âge adulte, à l'occasion de l'enterrement de l'un de mes oncles. Ma mère était à moi, mon chagrin était à moi, je ne voulais partager ni l'un ni l'autre avec eux. J'ai vécu avec eux en portant mon secret.

Comment avez-vous vécu les suites de cette disparition brutale ?

La nuit, ma mère était présente dans mes rêves, elle redevenait absente dès que je me réveillais. Je m'enfermais dans les cabinets pour pleurer, j'étais secoué de sanglots muets. J'entends encore la voix de mon père : « Tu vas bien, Edgar ? Tu as mal au ventre ? » J'attendais que mes yeux sèchent pour sortir. Il scrutait mon visage tranquille, indifférent, il était atterré que je ne manifeste aucun sentiment, il attribuait cela à ma bêtise. Il ne savait pas que je pleurais en silence, le soir, dans mon lit, et que je me réveillais désespéré, chaque matin, parce que ma mère disparaissait de mon rêve. Le silence et la dissimulation sur sa mort avaient provoqué en moi silence et dissimulation envers mes proches. Ainsi, j'ai vécu le plus grand des chagrins dans un malheur accru par la solitude, la dissimulation et l'incompréhension. Je me reliais à ma mère par une chanson espagnole qu'elle aimait beaucoup, *El Relicarío*, que j'écoutais de façon répétitive, quasi obsessionnelle, jusqu'à briser le ressort du phonographe à manivelle. Alors je tournais le disque avec le doigt. Je m'intoxiquais de cette chanson je ne comprenais pas les paroles, puisque je ne parlais pas espagnol à l'époque, mais je sentais qu'il s'agissait d'une histoire d'amour et de mort.

Vous avez donc vécu ce deuil dans une solitude totale ? Ne partagiez-vous pas votre tristesse au moins avec vos amis ?

Je n'en parlais à personne. À l'école, j'avais honte d'être orphelin. Dans ma classe, il y avait d'autres juifs, il y avait des protestants, mais j'étais le seul orphelin. C'est la tare qui me différenciait des autres. Même avec mes deux amis les plus intimes, je n'abordais jamais ce sujet. Par ailleurs, les enfants se sentent toujours plus ou moins coupables de la mort de leurs parents. J'avais entendu ma tante Corinne dire un jour à ses enfants : « Tante Lunica est morte parce qu'on lui a fait trop de chagrin. » Était-ce moi qui lui avais causé du chagrin le jour où, en colère, je lui avais lancé : « Méchante ! » ? J'ai été longtemps hanté par la culpabilité.

Cette culpabilité a-t-elle disparu ?

Non, elle est toujours prête à revenir.

Quand avez-vous pu parler de votre mère ?

J'ai parlé pour la première fois de ma mère à l'âge de dix-neuf ans. C'était au début de la Seconde Guerre mondiale, j'étais réfugié à Toulouse avec d'autres étudiants. Une amie étudiante qui gagnait sa vie en vendant *Paris-Soir* dans les rues m'avait invité à dîner. Elle m'a inspiré confiance, j'ai parlé. Et j'ai pleuré. À la fin des années 1980, j'ai traversé une dépression, la seule de ma vie. Un ami, un psychologue éclectique qui est devenu mon gourou, me demande de l'emmener sur la tombe de ma mère, au cimetière du Père-Lachaise. J'y avais été une fois, je l'ai dit, quelques années auparavant, pour l'enterrement d'un oncle maternel. Je l'y conduis de manière quasi automatique, dans un état proche du somnambulisme, alors qu'il est assez compliqué d'y accéder. Or, récemment, une équipe de la télévision mexicaine qui me consacrait un documentaire m'a demandé à son tour de la conduire sur cette tombe. Après tâtonnements, nous arrivons dans le petit îlot judéo-espagnol du cimetière, mais je n'ai pas réussi à retrouver l'emplacement. Autrement dit, je sais (inconsciemment) et je ne sais pas (consciemment) où se trouve cette tombe.

Ce choc vous a-t-il fondamentalement transformé ?

C'est un choc qui m'a rendu prématurément vieux, tout en me bloquant paradoxalement dans un esprit enfantin qui demeurera à travers les changements d'âge.

Au fond, est-ce la mort de votre mère, ou plus encore les circonstances qui l'ont entourée, le fait que vous ne lui ayez pas dit au revoir, qui vous ont aussi profondément bouleversé ?

Je lui ai dit au revoir beaucoup plus tard, mais seulement en rêve. J'avais presque cinquante ans, j'avais été invité à passer un an en Californie par le Salk Institute de La Jolla. J'avais une grande maison au bord de l'océan, j'y ai invité mon père et ma tante Corinne, devenue sa femme. Nous n'avions plus vécu ensemble, mon père et moi, depuis plus de trente ans. La nuit qui précède leur arrivée, je fais un rêve. Je suis sur le flanc d'une colline, tout en bas il y a une gare, et en haut il y a une route. Un car s'arrête, des voyageurs en descendent et se dirigent vers la gare. Parmi eux, je vois ma mère. Je cours vers elle, le train arrive. Elle m'embrasse, je lui dis au revoir, elle s'en va. Je me suis réveillé en larmes, mais avec un incroyable sentiment de libération : j'avais pu lui dire au revoir, ne serait-ce qu'en rêve. Ma relation avec mon père et Corinne en a été énormément apaisée. Je lui ai à nouveau dit au revoir tout récemment, en disant au revoir à ma femme Edwige trois fois, sur son lit de mort, au moment de fermer le cercueil et au cimetière. L'aspect « petite maman » d'Edwige a intégré ma maman. Je suis maintenant apaisé.

Quand vous parlez de votre naissance, vous utilisez une expression étrange : « Je suis mort-né. » Que voulez-vous signifier par là ?

Je suis littéralement mort-né. Quand elle s'est mariée, ma mère avait une lésion du cœur et il lui avait été déconseillé d'avoir un enfant. Enceinte une première fois, sans rien en dire à son mari, mon père, elle a eu recours à une faiseuse d'anges qui, avec ses remèdes, l'a aidée à avorter. Elle est retournée voir cette femme quand elle a été enceinte une seconde fois, mais l'avortement a échoué : fœtus, j'ai refusé de sortir, je me suis accroché dans le ventre de ma mère. Je crois que j'y étais bien et n'avais pas envie d'en sortir. Le médecin a promis à mon père, mis au courant de la situation, qu'il ferait tout pour sauver Luna avant l'enfant. L'accouchement a été un moment tragique, dans le sens où la vie de ma mère nécessitait ma mort, et ma vie devait susciter sa propre mort. Ma mère a survécu à l'expulsion, mais je suis né quasiment mort, étranglé par le cordon ombilical. Mon père m'a raconté la scène dans une lettre très émouvante qu'il m'a envoyée beaucoup plus tard, le 8 juillet 1975, pour mon cinquante-quatrième anniversaire. Une lettre où il revit cette nuit blanche au présent, où il raconte le médecin me saisissant par les pieds, « comme un lapin », et m'assenant des claques partout, sur la joue, sur la poitrine, jusqu'à ce que je pousse un premier cri. Nous étions sauvés, ma mère et moi. Je conserve de cette naissance un sentiment d'étouffement qui me prend parfois et qui se traduit par un énorme bâillement, une sorte d'appel d'air. Enfant, je ne pouvais réaliser ce bâillement que si personne ne me regardait, alors je me cachais sous la table. Le seul fait d'en parler me donne le sentiment d'étouffer ! L'été qui a suivi la disparition de ma mère, j'ai été frappé d'une maladie bizarre que les médecins, ne réussissant pas à diagnostiquer, ont finalement qualifiée de fièvre aphteuse, celle qui frappe les bovins. J'avais une fièvre qui montait à 41°C, ma tante Corinne me plongeait dans la glace pour la faire baisser, elle enfonçait ses doigts dans ma gorge pour me débarrasser des glaires qui m'étouffaient. Cette maladie a été un combat entre une partie de moi qui était frappée à mort, et une autre partie qui voulait vivre. Il a fallu que la médecine m'empêche de mourir. Quand je suis retourné à l'école, la rentrée des classes avait déjà eu lieu. Je me souviens du surveillant général s'énervant quand j'ai justifié mon absence par une fièvre aphteuse : « Ah, mon petit, ne te fous pas de ma gueule ! » Le fait d'avoir survécu deux fois à la mort, à ma naissance et lors de ma « fièvre aphteuse », m'a peut-être donné cette « résilience » dont parle Boris Cyrulnik, qui m'a rendu jusqu'à présent capable de résister à bien des épreuves.

Étiez-vous au courant de la maladie dont souffrait votre mère ?

J'ai tardivement pris conscience du lien de vie et de mort avec ma mère, condamnée par sa maladie à avoir un enfant unique. J'avais sept ou huit ans quand, en vacances dans les Vosges, nous avions été en famille voir une femme à barbe qui était l'attraction locale. Sortant de chez elle, nous avons voulu pousser plus loin, vers une grotte renommée. Brusquement, ma mère s'est sentie mal, on l'a soutenue, on lui a donné à respirer de l'eau de Cologne. J'étais affolé, je criais : « Maman, maman ! », et elle est revenue à elle. Elle mourra deux ans plus tard. Mais je n'en savais pas plus sur sa maladie.

Vous insistez aussi sur le lien très fort qui vous unissait, vous, l'enfant unique, avec votre mère. Quels souvenirs avez-vous de cette relation ?

Petit, j'étais tout le temps avec ma mère. Je me souviens vaguement que je l'accompagnais chez le volailler, chez l'épicier, au salon de thé des Galeries-Lafayette où elle aimait beaucoup se rendre. Elle avait une couturière de quartier qui lui copiait les robes des grandes marques et me confectionnait des costumes de petit marin ; ma mère me soignait, me pomponnait, et jusqu'à ce qu'elle se décide à me couper mes longs cheveux bouclés, on me prenait pour une petite fille. Je sais que j'ai été couvé, adoré par elle, et que je l'ai adorée. J'étais fils unique, très intériorisé, timide. Jusqu'à l'âge de l'école, je n'avais pas d'amis, hormis mon cousin Freddy avec qui je partageais la passion des soldats de plomb. Je jouais le plus souvent seul dans le cocon de ma chambre, enveloppé par l'amour de ma mère, de mon père, de Macroué, logée avec son mari Vahram dans la chambre de bonne attenante à notre appartement. Ce couple d'Arméniens immigrés faisait partie de la famille : Macroué s'occupait de nous, son mari travaillait avec mon père, bonnetier au Sentier. Mes parents sortaient beaucoup le soir, ils allaient au restaurant, à l'opéra, j'en étais désespéré, et Macroué me gardait. J'ai retrouvé Macroué au début des années 1990, à Alfortville, en banlieue parisienne. Dès qu'elle m'a vu, elle s'est exclamée : « Oh, mon petit Edgar qui n'a plus de cheveux ! » Nous étions terriblement émus, elle et moi. De ma première enfance j'ai aussi le souvenir d'un jeu auquel s'amusaient mes parents : je ne savais pas lire, mais je reconnaissais à leurs étiquettes les disques qu'ils aimaient écouter. Quand la famille venait chez nous, mon père et ma mère mélangeaient les pochettes et me demandaient de retrouver la *Traviata* ou *Rigoletto* ; je réussissais toujours. Nous étions baignés dans la musique. Mon père, Vidal, aimait par-dessus tout les chansons françaises d'avant-guerre, celles qu'il écoutait dans la Salonique de son enfance, *Paris c'est une blonde*, *Les Mains de femme* et *Cousine*, de Mayol. Vidal était un vrai pinson, il chantait le matin en se levant du lit, sifflotait après un bon repas. Ma mère avait un goût pour le bel canto et l'opéra italien, les grands airs de Verdi. De Luna, je garde le souvenir d'un amour immense, mais sans pouvoir préciser des traits de caractère. Mon père ne m'a jamais parlé d'elle. C'est à Irène, l'une de mes filles, qu'il se confiera beaucoup plus tard, disant : « Elle n'était pas facile à contenter, elle voulait toujours plus. » J'ai été témoin de disputes, entre elle et mon père, au sujet d'une maison qu'il faisait construire à Rueil-Malmaison. Elle voulait une maison de rêve, avec des moulures, du fer forgé, des fresques, mais la crise économique du début des années 1930 avait contraint mon père à revoir ces ambitions à la baisse. Luna était mécontente, mais je ne comprenais alors pas la cause de ce mécontentement. Ce fut une drôle de maison, ne ressemblant pas aux autres villas, ne ressemblant à rien. On finira par l'habiter quelques semaines, jusqu'à la mort de ma mère dans ce train de banlieue qui la conduisait à la gare Saint-Lazare pour rejoindre sa sœur Corinne.

Votre mode de vie était-il plus proche de la société occidentale ou séfarade ?

C'était un mode de vie mixte, mais nous n'étions pas enfermés dans le monde juif, d'autant qu'il y avait des gentils dans la famille. Nous vivions à l'écart de l'habitat séfarade de Paris, mais mon père travaillait au Sentier, un foyer alors très salonicien. Mes parents sortaient dans des restaurants français, La Grange Batelière, la Reine Pédauque, mais aussi Aux Diamantaires, restaurant arménien, ou à l'Athènes, restaurant grec. Notre cuisine quotidienne était occidentalisée, mais, dans les repas de famille, la gastronomie salonicienne s'imposait. J'en ai gardé une passion pour l'aubergine, pour le riz, les haricots blancs, l'huile d'olive, les petits rougets, l'agneau, toutes ces choses que mes grand-mères, ma mère et mes tantes cuisinaient. Je suis resté fidèle aux nourritures méditerranéennes, même si j'aime aussi la gastronomie française et que je goûte, de manière plus générale, la nourriture de tous les pays où je vais.

Vos parents devaient probablement fonder sur vous de grandes ambitions. Vous poussaient-ils à aller à l'école, à étudier ?

Petit, j'étais bien à la maison. Je ne voulais pas aller à l'école, et mes parents n'insistèrent pas, jusqu'à ce qu'un avis de la mairie soit venu leur rappeler l'obligation de scolarité. Je me rappelle, le jour de ma première rentrée scolaire, m'être débattu, je résistais, je criais comme un porcelet qu'on égorge, je m'accrochais à la porte, à la rampe de l'escalier, mon père m'a traîné jusqu'au lycée Rollin, aujourd'hui lycée Jacques-Decour, avenue Trudaine, à Paris. La maîtresse a fermé à clé la porte de la classe. J'ai passé ma première matinée d'école muet, terrorisé, voulant m'enfuir et ne le pouvant pas. Lentement je me suis fait des petits camarades, je me suis habitué au lycée, j'ai appris à lire et, dès lors, à dévorer les livres, chez moi, partout, à tout moment de la journée. Durant ma scolarité, j'ai toujours été fort en littérature, mauvais en mathématiques. Et j'aimais beaucoup l'histoire. À vrai dire, mon père aurait préféré que j'aille à l'école commerciale pour devenir son collaborateur et ensuite son successeur, rue d'Aboukir, et prendre la direction du magasin qui deviendrait Nahoum et fils. Ma mère avait d'autres ambitions pour moi, elle tenait à ce que je poursuive des études secondaires et que j'entame une carrière libérale. Elle m'encourageait à lire, à étudier. Comme l'école commerciale se trouvait en face du lycée Rollin, mon père, jusqu'à la fin de sa vie, me dira de temps à autre : « Ah, je me suis trompé de trottoir, c'est à l'école commerciale que j'aurais dû t'emmener et, par bêtise, je t'ai conduit au lycée Rollin. »

Quand votre mère est morte, votre tante Corinne vous a dit qu'elle était en voyage au Ciel, un voyage dont on revenait parfois, mais pas toujours. N'avez-vous vraiment jamais attendu son retour ?

J'ai attendu son retour, je l'imaginais mais, en même temps, j'avais su d'emblée que sa mort était irrémédiable. Tout ce que l'on me racontait par ailleurs n'était que des salades, à la même enseigne que ce Père Noël dont j'ai voulu vérifier l'existence, une nuit, alors que je devais avoir quatre ou cinq ans ; je me suis forcé à rester réveillé dans mon petit lit pour voir qui déposerait des cadeaux dans mes souliers. Or, ce sont mes parents que j'ai vus, revenant d'un dîner, y placer mes cadeaux. J'en avais conclu que le Père Noël n'existait pas, je l'avais dit le lendemain à mon cousin Freddy, d'un an plus jeune que moi, et il ne m'avait pas cru. Je n'en avais pas parlé à mes parents, leur laissant l'illusion que j'étais dans l'illusion. De la même manière, je n'ai jamais pu croire en Dieu, bien que je l'aie parfois souhaité. De fait, je n'avais reçu aucune éducation religieuse à la maison, ni lu la Bible, ni rencontré de rabbins.

Vous attendiez votre mère en sachant que cette attente était vaine ?

Comme je ne pouvais m'empêcher de l'attendre, cette attente s'est progressivement transfigurée, elle est devenue attente de ce qui me sauverait du désespoir. Elle a peut-être réveillé en moi une dimension mystique qui pourrait relever du messianisme. Je crois que cette attente messianique ne sera pas sans liens avec mon entrée au Parti communiste ; il est possible que, comme pour Marx, mon ascendance ait joué à un niveau inconscient pour façonner cette part de mon être. Une sorte de mémoire enfouie qui pourrait relever de la psycho-généalogie m'a peut-être fait hériter d'un germe messianique, lequel se serait développé après la mort de ma mère. Du reste, j'ai toujours attendu quelque chose d'inespéré. Longtemps, quand le courrier arrivait, je guettais la lettre extraordinaire qui bouleverserait mon existence ; quand le téléphone sonnait, j'espérais une annonce merveilleuse.

Vous espériez tout en désespérant...

Oui, d'une part, le désespoir avait suscité en moi une sorte de nihilisme au terme duquel je ne croyais en rien. D'autre part, bien que – et parce que – solitaire, incompris et malheureux, j'avais besoin d'amour, de foi, de communion. Fort heureusement, le nihilisme et la foi n'ont cessé de se combattre et de se combiner en moi. Aussi, à l'âge de treize ans, j'ai découvert l'auteur qui exprimait l'une de mes vérités : c'est Anatole France dont j'ai dévoré les romans, et qui a transmuté mon nihilisme en un scepticisme que j'ai toujours gardé, entretenu et développé ensuite par la lecture du *Jean Barois* de Roger Martin du Gard, puis celle de Montaigne. Mais, un an plus tard, la lecture de *Résurrection*, de Tolstoï, et surtout celle de *Crime et Châtiment*, de Dostoïevski, m'apportent le sentiment que la rédemption est possible et nécessaire, et m'instillent un besoin de foi que je n'ai pu satisfaire dans la religion (vu mon scepticisme) et que j'ai cherché à satisfaire dès mes quinze ans dans la politique. Ce besoin s'est exprimé au cours de la Seconde Guerre mondiale par mon engagement dans le communisme et la Résistance. Ainsi, scepticisme et foi n'ont cessé de se combattre ou de se combiner en moi ; ils sont à la fois antagoniques et complémentaires. Puis le *Jean-Christophe* de Romain Rolland m'a incité au courage, à la réalisation de moi-même. Le héros est un jeune musicien, un compositeur qui affronte la vie avec une énergie beethovénienne. Et puis, peu après, c'est la *Neuvième Symphonie* de Beethoven qui m'appelle à naître, à affronter la vie. Mais je n'ai pu répondre à ces appels que durant la guerre. Voilà les œuvres qui m'ont formé en me révélant mes propres vérités.

Que serait-il advenu si Luna n'était pas morte ?

Qu'aurais-je été ? Avais-je déjà en moi tout ce qui m'anime aujourd'hui et que j'ai appelé mes « démons » ? La recherche de mes vérités a-t-elle été réveillée, stimulée par le fait que mon père, qui m'a élevé, ne m'a pas apporté de culture ? Aurais-je développé, ne fût-ce que partiellement, ce qui est devenu moi ? Je ne sais pas. Mon destin s'est cristallisé avec cette mort. Je ne peux pas l'imaginer autrement.

CHAPITRE 2

Vidal

*À la mort de votre mère, il vous reste une famille nombreuse, les Nahum du côté paternel, les Beressi du côté maternel. Qui sont-ils, ces juifs séfarades de Salonique, à mi-chemin entre l'Orient et l'Occident, venus en France au début du XX*e *siècle ?*

Comme beaucoup de séfarades, mes ascendants paternels avaient été expulsés d'Espagne en 1492 et s'étaient d'abord fixés à Livourne, en Italie, avant de rejoindre Salonique, le grand port macédonien de l'Empire ottoman. Mes ascendants maternels étaient, eux, de souche italienne, mais étaient allés eux aussi à Salonique au début du XIXe siècle. La communauté séfarade jouissait d'une importante autonomie au sein de l'empire. Au XVIe siècle, elle était prospère, connaissait un rayonnement culturel, était réputée pour ses penseurs, pour ses imprimeries. C'est à Salonique, au XVIIe siècle, que se trouvèrent les plus fervents disciples de Sabbataï Zevi qui s'est proclamé messie à Izmir et a suscité la ferveur des foules avant de les décevoir en se convertissant à l'islam. C'est là aussi qu'au XIXe siècle les idées laïques ont trouvé de nombreux adeptes, et là qu'est né le Parti socialiste turc, dans le milieu des dockers juifs. Les séfarades avaient pour langue l'espagnol de leur origine, ils parlaient juste un peu le turc, langue de l'Empire ottoman. Au XIXe siècle, beaucoup parlaient le français.

Au cours de ce même XIXe siècle, les Livournais ont été les guides de l'occidentalisation et de la laïcisation de Salonique. Ils ont bénéficié de la nationalité italienne quand l'Italie est devenue indépendante, et ce statut les mettait à la fois au-dessus des lois rabbiniques et des lois turques. Mon grand-père maternel, Salomon Beressi, ne croyait pas en Dieu. Mon grand-père paternel, David Nahum, avait cessé d'observer strictement les prescriptions mosaïques, notamment les interdits du shabbat et les tabous alimentaires. Mais mes grands-parents, paternels et maternels, fêtaient Pâque en famille. Ils participaient aux mariages et deuils en synagogue. Cela avait pour eux valeur d'appartenance culturelle et ethnique à une communauté, non le sens d'une obéissance religieuse à Dieu. Chez les Nahum (l'orthographe Nahoum, nom officiel de mon père et donc le mien, provient d'une erreur de transcription de l'état civil français) comme chez les Beressi, on ne fréquente pas la synagogue en temps normal, et on a oublié la musique traditionnelle judéo-espagnole : on écoute les musiques espagnole ou italienne, et on fredonne les chansons des cafés-concerts de Paris. Cette laïcisation se poursuit avec mon père. Il ne jeûnait pas le jour du Grand Pardon, disant qu'il en avait été exempté à quatorze ans, alors qu'il était malade, par un rabbin, et concluait qu'il s'agissait d'une exemption à vie. Il était plus ou moins déiste. Il était évidemment circoncis, et il m'a fait circoncire, comme signe d'appartenance plutôt que de croyance.

L'exil en France avait-il été vécu comme un traumatisme ?

Plutôt comme une espérance après que Salonique fut devenue grecque en 1911. Beaucoup de séfarades ont alors quitté Salonique, à ce moment puis pendant la Première Guerre mondiale. Mon père, qui est né en 1894, est parti dans des conditions assez rocambolesques à Marseille, puis à Paris où l'ont rejoint ses parents, ses frères et ses sœurs [1]. Ma mère, née en 1901, est partie en France à la même époque avec sa famille. À travers l'exil et les dispersions, la famille au sens large était restée une communauté très forte. Les Saloniciens avaient reconstitué un micro-milieu : ils se fréquentaient, se mariaient entre eux, parlaient espagnol, les femmes maintenaient au foyer les traditions gastronomiques orientales, les hommes étaient commerçants. Vidal et Luna se sont rencontrés à Paris. Ils se sont mariés, ont habité un peu à l'écart de la communauté, rue Mayran, dans le 9e arrondissement, où ils étaient les seuls séfarades. Mais ils fréquentaient les autres séfarades, et mon père travaillait dans le quartier salonicien qu'était le Sentier d'alors. Il avait acquis une boutique au 52, rue d'Aboukir, et pour mieux s'immerger dans le bain français, il se faisait appeler monsieur Vidal. Nahoum était cependant le nom inscrit sur la devanture de son commerce. Il vendait des articles de bonneterie en gros, surtout des bas et des chaussettes qu'il achetait dans les usines de Troyes où il se rendait régulièrement.

Alliez-vous de temps en temps à sa boutique ?

Je me souviens bien de cette boutique où il me faisait venir le jeudi, jour où nous n'avions pas classe, dans l'espoir de me donner envie de le seconder, puis de lui succéder. Je me rappelle très bien les empilages désordonnés de marchandises en vitrine, les caisses

1. Edgar Morin, *Vidal et les siens*, Seuil, 1989.

qui encombraient le magasin, et puis ses longs marchandages avec les clients, les prix qui variaient selon ses humeurs ou selon la ténacité de ceux qui marchandaient avec lui, qui effectuaient de fausses sorties, revenaient sur leurs pas, le laissaient se lamenter et se lamentaient à leur tour. C'était un jeu oriental, et j'avais toujours très peur quand mon père assurait le client, en fin de transaction, qu'il lui vendait à perte. Et moi : « Mais, papa, tu as beaucoup perdu aujourd'hui ! » Il me rassurait par un clin d'œil malicieux.

Vidal aimait-il la France ? Se sentait-il français, ou se vivait-il en éternel immigré ?

Il a écrit très jeune, à Salonique : « Paris, Paris, quand serai-je un de tes habitants ? » Il a adoré la France, il aimait les chansons françaises, il avait un culte pour Napoléon. Il s'est progressivement francisé en se liant avec des gentils, notamment ses amis du restaurant Le Coq Héron qu'il fréquentait à l'époque du Front populaire, ses amis du service militaire, mes propres amis, mais il restait marqué par l'Empire ottoman de son enfance, avec son respect du pouvoir. Ainsi, il envoyait toujours une lettre de félicitations au député de son arrondissement, même s'il n'avait pas voté pour lui. C'est une « météquité orientale » commune, une même philosophie de la vie qui l'avait d'ailleurs lié à Vahram et Macroué, ce couple d'Arméniens que notre famille avait quasiment adopté. La France était sa nation d'adoption, mais sa patrie était Salonique et, dans ses vieux jours, il rêvait d'aller finir sa vie à Livourne, ville qu'il sentait comme le berceau des Nahum. Il n'éprouvait aucun sentiment xénophobe. Il avait connu l'Allemagne après la

Première Guerre mondiale, avait aimé ce pays, et n'a jamais ressenti l'antisémitisme nazi comme allemand. Il y voyait une suite à l'antijudaïsme d'Isabelle la Catholique et il imaginait qu'il se protégerait en se convertissant (ce qu'il fit trois fois, par précaution, sous l'Occupation). Il faut rappeler que Livourne ni Salonique n'avaient subi aucune persécution du XVe au XXe siècle, la première sous l'autorité du duc de Toscane, la seconde sous l'autorité ottomane. Salonique n'était pas une ville ghetto : c'était une métropole en majorité séfarade. Donc, la persécution nazie a semblé à mon père comme le réveil d'un volcan endormi depuis cinq siècles. De toute façon, il avait gardé le sentiment que les juifs doivent être très prudents en politique (d'où ses félicitations à ses députés) et que la lutte contre l'antisémitisme ne peut qu'attiser l'ire persécutrice.

Il se sentait juif ?

Oui, de toute évidence. Mais il s'était aussi francisé par mon prénom. À ma naissance, il m'avait donné, sous la pression de sa famille et de celle de ma mère, le double prénom de David-Salomon, avant de choisir celui d'Edgar et de le faire officiellement reconnaître par acte de notoriété. J'ai été rituellement circoncis à cinq jours, au domicile de mes parents. Vidal appartenait d'abord au monde judéo-espagnol, étranger au monde ashkénaze puis, après la guerre, cela s'est élargi. Il n'a jamais été sioniste mais, sur le tard, il s'est senti lié à Israël sans pourtant considérer cette nation comme une patrie.

Vous l'aimiez quand même, ce père...

Malgré la rancune que j'ai nourrie envers lui, malgré des moments de détestation, je ressentais envers lui des poussées affectueuses qui se sont amplifiées avec les années. Après la mort de ma mère, nous avons vécu trois ans chez ma tante Corinne. Nous dormions, mon père et moi, dans le salon. Je ne sais pas si une relation intime existait déjà entre Vidal et Corinne, mais le fait est que le rôle de mère a été dévolu à ma tante, qui était mariée et avait trois enfants. Puis Henriette, la sœur de mon père, mariée au seul juif pieux de la famille, nous a accueillis quelque temps avant que nous reprenions un logement. Là, rue des Plâtrières, j'allais chez le crémier, chez le marchand de vin, l'épicier, mon père faisait des œufs au plat, on sortait du jambon. Tante Corinne, qui habitait à cinquante mètres, nous apportait chaque soir un plat. Nous déjeunions au restaurant : pendant un temps au Coq Héron, près de la grande poste du Louvre, où il avait ses amis de quartier, puis au grec de la rue Serpente. Je portais des costumes à bas prix, aussitôt chiffonnés, et mes boutons de braguette qui tombaient n'étaient pas remplacés, ce qui évidemment me mettait mal à l'aise, surtout quand, dans le métro, j'étais serré contre une femme.

Quelles relations aviez-vous avec vos deux familles ?

Je n'étais pas très proche de ma famille paternelle, très bourgeoise, et je n'aimais pas ma tante Henriette qui me forçait à manger de la main droite alors que je suis gaucher. J'étais beaucoup plus à l'aise dans ma famille maternelle, les Beressi, plus plébéiens de mœurs. Leurs ascendants avaient eux aussi appartenu à la bourgeoisie salonicienne avant de connaître un coup du sort, quand le grand-père de ma mère avait été dépouillé de tous ses biens et assassiné par des brigands dans les montagnes macédoniennes. Mon grand-père est devenu chef de famille à quatorze ans. Puis ses frères et lui-même ont fait leur vie en France. J'aimais surtout ma grand-mère Beressi qui, à chaque fois qu'elle me voyait, s'exclamait : « *¡ La cara de su mama !* » (« Le visage de sa maman ! ») et me gavait de confiseries. Ma mère était la préférée parmi ses filles.

Et avec votre père ?

Il était hyper-protecteur, toujours inquiet pour ma santé. J'étais fragile, mais il exagérait cette fragilité parce que j'étais fils unique. Il craignait pour moi le chaud, le froid, l'humide, le sec, il m'embêtait avec des interdits stupides : ne bois pas d'eau froide, ne mets pas trop de beurre sur ton pain. Quand je le contrariais, il s'effondrait dans son fauteuil en poussant d'énormes soupirs, il faisait semblant d'agoniser. Il était très méditerranéen ! Je savais bien que c'était une comédie, mais je finissais toujours par m'inquiéter, par me précipiter, en larmes, dans ses bras pour lui demander pardon. Peut-être me sentais-je toujours coupable d'avoir tué ma mère en lui causant « trop de chagrin » ? Je me souviens en particulier d'un voyage que j'avais projeté d'entreprendre en Grèce, avec mon copain Henri Salem. J'avais treize ans. Mon père avait donné son accord, nous avions prévu d'être mousses sur le bateau qui nous embarquerait, le *Théophile-Gautier* et, sur place, nous comptions sur l'hospitalité des paysans. Quinze jours avant le départ, mon père m'assène : « Si tu veux tuer ton père, pars en Grèce ! » Une fois de plus, j'ai succombé au chantage et à la comédie de l'agonie. Presque jusqu'à sa mort, je lui ai reproché de m'avoir privé de ce voyage, d'autant que mon ami, lui, avait passé d'inoubliables vacances. Son emprise a duré assez longtemps. J'avais presque dix-huit ans quand l'armée républicaine s'est effondrée en Catalogne et que des centaines de milliers de réfugiés espagnols ont afflué en France. Je m'étais inscrit pour participer aux commissions d'aide et d'enquête mises sur pied par la revue *Esprit* pour ceux qui étaient parqués dans les camps de concentration frontaliers. Mais ce fut le même chantage : j'ai abdiqué. Et j'ai abdiqué aussi à dix-neuf ans quand mon père, mobilisé en 1939, avait d'abord accepté que je m'installe à la Cité universitaire avant de m'imposer d'habiter chez sa sœur Henriette. Cela dit, tout en m'imposant ce qu'il faut bien appeler un asservissement physique étouffant, il me laissait la plus totale liberté mentale. Je ne me souviens pas avoir reçu de lui, de manière orale, didactique, le moindre enseignement moral, éthique, religieux, culturel, ni qu'il m'ait transmis aucune règle de vie ou de conduite. Je lui en suis très reconnaissant, parce que j'ai été libre de chercher mes propres vérités.

Il avait pourtant des principes moraux, des principes de vie !

Sa principale éthique était celle de la famille. La solidarité de clan était très forte : dès que quelqu'un était en difficulté, les autres se cotisaient pour l'aider. Longtemps mon père a versé une pension à ma grand-mère maternelle et il aidait frère ou sœur, beau-frère ou belle-sœur dans le besoin. C'était une sorte de solidarité instinctive qui le poussait au dévouement, à la générosité envers ses proches, mais en tout cela il n'estimait nullement obéir à une injonction d'« en haut » ni à quelque commandement divin. Vidal était vaguement déiste, et c'est uniquement pour faire plaisir à sa sœur Henriette qu'il m'a fait accomplir ma bar-mitsva. Sans aucune préparation, bien entendu, ni la moindre initiation à l'hébreu : je ne sais trop comment, il avait réussi à convaincre un rabbin de procéder à la cérémonie pour le pauvre orphelin incapable d'étudier que j'étais. Devant toute la famille réunie, le rabbin m'a soufflé syllabe après syllabe des paroles que j'ai répétées sans rien comprendre, puis il m'a fait lire un texte en français où je remerciais « mes chers parents » de m'avoir éduqué « dans la voie du bien et de la vertu ».

On peut donc dire que vous vous êtes éduqué tout seul, à côté de ce père pourtant si présent ?

Le fait qu'il ne m'ait imposé aucune culture a été finalement une chose positive pour moi. Il a été une sorte d'éducateur zen, qui éduque en laissant faire. Je me suis formé dans un vacuum culturel. Mon père ne contrôlait pas plus mes lectures que mes amitiés, il ne manifestait aucune exclusive, et cette morale négative a été la plus positive des morales qu'il m'ait apportée. Je lisais sans cesse, comme je l'ai dit, y compris pendant les repas. Je me réfugiais dans l'imaginaire, écrivant même de petits romans que lisaient mes copains, comme « L'Amour du bandit », un roman de six pages que j'avais produit en classe de huitième. Je réalisais, pour mes petits camarades, un journal avec de fausses publicités, des inepties comme celle-ci, en référence à notre professeur d'histoire, monsieur Tiedeau : « Buvez de l'eau ni trop chaude ni trop froide, buvez Tiedeau ! » Et je passais plus ou moins difficilement de classe en classe. Cela dit, l'absence de culture imposée m'a poussé à chercher les rudiments de la mienne. J'ai tout d'abord rempli, à l'école, le vide cultuel de la laïcisation séfarade par la substance culturelle de la laïcité française. Je vivais littéralement les malheurs et les bonheurs de l'histoire de France en faisant miens Vercingétorix, Jeanne d'Arc, Henri IV, les héros de la Révolution. Mon père, qui avait le culte de Napoléon, m'avait offert des biographies qui me bouleversaient, surtout l'épisode final à Sainte-Hélène. Quoique n'ayant jamais été nationaliste, j'étais devenu très patriote. Ce qui ne m'empêcha pas de devenir ensuite internationaliste.

Quelles ont été vos premières lectures ?

J'ai commencé avec la comtesse de Ségur, puis je suis passé aux romans d'aventures. J'ai lu *La Case de l'oncle Tom* dans les larmes. À travers les récits de Jack London racontant le Grand Nord ou ceux de Fenimore Cooper et de Gustave Aimard exaltant les Indiens d'Amérique, je découvrais que l'homme était corrompu par la civilisation et devait retourner à l'état de nature, vivre dans des cavernes comme ses ancêtres pour être heureux. J'étais sensibilisé au sort des Indiens, qui me touchait profondément et m'amenait à l'idée d'une grande fraternité universelle. Tous les enfants ressentent cette fraternité mais l'oublient, une fois devenus adultes ; chez moi, elle est non seulement restée vivace, mais elle s'est accrue. Mon père s'inquiétait quand je lui affirmais la supériorité de l'animal sur l'homme (j'avais même voulu écrire un traité sur ce sujet, vers douze ans, mais je m'étais arrêté à la première ligne) ou que je lui confiais mon désir de vivre comme Diogène, nu dans un tonneau. J'avais développé une philosophie sauvage, et je crois bien que j'ai été un pré-écologiste. Ainsi me suis-je fait mes propres vérités.

Très éloignées de votre univers familial !

Vidal, qui était très vif, me pensait en effet peu dégourdi. Il s'inquiétait de mon manque d'intérêt pour les « affaires », qu'il imputait à la somnolence de mon esprit. À un repas de famille, j'avais créé un électrochoc en décrétant que le commerce était du vol : je ne comprenais pas que l'on puisse acheter une marchandise à dix francs, la revendre à vingt, et parler d'honnêteté ! Mais il me laissait lire tous ces livres qui me révélaient à moi-même, qui ont finalement rendu conscientes et évidentes des vérités qui étaient, en moi, inconscientes et larvaires.

Quand vous dites culture, vous pensez d'abord lecture. Aviez-vous d'autres passions dans votre enfance ?

Le cinéma. Depuis l'âge de huit ou neuf ans, je suis cinéphage. Enfant, puis adolescent, je dévorais les films, j'aimais tous les films, c'est seulement par la suite que j'ai sélectionné. J'ai vu deux ou trois films muets, mais je suis de la génération du cinéma parlant. Certains films m'ont particulièrement marqué, ils ont contribué, au même titre que les livres, à révéler les vérités enfouies en moi. Je pense par exemple à un film soviétique, *Le Chemin de la vie*, une histoire de rédemption : dans le Moscou des années 1920, une bande de voyous – de hooligans – s'attaque à une femme et la tue. Son fils, désemparé, rejoint la bande, devient ami avec l'assassin de sa mère, Mustapha, sans savoir bien sûr qu'il est l'assassin. La bande est raflée, enfermée dans un camp de redressement par le travail où l'on construit les rails d'un chemin de fer qui reliera le camp à la ville. Le premier train va partir, le responsable du camp demande à Mustapha de procéder en draisine à une dernière vérification. Mais, sur sa route, ce dernier rencontre son ex-chef de gang qui lui ordonne de désobéir : Mustapha refuse, il est tué. Son corps est déposé sur le tablier du train qui arrive à la ville. Dès que la locomotive apparaît au loin, la fanfare annonce sa venue triomphale. La locomotive se rapproche, mais quand on voit le corps de Mustapha, le silence se fait, on n'entend plus que le puissant halètement de la locomotive... J'en fus bouleversé, et j'ai compris pour toujours que la rédemption du crime était possible. Je me souviens aussi d'avoir vu, à quinze ans, Michèle Morgan dans *Gribouille*, où elle tenait le rôle d'une orpheline traînée devant un tribunal. Là aussi, mon émotion était telle que je lui avais écrit en lui proposant de l'aider. Elle ne m'a jamais répondu. Un film allemand m'avait marqué, mythiquement et physiquement : *L'Atlantide*, de Georg Wilhelm Pabst, avec Brigitte Helm, une beauté marmoréenne, souveraine, dans le rôle d'Antinéa, la reine de ce royaume fatal. Helm a été, avec une autre actrice, la brune Française Gina Manès, dans *La Voie sans disque*, à l'origine de mes deux grands tropismes érotiques, l'un vers la brune du Sud, l'autre vers la blonde du Nord. Je voyais aussi des films musicaux français et américains, des westerns, des opérettes allemandes,

À nous la liberté, de René Clair, et sa chanson qui m'est restée : « Mon vieux copain, la vie est belle quand on connaît la liberté... » J'adorais Ginger Rogers et Fred Astaire, Gary Cooper m'impressionnait. Je suis passé de moi-même à la culture cinématographique en fréquentant la première salle d'art et d'essai, le Studio 28, rue Tholozé. On y projetait des films que l'on appellera plus tard des « classiques », dont la Trilogie de Marcel Pagnol. Le départ de Marius me bouleversait : cet orphelin de mère quitte sa fiancée Fanny pour l'infini de la mer-mère. J'ai toujours senti cet appel infini, mais je ne suis pas parti à bord d'un bateau, comme Marius. Avec *L'Opéra de quat' sous*, l'histoire d'une bande de mendiants exploités à la fois par le roi des mendiants et par le gangster Macheath, j'ai découvert la misère humaine et la tragédie de l'exploitation de l'homme par l'homme. Un autre film encore a contribué à me façonner, *La Tragédie de la mine*, de Georg Pabst Cette mine-là se situe à la frontière entre la France et l'Allemagne, partagée entre les deux pays, coupée par une barrière au niveau de la frontière. Arrive un coup de grisou, côté français ; les sauveteurs allemands réussissent, après bien des péripéties, à briser cette barrière pour voler au secours des mineurs français en péril. Et le film s'achève par le retour de la barrière, une fois la mission de sauvetage terminée. Cette histoire nourrissait mon sens de la fraternité... Tout ceci pour dire que, grâce à Vidal, j'ai eu dans tous les domaines une formation autodidacte : j'ai vécu un passage naturel de la cinéphagie à la cinéphilie, du goût de la littérature indifférenciée à celui de la littérature choisie, de la musicophagie à la culture musicale.

Aimiez-vous aussi la musique ?

Mes parents, je vous l'ai dit, étaient très friands de musique : le bel canto et les airs italiens pour ma mère, la chanson française pour mon père. Mon oncle Jo, le mari de ma tante Corinne, adorait pour sa part les marches militaires. J'écoutais avec lui l'*Hymne à Garibaldi* qui s'ouvre ainsi : « Les tombes se soulèvent, et les morts se lèvent[1]... », évidemment pour défendre la patrie. Enfant, j'aimais beaucoup, et j'aime toujours, *Le rêve passe*, une marche à la gloire d'un petit soldat français qui s'endort et, dans son rêve, voit l'armée prussienne, « l'hydre aux casques pointus », sournoisement s'avancer, mais soudain apparaissent les dragons, les hussards et la garde de Napoléon... Puis, vers quinze ou seize ans, *La Varsovienne* et *Le Chant des partisans soviétiques*, des hymnes révolutionnaires, m'ont transporté de ferveur internationaliste. Pour ce qui est de la musique proprement dite, j'avais d'abord été charmé par une musiquette que je trouve aujourd'hui d'une platitude extrême, avec son exotisme de pacotille : *Sur un marché persan* de Ketelbey, le *Ballet égyptien* de Luigini. Puis un jour, à la radio, je tombe par hasard sur les premières mesures de la *Symphonie pastorale*, je suis enchanté, émerveillé. J'entre dans la musique, je découvre avec ravissement le *Concerto pour violon* de Beethoven, je commence à aller au concert : le samedi matin à la répétition générale du Conservatoire, le dimanche aux concerts Colonne du Châtelet, aux concerts Lamoureux à la salle Gaveau, à l'Opéra-Comique. Je fais la queue pendant une heure et, dès que les portes s'ouvrent, je me précipite pour être au premier rang du poulailler. C'est là, dans une queue,

1. *Se scompra le tombe e se levan le morti.*

que j'ai rencontré un jeune homme avec qui j'ai sympathisé avant de le perdre ensuite de vue, il s'appelait Jean Dutourd. Et j'ai ma grande révélation aux concerts Lamoureux où je prenais place debout, dans la galerie : brusquement retentit le début de la *Neuvième Symphonie* de Beethoven. Dès les premières mesures, je sens un frisson. J'avais beaucoup de cheveux, ils se sont hérissés sur ma tête. Cette symphonie commence imperceptiblement, puis il y a un appel, trois appels, les appels se précisent, se précipitent, se confondent, et c'est brusquement l'énergie inouïe d'un monde né des ténèbres qui s'ordonne dans le chaos. Et le thème du commencement termine le premier mouvement, comme pour me dire ce qui est devenu l'une de mes vérités essentielles : « Il faut toujours recommencer. » J'ai moi-même eu besoin de recommencer sans cesse. J'ai fait jouer le premier mouvement de cette symphonie le 4 mars 2008, à l'enterrement d'Edwige, mon épouse, qui l'aimait autant que moi. Le début de la *Neuvième Symphonie* est ce qui m'a marqué le plus profondément, et cela continue. J'écoute les enregistrements de Furtwängler, Celibidache et Abbado pour comparer la manière dont ils l'exécutent. J'ai ensuite découvert les musiciens romantiques, Schubert, Schumann, Liszt. J'ai adoré *Boris Godounov* de Moussorgski, plus que shakespearien avec ce Boris usurpateur qui accède au trône après avoir assassiné un tsar enfant, et qui sera hanté par le remords, avec tous ses personnages montrés dans leur complexité humaine, et qui s'achève sur la plainte de l'innocent : « Pleure, pleure Russie, pauvre peuple ! » Je n'ai jamais cessé d'écouter de la musique. En 1941, réfugié à Toulouse, j'allais au concert et à l'opéra. J'ai même été figurant comme guerrier numide dans *Salammbô*. Le plus admirable dans la musique est la capacité qu'a cet art d'exprimer la douleur tout en la transfigurant en bonheur, sans cesser d'exprimer la douleur, comme chez Schubert et Beethoven. Comme disait Beethoven, « *Durch Leinden Freude* » – « la joie à travers la souffrance ». C'est le miracle du langage d'amour qu'est la musique.

Aujourd'hui, avec le recul, quel regard portez-vous sur ce père atypique que vous avez eu ?

Il faut reconnaître que mon *imago* du Père était amoindrie par le rayonnement de l'*imago* immense et sans contours de la Mère. J'ai vécu dans le triple manque du mythe paternel (alors que mon père était terriblement présent), de la mère réelle (alors que le mythe de la mère était terriblement présent), et d'une fratrie, ou plutôt d'une sœur – je me revois rêvant sans cesse d'une sœur imaginaire. Cela dit, j'ai progressivement oublié l'essentiel de ma rancune à l'égard de mon père, et j'ai de plus en plus perçu ses qualités. D'autant qu'avec le temps j'ai pris de plus en plus en moi certains traits de son caractère. Je me rends compte à présent que, par certains côtés, je lui ressemble. Je l'ai aidé dans les dernières années de sa vie, quand il a souffert d'être rejeté par sa femme Corinne. Elle-même vivait sur un mode paroxystique une double culpabilité : celle d'avoir épousé le mari de sa sœur morte, celle aussi de la mort de son propre mari, l'oncle Jo, à Auschwitz. Mon père a vécu jusqu'en 1984. Il avait quatre-vingt-dix ans, il a été emporté par une brutale rupture d'anévrisme après un copieux repas bien arrosé. Il est mort en bonne santé. Cette mort a été pour moi un coup de tonnerre. Au fond de moi, j'avais finalement acquis le sentiment qu'en franchissant les âges sans perdre sa vitalité ni sa... vidalité, il était devenu immortel !

Parmi les tragédies qui ont marqué votre enfance et votre jeunesse, vous n'évoquez jamais l'antisémitisme. Pourtant, votre enfance s'est déroulée dans la France très antisémite de l'entre-deux-guerres. N'en avez-vous jamais été la cible ?

Certes, il y avait dans la société un important antisémitisme, la presse française comptait des journaux violemment antisémites mais, dans les milieux que je fréquentais, à l'école en particulier, je n'ai pas subi l'antisémitisme. Je vous l'ai dit, à l'école ma différence irréductible avec les autres enfants n'était pas mon judaïsme, mais le fait que je fusse orphelin. C'était cela, ma honte. Une seule fois j'ai été choqué, ce fut par mon professeur de gymnastique. Il m'avait donné cinq heures de colle. J'ai procédé comme on faisait au Sentier : je lui ai demandé « une petite réduction ». Là-dessus, ce professeur s'est mis à grommeler : « Rue d'Aboukir... » – là où se trouvait la boutique de mon père. Par la suite, je disais à voix haute devant lui : « Rue d'Aboukir... », pour lui montrer que j'avais bien compris. Il ne réagissait pas. Mis à part cet incident, non, je n'ai pas souffert directement de l'antisémitisme dans mon enfance et mon adolescence.

Vous avez dix-huit ans quand éclate la Seconde Guerre mondiale. Votre père est mobilisé, vous restez seul à Paris, chez votre tante. Comment traversez-vous cette période ?

Paradoxalement, j'ai été libéré quand mon pays s'est trouvé opprimé. J'avais dix-huit ans quand a commencé la guerre, dix-neuf ans au moment de la défaite. J'étais alors étudiant à la Sorbonne, j'habitais chez ma tante Henriette quand j'ai appris par la radio que les examens étaient suspendus à cause de l'avancée fulgurante des troupes allemandes qui s'approchaient de Paris. J'ai pris le dernier train pour Toulouse. Après de nombreux arrêts dus aux bombardements, j'ai fini par y arriver. J'étais enfin autonome. Je me suis inscrit à l'université. L'armée allemande poursuivant son avancée, des étudiants affluaient de toute la France pour se réfugier en zone sud. À un moment donné, j'ai été le secrétaire du centre d'accueil des étudiants réfugiés : je me suis occupé de les accueillir, de les aider dans leurs démarches, de les loger. J'ai eu des amis de toutes les nationalités : des Iraniens, des Libanais... Là, j'ai découvert le monde, j'ai connu des filles. J'ai cédé une fois de plus à mon père, l'année suivante, quand il est venu me voir à Toulouse. Découvrant que je logeais dans une chambre au-dessus d'un café, avec toilettes dans le couloir, il m'a contraint à déménager. C'est la dernière fois que je lui ai obéi. Quand je me suis engagé dans la Résistance et qu'il l'a appris, il a exigé que je cesse ces activités. Face à mon refus, il a convoqué un conseil de famille, m'a assuré qu'il en mourrait de chagrin. Je n'ai pas cédé, il a oublié d'en mourir. L'autorité à laquelle j'avais jusqu'alors obéi s'effondrait.

Votre père n'avait-il pourtant pas subi quelques mesures de rétorsion en tant que juif ?

Après avoir été démobilisé, mon père est retourné en zone nord, à Paris. Il a passé l'année 1940-1941 en compagnie de ses copains de régiment, en vendant ses marchandises qui étaient invendables jusqu'à l'époque de restrictions dues à l'Occupation. Je ne sais plus à quelle date, il a été contraint d'apposer l'affichette jaune « Entreprise juive » à l'entrée de sa boutique du Sentier. Il est venu me voir à Toulouse en se débrouillant pour acquérir un laissez-passer allemand. Puis, quand il a vu que la situation s'aggravait pour les juifs, il a franchi clandestinement la ligne de démarcation, en 1942. Il s'est d'abord installé à Nice où s'étaient réfugiés également d'autres membres de la famille. Après la capitulation italienne, il a quitté Nice pour Lyon où il a été hébergé par une coiffeuse chez qui il vécut un temps comme un coq en pâte : madame B. recevait de ses clients les meilleures nourritures et charcuteries de la région, et lui préparait une cuisine à la hauteur de sa gourmandise. Il dut quitter madame B. quand Corinne, après l'arrestation de son mari par la police allemande, lui lança un appel désespéré. Il prétendit à madame B. qu'il était un agent de la Résistance appelé à franchir la frontière espagnole pour rejoindre de Gaulle. Je lui ai ensuite fourni de faux papiers qui l'ont protégé, et il s'est réfugié à la campagne avec Corinne jusqu'à la libération de Paris. Je lui ai envoyé alors un ordre de mission ou un laissez-passer, je ne sais plus, pour qu'il rejoigne la capitale. À partir de 1942, il y a eu inversion des rôles : c'est moi qui ai protégé mon père.

CHAPITRE 3

Morin

Votre père vous avait demandé de vous tenir à l'écart de la politique et, par prudence, s'en écartait lui-même. Pourquoi êtes-vous entré dans la Résistance ?

J'ai été politisé avant la Résistance. La politique était entrée brutalement dans notre lycée en 1934, lors des émeutes du 6 février et de l'affrontement entre droite et gauche. Moi, c'était mon époque de scepticisme supérieur, je me disais au-dessus de ces joutes politiques. J'avais treize ans. Puis j'avais acquis avec Tolstoï, Dostoïevski, *L'Opéra de quat' sous*, le sentiment de la misère humaine, pas seulement la misère matérielle, mais aussi la misère intérieure. J'établissais peut-être inconsciemment un lien entre les malheurs de ceux qui souffrent, qui sont exclus du bonheur, et le malheur que j'avais subi avec la mort de ma mère. Puis, en 1936, alors que j'avais quinze ans, les grands élans fraternitaires du Front populaire m'ont traversé. Et j'ai commencé à osciller entre réforme et révolution. L'idée de réforme convenait à ma rationalité sceptique. L'idée de révolution convenait à mon mysticisme, voire à ma propension au messianisme. Pendant un temps, je me suis intéressé à ceux qui cherchaient la « troisième voie », au-delà de la démocratie bourgeoise vouée à l'argent, tout en s'opposant au communisme et au fascisme. Je cherchais ma vérité politique en lisant les publications libertaires, dont *L'Unique* des anarchistes individualistes, les journaux trotskistes, *Essais et Combats* des Jeunesses socialistes, gauchistes de l'époque, *Esprit*, d'autres encore. Toutes mes lectures faisaient de moi, en tout cas, un antistalinien convaincu. Mon premier acte politique a été d'aller en 1937 à la SIA, la Solidarité internationale antifasciste, organisation libertaire qui envoyait des colis aux anarchistes catalans en pleine guerre d'Espagne. Il faut rappeler les conditions de l'époque : la crise de la démocratie, le triomphe du nazisme en Allemagne, les procès de Moscou en URSS, la guerre d'Espagne, l'annexion de l'Autriche. Le péril de guerre était apparu et s'accroissait. Certains changeaient de camp en fonction de ce qu'ils croyaient être le danger principal. Moi, j'étais ballotté : que penser, que faire ? Finalement, je me suis rallié en 1938 au petit parti « frontiste » de Gaston Bergery qui avait été l'initiateur du front commun contre le fascisme, et j'ai milité parmi les étudiants « frontistes ». Je lisais le journal *La Flèche* qui luttait sur deux fronts à la fois, contre le fascisme et contre le communisme stalinien. Toute ma vie j'ai gardé cette leçon : il faut lutter sur deux fronts. Ce n'est que sous l'Occupation que j'ai lutté sur un seul front. Par la suite, les ennemis ont changé, mais j'ai toujours continué à lutter sur deux fronts, comme pendant la guerre d'Algérie. Après les accords de Munich de 1938, j'étais essentiellement pacifiste, pour deux raisons : la première, parce que j'avais peur de la guerre, c'est-à-dire peur de mourir avant d'avoir commencé à vivre ; la seconde, parce que j'étais très marqué par le courant pacifiste de gauche, issu de l'horreur de la Première Guerre mondiale, pour qui la guerre était pire que les maux qu'elle entend combattre.

Vous, l'anticommuniste, vous allez pourtant progressivement reconsidérer vos positions à l'égard du communisme...

Quand j'arrive à Toulouse en 1940, à dix-neuf ans donc, je m'investis essentiellement dans l'accueil des étudiants qui affluent de toute la France. C'est une activité très heureuse pour moi en cette époque de désastre. Mais, déjà, mon ami Georges Delboy, rencontré chez les étudiants frontistes et qui avait suivi les cours de philosophie à la Sorbonne avec moi, m'avait introduit à l'idée que la pensée de Marx avait en elle la capacité de lier les connaissances scientifiques à la philosophie, de lier les sciences humaines à l'action politique. Mais je restais, comme je vous l'ai dit, très rétif au communisme stalinien, ayant lu Trotski et Souvarine, et sachant que les procès à Moscou étaient une mascarade. Toutefois, progressivement, en 1941, de nouvelles lectures m'amènent à considérer comme temporaires les vices de l'Union soviétique, dus à la fois au poids de l'arriération de la Russie tsariste et aux effets de l'encerclement de l'Union soviétique par le monde capitaliste. Puis l'idée de « ruse de la raison » de Hegel est entrée dans mon esprit. Par exemple, les idées libératrices de la Révolution française ont utilisé l'ambition personnelle de Napoléon Bonaparte pour se répandre en Europe. Ainsi, pour moi, désormais, la raison socialiste utilisait le despotisme personnel de Staline pour sauver l'Union soviétique de ses ennemis et propager le communisme dans le monde. Toutes ces idées se fortifièrent, fin 1941, à partir de la résistance de Moscou et surtout de la contre-offensive de Joukov qui libère la capitale russe de l'étau nazi et repousse les troupes allemandes de quelque deux cents kilomètres. Alors je me suis laissé emporter par l'espérance. Celle-ci, avec les victoires soviétiques d'après Stalingrad, deviendra messianique, et je vivrai le communisme comme une religion de salut terrestre. Sans avoir été éliminée, ma rationalité sceptique est passée au second plan.

L'idée de défendre la démocratie ne vous effleure même pas l'esprit ?

La démocratie française avait été impuissante pendant la guerre d'Espagne, et la démocratie allemande impuissante devant la montée du nazisme. C'est le Parlement issu du Front populaire qui avait voté les pleins pouvoirs à Pétain. Certes à tort, je pensais, en 1942, qu'il n'y avait que deux forces, le communisme et le nazisme. Mon ami Michel Herr utilisait pour les décrire la métaphore du chevalier blanc et du chevalier noir, dotés des mêmes armes et de la même brutalité, mais porteurs l'un de l'avenir lumineux, l'autre de la barbarie du passé.

Vous étiez alors une minorité à faire le pari de la Résistance...

En 1940, la population française est hagarde et, pour la plupart des Français, l'idée dominante est que Pétain, le vainqueur de Verdun durant la Première Guerre mondiale, sauvera ce qu'il peut, au moins l'honneur de la France. L'absurdité et l'horreur de la Première Guerre mondiale avaient suscité un très puissant pacifisme au sein de la gauche française. Une partie des pacifistes, vous ai-je dit, pensait que la guerre est pire que les méfaits qu'elle prétend éviter. Ces pacifistes ont accepté la capitulation française. Emmanuel Berl, qui avait fondé l'hebdomadaire de gauche *Marianne*, a même rédigé deux discours de Pétain en juin 1940.

C'est en octobre que Pétain rencontre Hitler à Montoire et annonce la collaboration, et que le régime de Vichy présente son visage réactionnaire. Cela dit, de juin 1940 à décembre 1941, la domination allemande semble de plus en plus durable. À part l'Angleterre, toute l'Europe s'est soumise à Hitler, et l'Union soviétique même a pactisé avec l'Allemagne nazie jusqu'à l'attaque de juin 1941. À l'été 1941, la victoire de l'Allemagne semble acquise : elle rentre en Union soviétique comme dans du beurre, encercle les villes, fait des prisonniers par millions, détruit toute l'aviation de Staline, et elle arrive en septembre 1941, à une vitesse fulgurante, aux portes de Leningrad, aux portes de Moscou, aux portes du Caucase. Dans la revue *Esprit*, l'intellectuel catholique Emmanuel Mounier commente cette défaite en écrivant qu'elle aura au moins levé l'hypothèque communiste.

Les premiers groupes de résistance, au demeurant fort isolés, se sont formés à l'automne 1940 : c'est Combat et Libération, bientôt suivis par Franc-Tireur. La direction du Parti communiste français est à ce moment antipétainiste, mais pas antiallemande, et c'est avec les Allemands qu'elle négocie le maintien de la publication du quotidien *L'Humanité*. Pour se conformer au pacte germano-soviétique, le Parti dénonce la guerre impérialiste des Anglais. Certes, quelques communistes commencent à résister, mais ils ne sont pas nombreux ; parmi eux, les immigrés et apatrides de la MOI, la Main-d'œuvre immigrée, satellite du Parti communiste. Bien entendu, les difficultés de ravitaillement de la population urbaine font accroître le mécontentement contre l'occupant à partir du dur hiver 1940-1941. Il ne faut pas ignorer qu'il y a eu une évolution considérable entre l'effondrement de 1940 et la libération de 1944. En novembre 1942, l'armée allemande occupe la zone « libre » de Vichy qui perd toute autonomie, et la Résistance se développe. En 1943, le STO, Service du travail obligatoire en Allemagne, amène bien des jeunes gens à déserter et à rejoindre les maquis. On ne peut pas « compacter » cette période et la voir comme un bloc.

Le Parti communiste ne participe donc pas d'emblée à la Résistance ?

Il entre en résistance en juin 1941, quand l'Allemagne attaque l'Union soviétique. Et c'est à ce moment que les attentats commencent avec les FTP s'attaquant aux soldats allemands, pas avant. C'est un attentat communiste qui entraîne, le 22 octobre 1941, la mise à mort de quarante-huit otages, dont mon ami Claude Lalet, à Châteaubriant. L'URSS semble alors défaite, mais sa chance historique viendra de la conjonction de trois événements aléatoires. Le premier est l'hiver précoce, extrêmement rigoureux, qui congèle littéralement les troupes allemandes aux portes de Moscou en septembre 1941. Hitler aurait pu ne pas subir cet aléa s'il avait déclenché son attaque en mai, comme il l'avait prévu, et non pas en juin. Mais ici survient le deuxième aléa. L'Italie avait attaqué la Grèce avec la certitude de la victoire ; or elle s'est fait refouler par la petite armée hellène. Mussolini appelle Hitler à l'aide. Hitler répond à cet appel et pense tranquillement traverser la Yougoslavie qui lui est liée par un pacte d'amitié. Mais un putsch à Belgrade dénonce ce pacte, et la Serbie s'oppose aux troupes allemandes. Hitler perd un mois à détruire la résistance serbe. Il retarde du coup son offensive. Et puis un troisième aléa joue en faveur des Soviétiques : à l'automne 1941, Staline apprend, par son espion Richard Sorge, que le Japon n'attaquera pas la Sibérie. Il ramène ses troupes fraîches d'Extrême-Orient sur le front de Moscou et en confie le commandement au général Joukov, l'un de ses rares généraux compétents, les autres étant pour la plupart les bons courtisans et piètres généraux dont il s'était entouré jusqu'alors. Joukov déclenche son offensive le 5 décembre, le Japon attaque Pearl Harbor le 7 décembre, les Américains entrent en guerre avec des moyens formidables, ils envoient des armes à l'Union soviétique. Début 1942, l'espoir change de camp. En France, la résistance communiste et gaulliste se développe dans les villes et les maquis.

Vous-même, c'est avec les communistes que vous basculez dans un militantisme plus actif : vous ne vous contentez plus d'assister à des réunions, vous allez sur le terrain. Comment devient-on résistant ?

J'ai envie de vous répondre : par contamination. J'avais à Toulouse un ami de lycée, Claude Dreyfus qui, comme beaucoup de communistes, avait estimé que le pacte germano-soviétique, salué par le Parti communiste français comme une victoire contre les forces impérialistes, n'était en fait qu'une ruse de Staline. Dreyfus avait trois idoles : Jésus, Robespierre et Staline, trois incarnations de la même vérité. Il voulait que la Révolution rende obligatoire l'enseignement du grec dans les lycées. Il prônait pureté et chasteté, ne buvait ni ne fumait. Il ne doutait pas un instant de Staline. Il ne cessait de m'aiguillonner, mais je me montrais rétif. Quand le Parti communiste entra en résistance après juin 1941 et créa le Front national pour y entraîner des non-communistes, un acolyte de Claude, qu'il surnommait Passepoil, vint me trouver pour me demander de rejoindre « les patriotes en lutte contre l'ignoble occupation ». Je lui dis qu'il était envoyé par le Parti communiste. Lui, hypocrite : « Nullement. Je respecte ce grand parti, mais c'est le Front national qui m'envoie. » Je lui dis que j'ai peur d'entrer dans la clandestinité. « Et si une bombe tombait sur votre maison ? » Moi : « Je me cacherais sous mon lit ! » Et lui, avec dédain, me quitte en disant : « Restez sous votre lit ! »

J'ai pu surmonter peur et réticence une fois que la première contre-offensive soviétique libère Moscou et que l'Amérique entre dans la guerre. Claude continuait de m'aiguillonner et j'ai commencé à participer avec lui et Passepoil à des tags au pochoir sur les murs de Toulouse : « À bas Pétain ! », « À bas Laval ! », ou « À bas la relève [1] ! ». Il s'agissait de petites actions, elles étaient tout de même risquées, puisqu'un groupe qui taguait de l'autre côté du canal s'est fait arrêter par la police alors qu'il réalisait, sans le savoir, ses inscriptions sur le mur d'un commissariat... Nous nous amusions comme des gamins ! Je me souviens de ce soir où nous étions avec Violette, qui deviendra par la suite ma femme. Alors que nous nous attaquions à un mur, nous avons entendu du bruit. Et nous avons tous déguerpi, à l'exception de Violette qui est restée plantée là, son pinceau à la main. Heureusement, il ne s'agissait que d'un ivrogne... Ou encore de cette autre nuit où, fêtant nos retrouvailles avec Jacques-Francis Rolland, ami de lycée réfugié à Grenoble, nous avions lancé des tracts dans les rues sombres de Toulouse en chantant *L'In-*

1. *Relève* : convention entre la France et l'Allemagne, celle-ci libérant autant de prisonniers de guerre que partiraient dans les usines allemandes des ouvriers volontaires français.

ternationale – à voix basse, évidemment ! Rolland était devenu membre du Parti alors que je restais en marge. Il se plaisait à me dire d'un ton docte : « Il ne suffit pas de connaître le marxisme, il faut aussi aimer la classe ouvrière ! »

Vous étiez pourtant antistalinien...

J'avais évolué, comme je vous l'ai dit. Dans un ouvrage publié en 1938, *De la Sainte Russie à l'URSS*, le sociologue marxiste Georges Friedmann, avec qui je m'étais lié à Toulouse, avait osé parler du culte du chef qui entoure Staline, en le jugeant nécessaire pour souder des populations aussi hétéroclites que celles qui forment l'Union soviétique, qui vont des Ouzbeks aux Lituaniens. Et il avait incriminé l'arriération de la Russie tsariste des lourdeurs de la bureaucratie soviétique. Ce livre, qui constituait un éloge intelligent de l'URSS, s'était fait assassiner, à sa parution, par la presse communiste. Il m'a incité, pour ma part, à légitimer le communisme. Trotski condamnait Staline et la dégénérescence de l'URSS, mais considérait en même temps que cet État, demeuré socialiste dans sa base, pouvait se régénérer. Je suis alors influencé par un texte de Simone Weil décrivant l'implacable barbarie de la conquête romaine, puis l'atténuation, avec le temps, de ses caractères cruels, jusqu'à l'Édit de Caracalla donnant la citoyenneté romaine à tous les ressortissants de l'Empire. Simone Weil avait appliqué son raisonnement à l'Empire hitlérien ; je l'ai reporté sur l'Empire soviétique. Certes, me disais-je, le stalinisme est barbare mais, à terme, il donnera naissance à la magnifique civilisation qui se trouve en germe dans les idées socialistes.

Pourquoi, l'année suivante, quittez-vous Toulouse, cette ville où vous semblez si bien intégré ?

Justement parce que j'y suis un peu trop connu. À la fois comme juif et comme apprenti résistant. Jacques-Francis Rolland m'invite à le suivre à Lyon, à la Maison des étudiants. Là, il me pousse à adhérer au Parti communiste. Je me rappelle ma première rencontre avec le responsable des étudiants communistes qui me dit : « Quand on est du Parti, il n'y a plus de famille, il n'y a plus rien. Dévouement intégral ! » J'en étais terrorisé, mais je me suis quand même lancé. À côté de raisonnements que je croyais rationnels, j'ai intégré la lutte clandestine pour une raison existentielle. Je pouvais en effet très facilement survivre en passant en Suisse ou en Espagne. Ou seulement en me planquant. Mais survivre n'est pas vivre. Je me rendais compte qu'à vingt ans je n'avais pas encore vécu. Or je voulais vivre ! Et vivre signifiait pour moi participer à l'action, à la résistance, à la lutte de l'humanité, vivre signifiait risquer ma vie. Je croyais que le monde allait vers la liberté. L'espoir de liberté, de fraternité qui soufflait dans le siècle, m'avait incorporé à lui.

J'ai donc rejoint les Forces unies de la jeunesse patriotique, et je me suis lancé dans la distribution de tracts, de journaux clandestins, dans l'organisation de réunions clandestines, la rédaction d'une littérature résistante. J'ai ainsi rédigé une lettre comminatoire des étudiants de Lyon au maréchal Pétain. En même temps, je continuais de fréquenter les surprises-parties, de danser, de m'amuser, de suivre les cours de philosophie et évidemment de poursuivre ma lecture de Hegel. C'était, selon la formule de Rolland, « la conception synthétique de la vie ». Dans un restaurant privé, Antoinette, réservé aux journalistes de l'ancien

Paris-Soir, et qui s'était transformé en nid de résistance, j'ai fait la connaissance de Camus, de Martin-Chauffier, de Jean Prévost, de Roger Stéphane. Je me souviens que Jacques-Francis Rolland, Victor Henri et moi y allions, affamés à la sortie du restaurant universitaire dont les plats étaient dénués de matières grasses ; nous nous mettions à la table de Georges Szekeres, Didier Limon et de leurs compagnes, et nous gardions les yeux rivés sur leurs assiettes jusqu'à ce que l'un d'eux, apitoyé, nous laisse terminer son plat. J'ajoute que mes amis et moi avions accompli le rapt audacieux d'une grosse motte de beurre chez Antoinette. Un couloir partait de la salle du restaurant jusqu'aux WC puis faisait un coude, allant à une table où était déposée la motte, puis un nouveau coude conduisant à la cuisine. Je vais aux WC, Rolland court à la motte de beurre, je sors des WC, il me la lance, je la lance à Victor qui m'attend à l'orée du couloir. Il la tient sous son chapeau, collée sur son ventre, et nous sortons tous trois dignement. Nous avons aussi pu opérer diverses prises révolutionnaires, notamment chez un épicier. Pendant que l'un demandait un produit que l'épicier cherchait dans son arrière-boutique, Victor coupait avec des ciseaux un ou deux saucissons pendus au plafond par de la ficelle, et moi je plongeais mes mains dans un tonneau de margarine pour en puiser quelques poignées que je fourrais dans ma poche d'imperméable. Je faisais chambre commune avec Rolland à la Maison des étudiants, et Victor occupait la chambre d'en face. Nous avions une bouilloire où nous faisions alternativement du thé et des pâtes que j'allais rafler à un Prisunic voisin en profitant des moments d'inattention des vendeuses. C'était notre « thé aux pâtes ». Puis, avec Rolland, nous déclamions des passages d'*Une saison en enfer*, et nous terminions en nous battant à coups de polochon.

À Lyon, vous exercez ensuite des responsabilités plus importantes...

Cela se situe au printemps 1943. Grâce à Clara Malraux que j'avais connue à Toulouse, j'ai rencontré André Ullmann qui venait d'être libéré avec un faux *Urlaubsschein* de rapatriement d'un camp de prisonniers, le stalag XI B, et recrutait pour le nouveau mouvement de résistance qu'il venait de créer avec Michel Cailliau, neveu de De Gaulle, Pierre Le Moigne et Philippe Dechartre : le Mouvement de résistance des prisonniers et déportés. Je le rejoins, mais je reste lié aux communistes – avec lesquels il avait lui-même des liens. Il m'envoie à Grenoble pour y créer un mouvement régional, puis me rappelle à Lyon au cours de l'été 1942, époque où il y eut des nuées d'arrestations. J'avais appris à repérer les voitures à traction avant noires, celles de la Gestapo, et à me méfier en permanence des filatures. J'ai battu un record de vitesse un jour où, visiblement suivi dans des ruelles désertes, j'ai entendu le tramway approcher sur une avenue adjacente et ai réussi à le happer en marche, semant ainsi l'homme qui me filait. Avec la clandestinité, j'étais en permanence dans l'improvisation, je m'entourais de protections. À la différence des résistants des maquis qui avaient un territoire, nous, résistants urbains, étions du gibier sans cesse traqué. À la suite de l'arrestation de Roland Caillé, un de nos responsables, Ullmann m'avait donné l'ordre d'aller chercher à son domicile la valise contenant tout le trésor du mouvement : faux tampons, faux papiers, armes, argent. Il habitait un troisième étage, et je montai les marches en craignant de tomber sur une souricière de la Gestapo, comme cela advenait souvent. Arrivé à sa porte, j'ai sonné, j'ai attendu longtemps. Sa compagne, terrorisée, a finalement ouvert. Elle était soulagée de se débarrasser de cette valise, et je l'ai cachée dans ma chambre, sous mon lit. Je venais moi-même de recruter un camarade de lycée, Joseph Récanati qui, novice, avait noté sur son agenda, en clair, mon nom et mon adresse. Il a été arrêté par la Gestapo, et mon premier réflexe fut d'envoyer Violette récupérer la valise chez mes logeurs, au fond d'une impasse. Je l'attendais au coin de l'impasse. Elle s'est évidemment entourée de précautions et a réussi sa mission. Le surlendemain, j'ai appris que la Gestapo était venue me chercher à mon adresse, racontant à mes logeurs que j'étais un voleur de bijoux. Quelques jours plus tard, inquiet d'être sans nouvelles de moi, mon père y est venu à son tour et s'y est fait invectiver en tant que père d'un voleur. De mon côté, j'ai caché la valise aux trésors dans le jardin d'un camarade surnommé Ubu, et je l'ai récupérée plus tard pour la ramener à Toulouse.

Aviez-vous peur de la mort ? Éprouve-t-on ce sentiment quand on est dans le feu de l'action ?

Le courage est une affaire d'organisation, a dit justement Malraux dans *L'Espoir*. Cela dit, j'avais surtout peur d'être torturé. J'avais peur de la douleur, mais plus encore d'être obligé, sous la douleur, de lâcher des informations. Je savais que je risquais ma vie, mais la peur de la torture faisait écran à la peur de la mort. De toute façon, je savais qu'il fallait braver la mort pour vivre au lieu de survivre. Aujourd'hui, je me demande si la mort a voulu de moi, à l'époque.

C'est une curieuse réflexion que vous faites là...

À deux reprises au moins j'ai évité de manière très étrange le destin fatal. La première est liée à l'arrestation de Récanati que je venais de recruter. Je le présente à mon supérieur, André Ullmann, que je devais accompagner peu après à un rendez-vous au square du musée de Lyon pour rencontrer Henriot, pseudonyme d'un chef de la Résistance qui assurait les liaisons avec Londres. André a-t-il eu une brusque poussée de sympathie pour Récanati ? Il le choisit pour l'escorter à ce rendez-vous qui s'est révélé être une souricière de la Gestapo. Ils ont été tous deux arrêtés, torturés et déportés à Mauthausen. Récanati est mort à la libération du camp quand, sous-alimenté, il s'est rué sur les conserves américaines. André, lui, a pu rentrer. Je ne me suis jamais expliqué son étrange décision de différer pour moi ce rendez-vous important.

Le deuxième épisode est encore plus étonnant. Il se situe à Paris où je me trouvais depuis fin 1943 avec mon adjoint Jean Krazatz, un Allemand, ancien marin de Hambourg. Celui-ci s'était installé sous sa fausse identité française à l'hôtel Toullier, près de la Sorbonne, où j'avais moi-même résidé un temps. Je lui avais donné rendez-vous au cimetière de Vaugirard : rien ne vaut les cimetières pour repérer si l'on est filé ! Il ne vient pas au rendez-vous, je suppose qu'il a un empêchement et je me rends à son hôtel. Sa clé n'est pas accrochée à la réception : j'en déduis qu'il est dans sa chambre, au deuxième étage, et je commence à monter les marches. Arrivé au premier étage, je suis saisi d'une lassitude bizarre, d'une immense paresse, incompréhensible quand on a vingt ans. Une paresse telle que je redescends les marches, lui écris un mot lui fixant un autre rendez-vous pour le lendemain, le remets à la réceptionniste et m'en vais. J'ai su plus tard qu'elle avait aussitôt déchiré cette lettre. Jean était dans sa chambre, la Gestapo l'avait arrêté et y tendait une souricière. Il a été sauvagement torturé et, sous la torture, il a oublié le français et s'est exprimé en allemand. Il a alors été liquidé dans une cave. Un autre ami, Pierre Le Moigne, qui avait été arrêté en même temps que lui, puis s'était évadé, me l'a plus tard raconté.

Comment expliquez-vous cette lassitude qui vous a sauvé ?

Je ne la comprends pas. Était-ce mon ange gardien ? C'était incontestablement une prémonition. Mais une prémonition tellement profonde dans mon inconscient qu'elle n'a pas pris la forme d'une alerte. Ce n'est pas un principe de précaution normal qui m'a fait rebrousser chemin. Je n'avais aucune inquiétude. Ce fut un rendez-vous raté avec la mort. Pourquoi ai-je échappé à ces deux traquenards ? Je n'ai jamais réussi à trouver une explication.

Vous évoquez Jean avec une grande nostalgie. Il ne devait pas y avoir beaucoup d'Allemands dans la Résistance française...

Ils étaient certes rares, mais il en existait quelques-uns. Jean m'avait été présenté par Clara Malraux. Ils étaient amants, il est devenu mon adjoint. Je vais vous dire une chose : avoir donné les moyens de résister à des antifascistes allemands et autrichiens, comme les amis de Félix Kreisler, est l'une des grandes fiertés de ma vie. En France, le Parti communiste lui-même, et plus que tout autre, parlait le langage antiboche. Une fois encore, sans le chercher, je n'étais pas comme les autres.

Comment faisiez-vous pour vous déplacer entre les différentes villes de France avec ce qui semble être une relative facilité ?

Grâce à mes vrais faux papiers. J'avais endossé l'identité d'un vrai prisonnier de guerre encore en Allemagne, à partir d'un faux *Urlaubsschein*, certificat de rapatriement de prisonnier français malade. André Ullmann en avait fourni également à Victor Henri, Jacques-Francis Rolland, Pozzo di Borgo, qu'il avait recrutés avec moi. Ces *Urlaubsschein*, comme le mien, portaient des noms de vrais prisonniers détenus en Allemagne. Muni de ce document, je m'étais rendu à la mairie d'Antibes, avec Pozzo di Borgo, pour obtenir de vraies cartes d'identité, d'alimentation, de tabac... Le faux *Urlaubsschein* me donnait vingt-neuf ans alors que je n'en avais que vingt-deux. Avec Pozzo di Borgo, pour nous vieillir et ne pas éveiller les soupçons des fonctionnaires de la mairie, nous nous étions laissé pousser la barbe et portions des chapeaux mous. Nous déposons la demande le matin, on nous promet les papiers pour l'après-midi, nous tuons le temps en nous promenant en ville. Nous devons avoir des mines bizarres : passant devant le commissariat de police, nous sommes arrêtés, interrogés pendant deux heures sur la base de notre identité réelle, puis relâchés contre la promesse de partir dès le lendemain en Allemagne accomplir notre STO, le Service du travail obligatoire. Sortis du commissariat, nous courons à la mairie où nous attendent les « vrais » papiers... J'ai conservé jusqu'à la fin cette identité de prisonnier rapatrié : Gaston Poncet. Quand on m'interrogeait sur l'expérience des camps, je répondais sur le ton de la tragédie : « Des barbelés, encore des barbelés, toujours des barbelés ! » Ce qui avait le mérite de ne pas susciter de questions supplémentaires.

Du reste, c'est ce que j'ai dit à mon voisin de wagon-restaurant, dans le train qui nous conduisit de Nice à Grenoble. À un arrêt, contrôle des feldgendarmes qui font descendre du train des jeunes à bonne bouille de paysans, peut-être allant au maquis. Ils me demandent mes papiers, je leur tends l'*Urlaubsschein*, une grappe de raisins à la main. « Pas bon », dit le jeune feldgendarme qui le regarde. « *Zehr gut* », lui dis-je faiblement. Le jeune feldgendarme tend mon *Urlaubsschein* à son collègue, un vieux qui regarde et dit de me laisser passer.

C'est à cette époque que vous avez pris le pseudonyme que vous conserverez, celui de Morin. Pourquoi avez-vous choisi ce nom en particulier ?

Dès mes premiers pas dans la Résistance, j'avais abandonné le nom de Nahoum pour celui de ma mère, Beressi. Mon premier pseudonyme a été Edmond, puis j'ai dû en changer pour des raisons de sécurité, je suis devenu Manin. Je portais alors un blouson de cuir usé comme celui du commissaire politique du film *Eux, les marins de Cronstadt*. Je me suis présenté sous cette nouvelle identité lors d'une réunion de camarades résistants à Toulouse. L'avais-je mal prononcé ? Ils ont compris Morin, et je suis donc devenu Morin. À l'état civil, par la suite, j'ai conservé le nom de famille Nahoum : je reste le fils de mon père. Mais je lui ai accolé celui de Morin : je suis ainsi le fils de mes actions, de mes œuvres. Pendant des décennies, je n'ai eu aucun problème à voyager avec un billet d'avion au nom de Morin et un passeport portant celui de Nahoum dit Morin.

Vous avez connu une célébrité internationale sous le nom d'Edgar Morin. Votre père, qui est décédé en 1984, regrettait-il que, pour votre personnage public, vous ayez enterré son nom, Nahoum ?

Il n'a nullement été choqué que je conserve mon pseudonyme, lui-même se faisant volontiers appeler monsieur Vidal. Mais je crois qu'il a été content le jour où j'ai renoncé à opérer juridiquement le changement de nom.

Comment se fait-il que, pendant la guerre, vous soyez toujours passé entre les mailles du filet ?

J'ai eu, je vous l'ai dit, beaucoup de rendez-vous ratés avec la mort, beaucoup de coups de chance aussi. Peu après, quittant Lyon après que les multiples arrestations m'eurent fait perdre tous mes contacts, je regagne Toulouse avec la malle en carton contenant les trésors de mon mouvement de résistance. Je sais qu'à la descente du train, avant de sortir de la gare, se trouve une barrière la séparant d'une rue. Je demande à Clara Malraux de m'y attendre, je descends du train le dernier, je lui passe la valise par-dessus la barrière en faisant attention à ne pas être vu. J'ai été bien inspiré : dans la gare, il y avait un contrôle de feldgendarmerie. Si j'avais gardé la valise avec moi, j'aurais très certainement été arrêté.

Je suis resté à Toulouse pour renouer les contacts avec les mouvements de résistance et le Parti communiste. J'ai pu renouer avec Michel Cailliau, l'un des chefs du mouvement, neveu du général de Gaulle, un type intrépide, fraternel, candide. Il est venu me retrouver. Je me suis installé dans un village proche, à Pechbonnieu, chez une paysanne admirable, madame Robene, qui logeait déjà des clandestins, dont Jean l'Allemand qui y est devenu mon adjoint. Nous rejoignions le soir Pechbonnieu en marchant une heure après le terminus du tramway. Madame Robene nous donnait à souper. Pour chacun des nôtres, elle faisait un appel de sifflet. Ainsi, six coups de sifflet, c'était moi. Nous avons constitué un dispositif à deux branches : une branche en direction des soldats allemands pour tirer d'eux des informations et les inciter à la désertion, une branche en direction des prisonniers de guerre travaillant en usine en Allemagne, à qui nous envoyions des colis de miel ou de confiture comportant des tracts, des incitations à l'évasion, des directives pour saboter les usines allemandes. Dans cet objectif, j'avais voulu constituer un comité légal de secours aux prisonniers, avec des noms d'écrivains connus. Pour ce faire, Clara Malraux m'avait dit de consulter Jean Paulhan, ce que je fis au cours d'un voyage à Paris.

Paulhan me demande de le rejoindre directement dans son bureau chez Gallimard, sans tenir compte des auteurs qui faisaient queue pour qu'il les reçoive. Je gravis avec respect l'escalier où attendaient des écrivains, j'entre dans le bureau où Jean Paulhan, s'adressant à un auteur transi, lui dit : « Votre manuscrit est excellent, mais trop long, il vous faut réduire vos six cents pages à cent cinquante. Voilà, je vous rends votre manuscrit. Ah ! Où est-il ? Je le cherche... – Maître, maître, lui dit l'écrivain, il est sous vos yeux ! » Paulhan me reçoit cordialement. L'idée d'un comité bidon pour favoriser la résistance auprès des prisonniers lui plaît ou l'amuse. Il m'adresse à un collègue de Gallimard, Armand Hoog, ex-prisonnier, le prévenant lui-même, et celui-ci accepte. De retour à Toulouse, nous préparons d'innombrables colis avec des tracts que j'ai composés, un petit journal comportant un éditorial de Michel Cailliau ainsi que des informations sur les progrès des Alliés et sur la Résistance.

Une fois le mouvement bien installé, j'avais envie de retrouver Paris, je suis parti avec Jean (nous étions devenus inséparables) et j'en ai laissé la responsabilité à un camarade, Schrikler. À Paris, j'ai participé à la fusion de notre mouvement avec celui de François Mitterrand et d'un mouvement fantôme émanant du Parti communiste. Je suis devenu un des responsables de la direction tripartite pour la région parisienne. Je suis resté en relation avec Michel Cailliau qui avait quitté le mouvement, ne voulant pas être avec Mitterrand, et qui a constitué son propre réseau. J'ai eu le grade fictif de commandant des Forces françaises combattantes, mais je n'ai été homologué que lieutenant.

Un certain nombre d'histoires, de rumeurs contradictoires ont circulé autour de l'entrée de François Mitterrand dans la Résistance. Venait-il de l'extrême droite ?

Je ne peux vous raconter que ce que je sais, ce que j'ai vu, ce que j'ai vécu. J'appartenais au MRPGD, le Mouvement de résistance des prisonniers de guerre et déportés. François Mitterrand était responsable du Rassemblement national des prisonniers de guerre, un groupe de la Résistance issu de Vichy, qu'il avait fondé avec Maurice Pinot, le secrétaire d'État aux Prisonniers de Vichy. Ce dernier était un patriote qui protégeait les prisonniers évadés en ne les rendant pas à l'Allemagne, contrairement aux obligations de la convention d'armistice. Il avait recueilli Mitterrand en zone sud après que celui-ci, fait prisonnier en Allemagne en juin 1940, eut réussi à s'évader en décembre 1941. Je ne pense pas que François Mitterrand ait fait grand-chose à Vichy, et la photographie d'octobre 1942 où il est avec le maréchal Pétain, qui a grandement bouleversé les socialistes après la publication du livre de Pierre Péan [1], ne signifie pas par elle-même une inféodation. Ces socialistes découvraient son passé, mais, dans ma génération, nous connaissions tous ce passé ! Mitterrand lui-même ne le cachait pas, jusqu'à ce qu'il devienne, en 1965, le candidat de la gauche à la présidentielle contre le général de Gaulle. Faut-il lui reprocher cette parenthèse vichyste entre évasion et résistance ? C'est dans les générations très postérieures à la Résistance qu'on a trouvé les Torquemada en chambre et les Fouquier-Tinville en herbe, impitoyables pour les ralliés. Certes, le régime de Vichy était très réactionnaire, mais, parmi ceux qui s'y rattachaient, beaucoup n'aimaient pas l'Allemagne nazie ; les vrais collaborateurs, eux, étaient à Paris. Après le débarquement allié en Afrique du Nord, le 8 novembre 1942, les Allemands ont occupé la zone sud, le gouvernement de Pétain a perdu toute autonomie, et le mouvement de résistance issu de Vichy, auquel appartenait Mitterrand, a pris son essor. À la même époque, beaucoup de vichystes ont

1. *Une jeunesse française, François Mitterrand, 1934-1947*, Fayard, 1994.

d'ailleurs été accueillis par la Résistance, par exemple le maréchal Juin et le maréchal de Lattre de Tassigny qui ont levé une armée en Afrique du Nord. Il y eut aussi des fonctionnaires, des administrateurs qui nous ont rendu des services et qui ont été blanchis après la guerre.

Quelles ont été vos relations directes avec François Mitterrand ?

Le Mitterrand que j'ai connu était un homme très courageux, à la limite de la témérité. Des négociations ont été entreprises pour une fusion de notre mouvement, le MRPGD, qui avait plusieurs chefs, avec celui de Mitterrand. La question était de savoir qui allait diriger le nouveau mouvement unifié. François Mitterrand et Michel Cailliau, lequel ressemblait étrangement à son oncle, de Gaulle, mais en plus petit, comme s'il avait été compressé par le sculpteur César, revendiquaient tous deux leur légitimité pour exercer cette direction. La candidature de Mitterrand était soutenue par Henri Frenay, une figure majeure de la Résistance, qui l'a envoyé à Alger rencontrer de Gaulle. Michel Cailliau avait entre-temps envoyé à son oncle une note lui suggérant d'envoyer plutôt Mitterrand dans l'armée d'Italie. De Gaulle n'avait aucune sympathie personnelle pour François Mitterrand, mais il n'avait pas l'esprit népotique. Il a suivi l'avis de son entourage d'Alger, et c'est ainsi que Mitterrand a été investi chef du MNPGD.

J'avais alors un rapport ombilical avec le Parti communiste. Tandis que la fusion des deux mouvements s'effectuait, j'ai mis en avant l'existence d'un troisième réseau de résistance de prisonniers et déportés relevant du Front national, l'organisme contrôlé par les communistes. Ce réseau était une coquille vide, une organisation fantôme ; néanmoins, mes affirmations n'ont pas été contestées, et des négociations tripartites ont été engagées, auxquelles ont donc pris part les communistes. Une responsabilité tripartite a été mise en place pour la région parisienne : j'y représentais le MRPGD, Georges Beauchamp, le mouvement de Mitterrand, et Pierre Bugeaud, le mouvement communiste.

Concrètement, quel était votre rôle dans cette résistance parisienne ? Avez-vous commis des actes de violence ?

J'étais responsable des activités de propagande, de l'impression et de la distribution des tracts et des journaux clandestins. J'étais en même temps un polyvalent qui recueillait et transmettait des informations. J'ai par exemple été très fier de pouvoir nouer un contact, à Paris, avec un très haut responsable de la SNCF qui nous a fourni par la suite les horaires et les itinéraires des convois militaires allemands. J'avais donné ce contact au réseau de Roger Vailland qui était en liaison directe avec Londres. J'ai évité de commettre des actes de violence. Je n'ai participé à aucun attentat, et l'on ne me l'a d'ailleurs jamais proposé. Je n'ai pas non plus participé à ce que l'on appelait les « coups durs », par exemple dévaliser un bureau de tabac, action que l'on ne considérait pas comme de la délinquance puisque son motif était noble. Je n'ai pas volé, mais on a volé pour moi. À un moment donné, j'ai même eu une écurie de vélos que me procurait une jeune résistante amoureuse. Elle n'aurait pas été là, j'aurais dû voler moi-même des vélos : nous n'avions pas le choix, c'était une période où le fonctionnement du métro était perturbé à Paris, tant les alertes aux bombardements étaient nombreuses.

Vous constatez que beaucoup ont rejoint la Résistance sur le tard. Pourquoi franchissaient-ils le pas ? Parce qu'ils voyaient le vent tourner ?

Pour certains, évidemment. D'autres, par volonté de participer à la Libération. Les chances de libération augmentaient, et cela favorisait l'essor de la Résistance. Il faut dire qu'à partir de la fin de 1942 le débarquement allié en Afrique du Nord semblait indiquer que nous étions en marche vers la Libération. Dès lors, beaucoup d'attentistes sont entrés en résistance.

Indépendamment de la résistance effective, sur le terrain, l'esprit de résistance a-t-il été largement partagé par les Français, ou bien n'était-ce que le fait d'une minorité ?

Comme je vous l'ai dit, cette période ne peut être considérée comme un seul bloc. La défaite de juin 1940 avait été le plus grand désastre qu'ait connu la France : jamais dans le passé une défaite n'avait été aussi totale. Les esprits en étaient chavirés. De Gaulle avait appelé les soldats et les officiers qui voulaient se battre à le rejoindre en Angleterre : au départ, il n'avait pas appelé les Français à la résistance intérieure. Quelques parlementaires, dont Pierre Mendès France, avaient quitté Bordeaux à bord du *Massilia* pour installer une résistance en Afrique du Nord, mais ils s'étaient fait arrêter et emprisonner par

Vichy. Le maréchal Pétain, symbole de la résistance de Verdun en 1916, était perçu par beaucoup comme le sauveur. Mais, en octobre 1940, il rencontre Hitler à Montoire et annonce la collaboration avec l'Allemagne nazie. Certains veulent croire au double jeu, bien que le régime devienne réactionnaire et officiellement antisémite. La Résistance a grossi en 1942 et surtout en 1943 avec l'arrivée des jeunes préférant le maquis à la déportation du travail que constituait le STO, institué au printemps de cette année-là. Il n'existait pas à l'époque d'instituts de sondage, mais je crois que la plupart des Français ont été pétaino-gaullistes : pour eux, Pétain était le bouclier, et de Gaulle le glaive. Le premier leur assurait la tranquillité, le second leur apporterait la victoire. Dans ce pétaino-gaullisme, certains étaient plus pétainistes, d'autres plus gaullistes, et il y avait même ceux qui étaient persuadés de l'existence d'un accord secret entre Pétain et de Gaulle – alors que le premier avait condamné le second à mort ! Les Français avaient, en l'occurrence, l'esprit complexe qui concilie les contraires. Par ailleurs, beaucoup de rumeurs circulaient dans la France occupée...

Quelles sortes de rumeurs ?

Des rumeurs qui ont eu le mérite de rendre espoir à des populations démoralisées. Peu après la défaite de juin 1940 se sont répandues les prophéties d'une sainte Clotilde annonçant que « les Allemands seront boutés hors de France ». Trois mois plus tard, les Allemands commencent à bombarder l'Angleterre en prélude à un débarquement. Une autre rumeur se propage selon laquelle une armada allemande est partie à l'assaut de l'Angleterre, mais que les Anglais l'ont mise en échec en répandant de l'essence sur la surface de la mer et en y mettant le feu, brûlant ainsi tous les vaisseaux ennemis. La rumeur affirmait alors que la marée renvoyait sur les côtes françaises des cadavres carbonisés de soldats allemands. Un principe identique à celui de la rumeur d'Orléans, que j'ai plus tard étudiée [1], s'est mis en place : chacun « savait », parce que chacun avait un oncle, un cousin, un frère qui avait vu un cadavre carbonisé échouer sur nos côtes...

D'où sortaient ces rumeurs ?

D'où sort la rumeur ? Dans ce cas, elle sort du désir.

Aviez-vous de la sympathie pour le général de Gaulle ?

De l'admiration, plutôt. On ne savait rien de sa personne, il était l'homme symbole. Mon admiration a grandi progressivement. J'étais communisto-gaulliste, appartenant à un mouvement de résistance gaulliste tout en restant communiste, doté d'un double cordon ombilical, l'un me reliant à la cause communiste mondiale, l'autre au gaullisme. Cette double identité était parfois difficile à porter : je n'étais pas vraiment un « sous-marin », surnom donné à ceux qui étaient secrètement communistes au sein des autres mouvements de résistance ; je me définirais plutôt comme un « sous-marrane », ne clamant pas partout mon identité communiste, mais ne la cachant pas systéma-

1. *La Rumeur d'Orléans*, Seuil, 1969.

tiquement. D'ailleurs, elle avait fini par se savoir : je n'avais pas une âme d'agent secret et, du fait de cette dualité, les uns et les autres me percevaient comme quelqu'un d'un peu louche. Aux amis en qui j'avais confiance, je disais mes sentiments et mes espoirs communistes. J'étais plus à l'aise avec les non-communistes que je trouvais plus faciles à vivre : les communistes étaient durs, sectaires. La rigidité du Parti ne convenait pas à ma nature.

Si vous deviez choisir un seul mot pour définir votre état d'esprit pendant cette période de la Résistance, lequel choisiriez-vous ?

L'exaltation. J'avais peur, bien sûr, mais comme j'étais exalté quand les Alliés ont commencé à remporter des victoires ! Je me souviens de l'exaltation que je ressentais, avec mon ami Jacques-Francis Rolland, à chaque victoire soviétique. Nous courions dans les couloirs de la Maison des étudiants en clamant le nom de la ville reprise par les Soviétiques, et nous terminions chez un étudiant d'origine russe qui sortait alors une bouteille de vodka. Nous nous exaltions aussi avec les poèmes de Rimbaud, en particulier *Une saison en enfer*, dont nous faisions nôtre le message. Nous étions convaincus que nous pourrions supporter et dépasser toutes les souffrances et tous les maux pour posséder enfin « la vérité dans une âme et dans un corps ». Je ne peux pas non plus oublier le 6 juin 1944. La BBC avait annoncé le débarquement aux réseaux de la Résistance par une phrase codée, évidemment incompréhensible : « Les sanglots longs des violons de l'automne... » Au matin, j'étais dans un bistro, dans le quartier de la gare Montparnasse, quand l'information a commencé à circuler : ils ont débarqué. Elle s'est répandue dans Paris comme une traînée de poudre. C'était fabuleux, mais en même temps angoissant à cause des communiqués triomphalistes que publiaient les Allemands. De fait, la partie n'a pas été facile pour les troupes alliées, et ce n'est qu'en juillet qu'elles ont entamé leur percée pour atteindre Paris en août.

Vous étiez présent à la libération de Paris...

Ce fut l'une de ces rares extases de l'histoire, un moment de bonheur plein tel que j'en ai plus tard connu, bien que moins intense, en mai 1968, puis lors de la « révolution des œillets », au Portugal, en 1974, et enfin, mais par procuration, lors de la chute du mur de Berlin en 1989. La libération de Paris a été précédée de journées d'insurrection, nous avions dressé des barricades, les chars allemands étaient encore là, le danger était partout présent. Et la population était quasi entièrement devenue résistante. Finalement, le premier char de l'armée française entre dans la capitale, les cloches de toutes les églises sonnent à la volée. Je grimpe avec Violette et les camarades sur le toit de l'immeuble que nous occupions place de Clichy, je vois Paris rougeoyer, des incendies provoqués par les Allemands qui brûlent, avant de se retirer, les documents des ministères qu'ils occupaient. Le bruit se répand que les troupes du général Leclerc ont pris position place de l'Hôtel-de-Ville. Nous y accourons et voyons, leurs têtes émergeant de leurs chars marqués de la croix de Lorraine, des soldats au visage épuisé et aussi intensément émus que nous. Le surlendemain, une mer humaine participe au grand défilé qui part de l'Arc de triomphe et va à Notre-Dame de Paris. Derrière les véhicules militaires embrayent nos voitures des FFI. Je suis dans l'une d'elles avec Georges Beauchamp, Dionys Mascolo qui avait été mon adjoint, Marguerite Duras et Violette. Le toit est ouvert, nous filons, moi debout brandissant le drapeau tricolore. Soudain, la foule se couche, des tireurs embusqués sur les toits ouvrent le feu sur nous, notre voiture prend le boulevard Haussmann, je reste debout avec le drapeau sous les tirs, et nous sommes acclamés par la foule qui se trouve massée sous les auvents des grands magasins.

Les choses à l'état naissant sont toujours merveilleuses : une libération, une révolution, un amour... On voudrait que durent ces états naissants, mais c'est bien difficile. Après de telles extases, on retombe dans la vie courante. Pour moi, le vide qui a succédé à ce bonheur a été terrible. Certains de mes amis sont entrés en politique, d'autres ont fait carrière dans le privé. J'étais de ceux qui n'arrivaient pas à s'insérer dans ce qui m'est apparu comme la médiocrité de la vie quotidienne...

Nous allons aborder plus longuement la période de votre vie qui s'ouvre alors. Là, je reste sur ma soif sur un point précis. Vous saviez les mesures qui frappaient les juifs avant et pendant la Seconde Guerre. Vous étiez au courant des déportations : en 1942, votre oncle Jo, le mari de Corinne, d'autres membres de votre famille ont fait partie des déportés, et vous dites que vous avez dû fournir de faux papiers à votre père pour le sauver. Vous sentiez-vous à ce moment une solidarité particulière, en tant que juif, avec ces juifs qui se faisaient exterminer ?

Soyons précis. Avant la guerre, jusqu'en 1939, ce n'étaient pas les juifs, mais les communistes, les socialistes, les objecteurs de conscience qui étaient dans les camps nazis. Les juifs subissaient un apartheid humiliant ; une fois dépouillés de leurs biens, ils pouvaient quitter l'Allemagne. Quand Hitler envahit l'URSS, des *Einsatzgruppe* qui accompagnent les troupes nazies commettent des massacres de juifs en Biélorussie et en Ukraine, mais cela, nous l'ignorons alors. À l'apogée des nazis, à l'été 1941, Hitler envisage de déporter tous les juifs hors d'Europe, à Madagascar, puis abandonne cette idée, peut-être quand il prend connaissance de la richesse du sous-sol malgache. C'est en décembre 1941, à la suite de la réussite de l'offensive de Joukov sur le front de Moscou et de l'entrée en guerre des États-Unis, qu'Hitler entrevoit pour la première fois la possibilité de perdre la guerre. Afin que les juifs ne puissent profiter de sa défaite, l'extermination est alors décidée. La machine à déporter s'est mise en place, en France, au printemps et surtout durant l'été 1942, soit au bout de deux années d'occupation. En zone nord, les juifs portaient l'étoile jaune, et des membres de ma famille l'ont portée ; en zone sud, il n'y avait pas d'étoile jaune, mais l'obligation, à laquelle je ne me suis pas plié, de faire tamponner la mention « juif » sur ses papiers d'identité. J'ai fourni beaucoup de faux papiers à des juifs qui en avaient vitalement besoin. Pour moi, cette solidarité était immergée dans une solidarité plus générale avec les opprimés et les ennemis du nazisme.

Saviez-vous ce qu'il advenait des déportés ?

Les déportés eux-mêmes ne savaient pas où ils étaient emmenés, sinon « vers l'est ». Ils ne savaient pas qu'ils allaient vers l'extermination ; la thèse la plus couramment admise était alors celle de camps de travail, même si des rumeurs plus pessimistes circulaient. Papon, quand il déportait, savait-il qu'il envoyait des juifs à la mort ? L'ordre d'extermination était secret en Allemagne même. Des informations transpirèrent. Il y avait ceux qui ne savaient pas, ceux qui ne voulaient pas savoir, ceux qui feignaient de ne rien savoir. Beaucoup de juifs se sont laissé arrêter, la plupart surpris par les rafles, d'autres par « crétinisme légaliste », pensant qu'il était mieux d'obéir aux autorités que de désobéir. Il faut dire aussi qu'à la différence des autres pays d'Europe, où 70 à 80 % des juifs ont péri en déportation, la France est le pays où bien des paysans et des citadins ont caché des juifs, où la Résistance leur a fourni de faux papiers, et 60 % de la population juive française a ainsi échappé à la déportation. Ma famille a payé son tribut : outre le mari de Corinne, mort à Auschwitz, mon oncle Benjamin est mort au camp de Compiègne. Quant à la branche de ma famille paternelle restée à Salonique, elle a été entièrement massacrée, à l'exception de deux cousines. En France, je suis l'un des rares à avoir eu vent des informations qui circulèrent à partir de 1943, grâce à un document de l'agence de presse clandestine de la Résistance qu'animait Gilles Martinet, qui avait rapporté le témoignage de Polonais évadés d'Auschwitz. Nous étions quelques-uns à avoir appris ce qu'était Auschwitz, quelques « privilégiés » qui eurent accès à la dépêche émanant de cette agence. Mais ceux qui « savaient » étaient quelques résistants dans la clandestinité, traqués comme du gibier. Jamais les journaux, pas même les journaux officiels des nazis, n'ont évoqué l'extermination. Celle-ci n'a jamais été officiellement annoncée, et c'est pourquoi je peux admettre qu'une partie de la population allemande n'ait rien su. C'est seulement à leur libération, en 1944 et au début 1945, que la réalité des camps de concentration et d'extermination a été révélée. Pour ma part, après la libération de Paris, j'avais organisé l'exposition « Crimes hitlériens » qui évoquait toutes les victimes du nazisme, dont évidemment les juifs.

Que disait exactement cette dépêche clandestine au sujet d'Auschwitz ?

Je ne me souviens pas des détails, mais elle révélait qu'Auschwitz n'était pas un camp de travail, mais un camp de liquidation physique. On ne parlait pas des chambres à gaz. Par la suite, après la libération des camps, a circulé la rumeur selon laquelle les victimes étaient jetées vivantes dans les fours crématoires. Les informations sur Auschwitz étaient parvenues à quelques-uns en France, les services anglais et américains les connaissaient donc certainement. Les Alliés auraient-ils pu faire quelque chose pour arrêter les massacres ? Je ne saurais pas répondre.

CHAPITRE 4

Double identité

En 1939, après avoir passé votre baccalauréat, section philosophie, vous êtes étudiant. Faut-il mettre au compte de l'indécision ou de la boulimie le fait qu'arrivé à l'université, faute de parvenir à vous déterminer sur un cursus, vous en entamez quatre à la fois : les sciences politiques, la philosophie, l'histoire et le droit ?

Avant d'entrer à l'université, j'avais découvert, grâce à mon ami Georges Delboy, mon initiateur au marxisme, que pour comprendre le monde Karl Marx avait lié les compétences du philosophe, de l'économiste, de l'historien, du sociologue, et que cette compréhension était nécessaire à toute action politique lucide. J'avais été frappé par la formule du manuscrit philosophico-économique antérieur au *Capital* : « Les sciences de l'homme engloberont les sciences de la nature, et les sciences de la nature engloberont celles de l'homme. » Cette phrase est à la source de toutes mes œuvres anthropologiques. Aussi, entrant à l'université, je voulais connaître et comprendre les réalités humaines, je ne visais aucun métier, aucune carrière. Je me suis donc inscrit en philosophie qui, à l'époque, englobait la sociologie ; en droit qui, à l'époque, englobait les sciences économiques ; en histoire, où j'eus mes plus importantes révélations grâce à mon professeur, Georges Lefebvre ; enfin à l'École des sciences politiques où, du reste, je fis ma préparation militaire. J'ai dû abandonner les sciences politiques quand j'ai quitté Paris pour Toulouse où elles n'étaient pas enseignées. Je ne me proposais pas de devenir sociologue, mais j'avais été frappé par la lecture de l'essai d'Émile Durkheim, *Le Suicide*, montrant que cet acte, qui semble le plus individuel et le plus subjectif, obéit à des déterminations sociales objectives. Je me suis donc progressivement formé à des disciplines différentes dont l'entre-articulation me paraissait de plus en plus nécessaire. Aujourd'hui encore, je continue à essayer de me cultiver en butinant dans toutes fleurs. *La Méthode*, que j'ai élaborée quarante ans plus tard, est l'accomplissement de ce que j'ai commencé, étudiant.

C'est donc à ce moment que vous commencez à engranger l'immense culture qui est vôtre aujourd'hui ?

J'étais mû par une curiosité enfantine, portée sur toutes choses, que j'ai conservée bien qu'elle me pousse à la dispersion. Une curiosité non canalisée, non bornée dans des limites. J'aurais été le fils d'un intello, il m'aurait guidé dans mes lectures. Ce n'était pas le cas avec mon père, je ne l'ai jamais entendu m'interdire ni me conseiller tel auteur ou tel domaine de culture. J'ai commencé très tôt par la littérature, vers treize ou quatorze ans, lisant Balzac et surtout Anatole France et son « scepticisme souriant », quasiment oublié aujourd'hui mais considéré alors comme l'un des plus grands écrivains du XXe siècle. C'est donc là que se cristallise mon scepticisme, venu à la fois du désespoir après la mort de ma mère et de mon absence de culture, c'est-à-dire de vérité inculquée.

C'est là aussi que s'est révélé l'un de mes besoins intellectuels fondamentaux : l'interrogation permanente, le refus d'accepter une vérité imposée et, bien entendu, le rejet du fanatisme, y compris durant ma période de ferveur communiste. Cette culture s'est fortifiée avec Montaigne, devenu source permanente d'inspiration. En classes de troisième, de seconde, j'avais lu Stendhal, Voltaire, Rousseau, en particulier ses *Confessions*, *Les Nourritures terrestres* d'André Gide, Diderot, Molière, Shakespeare, Cervantès. J'étais le fidèle client d'un bouquiniste qui s'installait avec sa charrette rue de Ménilmontant ; chez lui j'achetais, j'échangeais. Je lisais pendant le dîner, je lisais dans le métro, je lisais en classe en cachant un livre sur mes genoux. Tolstoï m'avait bouleversé avec *Résurrection*, l'histoire d'une rédemption, du rachat d'une faute par l'amour. Pour moi qui conservais un sentiment de culpabilité peut-être lié à la mort de ma mère, ce message me concerna jusqu'aux tréfonds. J'ai surtout été marqué à jamais par Dostoïevski. Bien que non-croyant, j'ai été pénétré par le message quasi évangélique de ses romans, par sa compassion pour les humiliés et les offensés, et par son sens de la complexité humaine. *Crime et Châtiment* m'avait transporté : j'aurais voulu être croyant quand je me plongeais dans l'histoire de Raskolnikov qui tue une vieille prêteuse sur gages et connaît sa rédemption grâce à une petite prostituée dont l'amour le sauvera. Je dévorais en parallèle le *Jean Barois* de Roger Martin du Gard qui m'incitait à l'incroyance et au doute, et aussi le *Jean-Christophe* de Romain Rolland qui me donnait envie de vivre par la musique et pour les idées.

Avant mes vingt ans, j'avais lu les Évangiles et été ébloui par le Sermon sur la montagne, j'avais lu la Bhagavad-Gita, les biographies de Rama Krishna et

Vivekananda par Romain Rolland. Je cherchais ma voie dans les traditions spiritualistes orientales, la voie de Bouddha me semblait supérieure à tout ce qui s'était fait en Occident. Ma soif de recherche de la vérité me poussait vers tous les horizons. Mais j'étais aussi un lecteur des *Ailes*, un hebdomadaire sur papier bleu consacré à l'aviation, je m'intéressais aux prototypes, aux avions de guerre, aux avions de l'Aéropostale avec Mermoz et Saint-Exupéry qui franchissaient les Andes pour atterrir au Chili, au *Pou du ciel*, l'avion d'un petit bricoleur français qui n'a pas connu une grande destinée. Je suivais passionnément les exploits des aviateurs.

Vous avez été très marqué par certains philosophes, en particulier Hegel...

Plus tard, en 1943, j'avais vingt-deux ans, sa lecture a été capitale pour moi. À Lyon, pendant la Résistance, un ami d'origine hongroise, Georges Szekeres, formé au marxisme philosophique de Lukács qui manque à la culture française, m'a incité à le lire en me disant : c'est la clé. Je me suis plongé dans le Hegel de *La Phénoménologie de l'esprit*, dans celui de *La Logique*, très difficile à lire, surtout dans la traduction dont je disposais et qui datait de 1869. Ce fut l'illumination. Hegel est mal perçu par ceux qui voient en lui le constructeur d'un grand système abstrait. Pour moi, c'est un penseur en mouvement, qui s'affronte sans arrêt aux contradictions pour essayer de les dépasser et qui me montrait que la vérité est dans l'union de vérités séparées. Je le comprenais d'autant plus que je vivais de contradictions. L'énergie de sa pensée m'a pénétré. Hegel m'a convaincu que la vraie pensée est celle qui regarde la mort en face. Sa philosophie du devenir m'a donné foi dans l'histoire, foi dans le devenir. Son écriture est hautement poétique. La pensée hégélienne a constitué la base, l'infrastructure de mon marxisme. Par ailleurs, j'intégrais en moi d'autres apports philosophiques comme ceux de Vladimir Jankélévitch et de Gaston Bachelard. Jankélévitch, interdit d'enseignement à Toulouse parce que juif, y donnait ses cours au premier étage d'un café, place du Capitole : je l'ai écouté parler de la mort, du pardon, de l'importance du « je ne sais quoi » et du « presque rien ». Quand je suis monté à Paris, j'ai suivi les cours de Bachelard à la Sorbonne.

Vous semblez par ailleurs avoir été très marqué par les philosophes de l'Antiquité que vous citez souvent...

Parmi mes lectures décisives, il y a en effet Héraclite, ce philosophe grec du VIe siècle avant notre ère dont les fragments ont un caractère fulgurant. Hegel essaie de trouver une synthèse qui dépasse les contradictions ; chez Héraclite, la contradiction est indépassable, fondamentale. Prenez sa formule : « Vivre de mort, mourir de vie. » Elle peut sembler ésotérique, incompréhensible, elle est pourtant limpide avec ce que l'on sait aujourd'hui. Notre organisme vit en effet de la mort de nos cellules, remplacées par des cellules jeunes dans une régénération permanente. De la même manière, les sociétés vivent de la mort des individus et se régénèrent avec les nouvelles générations. Et dans les écosystèmes, les animaux vivent de la mort des plantes ou des animaux qu'ils mangent, le cycle de la mort y est en même temps cycle de vie. La vie et la mort, voilà deux ennemies absolument antagonistes mais complémentaires : la vie a besoin de ruse pour lutter contre la mort en intégrant celle-ci sans qu'elle cesse d'être une ennemie. J'ai interprété une autre formule d'Héraclite, « le chemin du haut et le chemin du bas sont le même », à la lumière des événements du XXe siècle. Le chemin suivi par la Russie à travers la révolution, le bolchevisme, la déchristianisation, la destruction du capitalisme, parvient finalement au même aboutissement que celui suivi par les États-Unis et l'Occident. Et puis Héraclite a une phrase extraordinaire qui me revient chaque fois que je perds espoir : « Si tu ne cherches pas l'inespéré, tu ne le trouveras pas. » Je me suis fait moi-même de façon héraclitienne, assumant mes contradictions entre la foi et le doute, la raison et la religion, dans le sens laïcisé où j'emploie le mot religion.

C'est une belle leçon de vie. Relisez-vous ces livres aujourd'hui ?

Évidemment. Pour ce qui est d'Héraclite, ses traductions sont différentes les unes des autres. J'en ai plusieurs et j'aime bien les comparer. Lorsque j'éprouve le besoin de me ressourcer, je prends mon Héraclite, je lis deux ou trois fragments qui m'éblouissent à nouveau, me tonifient. Par exemple cette parole qui, pour moi, va bien plus loin que tout ce qu'a dit Freud, et nous concerne tous : « Éveillés, ils dorment. »

Votre culture en philosophie et sciences humaines a-t-elle éclipsé votre culture littéraire ?

Mes lectures littéraires et poétiques me montraient que l'on ne peut pas réduire les problèmes importants de nos vies à des déterminations sociales ou économiques. Je savais qu'il y avait autre chose : la vie intérieure, la poésie de la vie. J'adorais la poésie, Hugo, Vigny, Baudelaire, Nerval et surtout Rimbaud, et j'ai écrit des poèmes dans mon adolescence. Je crois que j'ai gardé « les secrets de l'adolescence », pour reprendre le titre d'un livre sur Arthur Rimbaud dont je n'ai griffonné qu'un début de brouillon. Je dois certaines de mes découvertes poétiques à un parent installé à Marseille, Félix Gattegno, qui avait abandonné son commerce de bas après avoir eu la révélation de la littérature. À l'été 1941, Félix m'avait donné à lire sa propre traduction du *Romancero gitano* de Federico García Lorca. Il m'a aussi fait connaître Saint-John Perse, alors ignoré. Je n'ai jamais cessé de lire roman et poésie, et je crois de plus en plus que s'y trouvent des vérités que ne peuvent atteindre les sciences humaines. Je pense même, à la suite d'Octavio Paz, que les hommes politiques devraient lire Shakespeare avant toute chose.

Mais quand vous vous intéressiez à tout, que cherchiez-vous ?

Je cherchais mes vérités. Je me cherchais. Je ne sais pas : je cherchais. C'est peut-être pourquoi je suis devenu un chercheur ?

Outre cette boulimie de savoir, vous donnez l'impression d'être toujours entre deux eaux, de vouloir concilier l'inconciliable, de réunir en vous les contradictions que vous voyez dans le monde...

Peut-être justement parce que je suis quelqu'un qui se cherche ?

Votre identité porte-t-elle en elle ces contradictions ?

J'ai effectivement plusieurs identités au sein de mon identité. Quand j'étais adolescent, j'en étais d'autant plus gêné que mon père, né à Salonique dans l'Empire ottoman, était italien de nationalité. On me demandait « D'où est ton père ? – De Salonique. – Il est grec ? – Non, Salonique était turque. – Il est turc ? – Non, il est italien ». Moi, progressivement, j'ai considéré comme richesse et non plus infirmité ces diverses identités. Aussi je me reconnais comme français, juif, méditerranéen – avec des composantes italienne, espagnole et orientale –, européen et tout simplement, mais premièrement, humain, et humain de type moyen.

Qu'est-ce que ce type moyen ?

Cela signifie que non seulement je participe pleinement à ce que j'ai de commun avec tous les humains, mais aussi que, n'ayant subi qu'une faible empreinte culturelle, je suis ouvert à tout ce qui est humain. De plus, je me considère comme un être sans qualités spéciales, sans talents particuliers.

Et votre identité professionnelle ?

Je n'aime pas être enfermé dans l'étiquette de sociologue. Tout ce que j'ai écrit a une dimension sociologique, mais ne s'y réduit pas. Quand on me demande mon titre pour une conférence, je dis : directeur de recherche au CNRS. Je ne suis pas un vrai universitaire, bien que j'aie un pied dans l'université, ni un vrai intellectuel, bien que j'aie un pied dans cette caste. Je prends mon pied ailleurs... Ma façon de vouloir relier des connaissances dispersées – et cela, dès mon premier livre important, *L'Homme et la Mort* – m'a longtemps fait considérer comme déviant, ou superficiel, ou aberrant dans le monde universitaire.

Votre identité politique est-elle aussi complexe ?

Peut-être. Je suis de gauche mais indépendant de tout parti, et allergique au « LA » de *la* gauche, puisqu'il masque les divergences et conflits profonds entre communistes et socialistes. Je suis fidèle aux aspirations communautaires et libertaires, tout en sachant qu'elles comportent un antagonisme dans leur association. Je suis à la fois droitier et gauchiste, droitier parce que je pense qu'il faut respecter les libertés, gauchiste parce que je pense qu'il faut tout changer.

Votre identité de philosophe est-elle demeurée marxiste ?

Déjà mon marxisme, ou plutôt mon hégélo-marxisme, intégrait en 1950 les apports de Freud, Jung, Ferenczi, Otto Rank, et ceux de philosophes comme Jankélévitch ou Bachelard. Mais, à la fin des années 1950, j'ai abandonné cette sorte d'enveloppe au profit d'une constellation de pensées où Marx et Hegel ont certes leur place, mais avec Héraclite, Pascal, Kant, Nietzsche, Husserl, Heidegger. J'ai dépassé Marx en l'intégrant. Et, du reste, je ne suis pas philosophe aux yeux de la plupart des philosophes professionnels, ni scientifique pour la plupart des scientifiques professionnels. Je suis quelque chose qui échappe aux catégories usuelles. J'aime bien qu'on dise de moi que je suis un penseur, mais jamais je ne m'afficherai comme tel.

Pour revenir à la composante juive de votre identité, vous utilisez parfois pour vous qualifier la formule « judéo-gentil », parfois « néo-marrane », ou encore « post-marrane ». Que signifient-elles ?

La notion de judéo-gentil s'est imposée à moi pour définir les juifs modernes qui, formés dans et par la culture humaniste européenne, deviennent des citoyens d'une nation, ne sont plus seulement juifs parce que le monde des gentils (mot qui vient de la traduction latine du mot *goy* par quoi sont désignés les non-juifs) est partie intégrante de leur identité, devenue double identité. On peut être très diversement judéo-gentil, tantôt plutôt juif, tantôt plutôt gentil, comme Proust par exemple. Moi, je suis juif par fidélité à mes origines et par souvenir de la persécution subie par mes ascendants, et gentil parce que français, humaniste, européen, citoyen du monde. À partir de ces deux composantes, je suis sensible à toutes les persécutions, toutes les humiliations, d'où qu'elles viennent et quels que soient ceux qui les subissent. Donc, je suis un juif non juif et un gentil juif. Je ne suis ni tout à fait juif ni tout à fait gentil. Pour moi, tout se passe comme si deux chambres dans mon esprit cohabitent et dialoguent. Le plus important est qu'en ce qui me concerne « juif » est un adjectif, l'un de mes qualificatifs, comme européen, méditerranéen, etc., et non un substantif qui définirait mon être propre.

Et les termes de néo-marrane ou post-marrane ?

Les marranes étaient les juifs d'Espagne et du Portugal qui ont été forcés de se convertir au christianisme à la fin du XVe siècle. Une partie des descendants des marranes a, au cours des siècles, oublié son origine juive, une autre partie l'a conservée en secret, et certains se sont rejudaïsés aux XVIe et XVIIe siècles, à Amsterdam ou Livourne. Les néo- ou plutôt post-marranes sont d'une autre nature : le choc des deux religions, dans leur esprit, a fait éclater l'une et l'autre, et ils se sont trouvés au-delà du judaïsme et du christianisme. Ainsi je dis que Montaigne, Spinoza, Cervantès sont les grands post-marranes des XVIe et XVIIe siècles dont je me reconnais fils spirituel, et que Marx, Freud, Einstein sont les grands post-marranes des XIXe et XXe siècles. En ce qui concerne Spinoza, il y a quelques concordances entre son sort et le mien. Spinoza a abandonné sa religion ainsi que l'idée de peuple élu. Il a subi l'équivalent de l'excommunication de la part de la synagogue, la malédiction de l'hérétique. Moi, plus modestement, j'ai subi la condamnation des inconditionnels d'Israël et continue à recevoir des lettres qui me dénoncent comme traître. Mon lien philosophique avec Spinoza est radical dans le sens où il a rejeté l'idée d'un Dieu créateur extérieur au monde pour introduire la créativité dans la Nature même.

Est-on sûr que Montaigne était d'origine marrane ?

On sait que sa famille maternelle, les Louppes – en fait, Lopez –, sont des marranes venus d'Espagne. On ne sait rien de particulier au sujet de sa famille paternelle. Mais il est étrange qu'un petit gentilhomme gascon épouse une fille de marchands venus d'Espagne. D'autre part, il n'y a pas de référence, dans les *Essais* de Montaigne, aux Évangiles et à Jésus, mais des références aux Grecs et aux Latins. Et quand il parle de Dieu dans son « Apologie de Raymond Sebond », c'est un Dieu abstrait, sans aucun attribut particulier. Par ailleurs, Montaigne a fait ses études au collège de Guyenne, à Bordeaux, où le directeur, André Gouvea, était un marrane venu du Portugal. Il avait demandé ses lettres de naturalisation française à François Ier, et c'est le père de Montaigne qui les lui a remises au cours d'une cérémonie. Du reste, ce collège fut le premier lieu où l'on enseigna le scepticisme et l'esprit critique dont Montaigne a été marqué. Enfin, il y a un élément très curieux dans la lettre que Montaigne envoie à son père pour lui raconter les derniers instants de son ami La Boétie. Il dit que celui-ci, après avoir reçu l'extrême-onction, dit d'une voix forte : « Je meurs dans cette foi que Moïse a plantée en Égypte, qui de là s'est transportée en Judée, et que nos pères ont fait venir ici, en France. » Cette phrase étonnante, qui n'émane pas d'un protestant, nous pose une énigme : dans l'amitié de Montaigne et La Boétie, que Montaigne explique par son « parce que c'était lui, parce que c'était moi », n'y a-t-il pas le secret d'une identité commune ? De toute façon, Montaigne est un aérolithe dans un pays traversé par le fanatisme des guerres de religion. Il manifeste déjà avec éclat un authentique humanisme universaliste quand il dit : « On appelle barbares ceux d'une autre civilisation », et quand il affirme que la vraie barbarie n'est pas chez les Indiens qui mangent leurs ennemis, mais chez les conquérants européens qui les asservissent et les torturent vivants.

Au-delà de Montaigne et de Spinoza, qu'ont-ils de si spécifique, ces penseurs post-marranes que vous citez comme vos pères spirituels et qui, dites-vous, ont dépassé leur judaïsme ?

Ils sont de ceux qui ont exprimé le meilleur de notre civilisation tout en exerçant un regard critique sur son pire.

Vous êtes juif, dites-vous, en souvenir des persécutions qui ont frappé vos ancêtres parce qu'ils étaient juifs. C'est là une notion d'appartenance à un peuple ou à une nation que vous mettez en avant. Pourtant, dans tous vos écrits, le mot « juif » est écrit avec une minuscule, une règle typographique qui exclut l'idée de peuple au profit de l'appartenance religieuse. Pourquoi avez-vous fait ce choix ?

Ce n'est pas, en ce qui me concerne, une appartenance religieuse, et ce n'est pas non plus l'appartenance à un peuple. De même qu'un Français d'origine protestante se sent lié à ses ascendants persécutés tout en faisant partie du peuple français, de même je me sens faire partie du peuple français. Juif, c'est un des traits de mon identité, et donc j'en fais un adjectif, non un substantif. Je m'en suis expliqué dans une série de deux articles : « Juif, adjectif ou substantif ? », publiée en octobre 1989 dans *Le Monde*. Et moi, sachez-le une fois pour toutes, je me reconnais non comme juif, mais comme judéo-gentil et post-marrane. Voilà un exemple de ce qui fait la différence entre la pensée simplifiante et la pensée complexe.

Êtes-vous d'accord pour que nous adoptions, dans ce livre d'entretiens, la règle typographique usuelle, de la majuscule pour désigner le peuple, de la minuscule quand notre propos concernera strictement la religion ?

Mettez une minuscule quand cela concerne la personne ; pour le reste, faites comme bon vous semble.

Vous êtes viscéralement libre, indépendant, vous étouffez dans les carcans, vous refusez tout manichéisme, et vous refusez une appartenance unique. Mais, alors, comment avez-vous pu adhérer au Parti communiste, qui plus est à l'ère stalinienne ?

Je savais que le système communiste stalinien était cruel, autoritaire, que c'était un système congelé ; j'avais une culture trotskiste, libertaire, antistalinienne. Mais, progressivement, fin 1941 et début 1942, toutes ces informations, je les ai anesthésiées ou contournées – pire, refoulées. Je les ai considérées comme secondes, temporaires. Pourquoi ? Parce qu'on était au moment le plus décisif et le plus incertain de la Seconde Guerre mondiale, parce que je m'étais convaincu, par les lectures et les raisonnements que je vous ai évoqués, que les vices du système soviétique étaient déterminés par des causes extérieures ou intérieures. Parce que j'avais vingt ans, un besoin de croire au salut du monde, et que je me suis converti à la religion du salut terrestre qu'était le communisme. J'ai adhéré au Parti en 1942, et cette adhésion a signifié, bien plus qu'une décision politique, la participation à la lutte de toute l'humanité pour sa libération, et par là même une réconciliation avec moi et le monde. Avec cela j'espérais que la victoire permettrait aux idées du socialisme de fleurir, et à l'Europe, voire à la Terre entière de s'émanciper et de connaître un avenir qui ne serait peut-être pas parfait, mais duquel serait extirpée l'exploitation de l'homme par l'homme. Je me sentais relié et nourri par un cordon ombilical à l'humanité, ce qui atténuait mon sentiment du malheur, de l'inutilité, du néant. Je me sentais faire partie d'une grande fraternité ; quand je me rendais en Italie ou en Grèce, des inconnus me parlaient en camarade. Aussi ai-je voulu analyser plus tard, en 1957-1958, dans *Autocritique* [1], pourquoi et comment je me suis trompé, et comment je me suis déconverti.

Vous en êtes même arrivé à justifier totalement ses excès...

Je ne justifiais pas ses excès : je les considérais comme d'inévitables scories, ce qu'on appelle aujourd'hui des dommages collatéraux. Je n'ai jamais exalté Staline, je n'ai jamais insulté les soi-disant ennemis de la classe ouvrière. J'ai toujours détesté insulteurs et imprécateurs. Je vous renvoie à ce propos à mes œuvres complètes. Mais je justifiais la violence et la contrainte par l'accouchement du règne de la liberté et de la justice. En ce sens, j'étais dans la plénitude de la foi : l'Union soviétique sauvait le monde du nazisme, le communisme d'après-guerre serait celui du dégel. Et puis, n'oubliez pas qu'à l'époque de la Seconde Guerre la victoire de l'Union soviétique signifiait aussi celle des Alliés, donc notre libération en France.

1. *Autocritique*, Seuil, 1959.

Votre néo-marranisme vous a donc autorisé à adhérer pleinement aux dogmes du Parti, avec tout ce qu'ils comportent comme rigidités ?

Mais non, je n'ai jamais adhéré aux dogmes. J'ai adhéré au mythe et, plus encore, à une religion. Je n'ai jamais pensé que le Parti « avait toujours raison », selon le dogme de l'infaillibilité stalinienne : pour moi, il était dans la Raison ou, pour parler en termes hégéliens, l'instrument de la raison historique. Je constatais des erreurs et des crimes dans la politique du Parti, mais je me disais que celles-ci étaient secondaires au regard de l'enjeu majeur qui était la réalisation du communisme mondial. Et n'oubliez pas que j'étais consciemment déviant sous l'Occupation, car non seulement je refusais d'être « anti-boche », mais j'aidais des antifascistes allemands. J'ai trouvé répugnante la phrase d'Ilia Ehrenbourg : « Je ne connais qu'une sorte de bon Allemand, c'est un Allemand mort. » Après la guerre, avec le début de la guerre froide et l'emprise des dogmes culturels de l'Union soviétique, j'ai commencé à résister à la crétinisation culturelle avec mes amis Mascolo et Antelme, puis j'ai été allergique à l'excommunication de Tito. Enfin, la rupture interne est venue du procès Rajk, en 1949.

C'est donc tout de suite après la guerre que vous avez pris vos distances ?

Pas immédiatement, parce que le jdanovisme culturel commence, à mon souvenir, en 1946, pour se déchaîner en 1947. Ce qui s'est passé, aussitôt après la libération de Paris en août 1944, donc avant la fin de la guerre, le 8 mai 1945, c'est que je me suis trouvé déphasé, paumé. J'ai pensé faire du journalisme, mais l'article que j'avais écrit dans *Libres*, le quotidien de notre mouvement, avait suscité de l'ahurissement. Il s'intitulait : « Où sont les philosophes ? » ; j'y assurais que les vrais philosophes n'étaient pas les universitaires de ce nom, mais les soldats qui se battaient pour libérer l'Europe. « C'est sur le Rhin, c'est sur l'Oder que sont les philosophes », concluais-je de façon que je trouve aujourd'hui grotesque. À la Libération, Pierre Courtade m'avait proposé une rubrique en deuxième page dans l'hebdomadaire *Action*. Dans mon premier article, j'affirmais que la dictature du prolétariat n'était plus nécessaire depuis les grandes victoires soviétiques, et qu'une hégémonie du prolétariat suffisait. C'était une façon de défendre la liberté d'expression, mais un responsable du journal, Victor Leduc, m'a expliqué qu'un tel propos ne pouvait venir que du Comité central. Puis j'ai passé une ou deux semaines à *Ce soir*, quotidien du PC ; incapable de faire les chiens écrasés, mal à l'aise, j'en suis parti. À cette époque, ni les communistes ni les gaullistes de mon mouvement de résistance ne pouvaient me faire totalement confiance.

Je n'ai pas voulu passer l'agrégation, c'est-à-dire m'imaginer une vie faite de répétition d'horaires et de cours jusqu'à la retraite. J'ai eu alors l'idée d'organiser une exposition sur les « crimes hitlériens ». Le ministère de la Justice m'a offert un bureau et des collaborateurs. Là, j'ai été écœuré de tomber d'une vie aventureuse et fraternelle dans un univers de médiocrité. Je ne sais comment vous décrire la mesquinerie de ces petits bureaucrates qui n'avaient pas fait de résistance, l'un d'eux allant jusqu'à me lancer, quand je lui en ai fait la remarque : « Mais toi, t'étais bien obligé, puisque t'étais juif ! » Dionys Mascolo et Marguerite Duras, que j'avais embarqués dans cette affaire, ont très vite abandonné. Dionys travaillait chez Gallimard, Marguerite écrivait. J'avais besoin d'un gagne-pain, j'ai persévéré quelques mois. J'ai donc réuni des documents, dont un Livre blanc procuré par l'ambassade soviétique, rassemblant des témoignages accusant les nazis du massacre de Katyn où plusieurs milliers d'officiers polonais avaient été abattus. Plus tard, à l'occasion d'un voyage en Pologne, en 1957, j'ai eu la révélation que ce massacre était d'origine soviétique. Après l'implosion de l'URSS, une note relative à cette tuerie, portant la signature de Staline, a été retrouvée dans les archives soviétiques. Je m'étais battu pour que l'exposition s'intitule « Crimes hitlériens » plutôt que « Crimes allemands ». Mais j'ai renoncé à aller jusqu'à l'inauguration de l'exposition, préférant rejoindre l'état-major de la 1re armée en Allemagne. L'exposition s'est tenue au Grand Palais, sans moi, et n'a pas vraiment répondu à ce que j'avais projeté.

Ce sont ces raisons qui vous ont poussé à partir, avant la fin de la guerre, en Allemagne ?

Oui, ce fut pour me délivrer d'un quotidien médiocre et découvrir une nouvelle vie. Je me suis engagé, en février 1945, avec Violette. Nous nous étions épousés dans l'urgence, la veille de notre départ, à la mairie du 18e arrondissement. Un ami de classe d'origine arménienne, fonctionnaire à la mairie, nous avait aidés à nous marier légalement, mais en toute illégalité, sans prendre le temps de publier les bans. Puis nous avions fêté les noces au premier étage du restaurant grec de la rue Serpente, l'Athènes, qui n'existe plus. Nous avions bu, chanté *La Marseillaise*, *L'Internationale*, les chants révolutionnaires, puis nous étions partis en tant qu'officiers assimilés.

La porte de l'aventure s'ouvrait à nouveau : l'Allemagne était pour moi la prolongation de la Résistance, mais sans ses dangers, car j'y allais en vainqueur.

Beaucoup de Français ont refusé, pendant bien des années, d'aller en Allemagne...

Et il y en a d'autres qui, comme mon père, n'auront pas eu de haine pour les Allemands en tant qu'Allemands. Dans les années 1960 et 1970, il se plaisait même à partir en croisière sur le Rhin. Moi, j'étais nourri de culture allemande, et l'une de mes interrogations était alors : comment l'Allemagne, qui a produit ce que j'aime le plus en musique, en poésie, en philosophie, a-t-elle pu engendrer la monstruosité nazie ? Je voulais connaître l'Allemagne tout en continuant la lutte antinazie. J'ai été en zone française d'occupation avec pour première mission la gestion des prisonniers et déportés libérés sur place. J'ai assisté aux énormes déplacements de populations : les Allemands qui fuyaient, ceux qui revenaient, les colonnes de soldats, les prisonniers libérés. Nous étions dans l'euphorie de la victoire, des seigneurs en pays conquis, nous connaissions l'abondance après des années de restrictions, nous faisions la fête avec les bouteilles de porto et les meules de fromage que nous sortions des caves conquises. Avec quelques officiers issus du maquis de Franche-Comté qui sont devenus des amis, Romuald de Jomaron et sa femme Jacqueline, Georges Lesèvre dont les parents avaient été déportés (son père est mort dans les camps, sa mère est revenue et son témoignage fut l'un des plus impressionnants lors du procès Barbie), nous vivions dans un climat d'euphorie, d'amitié, de fraternité.

Nous chantions sans arrêt des chants révolutionnaires, *Rosamunda*, devenu l'hymne d'un régiment de tirailleurs, et même le *Horst Wessel Lied*, l'hymne du parti nazi, ce qui ne nous gênait pas car nous nous en emparions comme d'une prise de guerre... Nous dévorions tout, nous chantions tout, nous avions trouvé une nouvelle fraternité. Avec nos amis, nous organisions de grandes balades à bord de véhicules militaires, en Autriche, dans le Tyrol, à Salzbourg où s'ouvrit le premier festival d'après-guerre, et même dans le nid d'aigle d'Hitler, à Berchtesgaden, d'où j'ai rapporté quelques morceaux de céramique de sa salle de bains. Je me souviens d'une conférence d'André Gide à laquelle nous avons assisté au lac de Pertisau. Ses livres, en particulier *Les Nourritures terrestres* et *Les Nouvelles Nourritures*, avaient immensément compté pour moi, mais je me suis indigné, lors de cette conférence, en l'entendant affirmer que « le monde ne sera sauvé que par quelques-uns », alors qu'il me semblait évident que les masses populaires sauveraient le monde. J'ai retrouvé cette phrase, il y a une dizaine d'années, en lisant le journal tenu par Gide durant les années de guerre, et j'ai pensé : comme elle est vraie !

Mises à part les fêtes et les promenades, en quoi consistait votre travail au sein de l'armée ?

Les deux premiers mois, à Lindau, petite ville d'opérette près du lac de Constance, je recherchais des contacts avec les antifascistes allemands. Puis, en mai 1945, j'ai été transféré à Baden-Baden, bombardé chef de la Propagande à la direction de l'Information du gouvernement militaire, et installé dans une belle maison juchée sur une colline, tandis que les bureaux étaient dans les grands hôtels de la station thermale. Je réalisais des tracts et des affiches de propagande avec des citations de Goethe, Schiller, Thomas Mann et d'autres grands écrivains allemands. Pour le 1er mai 1945, j'avais préparé une affiche avec deux mains brisant des chaînes, sur fond rouge ; mes chefs ont refusé la couleur et je me suis rabattu sur le vert. Je recevais sur mon bureau les rapports des services de renseignements alliés qui recensaient l'état de l'Allemagne, et je circulais beaucoup.

En particulier à Berlin...

Une ville qui me fascinait, une ville mythique, la ville des films allemands de ma jeunesse, de Fritz Lang, de Pabst, de *L'Ange bleu*. Dès que les Soviétiques, qui l'avaient conquise, l'ont ouverte aux Alliés pour y installer la Kommandantur où étaient représentées les quatre puissances occupantes, la France, l'Angleterre, l'Allemagne et l'URSS, j'ai sauté dans un avion militaire et j'ai réalisé mon vieux rêve. J'ai d'abord découvert les ruines interminables d'une ville entièrement détruite sur des kilomètres. J'étais logé en banlieue, à Frohnau, un endroit très beau, très mélancolique : des dunes de sable, des pins, des étangs... Je circulais beaucoup, y compris dans la zone soviétique réputée déjà dangereuse et où les rumeurs faisaient état de viols de femmes. Je me souviens, à l'intérieur de la chancellerie déserte d'Hitler, avoir ramassé, au milieu des papiers qui jonchaient le sol, des lettres signées de sa main, décernant des décorations à des soldats allemands. J'étais le seul militaire touriste dans la ville fantôme où quelques Allemands rasaient parfois les murs. Un jour de plein été, je me suis trouvé près de la porte de Brandebourg, au cœur de ce monde sans vie, au milieu d'amoncellements de pierres, d'immeubles éventrés de l'Under den Linten, la grande avenue du centre de Berlin, quand brusquement a jailli la *Sonate du Printemps*, de Beethoven. Les Soviétiques avaient installé un haut-parleur porte de Brandebourg. Cette sonate dans les ruines, dans la mort, semblait annoncer un temps nouveau, répondant à ce sentiment, si fort en moi, de renaissance après la mort, et qui me fait entrevoir, au sein du désastre, l'espoir du futur. Je ressentis un étrange mélange de désolation et de bonheur.

À cette époque, le communisme stalinien, martyr et vainqueur de la guerre, dégageait un rayonnement solaire. J'avais eu un contact extrêmement cordial avec un haut responsable soviétique, le camarade Panine, qui contrôlait le général Tchoukov, et il était évidemment très heureux de me tirer les vers du nez au sujet des zones occidentales. J'étais dans l'enthousiasme, je ne voyais pas les petits détails, les questions auxquelles il ne voulait pas répondre quand, par exemple, je l'interrogeais, lors d'une de nos rencontres, sur l'absence soviétique au Festival de Salzbourg. À la Kommandantur interalliée où nous déjeunions et nous abreuvions d'Alexandras, je m'amusais du bling-bling de l'entrechoquement des médailles sur la poitrine des généraux soviétiques quand ils s'asseyaient à leur table. De la zone soviétique je retenais le spectacle des femmes mobilisées qui déblayaient pour reconstruire, et je voyais en face la zone ouest, ses cabarets, sa prostitution, l'érotisme qui suintait du Kurfürstendamm. Je me souviens d'une nuit où, errant en voiture parmi les décombres, je vois une belle femme, elle monte, je l'embrasse, elle m'entraîne dans une maison à moitié ravagée, avec son escalier à ciel ouvert... Je concluais de tout cela que le capitalisme était pourri, incapable de régénérer l'Allemagne.

Avez-vous par la suite conservé des relations avec le camarade Panine ?

Oui, jusqu'à mon départ d'Allemagne. Plus tard, il a rencontré, à ma demande, les parents de mon ami Claude Dreyfus. Ils cherchaient à retrouver les traces de leur fils, qu'ils voulaient espérer vivant, et Panine leur fournit les autorisations nécessaires pour se rendre en zone est, notamment à Buchenwald. Claude avait eu une terrible malchance : lui, le sobre et le chaste, avait découvert le vin et l'amour, en juin 1944. Il fut arrêté à l'hôtel Goudeau, place Goudeau, et déporté par le dernier train pour Buchenwald, avant la libération de Paris. À Buchenwald, notre ami Félix Kreisler, auparavant déporté, s'occupait de l'Arbeitstatistik qui répartissait les arrivants dans différents kommandos. Si Félix l'avait reconnu, il aurait été sauvé, mais Claude était inscrit sous son faux nom. Il fut transféré dans l'enfer de Dora-Elrich, usine souterraine d'où très peu allaient revenir. C'est là qu'il est sans doute mort mais, pendant des années, ses parents ont espéré qu'il vivait, peut-être amnésique, peut-être en URSS.

Il me vient à l'esprit un autre souvenir. Un jour, Panine me demanda si je pouvais lui rendre le service de transmettre une lettre du maréchal von Paulus, vaincu à Stalingrad, prisonnier des Soviétiques, à son épouse qui habitait la Forêt-Noire. Ce que j'acceptai, évidemment. À mon retour en zone française, je me rendis dans un beau château où je demandai à voir Frau von Paulus. Je vis arriver une belle femme, noble, grande et droite, qui me regarda d'un air interrogateur. Bêtement, je lui tendis une enveloppe en disant : « J'ai une lettre de votre mari. » Elle n'avait pas eu de nouvelles de lui depuis Stalingrad. Elle regarde l'écriture sur l'enveloppe et s'évanouit. Plus tard, j'ai apporté à Panine une lettre de madame von Paulus à son mari.

Qu'est devenu Panine ?

Je ne sais pas. Un épurateur ? Un épuré ? Un épurateur épuré ?

Pendant ce séjour en Allemagne, vous rencontrez Heidegger, qui était mis à l'écart du fait de sa proximité avec les nazis. Fut-ce une rencontre fortuite ?

Non. Durant l'été 1945, j'ai appris que Heidegger était à Fribourg et j'ai décidé d'aller voir celui qui était pour moi un mythe. Pendant l'Occupation, j'avais lu *Qu'est-ce que la métaphysique ?* et j'avais été frappé par cette lecture. Heidegger était en proie à une succession d'avanies épuratrices, et il s'est d'abord montré très craintif à ma vue. Je suis arrivé en costume d'officier, et chaque fois qu'il avait affaire à un officier français, c'était pour s'entendre signifier qu'il perdait un poste ou un quelconque avantage. Je parlais à peine l'allemand, il prétendait bien parler le français, mais j'en doute, il m'a cependant bien compris quand je lui ai dit d'emblée que j'étais très impressionné par ce que j'avais lu de son œuvre. L'atmosphère s'est aussitôt détendue : il était très heureux que quelqu'un vienne enfin non pas le persécuter, mais l'écouter. C'était un petit bonhomme assez impressionnant, avec son air rustique de paysan montagnard. Cet entretien fut cordial, mais je ne me souviens plus des détails. Revenu à Paris, je me vantai auprès de mes amis de l'avoir rencontré. La revue *Fontaine*, que dirigeait Max-Pol Fouchet, m'a alors proposé de lui demander un texte philosophique. Cela m'a donné l'occasion d'une deuxième ou d'une troisième rencontre avec Heidegger, auquel j'ai également remis le contrat de la revue qui a effectivement publié son article. Pour lui, j'étais devenu un animal familier. Puis un ami, Alexandre Astruc, journaliste à la revue *Combat*, m'a demandé à son tour de rencontrer ce grand philosophe qui nous a conviés dans son chalet de montagne. Une maison très rustique, presque ascétique, en pleins bois. Le chemin perdu que nous avions emprunté menait à ce chalet où il se trouvait avec sa femme et sa fille. Clara Malraux avait également voulu le rencontrer mais, je ne sais plus trop pourquoi, cette rencontre n'a pas été possible. Nos rencontres ont cessé quand je me suis polarisé sur Berlin.

L'aviez-vous interrogé sur sa proximité avec le nazisme ?

Nous savions à l'époque que Heidegger avait été « épuré » en tant qu'adhérent au parti nazi. Mais, dans mon esprit, je ne l'ai jamais identifié au nazisme : je voyais en lui l'homme qui avait réfléchi sur l'être, sur le *Dasein* et, dans le fond, je ne pensais pas – et je ne pense toujours pas – que sa philosophie de l'authenticité portait en elle la justification du nazisme. Sans être un lecteur systématique de Heidegger, je suis toujours tombé sur des textes que je considère comme d'éveil. On a beaucoup parlé par la suite de son fameux discours de 1934, consacré à la mission de l'Université, dans lequel il évoque le redressement de la nation allemande. J'estime qu'il doit être placé dans le contexte de l'année 1934 où une Allemagne en décomposition est brusquement remise au travail, où le chômage se réduit du fait de la remise en marche de l'industrie, non encore vouée à la guerre, où donc beaucoup d'Allemands assistent au redressement de leur patrie. Il est de ceux qui répugnaient alors à l'antisémitisme des hitlériens, mais le considéraient comme un trait secondaire. Je le conçois d'autant mieux que j'ai épousé le même raisonnement vis-à-vis des forfaits du communisme stalinien en considérant comme secondaire ce qui était essentiel, et comme provisoire le permanent. Quand on décontextualise, quand on juge rétroactivement du haut d'un savoir tranquille, on aboutit à des jugements souverains, comme Dieu le Père au jour du Jugement dernier. Personnellement, face aux condamnations définitives, j'ai toujours essayé de contextualiser. La pensée de Heidegger m'importait plus que ses défaillances. Je n'ai jamais voulu accepter la réduction d'une philosophie à une personne, et d'une personne à son pire moment.

Vous pouviez donc discuter avec de lui de philosophie en passant outre ses engagements de la veille...

Quelle veille quand il avait prononcé son discours en 1934, avait cessé d'intervenir en politique ensuite, et que nous étions en 1945 ? Certes, il était membre du parti nazi, et il avait repris sa carte, comme bien d'autres Allemands. Mais enfin, dans un pays totalitaire, quand on est membre du parti, on n'en démissionne pas impunément. Je dirais de Heidegger qu'il a été prudent et même sournois, mais sa philosophie ne peut être dite d'inspiration nazie. Il n'a pas été un dignitaire du régime : il était resté un professeur d'université, de la même manière que Furtwängler était un chef d'orchestre qui dirigeait des concerts auxquels Hitler assistait. Être un nazi convaincu ou être un conformiste ne revient pas au même. Heidegger était un conformiste, comme l'étaient de leur côté beaucoup de membres du Parti communiste en Union soviétique. S'il fallait punir tous les conformistes, y compris les conformistes du punitionnisme, on se retrouverait bien seuls...

Ce n'était donc pas si grave ?

Je ne dis pas que ce n'était pas grave, je dis que sa philosophie n'est pas nazie. La polémique à son sujet a surgi bien plus tard. En 1959, quand nous avons publié l'un de ses textes dans la revue *Arguments*, que je dirigeais, il commençait à être très mal vu. De toute façon, en 1945, j'étais fasciné par la perspective de rencontrer un mythe vivant. J'étais un marxiste ouvert, intégrateur, je n'appartenais à aucune école. Heidegger a fécondé des voies que j'ai par la suite suivies. *La Méthode*, notamment le volume sur *La Connaissance de la connaissance*, a inclus une dimension épistémologique que je lui dois. Je suis en tout cas resté tout à fait en dehors des polémiques le concernant.

Vous êtes revenu d'Allemagne avec un livre. Votre premier livre...

Dans cette Allemagne décomposée, au peuple hagard et ravagé, une interrogation me poursuivait :

comment ce pays, qui fut le plus cultivé, qui a produit la philosophie la plus riche, la musique la plus belle, ce pays doté d'une culture si extraordinaire, a-t-il pu sombrer dans la barbarie du nazisme ? De ce séjour, de cette question j'ai en effet ramené *L'An zéro de l'Allemagne*, publié à la Cité universelle, une petite maison d'édition fondée par Robert Antelme. Je l'ai écrit comme tous mes livres ultérieurs : en prenant des notes sur du papier libre, puis en rangeant ces notes par thèmes, les reliant et les séparant, et en composant ensuite des chapitres. J'ai écrit ce livre à la main. Par la suite, quand il y aura des ordinateurs, j'écrirai sur mon Mac. *L'An zéro de l'Allemagne* est, à ma connaissance, le premier livre d'après la Libération à n'être pas anti-allemand. J'y ai rejeté l'idée d'une culpabilité du peuple allemand au profit de celle d'une responsabilité que le futur État devrait assumer en réparant les dommages causés par le nazisme. Ce livre a eu la chance d'intervenir à un moment où l'Union soviétique entamait un changement politique en vue de la création de la RDA, tandis que le Parti communiste français poursuivait sa propagande antiallemande. Moscou avait pris de court Paris, et quand mon livre est arrivé sur le bureau du secrétaire général du Parti, Maurice Thorez, celui-ci a ordonné à la presse communiste d'en parler pour permettre aux communistes français de prendre ce virage politique. Ainsi, un ouvrage « déviationniste » (certains avaient même prédit mon exclusion) est devenu, au contraire, un livre « dans la ligne », et j'ai été fêté ! J'ai du coup collaboré un certain temps aux *Lettres françaises*, la revue littéraire contrôlée par le Parti et dirigée à l'époque par Claude Morgan, mais des articles légèrement dissidents m'en ont progressivement fait écarter. J'ai écrit un article sur le Festival mondial de la jeunesse où j'exprimais, à la fin, un doute sur l'avenir lumineux du communisme : « Peut-on encore y croire ? Il faut le vouloir avec violence. » Et un article à la gloire de Jean-Jacques Rousseau mais, pour une raison dont je ne me souviens plus, il n'a pas été jugé dans la ligne du Parti. Je ne sais plus qui m'a répondu par un article fustigeant Rousseau. Puis j'ai écrit un article sur le *Reader's Digest* dont je dénonçais la médiocrité, mais il a déplu à Laurent Casanova, responsable du Parti aux intellectuels, parce que j'aurais dû dénoncer ce magazine comme instrument de l'impérialisme américain. En 1947, quand le prix Nobel de littérature a été décerné à André Gide, la presse communiste et assimilée s'est déchaînée contre « ce vieux pédéraste réactionnaire », et moi j'ai fait un article pour dire que le message des *Nourritures terrestres* était libérateur, et que c'est seulement vieilli que Gide avait chuté dans la réaction – une concession imbécile que je faisais pour que mon article soit publié dans *Action*.

Pour en revenir à l'Allemagne, ce sont mes sentiments antinazis qui m'avaient décidé à fonder un comité d'amitié franco-allemand avec Rudolf Leonhardt, un intellectuel allemand réfugié en France. Emmanuel Mounier en avait patronné l'idée et, parmi les pressentis à l'adhésion, se trouvait Jean-Paul Sartre. Rudolf me dit que le Parti ne pouvait accepter que l'on participe à un même comité que Sartre, et j'ai lâchement démissionné. Alfred Grosser devait en diriger les destinées.

Vous êtes alors entré en dissidence culturelle. Vous n'avez pas pour autant quitté le Parti dont vous dénonciez la logique d'exclusion !

Même au plus fort de la pestilence, le communisme continuait de représenter pour moi les eaux mères de la fraternité internationale. Il faut dire qu'à notre retour d'Allemagne Violette et moi nous sommes installés chez Marguerite Duras. Avec son compagnon Dionys Mascolo, et son ancien mari, Robert Antelme, revenu de déportation dans un état quasi squelettique, nous formions le noyau du groupe de la rue Saint-Benoît. Je les avais convertis au communisme. Nous étions soudés, nous formions une véritable communauté. Marguerite recevait beaucoup : des anonymes, mais aussi des écrivains connus comme Raymond Queneau, Maurice Merleau-Ponty, Georges Bataille. Dionys m'a fait découvrir le surréalisme, la dernière grande révélation de ma vie, dont j'ai incorporé le message selon lequel la poésie doit être non seulement écrite, mais aussi vécue. Je vais connaître – en 1954, je crois – André Breton dont la présence était poésie, un être complètement désintéressé, à l'inverse d'Aragon, et qui a accepté mon amitié. J'ai aussi pu connaître les trois Luxembourgeoises extraordinaires qui ont fasciné les surréalistes : Simone, la première femme de Breton, devenue Simone Collinet, Denise Naville et Janine Queneau. Je vivais des journées de café, notamment au Café de Flore, et dès 17 heures nous allions, Robert et moi, retrouver Dionys au café L'Espérance, en face de Gallimard. Le soir, nous allions en boîte, au Tabou. Violette et moi dépensions les soldes d'officiers que nous avions économisées, puis j'ai été nommé rédacteur en chef (et unique rédacteur) du *Patriote résistant*, journal de la Fédération nationale des déportés et internés résistants et patriotes, que contrôlait le Parti. C'était une période heureuse, sans soucis, et qui, de ce fait même, ne pouvait pas durer. Nous étions communistes, mais nous étions passés dans la résistance culturelle au stalinisme, et nous vivions notre dissidence rue Saint-Benoît, en parfaite communion.

Nous étions de plus en plus écœurés par les énormes mensonges colportés par la presse du Parti.

Quel était à ce moment votre lien avec les organes du Parti ?

Ils ont été de deux sortes. Tout d'abord, le Parti a voulu contrôler les intellectuels à la suite d'une interview d'Elio Vittorini, l'écrivain italien communiste, réalisée par Dionys Mascolo et moi-même pour *Les Lettres françaises*, où il exprimait nos idées, à savoir que le front de la politique ne pouvait être identifié à celui de la culture, et que le communisme était pour nous « protestant », et non « catholique ». Aussitôt, le responsable aux intellectuels du Bureau politique, Laurent Casanova, convoque écrivains, critiques, poètes communistes dans une salle de la Mutualité, à Paris, et ce Corse s'exclame : « Quel est cet Italien qui vient nous donner des leçons, à nous autres Français ? » Cette apostrophe a eu sur moi un effet extraordinaire, et je suis intervenu pour faire remarquer que la qualité d'Italien n'avait rien à voir avec le débat. J'entends encore Aragon éprouver le besoin, après mon intervention, de commenter : « Vous savez, c'est le camarade Casanova qu'il vient de critiquer. » Comme si tout le monde n'avait pas compris ! Il fallait étouffer la contestation. Casanova, habile, me confie alors la rédaction d'un rapport sur Vittorini. Une réunion est organisée : je défends les thèses vittoriniennes qui sont les miennes et celles de mes amis. Je suis très vivement contesté par les plus staliniens, Gilbert Mury, Renaud de Jouvenel, Jean Kanapa, et la séance s'achève par la signature d'une motion de solidarité avec Maurice Thorez, que nous avons tous signée. Robert Antelme, chargé d'un autre rapport concernant Jean Kanapa, le critique avec une très grande hauteur de vues. Nous avons un dernier sursaut : nous préparons une motion sur la liberté intellectuelle, mais beaucoup d'amis communistes refusent de la signer ; Pierre Courtade la décrète même « anti-Parti ». Courtade était, à son entrée à *L'Humanité,* intelligent, subtil, sceptique, puis il s'est fait happer jusqu'à devenir aveugle, notamment lors du procès Rajk. La crétinisation culturelle s'est déchaînée, dénonçant Sartre, Camus et même Queneau, proclamant qu'un écrivain anticommuniste ne peut avoir de talent, et prônant le réalisme socialiste, c'est-à-dire la description idyllique de la vie en URSS.

Mon second lien avec le Parti a été, je l'ai dit, mon incorporation au *Patriote résistant*, organe de la Fédération nationale des déportés et internés résistants et patriotes, contrôlée par l'Appareil. Un ami, Fougerousse, nous avait fait entrer à la FNDIRP, Robert Antelme et moi, lui pour la propagande, moi pour le journal dont j'étais le rédacteur, flanqué d'un adjoint érotomane et zinzin. Je mettais en page des articles langue de bois et je tenais la rubrique littéraire. J'étais dans le même bureau que Robert Antelme qui s'occupait de la propagande, et Monique Régnier qui était secrétaire et allait devenir sa femme. Quand nous touchions notre paie, nous allions tous les trois à Potel et Chabot où nous dégustions avec volupté un vieux porto.

Plus tard, vers 1947, on m'a proposé de travailler au service culturel de *L'Humanité*, j'ai dit que je n'étais pas d'accord avec la politique culturelle du journal et que je préférais un organe de type syndicaliste. On me cherchait un poste quand Pierre Courtade, interrogé à mon sujet, a déclaré que j'étais titiste, ce qui était une accusation fatale dans le Parti.

J'ai perdu tout travail. Je suis devenu chômeur. Il faut dire que tous ces échecs ont stérilisé mes tentatives de faire métier de journaliste. Heureusement !

Mais vous ne quittez donc toujours pas le Parti !

J'avais été battu culturellement, mais je n'éprouvais pas encore le besoin de rompre. Il a fallu que s'impose la vision manichéenne du monde divisé en deux camps, l'impérialisme et le socialisme, puis l'excommunication de Tito, pour que je commence à vouloir sortir de ce délire – et de cette crétinisation. Ce fut lors d'un séjour dans le Midi où je m'étais retiré pour rédiger un roman, « L'année a perdu son printemps ». Il devait être très mauvais, et j'ai perdu le manuscrit dans un déménagement. J'avais choisi le titre par référence à la phrase de Périclès annonçant aux Athéniens leur défaite devant Sparte : « L'année a perdu son printemps, la jeunesse a perdu sa fleur. » De ma retraite, j'ai fait part à Dionys de mon intention de démissionner. Sa réponse ne s'est pas fait attendre : « Il ne faut pas démissionner, parce que c'est la pente savonnée. » Nous étions persuadés que quitter le Parti menait sur une « pente savonnée » qui faisait tomber dans les pires bourbiers de la réaction. Alors je me suis abstenu.

Le divorce s'est fait par étapes. En août 1948, Tito est excommunié par Staline parce qu'il refuse l'obéissance absolue au Kremlin. Je savais, nous savions que les accusations portées contre lui étaient grotesques, mais je suis resté, nous sommes restés silencieux, je n'osais pas encore mettre en cause ouvertement la politique du Parti. Procès et purges se sont multipliés comme autant de modes d'exorcisme et de purification. Les épurations en chaîne transformaient les dirigeants communistes emprisonnés en traîtres et agents de l'impérialisme. La deuxième étape du divorce a été le procès, en 1949, du dirigeant communiste hongrois László Rajk. Résistant au nazisme, Rajk a été accusé de tous les crimes possibles, y compris celui d'avoir été un espion nazi et d'être à la solde de Tito, des Américains, de l'impérialisme occidental. Il a avoué tous ses prétendus crimes après avoir été torturé, ce que nous avons su plus tard, et il a été condamné à mort et exécuté.

J'avais deux amis hongrois, François Fejtö et Georges Szekeres. Fejtö, ami de Clara Malraux, avait participé à la Résistance, puis était devenu journaliste à l'AFP avant de travailler au Centre culturel hongrois, à Paris. Nous étions devenus amis et nous sommes sentis de plus en plus proches. Lors de l'arrestation de Rajk, il est convoqué à Budapest. Terrorisé, il m'appelle, je vais le chercher et lui conseille de partir du Centre culturel et de ne pas revenir. Il connaissait bien l'histoire de Rajk et a publié ensuite, dans la revue *Esprit*, un article d'une clarté absolue démontrant qu'il était absolument impossible que Rajk se fût trouvé dans l'Allemagne nazie, ainsi que le soutenait l'accusation, puisqu'il était, au moment des faits, en Espagne où il participait à la guerre contre le franquisme. Pierre Courtade essaya en vain d'empêcher la publication de l'article en affirmant « de source sûre » à Emmanuel Mounier, directeur de la revue, que Fejtö était un agent secret de l'impérialisme américain. Par contre, il réussit à convaincre Claude Roy et Jacques-Francis Rolland de la culpabilité de Rajk, sur lequel il publia des articles d'un rare cynisme dans *L'Humanité*. L'article de Fejtö a joué un rôle décisif dans ma rupture intérieure avec le stalinisme.

Mon second ami hongrois, Georges Szekeres, fut également un résistant ; pendant l'insurrection de

Paris, il avait lancé de sa fenêtre une grenade sur un convoi allemand. Correspondant en France, à la Libération, du journal du Parti communiste hongrois, il est ensuite nommé à Rome – poste merveilleux ! – premier secrétaire à l'ambassade de Hongrie. Lors de l'affaire Rajk, il est également rappelé à Budapest où il ne pourrait être qu'emprisonné. Szekeres choisit de se réfugier à Paris où sa femme refuse de voir ce déserteur, et où ses meilleurs amis, à l'exception de Dionys, Robert et moi, lui tournent le dos. Il songe à écrire un livre, « L'Individu et l'histoire ». Les services secrets français le convoquent, lui promettent un permis de séjour en échange d'informations sur les dirigeants communistes hongrois. Il refuse, par dignité, de devenir une balance, alors qu'il aurait pu s'en sortir en fournissant des informations anodines. Avant d'être expulsé vers Berlin-Est, il reçoit la visite de Pierre Courtade. De Berlin-Est, Szekeres est conduit à Budapest. Dans le train, le policier hongrois qui l'escorte lui répète tout ce qu'il avait confié à Courtade. Après avoir été emprisonné, Szekeres est resté à Budapest où il s'est remarié et a vécu de traductions. Je suis passé le voir à l'occasion d'un congrès de sociologie, dans les années 1960, puis lui-même a effectué quelques séjours en France quand il a réussi à obtenir un permis de voyager. Puis il est mort. Sa nouvelle épouse a écrit sa biographie : elle n'a jamais trouvé d'éditeur. Szekeres n'intéresse personne. Tant d'hommes qui, pour moi, demeurent des héros, comme Szekeres, Pierre Hervé, Maurice Degliame, Pierre Le Moigne, sont aujourd'hui morts et totalement oubliés. Quant à Courtade, il fut également un héros de notre temps dans le sens dérisoire du roman de Michel Lermontov. Tous oubliés...

Ces incidents ont dû vous marquer profondément...

Ils ont causé en moi la rupture intérieure. Ce qui a été décisif, c'est le dégoût, l'écœurement devant tant de mensonges et d'ignominies qui culminent à nouveau dans les procès des démocraties populaires. En 1949, je n'ai pas repris ma carte, mais je n'ai pas osé dire que je n'étais plus du Parti. Au Centre d'études sociologiques où je travaillais, mes collègues supposaient que je militais à mon domicile. À Vanves où j'habitais, on supposait que je militais sur mon lieu de travail. En fait, j'avais cessé de militer. J'avais compris que le communisme soviétique n'était pas seulement une implacable dictature, mais surtout une gigantesque imposture. J'avais assisté à la dérive d'anciens amis comme Pierre Courtade, et je me disais que le torrent de l'Histoire, ses tornades, nous entraînent dans des dérives auxquelles il faut résister. Résister, résister : la leçon de résistance valait maintenant contre l'URSS.

C'est alors que vous vous êtes finalement résolu à quitter le Parti communiste ?

Je l'ai quitté en catimini, ne l'ayant pas dit. Après l'affaire Rajk, quoique n'ayant pas repris ma carte, je continuais à me dire communiste. En 1951, à la suite d'un article que j'avais publié dans *L'Observateur*, ancêtre du *Nouvel Observateur* – un compte rendu du colloque « Villes et campagnes » organisé par le Centre d'études sociologiques du CNRS –, j'ai été convoqué par la responsable communiste Annie Besse qui m'a reproché, entre autres accusations stupides, d'y calomnier Mao. Je lui ai répondu que c'est Mao lui-même qui, dans ses mémoires, relatait qu'il avait été exclu de l'Internationale. Mais je n'ai pas osé lui dire que je n'étais plus membre du Parti. Puis j'ai répondu à une convocation que je croyais être une réunion de combattants de la paix, mais qui était en fait la réunion de ma cellule locale convoquée pour demander mon exclusion. C'est étrange : j'étais en dehors du Parti, j'ai pourtant demandé qu'il soit sursis à mon exclusion. Je restais quelque part accroché à cette fraternité – vraie et fausse fraternité puisque, quand on est exclu, on est rejeté, on est méprisé, on est détruit, on est calomnié. Exclu, j'ai perdu de faux camarades. Mais je n'ai pas eu à changer de vrais amis.

Ce fut sans doute pour vous une libération...

C'est le lendemain que j'ai ressenti une grande liberté, l'énorme joie d'avoir coupé le cordon ombilical. Mais, sur le coup, j'ai pleuré. Je suis sorti dans la nuit qui a suivi la réunion d'exclusion, et j'ai marché. Dans cette nuit, un orchestre jouait une marche militaire soviétique que j'adorais, *La Marche ukrainienne*. Cette *Marche* représentait pour moi toutes les victoires, les conquêtes, l'avancée des troupes, je l'avais chantée en Allemagne dans les camps de prisonniers soviétiques, j'adorais la chanter, cette *Marche* qui symbolise la victoire des peuples. Et je me sentais d'autant plus seul, perdu dans la nuit. Curieusement, au petit matin, ce désespoir infini s'était entièrement dissipé. Je me suis senti enfin libre, enfin moi-même, pouvant être responsable de moi-même. Cette liberté dont j'ai brusquement joui, je l'ai gardée et je tiens toujours à la garder.

En 1956, l'insurrection de Budapest m'a vraiment réveillé : en voyant ce peuple qui essayait de se libérer de l'emprise soviétique, ce prolétariat écrasé par l'Armée rouge, prétendue armée des prolétaires, une rupture totale s'est effectuée dans mon esprit. Cela a déclenché un auto-examen capital : je me suis demandé comment moi, qui disposais avant la guerre de tous les éléments critiques contre le communisme stalinien, j'avais pu devenir communiste, puis j'ai examiné comment j'avais réussi, par la suite, à me déconvertir. Ce travail m'a été d'une utilité personnelle extraordinaire. J'en ai tiré un livre, *Autocritique*, que j'ai publié en 1959. Ce livre n'était pas difficile à faire. Je n'avais nul besoin de rassembler des documents, il me suffisait de plonger en moi-même pour ressusciter cette période puis, à partir de là, d'essayer de comprendre les mécanismes psychologiques de ma dérive, ainsi que la dérive d'amis, les uns vers la collaboration, les autres vers le pire stalinisme. *Autocritique* m'a immunisé non seulement contre le communisme stalinien, mais contre toutes les dérives de raisonnement fondées sur la réduction d'un phénomène complexe, soit à son pire, soit à son meilleur aspect, et selon une vision manichéenne du monde.

Par la suite, je ne me suis pas laissé entraîner dans le maoïsme ou dans le castrisme. Je suis désormais allergique à certains types de raisonnement et surtout de condamnation, à toute entreprise visant à liquider psychologiquement et moralement l'adversaire ou le soi-disant adversaire. Cela dit, mon expérience dans le Parti a été une expérience anthropologique unique. Je comprends, depuis, ce que c'est d'être « possédé », au sens quasi vaudou du terme, par une sorte de Moloch qui est à l'intérieur de soi-même. J'ai vu des esprits subtils devenir des ânes. J'ai vu des Bouvard et Pécuchet se transformer en Torquemada et Lohengrin. J'ai vu une petite chatte mutine devenir une ogresse. J'ai connu des martyrs et des héros pouvant devenir bourreaux par cela même qui en avait fait des martyrs et des héros.

Avez-vous jamais été vraiment marxiste ?

Il y a plusieurs façons d'être marxiste. J'ai été pour ma part un marxiste ouvert, un hégéliano-marxiste. J'y ai intégré les apports de Freud, Jung, Rank, ceux de Marc Bloch et Lucien Febvre. Le Marx qui m'avait fasciné dans ma jeunesse est celui qui cherchait à articuler toutes les connaissances et à les lier au politique. Je reste fidèle à la pensée de ses manuscrits de jeunesse, sensible à ses œuvres historiques et à bien des analyses du *Capital*. Quand nous avons fondé la revue *Arguments*, en 1956, Jean Duvignaud a eu le courage de dire qu'il fallait cesser de se dire marxiste. J'ai hésité, puis j'ai réalisé qu'il s'agissait d'une enveloppe déjà en dehors de moi, comme la peau d'un serpent qui a mué. Marx est devenu pour moi une étoile dans une constellation multiple, aux côtés d'Héraclite, Pascal, Rousseau, Hegel. D'une part, donc, il n'y a pas que Marx ; d'autre part, il y a des carences dans Marx qui croyait que l'État est l'instrument de la classe dominante ; il ne voyait pas que l'État est une réalité *sui generis*. Marx ne sentait pas que les nations sont des réalités vécues. Il manque dans Marx la politique en tant que telle. Il manque la subjectivité humaine, l'intériorité humaine : il n'a vu que l'homme producteur. On ne peut pas se contenter de Marx pour refonder la politique. Mais on ne peut oublier Marx. Il a été un penseur titanesque.

Et sa prophétie révolutionnaire ?

Je la diagnostique aujourd'hui comme la résurgence du messianisme judéo-chrétien. Marx a désigné un messie, le prolétariat industriel, dont la mission est d'accomplir la révolution conduisant à la société bienheureuse, sans oppression ni exploitation de l'homme par l'homme. Et son apocalypse est la « lutte finale », comme le dit le refrain de *L'Internationale*, lutte ultime contre les forces négatives du capitalisme et de l'impérialisme conjuguées pour empêcher la révolution. Je ne peux plus croire à cette prophétie-là.

Staline ne s'est-il pas situé quelque part dans la continuité des idées marxistes ?

Le marxisme s'est transformé en son contraire : une théologie. De même que l'Évangile n'est pas totalement absent de l'Église, le marxisme n'était pas totalement absent du stalinisme. Staline a inventé le socialisme dans un seul pays. Il a postulé une apocalypse permanente qui justifie la répression permanente des ennemis et soi-disant ennemis. Considérant que plus le socialisme progresse, plus l'ennemi enragé essaie de le saboter, il débusquait la Bête immonde au sein même du Parti où elle s'infiltrait parmi les forces du Bien. Or, la société sans classe n'a pas émergé de la révolution d'Octobre. Le communisme soviétique a même retiré aux ouvriers ce dont ils disposaient dans les démocraties capitalistes : les droits syndicaux. Les travailleurs ont été réduits en esclavage par la caste dominante, le Parti. Le résultat de l'apocalypse marxo-léniniste est paradoxal et atroce. La révolution a engendré l'oppression, et la chute de cette oppression a suscité le retour du capitalisme le plus barbare.

En quoi votre vie politique porte-t-elle la marque du néo- ou post-marranisme que vous évoquiez ?

Si le marranisme comporte une double identité, l'une juive, l'autre gentille, alors bien sûr je me considère comme judéo-gentil. Mais, dans un sens plus intérieur, mon « post-marranisme » unit deux aspects très différents de moi-même, que j'ai *volens nolens* associés : j'étais à la fois gaulliste et communiste dans la Résistance, j'étais à la fois marxiste et hors marxisme quand je me disais marxiste ; j'ai quitté le Parti sans oser le quitter en 1949, et bien que n'étant plus affilié, je continuais à me dire communiste. Je suis Nahoum et je suis Morin. Mais je ne suis pas déchiré. Ma double identité est pour moi comme les deux yeux : ils me font mieux voir.

CHAPITRE 5

Débats et combats

Vous êtes marié, père de deux petites filles, « journaliste raté et chômeur », pour reprendre vos propres termes, quand vous vous attelez à un projet de livre : L'Homme et la Mort. *Comment se fait-il que vous ayez choisi ce thème alors que vous auriez pu vous emparer d'un sujet de société ou de politique plus en adéquation avec vos centres d'intérêt ?*

J'avais tenté de raconter de façon romancée les deux grandes expériences de ma vie, la mort de ma mère et la Résistance. J'avais rédigé un court texte, « L'Île de la mort », l'île noire au milieu des eaux mortes du tableau de Böcklin, mais les deux personnes qui l'ont lu ne m'en ont pas fait compliment et il n'a pas été publié. Même aujourd'hui, je n'oserais le proposer à un éditeur. J'ai aussi écrit un brouillon, « L'année a perdu son printemps », histoire romancée d'un jeune résistant qui me ressemble comme un frère et qui meurt exécuté mais, comme je vous l'ai dit, j'ai fort heureusement perdu ce manuscrit. J'étais très intimidé par le roman. Je pensais qu'en littérature il faut être génial, sinon on n'est rien. Alors qu'en sciences humaines il suffit d'être intelligent. Et puis j'ai été propulsé par mon premier livre, *L'An zéro de l'Allemagne*. Une éditrice chez Correa l'avait aimé et, pour sa nouvelle collection qui se proposait de traiter de grands thèmes transhistoriques, elle m'a demandé d'en choisir un. J'ai spontanément répondu : « la mort ». Elle a accepté et m'a établi un contrat. C'était une aubaine, j'étais chômeur, Violette gagnait sa croûte en donnant des cours de philosophie en province, je pouvais consacrer tout mon temps à la Bibliothèque nationale pour préparer mon livre.

Alors, pourquoi la mort ? Non seulement parce que j'avais été marqué par la mort de ma mère, que j'avais risqué la mort et que quelques-uns de mes amis étaient morts pendant la guerre, mais aussi par une sorte de fascination devant le mystère de la mort. Étant donné que la mort, comme le soleil, ne peut se regarder en face, ainsi que l'ont dit Héraclite puis La Rochefoucauld, j'ai voulu regarder le regard humain posé sur elle, c'est-à-dire les attitudes, mythes, croyances concernant la mort. Je croyais en outre que la science allait de plus en plus faire reculer la mort, certes non pas la supprimer, mais la rendre moins cruelle, et permettre aux vies humaines de mieux s'épanouir. C'est ainsi que l'année qui s'annonçait comme la plus stérile et la plus triste de ma vie a été très productive et heureuse. Ma vie a toujours été un mélange de chance et de malchance : la malchance me donne une chance, et la chance me vaut une malchance. C'est grâce à la malchance du chômage que j'ai pu écrire *L'Homme et la Mort*, que je considère comme mon livre le plus significatif.

Un livre certainement ambitieux où vous inaugurez ce que vous nommerez plus tard la « pensée complexe ». Vous y brassez une foule de connaissances puisées dans la biologie, l'ethnologie, l'histoire, l'anthropologie, la psychanalyse, et j'en passe. Comment avez-vous procédé pour rassembler cette somme de savoirs ?

J'ai donc passé deux années, 1949 et 1950, à la Bibliothèque nationale. Quelle merveilleuse ivresse que de passer ses journées dans cette bibliothèque ! J'y ai mené une vie quasi monacale. Je lisais les livres qui m'étaient apportés, puis je sortais fumer une cigarette, casser la croûte, et je revenais. Je prenais des notes sans arrêt, et me suis forgé là ma façon de traiter un problème en les ventilant, en les rassemblant, en réunissant les éléments venant des disciplines séparées pour les articuler et finalement traiter le problème dans son unité et sa diversité. Je n'avais pas encore incorporé le mot « méthode », ni le mot « complexité », mais je savais qu'il me fallait avoir une vision polyscopique, multiple, de mon sujet. Je voulais connaître les différentes attitudes humaines face à la mort. J'ai dévoré les ouvrages d'ethnologie et d'anthropologie, j'ai exploré toutes les sciences humaines, les sciences de la vie, les philosophies. Comme, à l'époque, il n'y avait pas un rayon « mort » à la Bibliothèque nationale, j'ai partout traqué la mort. J'ai interrogé les tombes préhistoriques, les croyances et les rites de la mort dans les sociétés archaïques et les différentes religions, l'apparition des religions de salut promettant la résurrection, l'émergence, qui se manifeste déjà chez les philosophes grecs, d'une conscience non religieuse affirmant qu'il n'y a rien au-delà de la mort. Assez rapidement, j'ai pu déterminer l'existence de deux conceptions premières de la mort : celle de la renaissance sous une nouvelle forme humaine ou animale, et celle de la survie du double, ce fantôme identique et présent à soi-même que l'on voit dans le reflet sur l'eau, dans le miroir, qui s'évade dans les rêves et qui fait perdurer la vie après la mort. Ces deux conceptions ont donné naissance à toutes les conceptions ultérieures de la mort : la première a conduit à la réincarnation des religions indiennes et du bouddhisme, la seconde aux enfers grecs puis, par mutation, aux religions de salut qui, comme le christianisme, promettent la résurrection.

Surtout, j'ai découvert l'importance de l'imaginaire et du mythe. Du coup, j'ai transformé mon marxisme en y intégrant de façon radicale l'imaginaire dans la réalité humaine. Je me suis plongé dans la psychanalyse et dans la psychologie de l'enfant. *The Child's Discovery of Death*, de Sylvia Anthony, m'a révélé la manière dont, pour les enfants, la mort est d'abord le rejet, l'oubli. Elle ne devient consciente comme anéantissement de la personne qu'à partir de neuf ou dix ans, l'âge que j'avais à la mort de ma mère. Mon travail était d'autant plus passionnant que, menant partout mes investigations, je constatais que mon champ d'études était vierge. Je me penchais en particulier sur ce paradoxe : comment se fait-il que l'être humain, qui a horreur de la mort, est en même temps prêt à risquer sa vie, à la donner pour autrui, pour les siens, pour sa patrie, pour son parti ? C'est une situation que j'avais vécue... Et la dialectique que j'avais héritée de Hegel me permettait de la traiter plutôt que l'escamoter.

La biologie et plus largement la science et ce qu'elle dit de la mort vous ont également passionné...

J'ai lu les comptes rendus des travaux du zoologiste Ilia Metchnikov et du biologiste Metalnikov expliquant le processus de la mort par sclérose du tissu conjonctif, ceux d'Alexis Carrel montrant que les cellules embryonnaires sont pratiquement immortelles si elles sont nourries. Je me suis demandé si la science permettrait un jour de retarder la mort et autoriserait les individus non pas à vivre indéfiniment ni à échapper à la mort cosmique, mais à conserver, dans un âge de plus en plus avancé, leur vigueur spirituelle, morale, physique. J'arrivai à l'idée que les développements de la biologie permettraient d'entrevoir les premières grandes victoires humaines sur la mort, et je l'écrivis dans ma conclusion. J'avais foi dans la science.

Quel accueil votre livre a-t-il reçu à sa sortie, en 1951 ?

En dépit de très bonnes critiques, notamment de Georges Bataille, Lucien Febvre, Claude Mauriac, Maurice Nadeau, il n'a eu aucun succès public : le tabou de la mort était encore trop fort, personne n'avait envie de lire, ni *a fortiori* d'offrir un livre sur la mort. Je me souviens de mon éditeur m'expliquant que ce livre était admirable, mais qu'il devait mettre au pilon la moitié du tirage... Bref, mon ouvrage sur la mort était mort. Mais il est ressuscité en 1970, vingt ans après sa première sortie. Je m'étais lié aux éditions du Seuil, et j'avais posé comme condition la réédition de *L'Homme et la Mort*. Le livre a commencé à se vendre, puis il a été publié en format poche, c'est à ce jour mon livre qui a connu la plus large diffusion.

L'avez-vous retouché, remanié, avec toutes les nouvelles connaissances acquises depuis que vous l'avez écrit ?

Beaucoup de livres restent figés ; celui-ci a évolué et évoluera encore. J'ai plusieurs fois, au fil des différentes éditions, réécrit ma conclusion dans le sens de la contestation de mon illusion scientiste. J'ai récusé ma première conclusion, dans laquelle j'exprimais ma foi dans la possibilité d'atteindre l'« amortalité », c'est-à-dire de vaincre la mort naturelle sans éliminer la mort par accident ni la mort finale. Je l'ai même qualifiée d'utopique et de mythologique. J'avais intégré entre-temps le deuxième principe de la thermodynamique qui établit l'irréversibilité de l'évolution des phénomènes organisés vers la décomposition ou la désintégration. J'avais lu les théories démontrant que la vie repose sur un tissu de communications entre l'ADN, l'ARN, les protéines : il existe inévitablement des erreurs de communication entraînant une inéluctable dégradation de l'organisation vivante, et conduisant donc à la mort. Je m'étais penché sur les conceptions selon lesquelles la mort est programmée. Dans certains arbres, par exemple, vient un moment où la tige tenant la feuille se fissure pour que la feuille puisse tomber plus facilement : c'est l'apoptose. Puis, il y a quelques années, je participais à un colloque sur la mort quand un éminent biologiste, Ameisen, m'a dit : « Vous aviez raison, dans votre première édition. » Effectivement, la découverte récente des cellules souches dans les organismes humains adultes nous laisse entrevoir la revitalisation de ces cellules polyvalentes qui permettront de régénérer nos organes : cœur, foie, rein, rate, cerveau. De plus, il n'est pas dit que l'on ne détectera pas les gènes qui déclenchent le processus de sénescence et que l'on ne pourra pas les inhiber. Je compte écrire une nouvelle préface à *L'Homme et la Mort*. J'y reprendrai mes premières conclusions, que j'avais rejetées, et les situerai dans le contexte actuel.

L'année 1951, celle de la publication de L'Homme et la Mort*, est aussi celle de votre entrée au CNRS. Les deux événements sont-ils liés ?*

Ils coïncident seulement. En 1950, sur la suggestion de Georges Friedmann que j'avais connu à Toulouse et qui dirigeait le Centre d'études sociologiques, boulevard Arago, j'ai fait une demande d'allocation de recherche au CNRS. Des avis favorables de Maurice Merleau-Ponty, Vladimir Jankélévitch et Pierre Georges ont aidé à l'acceptation de ma candidature. Je suis entré par le bas de l'échelle, comme stagiaire de recherche en sociologie. Après avoir été un adulte responsable à vingt-deux ans, je devenais un jeune chercheur à trente ; après avoir été un officier dans la Résistance, je devenais un deuxième classe dans la recherche. Mais j'étais content. Dans ce centre, nous étions tous des défroqués de quelque chose : moi du communisme (comme je vous l'ai dit, je n'avais pas repris ma carte du Parti depuis 1949 et j'en avais été exclu en 1951), Chombard de Lauwe de l'aviation, Henri Desroches de l'Église catholique, Pierre Naville du trotskisme, Paul-Henri Maucorps de la marine. Alain Touraine, mon cadet de six ans, historien, sortait tout frais de l'École normale.

Dès mon entrée au CNRS, je m'étais fait un ami, Lucien Brams, qui était pourtant le secrétaire de l'importante cellule communiste. Mais il était, comme moi, passioné de cinéma. Exclu du Parti, j'ai subi l'ostracisme de fanatiques qui ne m'adressaient plus la parole, d'anciens amis, comme Henri Lefebvre, qui changeaient de trottoir en me croisant. Le Parti inspirait une vraie terreur, et jusqu'à la critique de Staline par Khrouchtchev, une malédiction s'abattait sur l'exclu. Mais Lucien avait empêché que je subisse la quarantaine.

Vous êtes donc devenu sociologue...

À l'époque, il n'y avait pas de licence de sociologie : celle-ci a été créée quelques années plus tard, et l'on a alors commencé à fabriquer des sociologues sur mesure. Pour ma part, j'avais trouvé la carrière qui me donnait la liberté d'organiser mon temps et mon travail, ce qui convenait à ma nature d'animal mal domestiqué. Mais j'étais prudent. J'avais choisi un sujet de recherche inoffensif et jugé insignifiant par les sociologues, mais où on me laissait tranquille : le cinéma. J'étais, comme je vous l'ai dit, cinéphage et cinéphile ; le cinéma m'a formé presque autant que la littérature. Je pouvais ainsi assouvir ma passion puisque mon travail consistait d'abord à voir des films. De toute façon, je refusais d'entrer dans le cadre de la sociologie classique, avec des questionnaires sur échantillons représentatifs : on l'appelait alors la sociologie scientifique, et je la trouvais superficielle. Très rapidement, j'ai pu déborder du cadre de la sociologie pour aborder l'anthropologie du cinéma.

Qu'entendez-vous par « anthropologie du cinéma » ?

Éclairer l'esprit humain à travers le cinéma et le cinéma à travers l'esprit humain. Mon étude sur le cinéma, puis sur les stars et la culture de masse, m'a permis de développer les conceptions sur l'imaginaire et le mythe que j'avais élaborées dans *L'Homme et la Mort*. J'ai voulu élucider, à travers le cinéma, le sentiment de réalité qui nous vient à partir d'un imaginaire, lui-même se concrétisant à partir d'un jeu d'ombres et de lumières. J'ai voulu comprendre le processus d'identification et de projection qui nous fait vivre la vie des personnages du film tout en demeurant assis dans notre fauteuil. Nous sommes capables de comprendre et aimer des personnes qui nous répugnent dans la vie quotidienne. Par exemple, nous aimons le vagabond, que nous ne regardons même pas dans la rue, quand il est interprété par Charlie Chaplin. Ou encore, dans la vie, nous réduisons le criminel à sa seule criminalité, mais nous lui reconnaissons, dans *Le Parrain*, sous les traits de Marlon Brando ou d'Al Pacino, des sentiments et une complexité d'être humain. Je ne crois pas que le cinéma soit principalement une source d'aliénation par quoi nous oublierions le monde. C'est aussi une plongée en nous-mêmes qui nous fait retrouver le meilleur de nous-mêmes : la capacité de comprendre et d'aimer. Mais elle est temporaire.

Vous avez en effet intégré le facteur « imaginaire » dans tous vos travaux, le liant de manière quasi systématique à ce que l'on pourrait appeler le « réel ». L'un ne peut-il aller sans l'autre ?

Je crois fondamentalement qu'il y a moins de matérialité dans le réel qu'il ne semble, et plus de réalité dans l'imaginaire qu'on ne croit. Le réel est pris en sandwich entre deux imaginaires : le souvenir et l'imagination. Quant à la réalité humaine, elle n'est ni le réel ni l'imaginaire, mais l'un dans l'autre. En somme, il y a toujours une part d'imaginaire dont nous avons besoin pour vivre.

Vous avez toujours choisi des projets de recherche atypiques dans lesquels vous étiez pionnier : la mort quand personne n'en parlait, le cinéma quand il n'était considéré que comme un divertissement. Comment expliquez-vous ces choix hors normes ?

Ces sujets me passionnaient. Avec le recul, je constate que ce sont des sujets transversaux – qui traversent les disciplines – et qui sont de toute façon fort peu explorés. Pour ce qui est du cinéma, je vous avoue avoir choisi le sujet en raison certes de ma passion pour les films, mais aussi parce que j'ai pensé que personne ne viendrait m'y déranger : les universitaires d'alors étaient plutôt ignares en ce domaine. Pendant un temps, j'ai feint de préparer une thèse. À l'époque, le statut de stagiaire ou d'attaché au CNRS était précaire : on y entrait jeune pour quelques années, le temps de terminer sa thèse et d'être catapulté ailleurs, éventuellement professeur d'université. Friedmann me laissait tranquille, son successeur, le géographe Maximilien Sorre, me demandait régulièrement où en était ma « belle thèse ». Ma réponse était invariable : « Elle progresse, monsieur, elle progresse... » Je ne l'ai pas soutenue, mais j'ai pu faire valoir mes travaux – *L'Homme et la Mort*, *Le Cinéma ou l'homme imaginaire*, *Les Stars* – à la commission compétente du CNRS où quelques personnes m'étaient favorables, tels Georges Friedmann, Pierre Naville ou Raymond Aron, ce dernier en dépit de nos différends politiques. J'ai ainsi été titularisé maître de recherche. Plus tard, les chercheurs ont été fonctionnarisés. De toute façon, on m'a dès lors laissé faire mes recherches, lesquelles débordaient de toutes parts la sociologie.

Vous publiez presque simultanément Le Cinéma ou l'homme imaginaire *et* Les Stars, *en 1956 et 1957. C'est cependant un troisième livre,* L'Esprit du temps, *en 1962, qui déclenche l'ire. Pierre Bourdieu vous accuse de promouvoir l'hégémonie de la culture de masse et il aura, jusqu'à sa mort en 2002, des propos peu amènes à votre égard. Que s'est-il passé pour susciter un tel tollé ?*

La plupart des sociologues me considéraient comme un marginal, voire un farfelu, mais ne m'attaquaient pas. Pourquoi Bourdieu m'attaquait-il ? Peut-être parce qu'à la fois je lui ressemblais trop et j'étais trop différent de lui. Nous avons été perçus comme deux ennemis, deux rivaux en sociologie. Je ne l'ai pas vécu ainsi. Mon existence lui faisait beaucoup d'ombre, mais moi, son existence ne me gênait pas ; c'est sa malveillance qui me peinait[1]. Je n'ai pas répondu à ses attaques, sinon une fois, par un calembour, partant de son texte contre moi qu'il avait signé avec Passeron : « Ces bourdes, dieu merci, passeront. » Certes, il a une théorie sociologique que je trouve unilatérale et qui a triomphé un temps. Il a peut-être accru ma marginalité, mais celle-ci n'avait nul besoin de son dénigrement, elle était essentiellement due au caractère de mon œuvre. Pour moi, être sociologue, c'est être capable de penser en corrélation et en interaction les phénomènes économiques, sociaux, psychologiques, culturels, religieux, mythologiques. Oui, je me suis intéressé à la « culture de masse » qui concerne le cinéma, la presse magazine, les loisirs, les vacances, la télévision... J'ai étudié ses mythes, j'ai essayé de comprendre son universalité potentielle. Je n'ai pas été apprécié par l'élite intellectuelle pour qui cette culture était abêtissement ou aliénation, ni par l'élite sociologique convaincue, sans le

1. Ainsi répondit-il à un éditeur américain lui demandant son avis pour la traduction d'un de mes livres : « Il y a cent sociologues français à traduire avant Edgar Morin. »

lire, de la superficialité de mon travail. Mon *Esprit du temps* a été récemment réhabilité et beaucoup de sociologues qui ne l'avaient pas lu à l'époque de sa parution l'ont découvert. Un groupe de découvreurs, dont Éric Macé, a suscité une nouvelle édition et une nouvelle préface. Le mépris français s'est atténué, la question ne s'est pas posée dans les pays où mon livre a été traduit.

Vous parlez de culture de masse. Pourquoi le mot « culture » ?

Une culture est un corps complexe de normes, de symboles, de mythes, d'images. Cet ensemble pénètre l'individu, oriente ses émotions, nourrit la vie imaginaire que chacun secrète et dont il s'enveloppe, façonne sa personnalité. La culture de masse, à travers films, émissions télévisées, magazines, etc., pénètre l'individu, oriente ses émotions, souvent sa vie imaginaire, contribue à façonner sa personnalité.

Comment situez-vous la culture de masse dans notre univers culturel ?

Dans nos pays, il existe trois types de cultures qui sont soit ennemies, soit en état de coexistence pacifique, et qui n'ont entre elles que des connexions très faibles : la culture humaniste, la culture scientifique, la culture de masse. La culture humaniste, qui a connu son apogée en France aux XVIIe et XVIIIe siècles, dans laquelle la différenciation est peu marquée entre la littérature et la philosophie, permet de réfléchir sur les grands problèmes fondamentaux : le bien, le mal, Dieu, son existence, sa non-existence, le sens de la vie, la morale. La culture scientifique, qui s'est développée aux XIXe et XXe siècles, a entraîné un formidable accroissement des connaissances. Les découvertes scientifiques révèlent des aspects inconnus de la réalité, mais le développement du morcellement et de la compartimentation disciplinaires a éliminé les grandes questions de la culture humaniste. Et surtout, comme l'a remarqué Husserl, la science ne peut pas réfléchir sur elle-même. La culture de masse, industrialisée dans sa production, médiatique dans sa diffusion, est une culture dont les produits se consomment de façon immédiate, dans la détente, et dont le mode de consommation ne permet guère la réflexivité. Cette culture a produit des chefs-d'œuvre parmi tant d'œuvres médiocres, mais il y a proportionnellement autant d'œuvres médiocres dans la « haute culture ». Certes, la réflexion y est dégradée, mais elle se dégrade partout. Comme le dit Castoriadis, l'insignifiance progresse !

Vous, pourtant, vous mettez en avant cette culture de masse de manière peut-être parfois provocante. N'avez-vous pas tendance à trop l'exalter ?

Je lutte sur deux fronts, contre la crétinisation du bas, celle des médias, et contre la crétinisation du haut, celle des sommets élitistes. En ce qui concerne la première, je critique les aspects stéréotypés, médiocres, de la culture de masse. Mais je considère aussi la valeur des œuvres créatrices qui en sont issues. Plutôt que d'y voir un nouvel opium du peuple, j'y vois un potentiel à la fois d'éveil et d'endormissement. J'essaie de comprendre pourquoi, au milieu d'œuvres médiocres, elle a pu parfois produire des chefs-d'œuvre. Il ne suffit pas qu'il y ait des méthodes de production quasi industrielles, avec division du travail, pour faire un film, il faut, pour que ce film ait une personnalité, qu'il y ait de la création, c'est-à-dire de l'imagination, de l'invention, de l'originalité. Et toute œuvre de cinéma, de chanson, de rock, est le fruit d'une dialogique entre les exigences de la production, qui tend à détruire l'originalité, et celles d'une création, qui introduit l'originalité. Il y a des chefs-d'œuvre là où la création réussit à s'imposer. Ainsi des chefs-d'œuvre de Howard Hawks, John Ford, Vicente Minelli, sont sortis d'Hollywood. Cela dit, la culture de masse, ce ne sont pas les intellectuels qui l'ont faite. Le jazz, aujourd'hui musique de « cultivés », a été créé par des marginaux, des laissés-pour-compte, des musiciens de rue. Hollywood, dont on reconnaît aujourd'hui les chefs-d'œuvre, s'est fait grâce à des immigrés, des juifs, des joueurs qui ne pouvaient pas s'intégrer à la haute société de l'Est et qui sont allés chercher fortune à Los Angeles où ils ont accueilli les grands réalisateurs européens chassés par Hitler. Les premiers auteurs de films étaient des amuseurs de baraques, les premiers journalistes de la radio et de la télévision étaient des ratés, rejetés par la presse écrite. Ce ne sont pas des universitaires « cultivés », mais des avant-gardistes, comme les surréalistes, qui, les premiers, ont aimé Chaplin, le cinéma, le jazz, le rock, les musiques folkloriques, tout ce foisonnement qui se situait loin des conventions de la « haute culture ».

Comme les cultures ethniques, mais de façon propre et plus large, la culture de masse influe sur les savoirs et le savoir-vivre. Elle puise certes dans la culture populaire, mais elle s'empare aussi, même si c'est de manière plus marginale, des thèmes et des contenus de la culture de l'élite, qu'elle démocratise. C'est le cas de certains morceaux de musique classique, des grands romans adaptés en téléfilms, aux standards commerciaux simplifiés mais amenés ainsi à la connaissance d'un vaste public. Je suis le premier à avoir étudié la culture de masse dans sa complexité, en considérant ses aspects multidimensionnels, en intégrant l'observateur dans l'observation, en mettant en relief la dialogique entre production et création, c'est-à-dire leur complémentarité antagoniste.

À titre personnel appréciez-vous ce que l'on appelle la culture de masse ?

Dans mon enfance, j'ai été immergé dans cette culture. J'étais et je reste un cinéphage, je regarde toutes sortes d'émissions à la télévision, j'aime des séries comme *New York District Police Blues*, *La Loi de Los Angeles*, la série brésilienne *Dona Beja*. La culture de masse par le cinéma et la télévision est le seul grand terrain commun à toutes les classes sociales et à tous les peuples, elle s'adresse à des personnes de tous âges, des deux sexes, de toutes les cultures. Elle révèle et réveille l'homme-enfant qui se trouve en tout homme, curieux, aimant le jeu, le divertissement, le mythe, le conte. Fondamentalement profane, elle sécrète son propre imaginaire et sa propre mythologie, tel le culte des stars, et son idéologie : aux valeurs transcendantes, elle oppose le bonheur individuel. Elle a effectivement créé, des années 1930 à 1960, une religion fondée sur le bonheur, aussi illusoire que toutes les religions. Je méprise tout mépris global, y compris celui à l'égard de la culture de masse.

Vous êtes devenu un intellectuel. Mais qu'est-ce qu'un intellectuel, selon vous ?

L'intellectuel ne se définit pas par le travail de l'esprit ou de l'intelligence. Un mécanicien qui répare un moteur fait travailler son intellect intensément – beaucoup plus, même, que certains intellectuels. Il ne suffit pas non plus d'être écrivain, philosophe, artiste, enseignant, avocat, pour être un intellectuel. Il faut s'auto-instituer comme intellectuel en intervenant sur la place publique, par et pour des idées, sur des problèmes de fond, notamment concernant la cité. Par exemple, Émile Zola est un romancier. Mais, quand il écrit *J'accuse* dans le journal *L'Aurore* pour dénoncer la condamnation du capitaine Dreyfus, il est un intellectuel, parce qu'il défend la vérité contre le mensonge et la justice contre la raison d'État. De même, quand des philosophes descendent de leur tour d'ivoire ou que des scientifiques dépassent leur champ d'action spécialisé pour défendre des idées ayant valeur civique, sociale ou politique, ils deviennent des intellectuels. Camus et Sartre, Jacques Monod et Henri Laborit sont devenus des intellectuels. En ce qui me concerne, je suis devenu un intellectuel par mes prises de position publiques sur la guerre d'Algérie, la révolution hongroise de 1956, et j'ai continué, durant toute mon existence, à intervenir sur des problèmes politiques de fond, notamment dans *Le Monde*.

Certains intellectuels français, y compris des intellectuels de gauche, comme vous, n'ont pas été très tendres à votre égard. Mais ne les avez-vous pas parfois provoqués, peut-être même heurtés ?

Bien que je ne cherche pas à les heurter, beaucoup d'entre eux se sont sentis heurtés par mes attitudes complexes, ni sectaires ni manichéennes, essayant de considérer les multiples aspects d'un même problème. Je suis de gauche à ma façon, c'est-à-dire fidèle aux grandes aspirations à la fraternité et à la liberté, mais je ne me reconnais dans aucun des partis qui prétendent incarner la gauche, et je répète que je ne crois pas en « LA » gauche, c'est-à-dire à cet article défini qui unifie à l'excès socialistes et communistes. Il y a eu des unités tactiques mais, dans l'histoire, il y a eu surtout lutte à mort entre ces deux courants. J'estime que ces partis de gauche sont sclérosés, chacun à sa façon, qu'ils ne sont plus capables d'affronter les grands défis du siècle, et je crois que j'ai voulu personnellement leur apporter une pensée régénératrice en écrivant *Introduction à une politique de l'homme*, *Terre-Patrie*, *Politique de civilisation*. Sans écho... Quant aux intellectuels de gauche, beaucoup, dont moi-même pendant un certain temps, ont cru en l'URSS, d'autres à la Chine maoïste. Beaucoup, désillusionnés, ont changé de camp, mais ils n'ont jamais expliqué pourquoi ils se sont trompés, ni n'ont tenté la moindre autocritique.

Il y a aussi danger d'appauvrissement quand les intellectuels de gauche se constituent en quasi-caste, assurés de tenir la vérité, ignorant d'autant plus leurs propres conformismes qu'ils sont persuadés de détenir le monopole de l'esprit critique. Dans ce cas, les penseurs s'opposent aux intellectuels, comme nous l'avions montré dans un numéro d'*Arguments* intitulé « Penseurs et intellectuels ». Par exemple, Socrate s'opposant aux sophistes, Rousseau s'opposant aux philosophes des Lumières, et Marx s'opposant aux intellectuels de son époque. Un penseur est à la fois à l'intérieur et à l'extérieur du monde intellectuel. Toutefois, en dépit de leurs erreurs, les intellectuels exercent une mission d'autant plus indispensable que leur rôle est rétréci par les experts et spécialistes de tous poils. Cette mission consiste à poser les problèmes fondamentaux et les problèmes globaux qui sont totalement occultés aujourd'hui et que l'intelligence spécialisée des experts est incapable de concevoir.

Vous aviez eu, à votre époque communiste, une série d'escarmouches avec les autres intellectuels, quand vous refusiez de vous plier au diktat de la pensée unique. Votre premier véritable affrontement avec une partie des intellectuels de gauche intervient quelques années plus tard autour d'un sujet éminemment politique : la guerre d'Algérie. Tout en dénonçant la guerre colonialiste, vous nourrissez une grande méfiance à l'égard du FLN, pourtant soutenu par une large partie de la gauche française. Beaucoup de rumeurs ont circulé au sujet de votre engagement pendant cette guerre. Qu'en fut-il au juste ?

L'insurrection algérienne démarre avec la « Toussaint rouge », le 1er novembre 1954, quand les indépendantistes du CRUA, organisation militaire clandestine du parti messaliste, devenue autonome, déclenche simultanément des dizaines d'attentats. La guerre d'Algérie commence et nous fait sortir, Robert Antelme, Dionys Mascolo, Louis-René des Forêts et moi, de l'hibernation politique. Nous formons un Comité des intellectuels contre la guerre en Afrique du Nord – qui alors concerne encore la Tunisie et le Maroc. La guerre d'Algérie s'étend. Nous rédigeons alors un manifeste : des écrivains qui n'avaient jamais signé de manifestes, comme Roger Martin du Gard ou François Mauriac, signent. Dionys Mascolo nous encourage à passer à l'étape suivante : la création d'un comité éclectique, comprenant aussi bien des sartriens que des communistes, des trotskistes et nous, les quatre fondateurs. Mais ce comité est très rapidement parasité par le conflit entre le FLN et les messalistes, c'est-à-dire les partisans de Messali Hadj.

Quelles étaient les racines et les causes de ce conflit ?

Je vais vous dire comment se sont passées les choses en Algérie, telles que je les ai apprises à l'époque, par des voies directes, et que nous sommes bien peu à savoir. En 1941, Messali Hadj a été emprisonné et condamné aux travaux forcés ; son parti, le Parti populaire algérien, a été interdit, et les massacres de Sétif, en 1945, sont venus réprimer des manifestations qui réclamaient, entre autres, sa libération. En 1954, il fonde le MNA, le Mouvement national algérien, rassemblant les indépendantistes en Algérie, soutenu par les ouvriers algériens en France et allié avec les trotskistes lambertistes. Il se fait élire président à vie, entre en conflit avec son comité central, les « centralistes », qui récusent son autoritarisme et lui reprochent d'instaurer un culte de la personnalité. Un groupe clandestin, le CRUA, Comité révolutionnaire d'union et d'action issu du messalisme, futur FLN, conduit l'insurrection avec pour objectif de réunir toutes les factions indépendantistes dans l'action violente.

Il a été reproché à Messali Hadj sa tiédeur à l'égard de l'action violente, pour ne pas dire sa collusion avec les forces occupantes...

Messali était intransigeant : il savait qu'à un moment donné il faudrait aller vers la radicalité. Le CRUA a pris les devants. Ce comité avait pris contact avec Nasser, en Égypte. Le chef du gouvernement français était alors Mendès France, et Nasser avait fait savoir aux responsables du CRUA qu'ils pouvaient, même si cela était prématuré, enclencher l'insurrection armée : les États-Unis y voyaient un moyen d'ébranler Mendès France, qui les gênait. Mostefa Ben Boulaïd, qui était l'un des premiers maquisards et avait mené des actions dans les Aurès, était d'ailleurs un messaliste du CRUA. Messali lance ses hommes dans l'insurrection à la suite du CRUA devenu le FLN. Le FLN lui offre la présidence, à condition que le messalisme intègre ses rangs. Mais Messali refuse la fusion, c'est-à-dire le mouvement unique. Le FLN prend alors la décision de liquider physiquement les messalistes sous l'œil hagard des Français. En réalité, une partie de la guerre d'Algérie a d'abord opposé les frontistes aux messalistes. Les frontistes étaient mieux armés, mieux préparés.

Une fraction frontiste a déclenché le massacre de Melouza, un gros bourg situé sur les hauts plateaux, entre la Kabylie et le Constantinois, où trois cents habitants messalistes ont été massacrés par une expédition venue de villages frontistes voisins. Pour bien des intellectuels pro-FLN, les auteurs de ce massacre étaient bien entendu les troupes françaises. Après ce massacre, le chef de l'un des derniers résidus des maquis messalistes, Mohamed Bellounis, entre en contact avec le capitaine Combette, de l'armée française. Il ne lui reste plus que trois chevaux, quelques armes et une poignée d'hommes, mais il arrive avec ses chevaux, ses armes et ses hommes comme s'il était encore à la tête d'un maquis important. Il négocie en grand seigneur avec les Français, réclame des armes, des canons. Les Français lui posent trois conditions : vous ne levez pas de troupes, vous ne levez pas d'impôts, et vous ne levez pas le drapeau algérien. Bellounis donne son accord, mais ne respecte pas ces conditions. Dès qu'il reçoit les armes, son maquis commence à s'étendre. Il écrit à Messali pour lui demander sa bénédiction ; ce dernier exige de connaître les termes de l'accord secret conclu avec les Français. Bellounis lui affirme qu'il n'y a pas eu d'accord secret. Messali ne croit pas Bellounis et refuse de lui accorder son soutien. Le maquis de Bellounis connaît une extension importante, il rassemble jusqu'à huit mille hommes, mais quand les Français réalisent que ce dernier lève des impôts et brandit le drapeau algérien, ils lui tendent un guet-apens et le tuent. À partir de ce moment, son état-major, désemparé, se disloque. Une partie de ses troupes se perd dans la nature, une autre rejoint les maquis du FLN.

D'où tenez-vous toutes ces informations qui contredisent la vérité officielle ?

Officielle de qui ? Aujourd'hui, les historiens de la guerre d'Algérie confirment ce que je vous ai dit. À l'époque, j'ai été informé par un jeune membre de l'état-major de Mohamed Bellounis. Arrêté à Alger par l'armée française, il est pris en charge par le « service psychologique » développé au sein de l'armée après la guerre d'Indochine, qui croit l'avoir retourné. Il est libéré et se réfugie en France où il obtient un emploi de vendeur au BHV. Il se trouve que j'avais clandestinement hébergé son frère, un dirigeant messaliste ; il est entré en contact avec moi. Il m'a confié un dossier comprenant des photos de Bellounis et des autres membres de l'état-major, des ordres du jour, divers documents, et son propre récit, très objectif, de ces événements. Je porte le tout à Jérôme Lindon, le patron des éditions de Minuit, en lui proposant de l'éditer. Il refuse, me dit que ce n'est pas le moment. Que de fois n'ai-je pas entendu cette phrase : « Ce n'est pas le moment » ! Évidemment, ce n'était pas le moment, puisque ce livre altérait le visage idéalisé du FLN tel qu'il était perçu par bien des intellectuels de gauche. C'est beaucoup plus tard que j'ai réussi à le faire publier. J'ai préfacé *L'Affaire Bellounis* [1], récit signé d'un pseudonyme, Chems Ed-Din. Le livre est sorti dans un silence total. Aucun journal n'en a parlé, personne ne l'a lu.

Pourquoi cette histoire vous tenait-elle tellement à cœur ? À l'époque des faits, vous n'aviez pas hésité à ferrailler, y compris avec vos plus proches amis. Aujourd'hui encore, vous en parlez avec beaucoup d'émotion...

Il est vrai qu'à cette époque Dionys Mascolo s'était fait endoctriner par un philosophe sartrien qui voyait en Messali Hadj un traître, un Pierre Laval algérien, et dans les messalistes des collaborateurs et des espions. La majorité de la gauche avait été convaincue par André Mandouze et Francis Jeanson, et les animateurs des *Temps modernes* croyaient même que le FLN était l'avant-garde du prolétariat mondial. Moi, je connaissais la vérité. Messali Hadj était un nationaliste. Lambert, le leader trotskiste, qui était lié à Messali, connaissait lui aussi la vérité, et je me souviens d'une rencontre que nous avons eue au Royal Saint-Germain, de son long discours qu'il démarra par un péremptoire : « Avec moi, pas de parlotte, pas de parlotte », et qui par la suite n'a pas cessé de me donner des informations sur la résistance messaliste.

---

1. Chems Ed-Din, *L'Affaire Bellounis, histoire d'un général fellagha*, éditions de l'Aube, 1998.

Cette affaire m'a tenu à cœur parce que j'avais un souvenir qui me faisait honte. Le souvenir de l'époque où j'étais communiste, quand on calomniait les trotskistes de manière ignoble, jusqu'à les accuser d'être les agents secrets d'Hitler. Je savais qu'il s'agissait de mensonges, mais je me taisais alors. Et j'avais honte de m'être tu. Je me suis dit : je ne recommencerai pas. Alors j'ai pris la défense de l'honneur de Messali et des messalistes, ce qui m'a valu la haine des sartriens et de bien d'autres aveuglés pour qui je prenais parti pour un traître. Dans le comité des intellectuels que j'avais cofondé, j'étais en minorité avec Daniel Guérin, un libertaire qui avait connu Messali dans sa jeunesse, et Cheramy, un syndicaliste enseignant. C'était une situation difficile, délétère, et les quelques membres de ce comité qui étaient restés neutres n'osaient rien dire. Cela dit, les deux choses dont je suis le plus fier dans ma vie, c'est d'abord d'avoir travaillé avec des Allemands antifascistes pendant la Seconde Guerre, ensuite d'avoir défendu l'honneur de Messali et des messalistes.

Il est curieux que vous, l'internationaliste, ayez soutenu des nationalistes avec autant de ferveur...

Les internationalistes ont toujours soutenu les mouvements coloniaux d'émancipation. Comme disait Jaurès, beaucoup d'internationalisme rapproche du patriotisme, et beaucoup de patriotisme rapproche de l'internationalisme. L'amour de la patrie ne comporte aucune agressivité envers les autres nations, mais le nationalisme exalte sa nation au détriment des autres. Ce qui mérite d'être reconnu et défendu dans le nationalisme algérien, c'était la revendication à la dignité et à l'égalité de huit millions d'êtres humains, c'était la condamnation d'un système colonial et raciste. J'ai agi pour soutenir le nationalisme algérien qui signifiait l'émancipation d'un peuple. Il est vrai qu'après l'émancipation les États nationalistes ont opprimé leurs propres peuples quand ils sont devenus dictatoriaux. Je sais que l'action, quelle qu'elle soit, implique un risque d'échec, de régression, de développements imprévisibles, mais je préfère les risques de l'action pour l'émancipation à la certitude de l'oppression.

Avez-vous été lambertiste, trotskiste ?

Non. Ma première rencontre avec Lambert, au Royal Saint-Germain, a été organisée à sa demande par Florence Malraux, la fille d'André et Clara Malraux. Lambert dirigeait la branche trotskiste qui soutenait Messali, alors que la branche dite « pabliste », celle de la Quatrième Internationale, soutenait le FLN. Comme Lambert était très proche de Messali, j'avais beaucoup d'informations sur les conflits entre le MNA et le FLN. Je l'ai souvent revu au cours de cette période, et il m'a fait rencontrer des militants extraordinaires comme Alexandre Hébert, le responsable des ouvriers des Chantiers navals de Saint-Nazaire. Lambert m'a fait entrer dans un comité qu'il avait imaginé, comportant non seulement des trotskistes, mais aussi des intellectuels et militants de différentes opinions, par exemple Maurice Clavel. Pour Lambert, le Clado – Comité de liaison et d'action ouvrière – devait se tenir prêt aux grandes opérations révolutionnaires qu'il imaginait. J'ai assisté à quelques-unes de ses réunions sans lendemain. Avec

Dionys Mascolo, nous l'appelions le Crado ! Je suis parti au Chili en 1961. Je n'ai plus revu Lambert, mais j'en entendais évidemment parler. C'était un excité, mais il a eu pour moi la grande vertu de me faire prendre conscience de la réalité algérienne de l'époque. Il m'a permis aussi – à moi qui avais du remords envers les trotskistes – de fraterniser avec eux. Je lui en suis doublement reconnaissant. Mais il était trop sectaire pour moi. Toutefois, il m'impressionne toujours par sa capacité d'emprise psychique sur des esprits comme ceux de Benjamin Stora, de Lionel Jospin, de Pierre Fougeyrollas. Au surplus, je ne pouvais rejoindre les rangs trotskistes parce que j'avais pris au sérieux ce que l'on appelle « le testament de Trotski » qui, avant d'être assassiné au début de la Seconde Guerre, avait dit : si de cette guerre il ne sort pas une révolution vraiment socialiste en Union soviétique, et une révolution prolétarienne dans les grands pays capitalistes, nous devrons remettre en question tous les principes de Marx. Or, cela, les trotskistes ne l'ont jamais fait.

Au fond, que reprochiez-vous au FLN ?

Je n'ai rien reproché, je n'ai pas soutenu et j'ai critiqué. Le FLN a commis dès le départ des exactions à l'intérieur même de ses rangs, comme l'exécution d'Abbane Ramdane, et surtout, bien sûr, la liquidation physique et morale des messalistes. Il a ainsi réussi à monopoliser la résistance. Cela dit, le pourrissement de la guerre, après l'incapacité du gouvernement de Guy Mollet d'arriver à une paix négociée, a progressivement développé, des deux côtés, la pire radicalisation, conduisant à deux dictatures, l'une politico-militaire en Algérie, l'autre militaro-politique en France. Il y a eu un putsch des généraux, à Alger, en 1958, que de Gaulle a détourné à son profit, puis un nouveau putsch contre de Gaulle, en 1961, que ce dernier a réussi à réprimer, ce qui a sauvé la démocratie en France. Par contre, l'Algérie a connu le pire avec le régime quasi totalitaire du FLN et ses conséquences fatales pour son peuple, qui persistent encore.

Vous n'avez pas signé le manifeste dit « des 121 », la « déclaration sur le droit à l'insoumission dans la guerre d'Algérie », lancé en 1960...

J'étais prêt à signer l'appel à l'insoumission, mais sans la sauce qui l'enrobait. Je l'ai dit à Dionys Mascolo et Maurice Blanchot qui en étaient les auteurs. Ils ont maintenu l'intégralité de leur texte, identifiant le FLN, sans le citer nommément, à toute la résistance algérienne. Surtout, je voulais qu'on défende en premier lieu la négociation, pour éviter le pire des deux côtés, ce que j'ai fait dans un autre texte avec Claude Lefort, Maurice Merleau-Ponty, Colette Audry.

Quelle solution préconisiez-vous pour l'Algérie ?

Je vous l'ai dit : la négociation qui, évidemment, aboutirait à l'indépendance de l'Algérie, mais surtout la paix la plus rapide possible, car la logique de guerre ne pouvait aboutir qu'au pire dans les deux camps. Nous avons eu la chance que de Gaulle puisse, comme dans une prise de judo, retourner la situation en utilisant le putsch des militaires, détournant les énergies dictatoriales et sauvant ainsi la France. J'étais, du reste, l'un des rares à considérer la possibilité que de Gaulle puisse faire la paix en Algérie : je l'ai écrit dans le numéro spécial d'*Arguments* consacré au putsch, en mai 1958. De Gaulle l'avait laissé espérer aux gaullistes de gauche qu'il recevait et qui n'étaient pas très nombreux, tout en laissant les gaullistes de droite se persuader du contraire.

Aviez-vous fourni à tous ceux-là qui vous attaquaient les données dont vous disposiez ? Aviez-vous eu des discussions raisonnées avec eux ?

Avec certains. J'avais, en particulier, eu une discussion avec André Mandouze que j'avais connu au gouvernement militaire en Allemagne, après la guerre. En pleine occupation nazie, Mandouze avait fondé *Témoignage chrétien*, le journal de la résistance catholique. Et le jour où l'armée allemande était entrée à Athènes, il avait lancé à ses étudiants, avant de commencer son cours : « Debout, messieurs, une minute de silence ! Le drapeau de la barbarie flotte sur le temple de la civilisation ! » Il avait publié dans son journal, au sortir de la guerre, un dialogue avec moi. Sa thèse était que la fin ne justifie pas tous les moyens. Je lui répondais que, dans certains cas extrêmes, tous les moyens sont justifiés. Revenant d'Alger, il est intervenu à un grand meeting, à Paris, où la plupart des participants étaient des ouvriers messalistes. Il leur a lancé : « Je vous apporte le salut de la résistance algérienne ! » Quand j'ai abordé la question messaliste avec lui, il m'a répondu : « Que veux-tu, on ne fait pas d'omelette sans casser des œufs... » En somme, il avait adopté le point de vue que j'avais au moment où nous avions débattu ensemble, quand j'étais communiste, dix ans plus tôt, et moi j'avais adopté son point de vue d'alors. Malheureusement, s'il y a eu en France un réveil des intellectuels dans la protestation contre la guerre d'Algérie, il ne s'est pas accompagné d'un réveil intellectuel, c'est-à-dire d'une prise de conscience des problèmes de fond posés par les situations française, algérienne et mondiale.

Vous vous heurterez au même Comité contre la guerre en Afrique du Nord au sujet de la répression soviétique à Budapest. Quel rapport avec les guerres nord-africaines ?

Non, je ne me suis pas heurté au comité : au sein du comité, il y a eu des conflits. C'était en 1956, un an après sa création. Dionys Mascolo, moi-même et quelques autres estimions que nous ne pouvions pas combattre la répression française en Algérie sans condamner la répression soviétique qui s'était abattue sur Budapest. Nous organisons donc une grande réunion du comité pour en débattre. Bien entendu, les communistes et les sartriens nous font mauvais accueil. Claude Lefort, que je ne connaissais pas encore, prend alors la parole et se lance dans un discours magnifique qui suscite mon admiration et entraîne une partie de l'assistance. Notre amitié date de là. Quant à notre comité, il a commencé à mourir à la suite de cet épisode. Je me souviens d'un meeting organisé par un autre comité, peut-être le Clado, auquel participaient Maurice Nadeau, Lambert, d'autres dont j'ai oublié le nom, et moi-même. Nous dénoncions à la fois la guerre d'Algérie, la répression soviétique et l'intervention anglo-française à Suez.

Dans une petite salle du 7e arrondissement de Paris, nous nous dressions, enflammés, contre les puissances de ce monde...

Vous, en tout cas, vous vous dressiez contre le monde entier. Vous avez eu en particulier des mots peu amènes à l'égard de Sartre...

Non, pas contre tout le monde, et Sartre n'est pas monsieur Tout-le-monde ! Revenons sur cette affaire. J'étais dans un café, à Rome, avec un journaliste italien, et nous avions une conversation à bâtons rompus. Il m'a demandé ce que je pensais de Sartre, et je lui ai répondu : « Grand écrivain, philosophe moyen, et politique nul. » Le lendemain, ma phrase était reprise dans son journal. Sartre, qui était lui aussi à Rome, a lu l'article et en a été fou de rage. Il a éructé une série d'insultes contre moi, et il savait insulter ! Nos rapports n'avaicnt jamais été très cordiaux. J'avais certes publié un article sur le Festival de Cannes dans sa revue, *Les Temps modernes*. J'avais aimé ses nouvelles mais, philosophiquement, je ne le mettrais pas au niveau de Husserl ou de Heidegger. Politiquement, nous avons fait deux chemins inverses, lui allant vers la justification du communisme stalinien, moi vers la reconnaissance de la problématique existentielle. Notre opposition s'est cristallisée autour de l'affaire algérienne, avec la prise de parti aveugle de Sartre pour le FLN. Après l'affaire du journal italien, j'ai demandé à Évelyne Rey, sœur de Claude Lanzmann et amie de Sartre, de transmettre à celui-ci mon souhait de le rencontrer pour que nous nous en expliquions. Il n'a pas donné suite. La cassure était consommée. Son adhésion au maoïsme nous a encore plus éloignés.

Du coup, vos relations devaient être plus cordiales avec Camus ?

Je l'ai rencontré au sortir de la guerre, quand j'habitais chez Marguerite Duras. Il était ami avec Dionys Mascolo (tous deux travaillaient chez Gallimard), et il est vrai que j'ai éprouvé une très vive sympathie envers lui. J'étais cependant influencé par Hegel qui se moquait des « belles âmes » et des « grands cœurs » dont les sentiments ne sont autres que « le tumulte informe des cloches ». J'étais dans l'idéologie bolchevique selon laquelle ceux qui n'ont pas les mains sales n'ont en fait pas de mains, et j'avais mis Camus dans la catégorie des belles âmes. J'ai compris beaucoup plus tard qu'il valait mieux être une belle âme et un grand cœur plutôt qu'un beau salaud, et que c'est Camus qui avait une position juste, et non pas moi. Ne serait-ce qu'avec son cri d'horreur après Hiroshima, dont l'importance ne fut pas saisie en France... Je regrette mon attitude bornée à son endroit.

Cela dit, bien que vous soyez en dissension avec certains groupes d'intellectuels, vous ne vivez pas en autarcie, loin de là...

Loin de là, en effet. J'étais au chaud, en fraternité dans le « groupe de la rue Saint-Benoît », autour de Marguerite Duras, Robert Antelme, Dionys Mascolo. Mon caractère débonnaire suscitait peu d'animosités personnelles ; ce sont mes prises de position qui suscitaient des haines idéologiques, donc abstraites.

Vous fédérez d'ailleurs un certain nombre d'intellectuels avec qui vous lancez, en décembre 1956, la revue Arguments *que vous venez de citer à plusieurs reprises. Une revue différente des autres, dites-vous. Où résidait cette différence ?*

Je m'étais inspiré de *Ragionamenti*, un petit bulletin de réflexion publié par des amis italiens de gauche indépendants des partis, parmi lesquels Franco Fortini. Je voulais une revue interrogative, c'est-à-dire qui réinterroge de façon critique le marxisme et considère les grands problèmes du monde contemporain. Jean Duvignaud en avait parlé à Jérôme Lindon, patron des éditions de Minuit, qui nous avait cédé un grenier pour travailler et nous avait offert de couvrir tous les frais d'impression. À nous de nous débrouiller pour le reste ! Le papier était beau, la présentation austère. Nous étions quatre fondateurs : Roland Barthes, Jean Duvignaud, Colette Audry et moi. Dionys Mascolo n'a pas voulu nous suivre. Puis François Fejtö, Pierre Fougeyrollas et Kostas Axelos nous ont rejoints. J'étais le directeur, et Axelos le rédacteur en chef. Deux autres de mes amis, Claude Lefort et Cornelius Castoriadis, ne s'étaient pas joints à nous. Ils avaient une autre revue, *Socialisme et Barbarie*, très bonne sur le plan des dénonciations, mais très insuffisante sur celui des propositions. *Arguments,* qui s'est lancé en décembre 1956, devint un lieu de débats et de rencontres. La relation d'amitié était très forte entre nous, nos comités de rédaction s'organisaient autour de repas, c'était la commensalité. Ce n'était pas la revue d'un groupe ayant une ligne bien dessinée, comme *Esprit* ou *Les Temps modernes* : notre groupe à nous était disparate, mais uni par le besoin de repenser tout ce qui avait été pensé jusqu'à présent, toutes les idées dominantes. Nous avons consacré des numéros à la bureaucratie, à l'amour, à la cosmologie, nous avons introduit des textes inconnus de Heidegger, de Lukács, de Marcuse. Nous cheminions ensemble, et nous avons dépassé ensemble le marxisme, chacun à sa façon.

C'est une expérience qui, dites-vous, vous a beaucoup marqué, tant sur le plan intellectuel que personnel...

Certaines de mes conceptions ont mûri dans cette revue, et beaucoup de textes que j'y ai publiés restent à mes yeux valables aujourd'hui. Notre principe était celui de la discussion qui rendait la revue très vivante, chacun ayant par exemple la possibilité de répondre en quelques lignes à l'auteur d'un article, à la suite de l'article, l'auteur répondant à son tour audessous... Nous avons produit de beaux numéros. Nous nous occupions nous-mêmes de tout, y compris de la diffusion dans quelques librairies de Paris et de province, des échanges publicitaires avec d'autres revues, des abonnements. Nous avons ainsi atteint notre vitesse de croisière.

Ce que j'ai retiré d'*Arguments* ? Une repensée d'où ont émergé l'idée d'ère planétaire, venue de Heidegger via Axelos, celle d'une anthro-politique ou politique de l'homme, et l'idée d'un cheminement au-delà de Marx qui m'a conduit à la pensée complexe. Avant la guerre, j'avais connu le Heidegger de *Qu'est-ce que la métaphysique ?* Là, j'ai connu un deuxième Heidegger, le penseur de la technique, j'ai connu Adorno, Marcuse, l'œuvre oubliée de Lukács, *Histoire et conscience de classe*. Ce fut une merveilleuse période d'effervescence et de chaleur...

Une période à laquelle vous avez pourtant volontairement mis un terme...

Arguments s'est arrêté d'abord parce qu'on s'est mis à se disperser. Je commençais moi-même à aller longuement en Amérique latine, puis j'ai été hospitalisé, et ensuite convalescent. D'autre part, nous avions posé beaucoup de questions : désormais, c'était à chacun de les traiter à sa façon. Sans *Arguments*, nous n'aurions pas connu une telle stimulation. Cette expérience a duré exactement six ans. Dans le dernier article de notre dernier numéro, j'ai rédigé nos adieux. Je vous en lis les dernières lignes, qui disent tout : « On vivait dans l'amitié, hors du monde bourgeois, hors du monde universitaire, hors du dogmatisme agité des groupes politiques, hors de l'argent, hors des honneurs et des déshonneurs. Salut ! »

*C'est à l'époque d'*Arguments *que vous avez vécu l'Octobre polonais...*

C'était, en effet, en 1957. Une grande révolte a secoué toute la Pologne, obligeant le Parti communiste à rappeler à sa tête Gomulka, lequel avait promis de rétablir le droit de grève. Dionys Mascolo a été invité par une revue polonaise, et nous y avons été ensemble en voiture, avec Claude Lefort et Robert Antelme, en passant par les deux Allemagnes, celles de l'Ouest et de l'Est. À Francfort-sur-Oder, la ville frontière entre l'Allemagne de l'Est et la Pologne, des Allemands nous ont demandé s'il était vrai que la tour Eiffel avait été détruite. Le « pont de l'Amitié entre les deux peuples », reliant les deux pays, était désert : nul ne traversait jamais le pont de l'Amitié, au point qu'il nous a fallu klaxonner longtemps pour réveiller les douaniers de part et d'autre.

Nous arrivons en Pologne une veille d'élections : le lendemain, l'alcool était interdit. Du coup, tout le monde était ivre mort, y compris le réceptionniste de l'hôtel, à Poznan, et le garçon qui s'était écroulé devant nous avec son plateau. Les Polonais, qui n'avaient pas eu l'occasion de voir une voiture française, nous prenaient pour des Soviétiques : plusieurs avaient craché sur notre véhicule quand nous demandions notre chemin. Mais quand je disais *franzuski*, ils nous acclamaient. Ce fut un voyage extraordinaire où nous avons pu rencontrer les conseils ouvriers et surtout les intellectuels, devenus les animateurs du mouvement libérateur. Quoique la répression se fût abattue sur la Hongrie, bien des Polonais conservaient encore des espoirs de liberté. Claude Lefort et moi-même avons compris que ces espoirs étaient vains ; Dionys, lui, y croyait encore. De toute façon, je fus marqué par l'atmosphère de fraternité qui régnait dans ce pays.

Vous ne vous faisiez aucune illusion sur l'Union soviétique ni sur le communisme, vous n'ignoriez rien de la pesanteur du système ni de sa puissance répressive. Comment avez-vous pu prévoir la chute de l'URSS, bien avant que celle-ci ne se produise ?

Dans *Pour sortir du* XXe *siècle*, un livre que j'ai écrit en 1980, j'ai en effet soutenu que l'une des possibilités de la fin de siècle était l'éclatement de l'Union soviétique. Il ne s'agissait pas là d'une prophétie, mais d'une possibilité que j'évoquais. C'était l'époque de Brejnev, mon idée était que son successeur pourrait accorder plus de libertés à l'intelligentsia technicienne, qui entamerait un processus d'accroissement des libertés. Je m'interrogeais toutefois sur l'issue de ce processus, et je retenais l'éventualité d'un éclatement de l'Union. C'était une potentialité encore improbable, mais je croyais et continue de croire à la possibilité de l'improbable.

CHAPITRE 6

La sociologie du présent

Revenons sur votre œuvre de sociologue, un terme que je vais utiliser tout en sachant que vous n'aimez pas être figé sous cette étiquette. En 1956, cinq ans après que vous avez intégré le CNRS, vous publiez Le Cinéma ou l'homme imaginaire, *plus anthropologique que sociologique. L'année suivante, vous vous attelez à la sociologie proprement dite avec la sortie de votre livre* Les Stars...

Oui, j'ai mené cette recherche sur une suggestion d'Alain Touraine. Les stars, je les considère de façon complexe, c'est-à-dire multidimensionnelle, à la fois comme des actrices, des idoles, des mythes, des objets marchands, et je les considère dans leur évolution à partir du cinéma muet. Je compte bien faire alors de la sociologie du cinéma. J'avais pris d'innombrables notes pendant les projections de films grâce à un stylo équipé d'une petite lampe. J'avais été deux années de suite au Festival de Cannes, et mes deux livres m'ont valu d'être juré aux Festivals de Venise, de Mannheim, de Mar del Plata, en Argentine. Mais je me suis rendu compte que je ne pouvais isoler le cinéma d'un complexe culturel comportant la presse magazine, la télévision naissante, les loisirs, les vacances, c'est-à-dire la « culture de masse » produite et diffusée de façon massive par les grands systèmes audiovisuels. Aussi ai-je rédigé un essai sur cette culture de masse, *L'Esprit du temps*, publié en 1962, où j'insistais entre autres sur la promotion des valeurs juvéniles et des valeurs féminines, le mythe du bonheur et l'expansion planétaire de cette culture.

Entre-temps, en 1960, vous coréalisez un film avec Jean Rouch, Chronique d'un été. *Qu'est-ce qui vous a incité à franchir ce pas, à devenir partie prenante au sujet que vous aviez choisi d'étudier, c'est-à-dire le cinéma ?*

Jean Rouch et moi avions été jurés au premier Festival du film ethnographique et sociologique, le Festival dei popoli, à Florence. Nous y avions vu beaucoup de documentaires consacrés à des populations exotiques. Dans *Come back Africa*, de Lionel Rogosin, j'avais vu des Noirs sud-africains parler de leurs problèmes vitaux autour d'une table, en buvant ensemble, et j'ai imaginé que, grâce à la prise de son en direct, on pourrait en faire autant en France. J'ai suggéré à Rouch un film qui serait tourné à Paris et qui serait intitulé *Comment vis-tu ?*, c'est-à-dire « comment te débrouilles-tu avec la vie ? ». En fait, cette question, je me la posais à moi-même. J'avais dû me séparer de la femme que j'aimais, et ma relation avec mon épouse était devenue difficile. J'avais proposé le projet à Anatole Dauman, le producteur d'Argos films, il a aussitôt dit : « J'achète ! », et nous avons commencé à tourner. Mon idée était de démarrer par des expériences : nous nous réunissions avec la personne que nous voulions interroger, autour d'une bonne table, avec du bon vin, dans un appartement privé. Il y avait la petite équipe du film, l'ingénieur du son, le cameraman, Jean Rouch et moi. Nous dînions tous ensemble et, une fois établie la *chalume*, la chaleur humaine, Rouch ou moi ouvrions le dialogue et nous commencions à tourner. Nous avons filmé ainsi cinq entretiens, tous très émouvants pour nous, puis nous nous sommes lancés à la suite des personnes qui avaient participé aux premiers tournages : l'ouvrier Angelo, OS chez Renault ; Marilou, la secrétaire italienne ; Marceline, qui avait été déportée toute jeune à Auschwitz ; Gabillon, l'employé de la SNCF et sa femme. Il n'y avait évidemment pas de scénario. Nous avons tourné dans les conditions les moins « cinéma » possible, et nous avons rapproché le cinéma de la vie. Mais nous nous sommes ainsi rapprochés de toutes les confusions de la vie. La vraie question n'était pas de savoir si Marilou, Angelo, Marceline, Jean-Pierre, auxquels je demandais « comment vis-tu ? », étaient des cas rares ou exceptionnels, mais de chercher s'ils posaient ou non des problèmes profonds et généraux : ceux du travail aliéné, de la difficulté de vivre, de la solitude, de la recherche d'une foi – des questions fondamentales concernant la vie de chacun. Il y a dans ce film une recherche de communication errante, maladroite, que nos censeurs ont appelée impudeur ou exhibitionnisme. Je souhaitais qu'une rencontre finale entre les divers protagonistes du film aboutisse à une compréhension mutuelle. Il y eut à la fois des compréhensions et des incompréhensions. Et le film se termine sur un dialogue entre Rouch et moi, portant sur notre relatif échec. Le montage fut une tragédie : des vingt-six heures de tournage, nous avions retenu six heures valables et, après d'interminables négociations, nous n'en avons conservé qu'une heure et demie. Nous n'avons, au fond, donné que quelques pièces d'un puzzle dont manquent la plupart des morceaux, et chaque spectateur a ainsi reconstitué un ensemble en fonction de ses projections et de ses identifications propres.

Le regrettez-vous ?

En dépit des mutilations subies, ce film garde une vertu interrogative. En tout cas, si c'était à refaire, je referais autrement, mais je referais. J'ai d'ailleurs un projet en cours avec deux jeunes gens qui ont retrouvé les chutes non utilisées et sont venus me voir. Je vais réaliser ce film tel qu'il aurait dû être, peut-être en trois, quatre ou cinq heures...

Le film a-t-il eu du succès à sa sortie ?

Un succès d'estime, il a même remporté le prix des Critiques au Festival de Cannes, mais il n'a pas connu de succès en salle. Par contre, il a circulé dans les ciné-clubs et les universités, en particulier aux États-Unis. Avec *Chronique d'un été* s'affirme la conviction, déjà existante en moi, que chaque fois que l'on peut interroger quiconque sur l'essentiel, la conscience se réveille. Chacun, l'homme de la rue, l'inconnu, cache en lui un poète, un philosophe, un enfant. Je crois plus que jamais qu'il faut sans relâche essayer de donner la parole à tout être humain.

Le film sort en 1961, l'année où vous découvrez l'Amérique latine...

Effectivement, c'est le début d'une passion pour toute ma vie. Après la guerre, j'avais été envoûté par la musique andine d'un groupe appelé les Guaranis, venu se produire en France. Je pensais souvent avec émotion à ce continent indien asservi par les conquistadores. Et voici que, grâce à mon ami Lucien Brams, devenu responsable des études à la Faculté latino-américaine des sciences sociales (Flacso), créée par l'Unesco à Santiago du Chili, je suis appelé à y enseigner trois mois. J'ai profité de ce voyage pour découvrir, à l'aller, Rio de Janeiro et Buenos Aires, et, au retour, prendre le chemin de fer d'Antofagasta à La Paz, traverser le lac Titicaca, m'arrêter à Cuzco, voir le Machu Picchu, Lima, Mexico, La Nouvelle-Orléans, Montréal... Je suis revenu à la Flacso en 1962, et mon chemin de retour est passé par La Paz, Guayaquil, le Yucatán, puis Washington où je me suis rendu à un congrès international de sociologie.

Là, j'ai commencé à perdre l'appétit, à être fatigué. Violette m'y rejoignit, et il était entendu que Magda s'en irait à ce moment-là. Mais Magda a refusé de partir : elle s'est installée dans le même hôtel que nous, et j'ai passé quelques journées entre deux fureurs, l'une au quinzième, l'autre au vingtième étage. Magda était très malheureuse, Violette très mécontente. Je ne mangeais plus, j'étais fatigué, mais j'avais promis à Violette un périple en Californie, et je me suis exécuté. Je l'ai emmenée à Hollywood, Los Angeles, à Disneyland, Las Vegas. Je me traînais de fatigue ; Violette pensait que je me languissais de Magda. J'étais de plus en plus épuisé, jusqu'à ce que, sur le Golden Gate de San Francisco, je sois saisi de terribles frissons. Je grelottais de froid dans les avions qui nous ramenaient à New York ; je suis arrivé à un hôtel où un médecin dépêché par mon ami Stanley Plastrick, voyant mon urine noire et mes selles blanches, m'a envoyé au Mount Sinaï Hospital. Là, on a diagnostiqué une hépatite d'origine inconnue.

Votre séjour au Mount Sinaï Hospital vous a énormément marqué...

Ce nom de mont Sinaï évoquait pour moi le negro spiritual, *Moses go down, let my people go...* J'ai séjourné dans une chambre à quatre lits, et les premiers jours, sous sédatif, je dormais en permanence. J'ai subi une biopsie qui m'a appris que j'avais un foie étonnant, dans lequel ont été détectés des métaux précieux et devant lequel se pâmait le spécialiste, le docteur Popper. L'intervention s'était déroulée sous injection hilarante, et je me souviens, quand on m'a montré la lamelle, avoir éclaté de rire en lançant : « Renvoyez-la aux cuisines, il manque les petits oignons frits ! » J'étais pris d'une émotion inouïe quand je songeais à la France. C'est là que j'ai senti à quel point c'était ma patrie. Un infirmier-thermomètre venait toutes les trois heures me prendre la température, tantôt rectale, tantôt buccale, mais gardait secret le résultat. Aussi je louchais sur la colonne de mercure quand le thermomètre était dans ma bouche, et je l'enlevais et le remettais en un éclair dans l'anus quand l'infirmier regardait ailleurs. Dans un élan de patriotisme, je lui avais vanté la conquête de la Révolution française que sont les degrés centigrades, plus pertinents que les degrés Fahrenheit. Mais lui, indifférent, me répondait que, quand on a chaud dans le cul, peu importe que ce soit en centigrades ou en Fahrenheit.

J'étais encore très fatigué quand a éclaté la crise des fusées à Cuba, en octobre 1962, et je rampais jusqu'à la salle où se trouvait la télévision pour suivre les informations. Mon ami de New York, Stanley Plastrick, qui venait me voir, m'annonçait calmement : « Tu sais, nous allons bientôt recevoir des bombes atomiques, et nous en enverrons sur Cuba et

Moscou. » J'étais épouvanté, je ne pensais plus qu'à m'évader, mais les médecins voulaient me garder pour d'autres biopsies. Dès que j'ai commencé à aller mieux, j'ai obtenu une sortie de week-end, et j'ai réussi à m'enfuir sur une chaise roulante, avec la complicité de Stanley, pour regagner Paris.

Pendant cette hospitalisation, je me rendis compte que je m'étais dispersé, toutes ces dernières années, et que j'avais sacrifié l'essentiel au secondaire. Mais quel était pour moi l'essentiel ?

Avez-vous trouvé la réponse ?

Pas sur mon lit d'hôpital. Mais j'y ai écrit les questions que j'allais me poser à moi-même afin d'entreprendre, dès mon retour, une « méditation » en profitant de ma convalescence : examiner ce que je crois, ce que je suis, ce qui m'importe. En fait, c'est un voyage autour de moi-même que j'ai commencé à Monte-Carlo, dans l'appartement d'un cousin. Là, je suis sorti de la vie végétale pour accéder à la vie animale. J'ai effectué ma première promenade sous le soleil, puis je suis retourné à la vie humaine. Et j'ai commencé à rédiger ma *Méditation*, que je publierais huit années plus tard sous le titre *Le Vif du sujet*. J'ai décidé de réformer ma vie, ce que je n'ai fait qu'insuffisamment et partiellement. Tout en poursuivant, à mon retour à Paris, mon travail de réflexion, j'ai commencé à être regrignoté...

Dans quelle mesure avez-vous changé de vie ?

Dans un sens, j'ai effectivement voulu vivre autrement. Par exemple, de retour à Paris, convié à une réunion d'enseignants, tous personnages éminents, j'ai réalisé que je m'ennuyais. Au bout de dix minutes, je me suis levé, je suis parti. Cependant, assez rapidement, je n'ai plus réussi à tenir mon pari. Violette et moi nous sommes séparés. Elle avait été une compagne exemplaire, nous avions fait ensemble la Résistance, elle m'avait soutenu dans tous les moments pénibles, le chômage, le divorce d'avec le communisme. Mais, insensiblement, nous avions divergé. Je pensais qu'elle s'embourgeoisait, elle pensait que je voulais jouer artificiellement au jeune homme. Je sais que mon départ a été dur pour mes deux filles qui sortaient tout juste de l'enfance. Nous avons continué à nous voir souvent, nous avons conservé de bonnes relations et, quelques années plus tard, elle a épousé Pierre Naville pour qui j'avais la plus grande estime.

Et votre nouvelle vie ?

Quand j'ai quitté Violette, je lui ai tout laissé : l'appartement, les meubles, la voiture et même mon compte bancaire. Je suis parti en emportant dix livres, dont les manuscrits de jeunesse de Marx, Héraclite, des morceaux choisis de Hegel, les *Pensées* de Pascal, la *Saison en enfer* de Rimbaud et quelques autres. J'ai expérimenté le fait que, dans ma vie, je ne serais jamais l'esclave des choses, des objets, des biens matériels. J'ai expérimenté aussi qu'il y a deux choses merveilleuses dans la vie : le mariage et le célibat, mais qu'elles sont incompatibles. Je me suis installé chez une amie, Yvette Cauquil-Prince, qui avait aménagé un studio au milieu de son atelier de tapisserie, rue des Blancs-Manteaux. J'étais entouré de métiers à tisser médiévaux sur lesquels elle réalisait des tapisseries modernes à partir de tableaux de Chagall ou de Picasso. Elle habitait avec son mari l'étage du dessus, je prenais le petit déjeuner avec eux, j'étais content de préparer mes repas, je sortais le soir, souvent invité.

Vous vous êtes alors consacré à votre « sociologie du présent ». Était-ce là l'essentiel, pour vous ?

Tout d'abord, j'ai découvert qu'il n'y avait pas « un » essentiel pour moi, mais que l'essentiel était de combiner des essentiels qui, isolés, cessent d'être essentiels. Ainsi, la sociologie du présent, isolée, n'est pas essentielle. Mais, liée à d'autres types de connaissances, elle devient essentielle à l'essentiel. Cette sociologie du présent est issue de deux sollicitations. L'une, en 1963, du quotidien *Le Monde*, pour élucider un événement apparemment incompréhensible, la « nuit de la Nation » – j'y reviendrai. L'autre, de Georges Friedmann, mon protecteur et ami, qui me demandait de participer à une enquête pluridisciplinaire sur un terrain concret : la commune de Plozévet, dans le pays bigouden, en Bretagne.

Deux impératifs se posent à la sociologie du présent. Le premier est d'interroger un événement imprévu, de voir ce qu'il révèle, modifie, innove. Le second consiste à se vouer à la connaissance d'une réalité concrète. Dans ce second cas, les patrons du comité scientifique de la DGRST, la Délégation générale à la recherche scientifique et technique, avaient découpé la commune de Plozévet selon les disciplines, ignorant ce qui se passe entre les disciplines et à travers les disciplines, c'est-à-dire l'essentiel : un processus de modernisation à la fois économique, technique, sociologique et psychologique qui traversait la

France et « métamorphosait », selon l'expression que j'ai employée, la commune de Plozévet. Beaucoup d'enquêtes étaient en cours quand Georges Friedmann, membre de la DGRST, me proposa de mener ma propre recherche sur le terrain. Est-ce lui ou moi ? Le thème choisi fut la modernisation. Je ne comptais pas m'installer à Plozévet, et j'y suis allé avec un étudiant que je pensais laisser sur place. Mais j'ai été séduit par la beauté des lieux, par les problèmes humains et sociaux, par la cordialité des Bigoudens, par le visage rayonnant de sérénité des vieilles octogénaires, alors que les urbaines, à cet âge, ont souvent un visage fané ou les traits durcis. J'ai pris domicile avec Johanne, ma compagne, dans un penty au sol de terre battue, sur une falaise face à la mer, à Pors-Poulhan. Mon étudiant, Jean-Louis Peninou, militant maoïste, m'a rapidement quitté, et j'ai recruté d'autres étudiants de l'université de Rennes.

Vous avez insisté sur la spécificité de Plozévet. Celle-ci ne pouvait-elle pas devenir un handicap pour votre étude ?

Plozévet était une commune très singulière dans son environnement bigouden et plus largement breton. Elle avait adopté sous la Révolution un prêtre constitutionnel et, dans un environnement blanc, elle était une commune rouge. Elle était une pépinière d'enseignants, et ceux-ci animaient la vie politique de la commune. Bref, mon problème était de ne pas dissoudre la singularité de la commune dans le grand processus de modernisation, tout en reconnaissant les transformations que la modernisation opérait sur cette singularité. J'ai dû improviser une méthode apte à passer du singulier au général, et du général au singulier. J'ai voulu que s'expriment non pas des opinions captées par questionnaires, mais des personnes. J'ai demandé à mes collaborateurs 100 % de subjectivité, c'est-à-dire d'implication personnelle, de sympathie, d'amour, et 100 % d'objectivité, c'est-à-dire en même temps du détachement, de la non-complaisance. Je leur ai demandé de loger chez l'habitant et de tenir un journal d'enquête quotidien. Chaque jour, nous tenions une réunion « stratégique » qui nous permettait de réorienter nos efforts selon les connaissances acquises la veille. J'ai pu ainsi traiter de réalités invisibles au découpage des disciplines : la crise de la paysannerie et les efforts pour la surmonter dans la coopération, le nouvel esprit des adolescents aspirant à l'autonomie d'une « Maison des jeunes », le rôle des femmes que j'ai considérées comme « les agents secrets de la modernité »...

Pourquoi cet intérêt particulier pour les femmes de Plozévet ?

C'étaient elles qui exigeaient le confort ménager, les cabinets dans la maison et non plus dans le jardin, les salles de bains, les réfrigérateurs. C'étaient elles qui ne voulaient plus épouser de paysans, contribuant ainsi à l'exode rural. Celles qui n'étaient pas heureuses en ménage ne pouvaient divorcer et subissaient un destin bovaryste. Aucune n'avait atteint l'émancipation beauvoirienne. Cette notion de beauvoirisme m'a valu sinon la bienveillance, du moins la non-hostilité de Simone de Beauvoir, bien que j'eusse appartenu au camp ennemi des « durassiens ». Simone de Beauvoir et Marguerite Duras étaient hostiles l'une à l'autre et entraînaient leurs fidèles à leur suite... J'ai vécu très heureux, passionné à Plozévet, et je me suis fait là des amitiés qui perdurent.

Vous rédigiez sur place, à chaud ?

Je rédigeais un journal qui du reste a paru plus de trente ans après[1]. Je prenais des notes innombrables, j'enregistrais sur bandes magnétiques. Puis il m'a fallu deux bonnes années pour tout articuler et rédiger *Commune en France, la métamorphose de Plozévet*[2]. J'ai réalisé ce travail en deux lieux : dans une université populaire rurale au Danemark et à Neauphle-le-Château, chez Marguerite Duras, où j'ai retrouvé mon ami Dionys Mascolo et sa compagne Solange, et revécu beaucoup de l'ancienne communauté.

Il y a également une face noire à votre travail qui a été décrié et qui vous a valu des ennuis à la DGRST où certains ont demandé un « blâme scientifique » contre vous alors que vous étiez maître de recherche au CNRS...

En 1966, quand Pompidou est nommé Premier ministre, il s'étonne des milliards dépensés à Plozévet sans qu'aucune étude ait encore été produite. Affolement de la DGRST qui nous donne un mot d'ordre : publiez ! Mon étude paraît en 1967, j'en suis très satisfait, je m'attends à des félicitations. C'est l'inverse qui se produit : fureur d'un certain nombre de patrons de la DGRST qui menacent de m'adresser un blâme. J'apprends l'affaire, par chance, en rencontrant Raymond Aron dans la rue. Il me demande,

1. *Journal de Plozévet*, éd. de l'Aube, 2001.
2. Fayard, 1967.

étonné : « Qu'ont-ils contre vous, ces gens ? Ils veulent vous adresser un blâme scientifique ! » Je bondis aussitôt chez le président du comité scientifique de la DGRST, Claude Gruson, un homme au demeurant charmant, un économiste protestant. Je lui demande deux commissions d'enquête : l'une sur l'utilisation des fonds, l'autre sur mon travail.

Pourquoi sur les fonds ? Parce que mes comptes étaient parfaitement limpides, alors que d'autres groupes de recherches, qui avaient reçu beaucoup plus de subsides que moi, les avaient utilisés en grande partie à des fins très éloignées de Plozévet. En ce qui me concerne, je n'avais pas touché un centime à titre personnel et, avec un budget minime par rapport aux autres – cinq millions de francs anciens –, j'avais effectué un boulot énorme.

Pourquoi sur mon travail ? Parce qu'il apportait des connaissances essentielles, des angles de vue nouveaux par rapport aux enquêtes disciplinaires. De plus, quand j'utilisais les recherches des autres, je les citais comme il convient de faire dans un travail universitaire. Le clan de mes détracteurs, certains du reste anciens vichystes, voulait ma peau. Mais le jeune historien chargé de la synthèse de toute l'enquête, André Burguière, adressa courageusement une lettre à la DGRST, assurant que j'avais réalisé un travail exemplaire du point de vue interdisciplinaire. Claude Gruson me proposa de me signer une lettre me lavant de toutes les accusations. Je refusai : « Il ne me suffit pas d'être blanchi, je veux des félicitations. » Il me dit : « C'est difficile. » Là-dessus, nous sommes en avril 1968. Surgissent les événements de Mai qui non seulement disloquent la coalition de mes ennemis, mais, en plus, m'investissent totalement. Je laisse tomber l'affaire Plozévet, emporté par Mai 68. Mais, de tout cela, il est resté une rumeur selon laquelle j'ai fait « quelque chose de pas propre » à Plozévet. On ne sait pas quoi, on sait simplement que « ça n'est pas bien, ce qu'a fait Morin ». C'est moins immonde que l'accusation d'antisémitisme qui me court après depuis que je critique Israël à propos de la Palestine, mais c'est tout aussi grotesque.

Cette rumeur vous a longtemps poursuivi ?

Elle a même voyagé. Jacques Fauvet, à l'époque rédacteur en chef du *Monde*, rencontre à Paris un sociologue roumain qui lui demande de lui conseiller des ouvrages intéressants sur la France. Fauvet lui indique mon livre. Et le sociologue de répondre que c'est un ouvrage qui a quand même coûté deux milliards ! Cette rumeur doit encore traîner dans les recoins sales de la sociologie. Une fois de plus, c'est quand je pense bien faire que je suis atteint par la calomnie. Comme disait Nietzsche : « Tu périras par tes vertus. » Ce sont mes actes les plus méritoires qui m'ont souvent valu la pire réprobation.

Vous avez évoqué Raymond Aron. Étiez-vous proche de lui ?

J'en étais politiquement éloigné, mais j'avais de la sympathie pour lui. Pour moi, l'amitié est transpolitique. Étudiant, j'avais lu et apprécié sa thèse sur la philosophie de l'histoire, ainsi que son livre sur la sociologie allemande. Je l'ai rencontré pour la première fois dans un bistrot de la rue Soufflot, présenté par Clara Malraux. Il connaissait l'Allemagne d'avant-guerre, j'étais en Allemagne juste après la guerre, en 1945, et il était curieux de m'entendre. Tout se passe très bien jusqu'à ce que j'évoque l'Allemagne de l'Est. Je lui dis : « Eux, au moins, n'auront pas la démocratie formelle. » Cette phrase l'a fait bondir : « Parlons-en, de la démocratie réelle ! » Il m'a laissé coi. Mais, au fond de moi, je savais que la « démocratie réelle » soviétique n'avait rien de réel. Quand je publie *L'Homme et la Mort*, je commence par le lui dédicacer « avec mon admiration ». Puis je me ravise : je recouvre le mot par « amicales pensées ». Cela l'amusa et il m'a ressorti en une autre occasion : « Vous n'avez pas osé me dire votre admiration... » Nous avons eu des rapports plus personnels par l'intermédiaire de sa fille, Dominique, qui était l'amie de Florence, la fille de Clara et André Malraux, et qui m'avait invité à l'anniversaire de ses quatorze ans. On se rencontrait de temps à autre. En 1954, je lui avais demandé de signer l'Appel de notre Comité contre les guerres d'Afrique du Nord, ce qu'il avait refusé. Il n'était pas opposé sur le fond, mais il était convaincu que ses interventions « au sommet » étaient plus efficaces. Plus tard, en mai 1968, il m'évoqua dans un article du *Figaro* comme l'« apôtre de la décadence ». C'était une phrase plus exaspérée que méchante. Et puis, bien qu'il ne l'ait jamais su, j'ai involontairement pénétré dans une partie intime de sa vie, et j'en garde un sentiment ému.

Pouvez-vous en dire plus ?

Il est certain que je n'en dirai pas plus.

Après Plozévet, vous entamez aussitôt une autre enquête : Orléans. Une affaire de rumeur...

Pas aussitôt : c'est en 1969. Une rumeur tenace rapportait que des jeunes filles disparaissaient dans les cabines d'essayage de boutiques de lingerie tenues, à Orléans, par des juifs. Cette rumeur affirmait qu'elles étaient endormies avec des seringues hypodermiques, puis transférées dans des réseaux de prostitution. Une version indiquait même qu'elles étaient convoyées par un sous-marin remontant la Loire. Aucune disparition suspecte n'avait été signalée à la police. Le Fonds social juif m'a proposé de mener cette enquête que j'ai réalisée avec une petite équipe. Nous avons très rapidement abouti : au bout de trois jours, toutes les informations concordaient et nous n'apprenions plus rien, sinon la classique propagation de bouche à oreille : « Mon cousin (ou mon voisin) m'a dit que... » Je me suis surtout intéressé au mode de naissance et de circulation de cette rumeur et à ses canaux privilégiés, les jeunes filles, lycéennes ou travailleuses, et plus généralement le monde féminin. La rumeur se fixait sur les jeunes commerçants juifs français, et non sur de vieux commerçants d'origine polonaise qui avaient un fort accent mais ne vendaient pas de la toilette pour jeunes filles. Contrairement à l'opinion régnante qu'il s'agissait d'une rumeur propagée par des partis ou mouvements antisémites, nous avons détecté qu'elle venait plutôt d'un fond archaïque sous-jacent dans les mentalités, pour lequel, même ou surtout quand il ne se distingue pas extérieurement des gentils, le juif porte en lui une inquiétante étrangeté. En quelque sorte, la rumeur exprimait un fantasme de jeunes filles, apparemment émancipées par minijupes et décolletés, mais inquiètes face à la sexualité et à l'inconnu. La fixation sur le juif constituait l'éruption de quelque chose de dormant dans l'inconscient collectif.

L'étonnant était que la rumeur ait pénétré non seulement parmi la jeunesse féminine, mais aussi chez des femmes, des mères, y compris des enseignantes, y compris des juives ! La publication de *La Rumeur d'Orléans*, en 1969, n'a pas anéanti la rumeur : elle l'a coupée en petits morceaux et a laissé le résidu : « Il n'y a pas de fumée sans feu. » J'ajoute que cette publication a fait affluer vers nous des informations concernant d'autres rumeurs semblables en d'autres villes de France, y compris Paris, ce qui confirme que nous avons eu raison de ne pas chercher l'origine de la rumeur dans une singularité propre à Orléans. Une édition suivante a intégré *La Rumeur d'Amiens*, rédigée par Claude Fischler[1].

Quand on considère l'autre face de votre sociologie du présent, ou vos articles événementiels, on constate que vous privilégiez l'adolescence, considérée comme une classe d'âge. Vous lui avez consacré, notamment dans Le Monde, *plusieurs articles qui ont fait date, tels « Salut les copains » en 1963, et vos deux séries sur Mai 68, « La Commune étudiante » et « Une révolution sans visage ». Avec « Salut les copains », vous inventez le mot « yéyé » qui évoque, au-delà de la francisation du « yeah » ponctuant les chansons rock américaines, toute une culture adolescente. Ce mot entrera dans le dictionnaire...*

Il faut se reporter à l'époque. La surprise fut totale après qu'à Paris, le 22 juin 1963, l'émission musicale d'Europe 1, « Salut les copains », eut organisé un concert gratuit place de la Nation. À peu près deux cent mille jeunes envahissent la place. Brusquement, à la stupéfaction générale, la fête se transforme en déchaînement, les jeunes cassent tout, presque aucun chanteur ne réussit à atteindre le podium. Jacques Fauvet, alors rédacteur en chef du *Monde*, m'inter-

1. Seuil, 1982.

roge et je publie trois articles à la suite, insérant l'événement dans le surgissement d'une culture adolescente et dans l'auto-affirmation d'une classe d'âge dégagée du cocon de l'enfance et revendiquant l'autonomie par rapport au monde adulte. L'adolescence n'est pas une notion uniquement biologique : elle a aussi une dimension historique et sociale. Il n'y a pas un âge précis qui détermine l'entrée ou la sortie de l'adolescence. Les jeunes qui ont aujourd'hui vingt-cinq ans, qui sont encore étudiants et vivent chez leurs parents ou entre copains, sont encore adolescents. Ils deviennent adultes quand ils ont un travail et s'installent en couple. À l'inverse, autrefois, les jeunes paysans qui travaillaient dès la sortie de l'enfance n'étaient jamais adolescents : ils étaient de petits hommes, comme d'ailleurs les fils de l'aristocratie urbaine qui étaient éduqués dans cet objectif. J'avais déjà remarqué l'apparition de « héros de l'adolescence » avec le James Dean de *La Fureur de vivre* (*Rebel without a cause*) et le Marlon Brando de *L'Équipée sauvage*. Par la suite, je suis resté sur la piste des aspirations et révoltes adolescentes qui se manifestaient à Berkeley, en Californie, dans les années 1965, et je me suis intéressé, avant l'année 1968, aux révoltes étudiantes qui fusèrent en diverses parties du monde (voir mon texte sur l'internationalité des révoltes étudiantes [1]). Bien entendu, premier de tous les sociologues, et à chaud, j'ai produit en mai 1968 un diagnostic dans deux séries d'articles parus dans *Le Monde* : « La Commune étudiante » et « Une révolution sans visage ». Je trouvais intéressant de prendre des risques intellectuels en établissant un diagnostic, comme un médecin au chevet d'un malade : on n'attend pas que le malade meure pour se prononcer sur son mal...

1. Cf. *Sociologie*, Fayard 1984, Seuil, coll. « Points ».

Avez-vous été le seul sociologue, dans les années 1960, à vous intéresser à ce que vous avez appelé la « classe d'âge adolescente » ?

Oui, parce que les sociologues ne voyaient que des classes sociales.

Vous vous intéressez également, dans cette même optique, aux thèmes de la féminité et de la promotion des valeurs féminines. Dans L'Esprit du temps, *publié en 1961, vous pronostiquez déjà une montée des valeurs féminines, une féminisation de la société qui ne se révélera que des années plus tard. Dans votre étude sur Plozévet, en 1965, vous parliez de la femme comme de l'« agent secret de la modernité ». Puis, dans une enquête que vous menez avec votre groupe de diagnostic sociologique, en 1971, vous observez « une nouvelle féminité, un nouveau féminisme », ce qui donnera* La Femme majeure, *que vous avez rédigé avec votre équipe. Qu'est-ce qui vous avait permis, à l'époque, de poser ce pronostic ?*

Ce sont trois types de changement au sein même d'un grand changement, à la fois culturel et social. Dans *L'Esprit du temps*, je notais que c'est la culture de masse qui, à partir des années 1950, s'oriente vers la promotion des valeurs féminines, celles du foyer avec le bien-être et le confort – ce que revendiquent justement les femmes de Plozévet dans les années 1960. Le féminin gagne le masculin, l'homme devient plus sentimental, plus tendre, plus faible. Au père autoritaire succède le père « maternel », et au mari-chef succède le compagnon. L'homme idéal est viril et tendre à la fois, protecteur et protégé, il n'est plus dominateur. Réciproquement, le modèle de la femme autodéterminée dans la conduite amoureuse apparaît au cinéma, c'est le : « Avez-vous du feu ? » de Lauren Bacall à Humphrey Bogart, et dans la société se multiplient les femmes au comportement autonome et volontaire. Le Masculin s'imprègne de folliculine, et le Féminin de testostérone. Il se peut que les sociétés d'Occident arrivent à une sorte d'équilibre osmotique entre masculin et féminin, où le féminin serait imbibé de masculin et le masculin de féminin, ce qui indique, à mon sens, qu'une civilisation s'épanouit en se féminisant. À la fin de l'aventure du Faust occidental, s'élève le chant de l'éternel féminin. Y a-t-il pour autant « décadence » et « amollissement » ?

Vous reconnaissez-vous dans cet homme féminisé ?

Complètement. Comme le disait Michelet, « j'ai les deux sexes de l'esprit ». J'ai une part féminine qui, selon mon ami le psychologue Malarewicz, s'est développée en moi à force de vivre dans un univers de femmes.

Selon vous, les années 1960 et 1970 ont été celles d'un véritable tournant culturel avec la promotion, en même temps, des valeurs féminines – l'amour, la nature, la paix... – et des valeurs juvéniles. Celles-ci ne voient pas seulement l'auto-affirmation de la classe adolescente, mais aussi la juvénilisation de la classe adulte...

En effet, l'âge adulte se juvénilise. Ceux qui vieillissent ne se préparent plus à la sénescence mais, au contraire, luttent pour rester jeunes. La vieillesse est dévaluée, ce n'est plus l'âge de la sagesse et de l'expérience, mais celui de la retraite et de l'obsolescence. Une nouvelle Trinité – l'Amour, la Beauté, la Jeunesse – auréole les nouveaux modèles masculin et féminin.

Et vous dites dans L'Esprit du temps *que ce modèle porte en lui une promesse de bonheur ?*

Effectivement, le mythe du bonheur est dominant dans la culture de masse jusqu'à la crise qui commence peu avant 1968. Jusqu'alors, les films se terminent sur un happy end, réussite dans l'amour et réussite dans la vie. La presse magazine propose mille recettes de bonheur. Les stars offrent une image radieuse du bonheur. Mais tout cela va s'altérer. Au mythe du bonheur va succéder une problématisation du bonheur. Le cinéma va traduire cette altération : au happy end succède souvent une fin incertaine, parfois tragique. Les stars révèlent une détresse infinie sous leur bonheur apparent, ce dont témoigne le suicide de Marilyn Monroe. La presse féminine cesse de proposer des recettes de bonheur et donne aux lectrices des moyens de résister au malheur, c'est-à-dire à la solitude, au divorce, au départ des enfants. Et 1968 constitue un ébranlement dans des sociétés qui croyaient se développer sur un sol solide et prétendaient apporter stabilité, harmonie, heureux développement personnel dans le développement matériel.

Ce que vous avez appelé « nouveau féminisme » participe-t-il de cet ébranlement ?

Il lui est lié, car il se développe en France après 1968 et entend rompre avec le féminisme qui a revendiqué la plénitude des droits masculins sur la base d'une identité sans différences. *Le Deuxième Sexe* de

Simone de Beauvoir incarne l'apogée de ce féminisme. Par contre, le nouveau féminisme que va incarner le MLF, le Mouvement de libération des femmes, insiste sur la différence entre l'homme et la femme. Il demande l'égalité des droits mais, en même temps, il insiste sur la spécificité du féminin : « Nous sommes différentes de vous, mais nous devons avoir les mêmes droits que vous. » Sous sa forme la plus radicale, il veut abolir le pouvoir du mâle, balayer son idéologie et affirmer ses propres vérités. Il constitue une onde de choc qui, de par son caractère révolutionnaire, identifie la lutte des femmes à une lutte des classes. Ce néoféminisme qui prend son essor dans les années 1970 insiste sur les aspects spécifiquement féminins de la femme, alors que l'ancien féminisme les oubliait au profit de l'identification à la masculinité. Il fait surgir une revendication spécifique d'identité, de la même manière que les ethnies du tiers-monde lient leur émancipation à la reconnaissance de leur singularité et de leur différence. Il intègre en lui le principe féministe du droit de la femme à accéder à toutes les carrières et responsabilités tout en maintenant le principe de la singularité féminine.

Admettez que ce que vous appelez le néoféminisme n'aurait eu aucune chance de réussir s'il n'avait été précédé du féminisme traditionnel...

Pas seulement de ce féminisme politique, mais aussi d'un mouvement de fond, d'une sorte de révolution silencieuse, avec la progression d'une insatisfaction en chaîne poussant la femme rurale à se libérer des servitudes de la ferme, poussant la femme au foyer à s'émanciper par le travail, poussant la femme au foyer comme la femme au travail à rêver d'une autre liberté, d'amour et de plénitude, et à découvrir que l'accomplissement est au-delà du cycle travail-foyer. La loi Neuwirth de décembre 1967 autorisant la contraception, le manifeste de 1971 du MLF pour le droit à l'avortement, la loi Veil de 1975 reconnaissant ce droit sont autant d'étapes qui ont permis l'auto-affirmation féminine. Il y a ici presque coïncidence entre l'auto-affirmation de l'adolescence et l'auto-affirmation de la féminité.

Permettez-moi une question plus directe : la femme est-elle, pour vous, l'égale de l'homme ?

Elle est égale, semblable et différente. La différence apparaît avec la sexualité, bien avant l'apparition de l'humanité. La sexualité se manifeste de façon anatomique, somatique et affective. L'hormone mâle prédispose aux manifestations de force, l'hormone femelle au sentiment et à la tendresse. On a pu penser que l'hémisphère cérébral portant à l'analyse serait plutôt masculin, et l'hémisphère cérébral portant à la vision globale serait plutôt féminin. Mais, en fait, masculin et féminin ont besoin de la conjonction des deux hémisphères. Le plus important pour moi est dans la complexité du masculin et du féminin. Chaque sexe porte en lui non seulement l'hormone, mais aussi les traits physiologiques atrophiés de l'autre sexe : l'homme a deux seins et la femme un clitoris, sorte de phallus atrophié. L'homme se féminise de façon limitée et lente, et la civilisation peut l'aider à développer sa féminité. La femme, de même, peut développer sa masculinité ou s'émanciper tout en gardant ses réactions féminines. Et surtout, l'homme, *animus*, a besoin de l'*anima*, son âme, qu'il ne peut épanouir que par et dans la femme, tandis que la femme a besoin d'épanouir son *animus* dans l'homme. Ainsi, tout en maintenant leur singularité, chaque terme, le masculin et le féminin, porte l'autre en lui. On comprend que bisexualité et transsexualité puissent émerger de cette complexité...

Vous vous êtes aussi intéressé à ce que d'aucuns appellent l'irrationnel. En 1965, vous avez consacré un article à Planète*, la publication qui a amorcé le New Age en France, et votre équipe a mené des recherches sur* Le Retour des astrologues *en 1971. Comment vous est venu votre intérêt pour ce secteur généralement méprisé par les intellectuels ?*

Ces deux publications sont nées l'une et l'autre de la surprise, comme sont nés de la surprise mon article « Salut les copains » ou ma recherche sur *La Rumeur d'Orléans*. En 1965, *Planète* est une revue dirigée par Louis Pauwels qui trouve une assez large audience, et qui prétend réconcilier la science et l'occultisme, le spiritualisme et l'évolutionnisme, la connaissance et le mystère. En fait, *Planète* apporte l'idée que le monde n'est ni absurde ni incompréhensible, mais qu'il a un sens, et que la mission de l'homme est d'être en harmonie avec ce monde. Elle annonce l'idéologie du New Age qui, de façon syncrétique, veut réconcilier sciences occultes, sciences objectives, sagesses extrême-orientales, individualisme et communautarisme, dans une aspiration à l'harmonie.

Est-ce une idéologie à laquelle vous avez adhéré ?

Non, mais je ne l'ai pas traitée par le mépris. Ma critique porte sur deux fronts. L'un, le front de la

« basse culture » méprisée par la haute intelligentsia, et l'autre, la prétention de cette haute intelligentsia à détenir le monopole des vérités. Je critique dans l'idéologie *Planète* le syncrétisme facile entre ésotérisme et scientisme, et l'optimisme quasi euphorique qui s'en dégage.

Croyez-vous, à titre personnel, à l'astrologie ? Vous a-t-on déjà dressé votre thème astral ?

Bien sûr, plusieurs fois, et j'ai conservé mes horoscopes dans un dossier, sur une étagère de ma bibliothèque ! Avec un problème : j'ai une imprécision sur l'heure de ma naissance, mon père, alors affolé, n'ayant jamais su me l'indiquer avec exactitude. Son imprécision fait que je suis soit d'ascendant gémeau, soit d'ascendant cancer. Mais, dans les deux cas, le résultat, quoique différent, me satisfait. Plus largement, mes contradictions me permettent de me reconnaître dans tous les horoscopes. Probablement parce que je suis un spécimen moyen de l'humanité, un microcosme qui porte en soi tous les traits humains.

Cela dit, notre recherche a été déclenchée par le succès fulgurant d'une astrologue, Madame Soleil, sur les ondes de la radio Europe n° 1. Il y avait, de plus, non seulement abondance d'horoscopes dans les journaux et magazines, mais aussi les consultations d'astrologues par des personnages politiques, des hommes d'affaires, des vedettes de théâtre ou de cinéma...

Comment se fait-il que l'astrologie, refoulée pendant des siècles au même titre que l'occultisme, ait pu réapparaître et se diffuser avec autant de vigueur au XXe siècle ?

C'est tout d'abord parce que les grands interdits du christianisme contre les différentes formes de magie se sont affaiblis. Par ailleurs, l'astronomie s'est tardivement détachée de l'astrologie : Newton lui-même pratiquait l'astrologie. Pourquoi ce retard ? Parce que l'astrologie, comme la science classique, obéit à un strict déterminisme : c'est au XVIIIe et au XIXe siècle que le déterminisme astrologique apparaît illusoire. Mais il garde un avantage : il prétend prédire l'avenir des individus, ce que ne peut le déterminisme scientifique. L'astrologie revient en force dans le monde moderne parce qu'elle concerne ce qui est hors de portée des sciences : la double préoccupation capitale du sujet individuel, qui est de se connaître ct de connaître son avenir. C'est parce qu'il n'est pas de science du sujet ni de science de l'avenir que l'astrologie prospère. Et nous avons découvert qu'à côté de la basse astrologie des horoscopes populaires il y a une astrologie d'élite qui s'est diffusée dans tous les métiers à risques, ceux de la politique, du cinéma, des affaires. Nous avons même découvert une astrologie marxiste !

Comment cela ?

Elle remarque que la découverte de Vénus au XIXe siècle coïncide avec l'entrée en scène des classes populaires, et que la découverte de Pluton en 1930 annonce nazisme et stalinisme...

Peut-on prendre au sérieux l'astrologie ?

L'astrologie a ses croyants, mais aussi beaucoup de demi-croyants, demi-sceptiques, demi-lucides, croyants intermittents. Moi, demi-sceptique, je crois qu'un horoscope peut susciter chez un astrologue inspiré des intuitions pertinentes.

L'astrologie appartient-elle à la « nouvelle gnose », cet ensemble de croyances que vous avez évoquées au sujet de Planète *?*

Certainement, et cette « nouvelle gnose » va prendre, à la fin des années 1960, la forme de la philosophie « new age », rassemblant des thèmes panthéistes, évolutionnistes, bouddhistes, parascientistes, dans un bain de religiosité, de mystère, de mysticisme diffus. Le trait commun à cela réside dans une vieille et profonde idée : la correspondance entre le sujet humain, microcosme, et le macrocosme qu'est le cosmos. De plus, l'astrologie est au cœur du messianisme « new age » qui annonce l'ère salvatrice du Verseau.

Vous n'avez pas continué vos enquêtes de sociologie du présent après 1972 ?

Les « socio-diagnostics » sur des événements se heurtent à l'obstacle financier : il aurait fallu plusieurs mois au CNRS pour débloquer les crédits nécessaires à une enquête immédiate. À part les cas du *Retour des astrologues* et de *La Femme majeure*, financés par le *Club du Nouvel Observateur* dont l'existence fut éphémère, et grâce à Charles Guetta à qui je tiens à rendre l'hommage d'une amitié que sa mort n'a pas affaiblie, et puis le cas de *La Rumeur d'Orléans*, je n'ai pas disposé d'institutions capables de me permettre de répondre sur le vif à l'événement. Ce n'est que par des articles dans *Le Monde* que je pouvais encore tenter le diagnostic, mais je ne l'ai fait qu'exceptionnellement après 1970. Car, à partir de 1972, je me suis essentiellement consacré à l'« anthropologie complexe » et à *La Méthode*.

Quelles leçons avez-vous tirées de votre sociologie du présent ?

Le travail sur Plozévet m'a aidé à comprendre les évolutions de la société française. Plozévet fut un microcosme et non pas un miroir mais, dans sa singularité même, porteur des grands problèmes de notre devenir. Bien que j'aie abandonné le « socio-diagnostic » des événements, je crois en la fécondité de telles interrogations. L'événement inattendu suscite la surprise. La surprise, si on ne l'anesthésie pas (ce qui est le plus fréquent), nous oblige à nous réinterroger, à réexaminer notre conception, à reconnaître les révélations qu'apporte l'événement sur ce qui était invisible avant son apparition, à envisager la nouveauté qu'il pourrait éventuellement introduire. Et puis, j'aime répondre au défi de l'événement, j'aime prendre mes risques intellectuels dans le diagnostic à chaud. Moi, c'est en plein Mai 68 que j'ai posé mes diagnostics. D'autres ont prédit l'événement une fois qu'il fut passé.

Enfin, l'événement n'est pas l'écume de la réalité, comme le pense la sociologie déterministe. Il la manifeste de façon énigmatique, à l'instar d'un Sphinx.

CHAPITRE 7

La complexité humaine

Venons-en à la complexité, à laquelle votre nom est désormais attaché. Qu'entendez-vous par complexité ?

La complexité est un défi à la connaissance, non une solution. Quand nous disons « c'est complexe », nous avouons notre incapacité à donner une description ou une explication simple, claire et précise. Nous sentons que des aspects divers, voire contradictoires, sont liés, mais sans que nous puissions en rendre compte. Nous sommes dans le flou et la confusion, et comme nous disons de plus en plus souvent « c'est complexe », nous sommes de moins en moins capables de décrire et d'expliquer, mais sans être conscients de cette incapacité. En somme, le « c'est complexe » exprime notre embarras, notre incapacité à définir de façon simple, à nommer de façon claire, à mettre de l'ordre dans nos idées. La connaissance complexe est une tentative de répondre à ce défi. C'est au cours de mon séjour en Californie, où je m'immergeais dans les théories de l'information, des systèmes, de l'auto-organisation, de la cybernétique, que le terme apparemment indéfinissable de *complexité* a trouvé sa première définition chez le cybernéticien neurologue britannique Ashby. J'y viendrai.

Comment définiriez-vous la complexité ?

Je dirais d'abord que le complexe est ce qui ne peut se réduire à une description claire, à une idée simple, non plus qu'à une loi simple. Mais cela ne suffit évidemment pas. Je vais me référer à l'origine latine du mot : *complexus*, « ce qui est tissé ensemble ». La connaissance complexe cherche à situer son objet dans le tissu où il se trouve relié. À l'inverse, la connaissance simplifiante vise à connaître en isolant son objet, donc à ignorer ce qui le lie à son contexte et, plus largement, à un processus ou à une organisation d'ensemble. La connaissance complexe, elle, vise à reconnaître ce qui lie ou relie l'objet à son contexte, le processus ou l'organisation où il s'inscrit. En effet, la connaissance est plus riche, plus pertinente dès que l'on relie un fait, un élément, une information, une donnée au sein de son contexte.

Prenez l'exemple de la traduction d'une phrase de langue étrangère. Vous partez d'une intuition du sens global de la phrase, puis du sens des mots. Comme beaucoup de mots sont polysémiques, leur sens se précise d'autant plus que le sens global se précise, et cet accroissement de précision va à la fois justifier le mot et éclairer la phrase. Des mots à la phrase et de la phrase au mot, vous finissez par établir le sens correct de la phrase et celui de chaque mot dans cette phrase. Ainsi, c'est la relation entre ce mot et son contexte qui donne la connaissance précise à la fois du mot et de la phrase. Nous accomplissons cela quasi instinctivement dans une traduction ; mais, dans de nombreuses démarches de connaissance quotidiennes ou scientifiques, nous n'arrivons pas à le faire lorsque les connaissances séparées et compartimentées dans des disciplines sont closes et inintelligibles, y compris aux spécialistes de disciplines voisines.

Cela signifie que le défi de la complexité exige la communication entre les connaissances séparées ; il exige en même temps des principes d'organisation de la connaissance qui permettent de relier les savoirs de façon pertinente, ce que j'ai tenté dans *La Méthode*.

La complexité est un problème général. Pascal, rappelons-le, l'a exprimé de façon décisive en formulant cet impératif de pensée : « Toutes choses étant causées et causantes, aidées et aidantes, médiates et immédiates, et toutes s'entretenant par un lien naturel et insensible qui lie les plus éloignées et les plus différentes, je tiens impossible de connaître les parties sans connaître le tout, non plus que de connaître le tout sans connaître particulièrement les parties. » J'espère qu'un jour toutes les universités du monde inscriront cette parole en lettres d'or sur leur fronton. Ce qui est extraordinaire, c'est que ce principe pascalien est contemporain d'un principe antagonique formulé par Descartes dans *Le Discours de la méthode* : la nécessité de séparer toutes choses, « de diviser chacune des difficultés que j'examinerai en autant de parcelles qu'il se pourra, et qu'il sera requis pour les mieux résoudre ». De surcroît, Descartes a posé comme seules véridiques les idées « claires et distinctes ».

Faudra-t-il que Pascal supplante Descartes dans notre système de pensée ?

Je ne dis pas que le principe de Pascal doit éliminer le principe de Descartes : il doit l'intégrer. Or, dans notre système d'éducation et de connaissance, le principe de Descartes élimine celui de Pascal. La connaissance complexe comporte certes le rejet de la simplification qui dissout les complexes, mais elle comporte aussi l'acquis de tout ce qu'apportent l'analyse et la distinction. Elle appelle l'union de la complexité et de la simplicité. C'est ce que disait Bergson : « On ne devrait descendre à une science spéciale qu'après avoir considéré d'en haut, dans leurs contours généraux, toutes les autres. C'est que la vérité est une : les sciences particulières en examinent les fragments, mais vous ne connaîtrez la nature de chacun d'eux que si vous rendez compte de la place qu'il occupe dans l'ensemble. On ne comprend pas une vérité particulière quand on n'a pas aperçu les rapports qu'elle peut avoir avec les autres. » De fait, les modes simplificateurs de la connaissance ignorent les rapports des vérités particulières avec les autres, la considération des parties à partir du tout. La connaissance complexe a pour mission de relier, tout en les distinguant, les parties au tout, et le tout aux parties. Ce n'est pas une connaissance qui hypostasie le tout en ignorant les parties, c'est une connaissance qui établit le circuit tout ⟶ parties.

Or, le type de pensée dit cartésien a suscité, depuis le XVIIe siècle, une tradition qui s'est enracinée dans notre culture, qui forme les esprits dès l'école élémentaire ; elle nous enjoint, pour connaître le monde, de réduire le complexe au simple, c'est-à-dire de séparer ce qui est lié, d'unifier ce qui est multiple, d'éliminer tout ce qui apporte désordre ou contradictions dans notre entendement. Notre esprit est gouverné par les principes de disjonction, de réduction et d'abstraction, ce qui a sans doute permis, pendant trois siècles, de très grands progrès de la connaissance scientifique. Toutefois, ce découpage de la réalité et des problèmes est mutilant : le tout n'est jamais seulement l'addition des parties, c'est quelque chose de plus dans la mesure où il produit des qualités qui n'existent pas dans les parties séparées. Les conséquences nocives de ce type de pensée se sont révélées de manière frappante au XXe siècle où les connaissances sont de plus en plus disjointes et morcelées, rendant impossible la considération du tissu commun.

Comment en êtes-vous arrivé à élaborer votre notion de complexité ?

Cette notion m'est apparue tardivement, à l'âge de cinquante ans. Mais je crois qu'elle a des racines très profondes en moi. Au départ, il y a ma difficulté enfantine à choisir, c'est-à-dire à éliminer. Quand m'est échu le premier prix de tricycle fleuri à l'âge de quatre ou cinq ans, j'ai été ravi de recevoir un ballon, puis j'ai été désolé de n'avoir pas le second prix, une brouette. J'ai pleuré, on m'a donné la brouette, et j'ai pleuré de ne plus avoir le ballon. Cette attitude a favorisé ma difficulté à accepter le « ou bien », et ma tendance à rechercher le « et » qui unit le séparé, voire l'opposé. Ce que je dis vaut dans le domaine de la connaissance. Sur ce point, j'ai toujours été attiré par des vérités contraires, et j'ai été très heureux de trouver dans Pascal et dans le physicien danois Niels Bohr la même formulation : « Le contraire d'une vérité profonde n'est pas une erreur, mais une autre vérité profonde. » De fait, l'investigation sur tout problème profond (d'où vient l'Univers, qu'est-ce que la réalité, qu'est-ce que l'homme...) débouche sur des contradictions. Dans l'action, il faut choisir, c'est-à-dire parier, mais il faut être conscient du pari.

Votre difficulté à choisir a-t-elle persisté quand vous êtes devenu étudiant ?

Comme je vous l'ai dit, je suis entré à l'université comme étudiant non pour choisir une carrière, mais pour relier les connaissances sur les différentes réalités humaines, et je me suis fait une culture à composantes multiples : littéraire, philosophique, historique, sociologique, politique, économique. Mon premier livre, *L'An zéro de l'Allemagne*, a été sous-tendu par une contradiction : comment le pays qui a produit la pensée, la poésie et la musique, que je mettais au-dessus de tout, a-t-il pu engendrer la monstruosité nazie ? Mais c'est surtout la préparation de *L'Homme et la Mort* qui m'a mis face à deux défis de complexité (sans que, je le répète, j'aie eu conscience du terme) : le premier était celui de relier et d'articuler des connaissances dispersées dans les diverses sciences humaines et même en biologie ; le second, d'affronter une double contradiction. D'abord, comment se fait-il que l'être humain, qui reconnaît la mort comme décomposition de son corps, ait suscité dès la préhistoire la croyance en une vie après la mort ? Ensuite, comment se fait-il que l'être humain qui lutte sans cesse contre la mort soit capable de mourir pour les siens, sa patrie, sa religion ? La clé de la première contradiction, je l'ai trouvée en liant l'horreur de la mort à la force de l'imaginaire et du mythe chez l'humain ; la clé de la seconde, dans la possibilité de passer du « moi je » égocentrique au « nous » de la communauté.

En fait, L'Homme et la Mort *inaugure ce que vous allez plus tard appeler l'« anthropologie complexe »...*

J'entends l'anthropologie non pas, com[illegible] d'usage aujourd'hui, au sens rétréci conce[illegible] seules sociétés archaïques, mais au sens a[illegible] du XIXe siècle allemand, celui d'une conception visant à articuler les unes aux autres les diverses dimensions de l'humain (sociologique, psychologique, historique, économique, etc.) et comportant une réflexion philosophique sur la condition humaine.

Comment avez-vous poursuivi cette investigation ?

Dans *L'Homme et la Mort*, j'avais été frappé par l'importance de l'imaginaire d'où ont jailli d'innombrables mythes. Dans le travail qui a suivi, *Le Cinéma ou l'homme imaginaire*, publié en 1956, je développe ma réflexion sur la relation entre le réel et l'imaginaire : comment se fait-il que nous donnions vie, personnalité et âme à des images animées, comment se fait-il que nous nous identifiions et nous projetions sur les personnages d'écran, aimions, jouissions, souffrions avec eux, tout en sachant que nous demeurons nous-mêmes ? J'en suis arrivé à la formule de la « réalité semi-imaginaire de l'homme ». Plus profondément encore, je pense que la formule d'Héraclite : « Éveillés, ils dorment », est d'une vérité inouïe pour la condition humaine. En 1957, dans *Les Stars*, mon originalité a consisté à relier les uns aux autres les aspects divers de la star : historique, économique, photogénique, mythologique. Ici encore, je suis attiré par le mythe qui quasi divinise les stars, suscite leur culte, mais j'indique qu'il s'agit d'une religion atrophiée car, à la différence des dieux, les stars sont mortelles. C'est en 1956 que je lance avec quelques amis (Jean Duvignaud, puis François Fejtö, Kostas Axelos et Pierre Fougeyrollas) la revue *Arguments* qui est pour moi l'occasion de réviser, d'élargir ma culture en y intégrant l'apport d'Adorno, de Bolk, de Heidegger, entre autres, tout en intégrant les développements des sciences physiques et de la cosmologie. C'est durant la période d'*Arguments* que j'amorce le chemin qui va me conduire à *La Méthode*, via *Le Vif du sujet*. Ce nouveau commencement va être suivi par un processus de repensée ininterrompue, jusqu'à l'élaboration de *La Méthode*.

C'est bien une repensée que je tente d'effectuer durant ma convalescence, en 1962-1963, dans *Le Vif du sujet* qui paraîtra en 1970, où je m'essaie à une anthropo-socio-cosmologie, science globale de l'homme qui insère l'humain dans l'Univers. C'est cette repensée que je poursuis au sein du Cresp, le Centre de recherche et d'action sociale et politique, qu'animent mes amis Cornelius Castoriadis et Claude Lefort de 1963 à 1965. Au sein du Cresp, ensemble mais chacun à sa façon, nous dépassons la pensée de Marx tout en l'intégrant dans une constellation plus ample. Puis, après mon séjour à Plozévet où, je le rappelle, j'ai voulu respecter la singularité de cette communauté bigoudène tout en l'intégrant dans un vaste courant de transformation, je suis appelé en 1966 par le docteur Jacques Robin à participer aux réunions mensuelles d'échanges du « Groupe des Dix », un groupe interdisciplinaire qui réunissait Henri Laborit, le cybernéticien Jacques Sauvan, Joël de Rosnay, Henri Atlan et d'autres représentants de sciences exactes, de sciences humaines, de sciences politiques. Là, Laborit et Sauvan me font comprendre que la cybernétique n'est pas la théorie mécaniste que je croyais, mais une avancée complexifiante qui introduit la rétroaction dans la connaissance. Ce « Groupe des Dix » est pour moi un vrai bouillon de culture qui me prépare à l'inattendu : la plongée dans cet autre bouillon de culture extraordinaire que je vais trouver, au Salk Institute de La Jolla, en Californie. Un bouillon de culture indissoluble de la pensée complexe, de l'anthropologie complexe et d'un nouvel élan vital.

Comment se fait-il que vous ayez été invité par cet institut, une pépinière de prix Nobel essentiellement dévolue à la biologie, alors que vous êtes surtout connu pour vos travaux dans le champ de la sociologie, de l'anthropologie, de la réflexion en sciences humaines ?

Le Salk Institute était à la recherche d'un sociologue qui pourrait réfléchir sur les implications et les conséquences sociales de la biologie. John Hunt, que j'avais connu à Paris, avait été nommé administrateur dc cet institut. Avec Jacques Monod, *fellow* de l'institut, il a suggéré mon nom à Jonas Salk. Et c'cst ainsi que j'ai été invité, dans des conditions exceptionnelles pour moi, à passer une année dans une Californie en transe, qui a donné nouvelle vie à ma vie. Ma tâche essentielle consistait à me cultiver : j'ai refait ma culture, découvert un univers qui allait me nourrir. Les connaissances que j'acquérais opéraient des déstructurations et des restructurations dans mon système d'idées.

Dans votre Journal de Californie[1], *vous relatez au quotidien ce séjour effervescent où vous vous épanouissez dans les amitiés, vous plongez dans la contre-culture, dans des écrits, dans des rencontres*

1. Seuil, 1970.

où, comme une chrysalide, vous pensée va se transformer en pensée complexe...

J'habitais une maison sur le bord de l'océan avec ma femme Johanne. J'ai fait venir ma très chère amie Alanys, Indienne Abenaki du Québec, mais aussi mon père et sa femme, qui était ma tante Corinne, mes filles Irène et Véronique, André et Évelyne Burguière. J'allais dans mon bureau au Salk Institute, magnifiquement situé sur une falaise dominant le Pacifique, puis, avant le déjeuner, je retournais sur la plage et plongeais dans les hautes vagues. Le soir, c'étaient des repas d'amis chez Hunt, chez Salk, chez d'autres *fellows* de l'institut, suivis de danses et de liesse.

Et vous vous laissez emporter par la vague hippie ?

Ce monde adolescent aspirait à l'amour, à l'harmonie, à la paix. Ses deux maîtres mots, *love* et *peace*, me bouleversaient. Ces adolescents californiens ressentaient tout le mal-être de notre société, toutes ses carences, et ils exprimaient dans leurs comportements, leurs *communes*, leurs rassemblements, le besoin de vivre l'épanouissement humain. Je me rendais à Sausalito où toute une jeunesse s'était installée hors normes. En retrouvant à Larkspur ma « sœur » d'élection, Helene Durbin, que j'avais connue à Toulouse en 1940, je trouvais maison ouverte de fraternité et d'amour. Je parcourais dans ma grosse Chevrolet d'occasion des centaines de kilomètres pour rejoindre les *park-in*, des rassemblements de dizaines de milliers de jeunes, avec une sono à tue-tête, la musique rock qui se déversait, les orchestres déchaînés. Là, ce n'était pas un torrent de musique qui se précipitait en moi par les oreilles, c'était une galaxie ruisselante d'harmonies qui me rentrait dans l'âme, inondait l'intérieur de mon corps, jusqu'à me gagner les pieds. Il y avait là de l'extase, de l'amour, de la drogue, et je me sentais possédé.

Dans le même temps, vous découvrez la « révolution biologique » des années 1960...

Certes. Jacques Monod m'avait fait lire le manuscrit du *Hasard et la Nécessité* ; les *fellows* de l'institut m'instruisent en répondant amicalement à mes questions et me laissent lire leurs textes. Mais j'ai découvert en même temps, au-delà de la biologie, les éléments pour renouveler ma pensée et ma vision du monde. Ainsi, la lecture d'Ashby m'a procuré une première définition de la complexité : le degré de diversité d'un système. Tout système est constitué d'éléments divers, par exemple l'organisme humain qui comporte divers organes tels le foie, le cœur, le cerveau, etc. Et c'est la diversité au sein de l'unité qui constitue la complexité. Cela m'a conduit à relever un double caractère logique proprement complexe.

Le premier est qu'un système est à la fois un (comme tout) et multiple (par ses éléments constitutifs), donc qu'il convient de considérer l'inséparabilité de l'idée d'unité et de l'idée de diversité. Ainsi l'humanité est une, génétiquement, anatomiquement, physiologiquement, cérébralement. Partout où il y a humanité, il y a culture, langage, musique. Toutefois, les individus sont très divers génétiquement, anatomiquement, etc. De même, la culture ne se manifeste qu'à travers les diverses cultures, le langage ne se manifeste qu'à travers les diverses langues, la musique ne se manifeste qu'à travers les diverses musiques. L'un renvoie au divers et le divers à l'un, alors que les esprits qui n'ont pas le sens du complexe perçoivent seulement soit l'unité sans la diversité, soit la diversité sans l'unité.

La seconde idée est qu'un système est à la fois plus et moins que la somme des parties. Je traiterai de ce paradoxe quand je vous parlerai de *La Méthode*...

Ce n'est certainement pas votre seule découverte en Californie...

Non, j'ai découvert Gregory Bateson et j'ai incorporé en moi quelques-unes de ses idées comme le *double bind*, la double injonction contradictoire, sa théorie du jeu, sa conception des divergences évolutives dans *Naven*. Puis, sur cette lancée qui s'est poursuivie à mon retour, j'ai découvert la théorie générale des systèmes de Bertalanffy et les *General System Yearbooks*. Puis non seulement la théorie des jeux de Neumann, mais aussi sa conception illuminante de la différence entre la machine artificielle et la machine vivante. J'ai découvert la théorie de l'information de Shannon et Weaver, j'ai lu dans le texte Norbert Wiener et, à l'incitation d'Henri Atlan, mon ultime grande découverte fut celle de la pensée de ce magnifique esprit si peu connu, Heinz von Foerster, qui m'apporta la conception de l'auto-organisation, laquelle comporte le paradoxe qu'il ne peut y avoir d'auto-organisation qu'avec le concours d'une énergie extérieure. Foerster m'a aussi apporté l'idée de boucle récursive que j'ai développée dans *La Méthode*. Il m'a poussé à une repensée de la logique à laquelle a contribué aussi son ami Gotthard Günther. J'ai eu le bonheur de rencontrer cet homme admirable, notamment dans son repaire, sur une colline californienne sauvage, et j'ai pu l'inviter au colloque sur « L'Unité de l'homme », en 1972. Bref, comme une abeille butine des fleurs multiples et merveilleuses, j'ai ramené mes pollens, et cela sans discontinuer jusqu'à la rédaction de *La Méthode*. Au Salk Institute, je pensais dans un premier temps élaborer un texte autour de « Sociologie et biologie ». Très vite, ce projet a éclaté, tout s'est agité dans mon esprit, jusqu'à ce que soudain y jaillisse un mot phare : Méthode.

Ce séjour californien a énormément marqué votre vie.

Oui. Dans un sens, j'y suis *born again*. Ce fut comme une nouvelle naissance. J'ai été intellectuellement et existentiellement régénéré. Ce fut l'une de mes époques de bonheur.

Puis vous êtes rentré à Paris...

Pas directement. Notre chemin de retour a passé par le Japon où j'ai retrouvé Vera Henri, que j'avais connue petite fille à Toulouse et qui s'était tatamisée à Tokyo... J'ai connu Chobei Nemoto, journaliste à l'*Asahi Shimbun*, qui fut notre cicérone et qui est devenu mon ami pour la vie. Nous avons fait escale au Cambodge où allait commencer la guerre civile, et nous avons pu rester un temps près d'Angkor, à Sien Rap, puis nous nous sommes arrêtés à Ceylan d'où j'ai ramené ce Bouddha sur batik que vous voyez sur mon mur. Et, enfin, retour à Paris...

Là, vous poursuivez ce que vous aviez commencé à La Jolla...

Je continuais à penser à *La Méthode*, mais j'ai été amené à renouer avec mon « anthropologie complexe » commencée avec *L'Homme et la Mort*. En effet, sous l'impulsion de Jacques Monod et de François Jacob, nous fondons un centre d'études auquel nous donnons dans un premier temps le nom de Cibaf, Centre international de biologie et d'anthropologie fondamentale. Philippe Daudy, gendre du propriétaire de l'abbaye de Royaumont, devenu responsable de ses activités, se passionne pour nos travaux et offre de nous héberger : notre centre prend alors le nom de Centre Royaumont pour les sciences de l'homme, et nous décidons de monter un colloque international pluridisciplinaire, « L'Unité de l'homme », où nous voulons relier ce qui sépare l'homme biologique de l'homme culturel. Un jeune biologiste italien délégué par Jacques Monod, Massimo Piatelli-Palmarini, vient m'aider et se trouve en accord avec mes idées. J'ajoute à la liste de noms choisis en commun, venant des sciences humaines, de la médecine, de la biologie, ceux de Heinz von Foerster et Henri Atlan. Quand il entendra les communications de ces derniers, Jacques Monod réprimandera Piatelli et lui reprochera à lui, le « vrai » scientifique, de ne pas m'avoir mieux conseillé !

Le colloque, qui se tient en 1972, est une réussite. La publication du livre *L'Unité de l'homme* est non seulement toujours actuelle, mais demeure en avance sur bien des points. Ma communication au colloque s'intitule « Le Paradigme perdu, la nature humaine ». Serge Moscovici, auteur d'une belle communication, me suggère d'en faire un livre. Je suspends alors le projet de *La Méthode* pour me consacrer à cette étape nouvelle, que je croyais finale, de l'anthropologie complexe. C'est un livre de reliance. J'ai relié les progrès effectués depuis 1960 dans des savoirs qui demeuraient séparés : les progrès dans l'éthologie des primates et surtout des chimpanzés qui montraient que ceux-ci étaient moins éloignés des humains qu'on ne le croyait ; les progrès dans la préhistoire qui enfonçaient dans un passé primatique très ancien la genèse de l'humanité ; la prise en considération de la nature des sociétés archaïques par rapport aux sociétés primatiques ; une conception complexe de l'évolution et de l'auto-éco-organisation qui permettait de montrer à la fois discontinuité et continuité entre l'humain et le préhumain, entre culture et nature. Je rédigeai facilement, sur les rivages de la Méditerranée, en Corse et dans l'Argentario où Jean et Michèle Daniel m'avaient accueilli, et le livre a été publié en 1973 [1].

Dans quel sens pensiez-vous aborder l'étape finale de l'anthropologie complexe ?

Je croyais en avoir terminé avec l'anthropologie complexe et je décidai de me consacrer à *La Méthode*. Toutefois, vers 1991, au terme d'une rédaction de *La Méthode* que je croyais achevée avec le volume intitulé *Les Idées*, je me suis rendu compte que mes conceptions anthropologiques avaient évolué et s'étaient enrichies en près de vingt ans, et j'ai ajouté la rédaction d'un tome que j'ai cru final, *L'Humanité de l'humanité*, paru en 2001. Dans ce livre, je crois que j'ai effectué quatre apports importants.

Le premier est la notion de trinité humaine. Je définis l'humain dans et par une relation en circuit récursif entre l'espèce, l'individu et la société. Un circuit

1. Éditions du Seuil.

est récursif quand ses produits ou ses effets sont nécessaires à sa production ou à sa causation. Ainsi, le processus de reproduction propre à l'espèce produit les individus, mais les individus sont nécessaires pour produire l'espèce : les individus sont ainsi produits et producteurs. La société est produite par les interactions entre individus, mais la société, avec sa culture et son langage, produit le caractère proprement humain des individus. Ainsi, espèce, individus, sociétés s'entreproduisent. Il n'y a pas un tiers d'individu, un tiers de société, un tiers d'espèce, mais 100 % d'individu, de société et d'espèce. L'espèce est dans l'individu qui est dans l'espèce. La société est dans l'individu qui est dans la société.

Mon second apport réside dans la notion de sujet que je définis de façon nouvelle. Être sujet comporte l'auto-affirmation d'un « moi je » au centre de son monde, d'où un égocentrisme vital qui peut dégénérer en égoïsme, mais comporte en même temps l'aptitude à s'intégrer dans un « nous », d'où l'aptitude à se vouer au bien commun ou à autrui. Tout se passe comme s'il y avait en chaque individu-sujet deux logiciels à la fois complémentaires et antagonistes.

Mon troisième apport complète les conceptions dominantes d'*Homo sapiens*, d'*Homo faber*, d'*Homo economicus*. L'homme est doué de raison et a développé sa rationalité, mais il est capable de délire et de folie. L'affectivité est présente dans toute manifestation rationnelle, comme l'ont montré Damasio et Vincent, mais l'invasion d'affectivité qui élimine toute raison devient délire. Ainsi, *Homo sapiens* est aussi *Homo demens*. L'homme fabrique des outils et travaille avec des outils, cela dès la préhistoire, mais aussi dès la préhistoire il a cru en la survie ou en la re-naissance des morts et, depuis, la puissance des mythes s'est amplifiée dans les religions et les idéologies. Ainsi, *Homo faber* est aussi *Homo mythologicus*. *Homo economicus*, notion née au XVIIIe siècle en Occident, signifie que l'être humain est mû par son intérêt personnel. Ce qui est souvent vrai dans notre société, mais dans toutes les sociétés, y compris la nôtre, il y a en nous une part qui s'exprime par le don et le jeu. *Homo* n'est pas seulement *economicus*, mais aussi *ludens*. De plus, la réalité humaine nous apparaît à la fois comme prosaïque et poétique. Est prosaïque tout ce que nous faisons par obligation, sécurité, sans plaisir. Est poétique ce qui nous épanouit dans l'amour, la fraternité, la communion, l'exaltation, et qui peut aller jusqu'à l'extase. Hölderlin disait que, poétiquement, l'homme habite la Terre. Je dirai prosaïquement *et* poétiquement. La prose nous aide à survivre. La poésie est la vraie vie.

Enfin, je montre que nous pouvons reprendre, de façon nouvelle et complexifiée, la grande idée de la Renaissance qui faisait de l'être humain un microcosme au sein du macrocosme : l'Univers. Ce sont les nouvelles connaissances biologiques, physiques et cosmiques qui nous indiquent que l'humain n'est pas seulement issu d'une évolution biologique. D'une part, il porte en lui les sœurs-mères des premiers êtres cellulaires apparus peut-être il y a trois milliards d'années ; d'autre part, ses cellules sont constituées de macromolécules, constituées d'atomes dont le carbone, lui-même produit par la collusion entre trois noyaux d'hélium dans un soleil antérieur au nôtre ; et les particules constituant ces atomes sont nées dans les tout premiers temps de l'Univers. Cela signifie que, dans notre singularité humaine, nous portons en nous toute l'histoire de l'Univers, ses caractères physiques, chimiques, biologiques. Nous sommes les enfants de l'Univers. Mais, en même temps, nous en sommes séparés par notre culture, notre esprit, notre conscience. Et la vision mutilée qui a prévalu en Occident nous a fait étrangers à l'Univers, et même aux autres vivants. En fait, nous portons en nous une double identité, naturelle et culturelle.

Ainsi, dans ce livre, j'accouche de mon projet d'anthropo-bio-cosmologique que j'avais énoncé en 1963 dans *Le Vif du sujet*. Claude Lévi-Strauss disait que le but des sciences humaines est non pas de révéler l'homme, mais de le dissoudre. Mon but, contradictoire mais aussi complémentaire, est de révéler l'humain dans toute la complexité de sa propre nature. Et, comme dans *Le Paradigme perdu*, je réhabilite la notion de nature humaine en la complexifiant.

Votre chemin vers une anthropologie complexe et votre chemin vers une méthode de la complexité sont donc parallèles.

Ce sont plutôt deux chemins en un. Comme l'a écrit l'humaniste sévillan Rodrigo de Zayas : « Amener l'humanité au savoir de ses propres réalités complexes est justement possible. On ne peut affronter l'inconnu qu'à partir de là. »

Qu'avez-vous trouvé dans votre cheminement vers la pensée complexe ?

Puisque j'étais de plus en plus convaincu du fait que nos principes et connaissances occultent ce qu'il est de plus en plus vital de connaître, j'ai élaboré les principes d'une connaissance apte à relever le défi de la complexité. Le concept de complexité, apparu dans mon esprit de façon d'abord périphérique, est devenu de plus en plus central et global, et il s'est opposé non pas au simple, mais au simplifiant. J'ai progressivement reconnu la simplification dans la présence, encore dominante dans la connaissance scientifique, de la réduction (du global à ses éléments), la disjonction (entre objet et contexte, et entre connaissances spécialisées), l'ordre (le déterminisme en général), l'abstraction (qui élimine le concret). Certes, ces principes ont conduit à de grands progrès de la connaissance, mais ces progrès ont aussi apporté des zones de plus en plus grandes de méconnaissance.

Deux principes se sont imposés à moi. Le premier est le principe de reliance. Relier ! Relier est devenu un principe cognitif permanent : une connaissance qui isole son objet le mutile et en occulte un caractère essentiel. Ainsi, une information prend son sens dans un système de connaissance, un événement prend son sens dans les conditions historiques où il apparaît. Le second principe est l'insuffisance de la logique classique face aux contradictions qu'elle rejette, d'où la nécessité d'assumer une dialectique qui lie (encore la reliance...) les contradictions en ce que j'ai appelé une dialogique. Ces deux principes vont constituer ensemble le noyau du « paradigme » de connaissance complexe que je vais énoncer dans *La Méthode*. La Méthode consiste à élaborer les instruments conceptuels qui permettent de relier les connaissances et d'élucider les problèmes logiques. Bien entendu, cette Méthode devrait montrer sa pleine utilité pour les problèmes fondamentaux et globaux qui sont morcelés et désintégrés par notre mode dominant de connaissance.

Elle vaut pour les idées générales...

Mais des idées générales liées aux connaissances particulières qui doivent les nourrir. Un médecin généraliste qui ne se nourrit pas de connaissances spécialisées est un mauvais médecin.

Toutes les disciplines scientifiques sont-elles concernées par les réformes que vous souhaitez ?

Certainement. Sous l'effet de l'accumulation des savoirs, la science s'est sectorisée, et ses trois grands champs de connaissance – la physique, la biologie et la science de l'homme – ont été isolés les uns des autres. Chacun de ces champs s'est à son tour sectorisé et, dans tous les domaines techniques et spécialisés, se sont développées des connaissances compartimentées. La culture scientifique est ainsi devenue une culture de spécialisation où chaque discipline tend à se clore et devient ésotérique non seulement pour le commun des citoyens, mais aussi pour les spécialistes des autres disciplines.

Par ailleurs, la science s'est bâtie sur un certain nombre de piliers de certitude. Le premier est la croyance en l'ordre, la régularité, la constance et surtout dans le déterminisme absolu, d'où l'assertion de Laplace qu'un démon doté d'un esprit supérieur pourrait connaître non seulement les événements du passé, mais surtout ceux du futur. Le deuxième pilier est la séparabilité : on a été convaincu du fait que, pour mieux connaître un objet, il suffit de l'isoler, de manière conceptuelle ou expérimentale, en l'extrayant de son milieu d'origine et en le plaçant dans un milieu artificiel. Un troisième pilier est la valeur de preuve absolue fournie par l'induction et la déduction, ainsi que par le rejet de la contradiction. Dans ce contexte, la complexité est totalement éliminée. Comme je vous l'ai dit, j'oppose au paradigme de disjonction/réduction un paradigme de disjonction/conjonction. J'apporte les principes et les instruments de la reliance. Du reste, les reliances se sont opérées dans de nouvelles sciences remembrant des disciplines : l'écologie, la science de la Terre, la cosmologie...

Vous dénoncez l'hyperspécialisation. Mais peut-on désormais y échapper, tant les savoirs sont nombreux dans chaque domaine de connaissance ? L'honnête homme d'hier, qui avait une culture universelle, n'est-il pas devenu aujourd'hui un mythe ?

Il est vrai que l'effort encyclopédique, l'effort de l'honnête homme à la culture universelle, est impossible face à la prodigieuse multiplication des spécialisations et aux obstacles de la surspécialisation : nous ne sommes plus à l'époque de la Renaissance qui avait affirmé la possibilité d'un homme de culture universelle. Il fut un temps où tout esprit cultivé pouvait réfléchir sur Dieu, sur le monde, la nature, la vie, la société ; il pouvait formuler les interrogations philosophiques qui sont un besoin de tout individu, du moins jusqu'à ce que les contraintes de la société adulte l'altèrent. Aucun homme, vous avez raison, ne peut agréger les multiples données du savoir contemporain qui croît de façon exponentielle et ne peut être engrammé par un esprit humain : chacun est réduit au savoir partiel et aux lieux communs généraux. Nous nous retrouvons ainsi avec, d'une part, des spécialistes enfermés dans leur spécialité et, d'autre part, des non-spécialistes, bouchons sur l'écume du savoir. Les uns et les autres sont livrés à une semi-culture, une sous-culture qui devient la détermination fondamentale de notre condition intellectuelle. Du coup, les spécialistes s'effraient des idées générales, les non-spécialistes font des tentatives bouffonnes pour trancher les problèmes. La connaissance technique est réservée à des experts dont la compétence dans un domaine clos s'accompagne d'une incompétence lorsque ce domaine est parasité par des influences extérieures ou modifié par un événement nouveau. Chacun a certes le droit d'acquérir un savoir spécialisé en faisant les études *ad hoc* mais, du fait du système d'enseignement, il est dépossédé de tout point de vue englobant et pertinent. L'insuffisance quantitative se traduit, comme je vous l'ai déjà dit, par une insuffisance qualitative : la culture se réduit à un humanisme abstrait, isolé, incapable de se fonder sur les données fondamentales des sciences nouvelles.

On peut certes discuter, au Café du commerce, de la conduite du char de l'État, mais il n'est plus possible de comprendre ce qui déclenche un krach boursier ou empêche que celui-ci provoque une crise économique majeure. Du reste, les économistes sont eux-mêmes divisés sur le diagnostic et sur la politique à suivre. C'est un problème de vie quotidienne. Aujourd'hui, on demande à chacun de croire que son ignorance est bonne, nécessaire, et on lui livre tout au plus des émissions de télévision où des spécialistes lui dispensent quelques leçons distrayantes. Je réagis contre cette situation. Je suis la preuve vivante qu'un individu moyen, aujourd'hui, s'il est animé par la passion de la connaissance, s'il pratique une stratégie portant sur les problèmes fondamentaux des sciences, ou s'il tient éveillé en lui l'esprit de réflexion, peut devenir un « honnête homme » du XXIe siècle. Et si s'opère la réforme de l'enseignement que je propose – je vous en parlerai plus loin –, alors seront fournis les instruments de pensée capables de relever les défis de la complexité, de considérer, à partir de connaissances transdisciplinaires, le Cosmos, la Nature, le

Réel, l'Humain... Alors il sera possible d'effectuer une véritable Renaissance cognitive et culturelle !

N'aspirez-vous pas, avec votre idée de reliance*, à une connaissance totale qui est impossible ?*

Il est vrai qu'il y a dans l'esprit de reliance une aspiration à la totalité. Mais la conscience du désordre (les aléas, les collisions, les insuffisances du déterminisme), la conscience des incertitudes, la conscience de l'inachèvement du savoir, la conscience des limites de l'esprit humain sont les antidotes et antagonistes de l'aspiration à la totalité. J'ai fait mienne et intégré la formule d'Adorno : « La totalité est la non-vérité. » Ainsi, il y a en moi conflit et complémentarité entre l'aspiration à la totalité et l'impossibilité de la totalité. Telle est la voie dialogique interne à l'esprit de complexité.

CHAPITRE 8

Ma Méthode

Votre œuvre majeure est La Méthode. *Le travail d'une vie, ou presque, puisque la publication de ses six volumes s'est étalée sur une trentaine d'années, entre 1977, avec* La Nature de la nature, *et 2004, date de la sortie de* L'Éthique. *Comment entreprend-on une telle œuvre ? Saviez-vous dès le départ où vous alliez ?*

Je l'ai su en rédigeant l'introduction générale à l'automne 1973. J'étais invité par Tom Bishop, de la New York University, à donner un cours sur la complexité en littérature. J'étais logé au vingtième étage d'une tour, au cœur de Greenwich Village. Mes fenêtres donnaient sur l'Hudson et sur la statue de la Liberté. Ma chambre était orientée vers l'est, sur Brooklyn, et le soleil me réveillait chaque matin pour me catapulter hors du lit. J'eus la joie de retrouver Marguerite Duras qui effectuait son premier voyage en avion pour présenter ses films, et de recevoir Dionys et Solange Mascolo. J'ai commencé dans la liesse la rédaction de l'introduction générale de *La Méthode*, que j'envisageais en un seul volume divisé en quatre chapitres : la nature de la nature, la vie de la vie, le devenir du devenir, et enfin la connaissance de la connaissance. J'étais dans une incroyable exaltation, je rédigeais en musique, je me levais parfois pour danser seul quand j'entendais *Angie*, des Rolling Stones. J'ai résumé dans cette introduction générale le sentiment qui m'animait : « Je me suis senti branché sur le patrimoine planétaire, animé par la religion de ce qui relie, le rejet de ce qui rejette, une solidarité infinie, ce que le Tao appelle l'"esprit de la vallée" qui reçoit toutes les eaux qui se déversent en elle. » Ce sentiment ne m'a pas quitté tout au long du chemin.

Votre « Méthode » était-elle déjà entièrement contenue dans votre introduction ?

Je suis rentré à Paris avec cette introduction, un noyau qui contenait en effet virtuellement le tout. Il me fallait désormais le temps de me consacrer à ce travail pour dégager les instruments de pensée, les notions qui aident à traiter la complexité. Je partais d'un constat : dans nos écoles, dans nos universités, on nous apprend certes à connaître des choses, mais celles-ci sont séparées, isolées. On ne nous apprend pas à les relier, donc à affronter nos problèmes fondamentaux, globaux. Je devais donc élaborer une pensée complexe, c'est-à-dire une façon de penser non seulement les sciences, non seulement la philosophie, non seulement la politique, mais aussi la vie quotidienne, celle de chacun d'entre nous.

Vous avez conçu et accouché de cette œuvre dans le cadre de votre travail au CNRS où vous avez été directeur, puis directeur de recherche émérite. En quoi consistait exactement ce travail ?

J'ai bénéficié au CNRS d'un fabuleux privilège : celui d'être directeur non tant de chercheurs que, surtout, de moi-même.

Je dépendais formellement de la section Sociologie, mais l'institution m'a offert l'extraordinaire liberté d'extravaguer dans les nombreux autres domaines où m'entraînaient mes thèmes de recherche, transdisciplinaires par nature. En 1960, avec Roland Barthes, j'avais rejoint Georges Friedmann qui fondait le Centre d'étude des communications de masse (Cecmas), un laboratoire consacré à l'étude des médias, dépendant à la fois de l'École des hautes études en sciences sociales et du CNRS. Puis, au bout d'un certain nombre d'années, Barthes s'était orienté vers la sémiologie et la littérature, moi-même vers cette pensée complexe multiforme qui m'habitait, nous avons reconnu que le nom du laboratoire ne correspondait plus à nos orientations. Nous avons organisé un petit putsch amical auprès de Friedmann qui s'est rallié à nos vues et, en 1974, nous avons rebaptisé le Cecmas en Cetsa, le Centre d'études transdisciplinaire, qui porte aujourd'hui mon nom. Le mot « transdisciplinaire » nous offrait une très grande liberté et, de plus, il correspondait à mes conceptions. À la mort de Friedmann, Barthes et moi avons codirigé le centre, puis, quand Barthes est mort à son tour, Claude Lefort lui a succédé, y apportant sa vision de philosophe politique. À mon départ à la retraite, en 1989, ce centre s'est scindé, la section politique a rejoint le Centre Raymond-Aron, tandis que le Centre transdisciplinaire a vu ses activités de sociologie et d'anthropologie intégrer la dimension de l'histoire en remplacement de la politique. Ceux que j'avais entraînés dans mon sillage y ont poursuivi leurs activités de recherche. Le directeur actuel, Claude Fischler, continue à travailler dans le sens transdisciplinaire.

Telle est donc l'histoire du Centre Edgar-Morin, à Paris...

(Acquiescement muet.)

L'appellation « transdisciplinaire » ne vous a-t-elle pas permis de mettre en œuvre la pensée complexe que vous développiez dans La Méthode *et dont vous donniez des applications pratiques dans vos autres œuvres ?*

J'ai pu injecter ma pensée à travers la revue *Communications* que j'ai dirigée. Quelques numéros en particulier ont été dans le sens de mes orientations, dont l'un consacré à la notion de crise, un autre à celle d'événement, un troisième où, autour du thème « l'espace perdu et le temps retrouvé », je revisitais ces deux idées, celle du temps, qui a longtemps été négligée par les sciences physiques, et celle de l'espace, perdu dans la microphysique. J'organisais par ailleurs des séminaires transdisciplinaires concentrés sur deux journées, à la place des cours hebdomadaires ou bimensuels que je devais assurer, de manière à pouvoir me libérer le reste du temps. L'École des hautes études a plus ou moins toléré ce fonctionnement. Je me souviens avoir consacré mon dernier séminaire au thème de la conviction.

Quand vous rentrez à Paris en 1974, entamez-vous dans la foulée la rédaction du monument qu'est La Méthode *?*

Malheureusement, non. Je n'arrivais pas à me concentrer, mon temps était haché, je ne parvenais pas à échapper à ce que je croyais être des obligations, j'étais angoissé, je sentais que je perdais mon temps. Et voilà qu'arrive le jour où je dois me rendre en Toscane, à Figline Valdarno, dans la villa de mon ami Simone de San Clemente, pour un colloque sur la crise du développement (déjà !) que j'avais co-organisé avec Candido Mendes, professeur à Rio. J'avais choisi ce lieu pour éviter salles d'université ou salons d'hôtel. Le lieu était admirable, la nourriture et le vin produits par mon ami, exquis. Toutefois, je prends à contrecœur le train pour Florence en pensant que je vais perdre une semaine. À la gare m'attend Idanna, la nièce de Simone, qui me conduit en voiture à Figline Valdarno. Je lui dis mes préoccupations, mes difficultés. Dès la première nuit, Idanna s'est révélée ange de chair. Elle m'a donné ardeur et joie de vivre, je l'ai appelée en moi-même Providence. Elle m'a trouvé le lieu d'accueil où je pourrais travailler dans la paix, chez son ami Lodovico Antinori, près de Bolgheri, en Toscane maritime. Nous nous sommes quittés après deux semaines de plénitude, sur le quai de la gare de Turin, elle pour Bali, moi pour Paris.

Rentré à Paris, je rassemble mes notes, dossiers et livres pour mon départ à Bolgheri, mais le retarde parce que mon père subit une opération de la cataracte à l'hôpital des Quinze-Vingts. Pendant ce laps de temps, je rencontre chez ma voisine, Michèle Manguin, une femme brune aux yeux bleus dont le regard me vrille le cœur. Je la revois le lendemain matin à la porte de mon immeuble, rue des Blancs-Manteaux. Nous marchons ensemble vers les Quinze-Vingts, je lui propose de m'accompagner en Toscane, elle me demande un temps de réflexion, puis accepte. Nous sommes partis dans ma Volkswagen avec livres, papiers, et ma machine à écrire. Ce fut ma seconde Providence. Elle m'apporta la combustion amoureuse qui mit en activité mon haut-fourneau.

Puis, comme j'avais besoin pour travailler d'avoir ma table devant un beau paysage, l'oncle de Lodovico, le marquis Incisa, m'offrit l'hospitalité dans un appartement situé dans un vieux château délabré, au sommet d'une colline sauvage d'où je pouvais contempler l'île d'Elbe et la pleine mer. Là, sans téléphone, je travaillais du matin au soir, avec quelques pauses pour me promener dans le village abandonné jouxtant le château. La gardienne me cuisinait les pâtes, m'apportait le pain frotté d'ail et trempé dans l'huile d'olive, le marquis me fournissait le vin qui allait devenir fameux en Italie, le Sassicaia. Je m'étais arrêté de fumer, sachant que je ne pourrais m'empêcher de vider trois paquets de cigarettes par jour à mon rythme de travail. On s'arrête de fumer par peur de la mort ; j'avais peur que meure mon bébé avant de naître. J'ai sucé des bois de réglisse, puis mon ami m'a offert de la cocaïne : cette poudre blanche m'exaltait, me permettait de travailler toute la nuit, mais elle me brûlait les narines. J'ai arrêté d'en consommer avant de devenir dépendant. Puis la foi qui m'animait m'a servi de drogue. J'ai connu pendant ma rédaction les découragements, les tourments, mais aussi les joies, les enthousiasmes de la parturition.

A-t-on compris, soutenu votre projet ?

Non. Il semblait farfelu, bizarre. J'entends encore François Furet me dire : « Qu'est ce que tu vas foutre dans tous ces trucs physiques, alors que ça commence à bien marcher pour toi en sociologie ? »

En Toscane, avez-vous écrit d'une traite votre premier volume ?

J'ai rédigé un premier jet de tout l'ensemble, mais je n'écris pas d'un trait. Je partais des notes commencées en 1970, où j'ai inscrit des informations, des données, des citations, des idées, et du reste je continue toujours à prendre des notes en cours de rédaction. Ces notes, je les classe et les ventile, et j'établis un plan provisoire qui va se modifier. Je commence dans une sorte de nébuleuse spirale qui va prendre peu à peu forme à force de transformations et de révisions. J'ai besoin de trois ou quatre versions successives dactylographiées, modifiées, raturées. Mon travail a été facilité grâce à l'utilisation de l'ordinateur, en 1986, pour mon troisième volume. C'est une gestation continue, et la cristallisation n'arrive qu'à la fin. Comme le dit Nietzsche, « les méthodes n'arrivent qu'à la fin ». Et cette phrase est vraie dans mon cas : non seulement les idées claires ne me sont arrivées qu'à la fin, mais aussi la méthode a émergé au terme du travail. Auparavant, j'ai soumis mes seconds jets à la lecture critique d'esprits compétents, ce que j'ai fait également pour les autres volumes ; les remarques du mathématicien Victorri m'ont notamment contraint à reprendre toute la dernière partie du premier volume. Entre-temps, j'avais compris que le tout serait un livre énorme, et j'avais décidé que la première partie, *La Nature de la nature*, constituerait le premier volume d'une série. J'en ai achevé la rédaction à la fin de 1976, au pied de la montagne Sainte-Victoire, chez mes amis Nughe.

C'est donc là le début de votre Discours de la méthode...

Non pas discours, au contraire ! C'est une aventure dans les connaissances et les ignorances, d'où va finalement émerger une méthode. Le noyau de ce premier volume est la *physis*, notre univers matériel, dont la connaissance ouvre des connaissances sur la vie et sur l'humanité. La *physis*, ici, se confond avec l'idée de la Nature de Spinoza qui y voit la source même de la création et de l'organisation. Contrairement à ceux qui croient que j'ai voulu faire une encyclopédie des sciences physiques, j'ai voulu extraire de chacune d'elles, puis relier tout ce qui éclaire les problèmes fondamentaux de notre univers. En même temps, j'ai voulu tirer les conséquences des connaissances acquises au XXe siècle dans les sciences – ce qui montre que, loin de vouloir abolir les disciplines, je souhaite élaborer une connaissance qui se nourrisse de leurs acquis.

De plus, leurs progrès mêmes ont fait s'écrouler les principes qui soutenaient l'édifice majestueux de leur vision du monde. Ces principes s'étaient affermis depuis le XVIIe siècle, jusqu'à la fin du XIXe siècle. Ce sont l'ordre (déterminisme, stabilité, constance, régularité), la réduction (d'un tout à ses éléments de base), la disjonction (entre sciences, disciplines, objets, ainsi qu'entre l'observateur et l'objet observé). Je ne partais pas d'une table rase, mais d'une table qui s'effondrait sous des poussées novatrices et révolutionnaires. Je partais d'un univers qui vole en éclats, à partir d'avancées qui permettent d'envisager un nouvel univers, ce que j'ai tenté de faire.

Un problème fondamental qui s'est posé à moi est celui de la nécessité de faire communiquer deux conceptions contradictoires et pourtant inséparables. D'une part, le second principe de la thermodynamique nous dit que tout est promis à la dégradation et à la dispersion, ce que nous constatons aussi bien dans les étoiles que chez les vivants. Mais, d'autre part, nous constatons qu'un processus d'organisation qui a commencé dès l'origine de l'Univers se poursuit, et se poursuivra encore. C'est cette double réalité que j'ai voulu exprimer dans son unité avec ma formule : « C'est en se désintégrant que notre univers s'organise. » Plus amplement, j'ai voulu relier les processus d'ordre, de désordre et d'organisation dans un tétragramme qui les lie à la fois de façon complémentaire et antagonique :

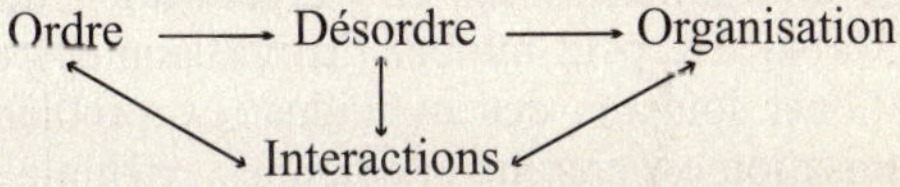

Ainsi, je crois avoir montré l'inséparabilité de ces notions disjointes. Le cosmos comporte non seulement l'ordre des systèmes solaires et galactiques, l'organisation d'astres par milliards, mais aussi les tamponnements de galaxies, les trous noirs, les explosions d'étoiles. L'évolution biologique s'effectue par des développements inouïs d'organisations végétales et animales, mais elle a connu des catastrophes dont l'une a anéanti la majorité des espèces, et l'histoire humaine est jonchée de cadavres de civilisations. Partout il y a dialogue entre ordre, désordre et organisation. J'ai voulu concevoir l'organisation, notion indispensable pour la connaissance des noyaux, atomes, molécules, étoiles, êtres vivants, sociétés.

C'est un mot que vous préférez à celui de système...

J'ai préféré parler d'organisation plutôt que de système pour bien insister sur ce qui lie le tout et les parties. Et cela m'a conduit à accorder une place capitale à la notion d'émergence. En effet, l'organisation d'un ensemble d'éléments en un tout produit des qualités ou propriétés qui n'existent pas chez les éléments séparés. Ainsi, l'organisation vivante produit des qualités qui n'existent pas chez les macromolécules qui la constituent : l'autoréparation, l'autoreproduction, une capacité de se nourrir, une aptitude cognitive. Le tout est quelque chose de plus que la somme de ses parties. Mais, en même temps, le tout est moins que la somme de ses parties, car des qualités ou propriétés des parties peuvent être inhibées par des contraintes issues de l'organisation du tout. Ainsi, la société peut inhiber l'expression des droits, aspirations, souhaits des individus. Le problème de l'organisation est comme la colonne vertébrale de *La Nature de la nature*. J'ai montré que la notion d'organisation est elle-même complexe (l'unité dans la diversité, le tout plus et moins que les parties), puis j'ai traité, plus complexe encore, l'organisation active, comme celle des astres qui est une sorte d'auto-organisation devant consommer de l'énergie pour se maintenir. J'ai ouvert ce livre, dans une ultime partie, sur l'enrichissement et la modification de connaissance qu'apporte la conception complexe de la nature.

C'est un ouvrage très atypique, avec ses diagrammes, ses tableaux, des pages limpides, d'autres franchement difficiles d'accès. Comment a-t-il été accueilli à sa sortie ?

J'ai pu vérifier à plusieurs reprises que je n'intéresse qu'en périodes de crises. Or, en 1977, le monde intellectuel français était en crise. Les espérances révolutionnaires se désintégraient. On découvrait la réalité du Goulag soviétique, le mythe de Mao s'effondrait avec l'affaire Lin Biao et celle de la « bande des Quatre ». Le Vietnam « libérateur » envahissait le Cambodge où, du reste, le communisme avait perpétré une sorte d'autogénocide. La grande désillusion avait atteint le marxisme qui, privé d'espérance, se dessécha. En même temps, le structuralisme poursuivait son dépérissement. Ce livre est donc arrivé à un moment de vide intellectuel. Il a suscité un certain intérêt, qui s'est traduit surtout par des interviews où j'ai pu exposer mes idées. Celles-ci ont commencé à faire leur chemin, en France et surtout auprès de divers esprits disséminés de par le monde. Bien que les quatre volumes suivants aient paru dans le silence total de la presse et l'indifférence du monde intellectuel, ils ont été propulsés par le premier auprès de ceux qui s'étaient reconnus dans *La Nature de la nature*.

En tout cas, le deuxième volume s'est enchaîné assez rapidement, puisque vous l'avez publié trois ans après le premier...

J'avais déjà rédigé le brouillon de *La Vie de la vie*, je l'ai repris, travaillé et développé, puisant dans les sciences biologiques auxquelles je m'étais intéressé depuis *L'Homme et la Mort* et avec lesquelles je m'étais encore plus familiarisé au Salk Institute, en Californie. Tout d'abord, je devais affronter la disparition de la notion de vie en biologie moléculaire et génétique. François Jacob disait justement : « On n'étudie pas la vie dans nos laboratoires. » On y étudie en effet des interactions moléculaires. Or, la notion de vie est justifiée non seulement parce que l'organisation vivante est originale dans le monde physico-chimique – c'est une auto-éco-organisation dont l'autonomie se nourrit dans sa dépendance écologique –, mais aussi parce que cette organisation produit des émergences, qualités et propriétés inexistantes chez les macromolécules isolées : autoreproduction, autoréparation, aptitude cognitive. La vie est donc l'émergence de l'ensemble des qualités du vivant.

Je ne veux pas résumer ici ce livre qui examine les conditions de l'éco-organisation et celles de l'auto-éco-organisation, mais qui interroge aussi ce que signifie vivre, pour un individu, c'est-à-dire naître, exister, mourir. J'ai introduit la notion de sujet, réservée à l'être humain conscient, au cœur de l'individualité biologique. Je définis le sujet par une auto-affirmation qui comporte deux principes : un principe égocentrique, équivalent au « moi je », qui exclut tout autre individu de son site subjectif, et un principe d'inclusion dans un « nous » qui peut être celui de l'espèce, du couple, de la société. J'examine la double identité en une qui est propre à tout individu : l'identité générique, le fait d'appartenir à une lignée, et l'identité strictement personnelle. Ce à quoi peut s'ajouter une troisième identité, d'appartenance à une société.

J'ai aussi été fasciné par la relation à la fois absolument antagonique et absolument complémentaire entre la vie et la mort. Tout être individuel polycellulaire vit de la mort de ses cellules et se régénère en produisant de nouvelles cellules, ce qui donne sens à la formule d'Héraclite : « Vivre de mort, mourir de vie. » D'une autre façon, le cycle trophique qui nourrit les écosystèmes est en même temps cycle de mort, puisqu'il s'opère par la mort de végétaux et animaux servant de nourriture, et la mort animale elle-même nourrit vers et insectes nécrophages, tandis que les sels minéraux vont alimenter les racines végétales. Et j'examine finalement les qualités proprement vivantes de tout ce qui est humain.

Vous avez ouvert le dossier de l'écologie, ce qui n'était pas commun en 1980, en insistant sur ce que vous appelez l'asservissement de la nature par l'homme...

C'est en Californie que j'avais pris conscience du problème écologique. En 1972, je publiai un texte, *L'An 1 de l'ère écologique*. Je n'ai pas cessé de revenir à ce problème. Quant à l'asservissement, qui signifie dominer/contrôler sans subir la rétroaction de l'asservi, il a pu, au cours des développements techno-économiques des temps modernes, s'appliquer à l'univers physique et aux machines sans rétroaction, puis il s'est étendu à l'ensemble du vivant, végétal et animal. Aux règles éco-organisatrices, l'homme a substitué de nouvelles règles d'exploitation de la nature. Mais, dans les dernières décennies, la nature, c'est-à-dire la biosphère, a rétroagi à l'asservissement. L'asservissement a asservi l'asservisseur en nous rendant dépendants de toutes les dégradations que nous faisons subir à la biosphère. Nous devons comprendre enfin que l'homme fait partie de la biosphère et dépend d'elle plus qu'elle ne dépend de lui, car la vie continuerait après l'extinction de l'humanité. Il y a un lien inséparable entre Soleil et Terre, Terre et Vie, Vie et humanité. Nous sommes reliés à la Vie, qui est reliée à la planète Terre, qui est reliée au Soleil, qui est relié à la Voie lactée, qui est reliée à l'immense Cosmos. On avait ignoré que plus l'homme possède la nature, plus elle le possède. C'est aussi ce que j'ai voulu mettre en relief pour nous mettre en garde contre les cataclysmes à venir.

Vous dénoncez aussi le génétisme qui nous explique toute vie, y compris humaine, par les gènes...

Oui, je crois montrer que nous possédons les gènes qui nous possèdent...

La Vie de la vie *devait initialement être prolongé par un troisième tome,* Le Devenir du devenir. *Pourquoi n'a-t-il jamais vu le jour ? Aviez-vous commencé à l'ébaucher avant de l'abandonner ?*

Je l'ai écrit, le manuscrit est là, chez moi. Mais, à l'époque, j'étais sans doute très pressé d'arriver à *La Connaissance de la connaissance*, je l'ai donc mis de côté et je l'ai un peu oublié. Contrairement à tous les perroquets qui ont répété, après Jean-François Lyotard, qu'il n'y avait plus de « grand récit », nous sommes emportés dans le plus grand de tous les récits, celui de l'Univers né il y a quatorze milliards d'années, prolongé sur terre par celui de la Vie, prolongé par celui de l'histoire humaine. Ce manuscrit montre à la fois continuité et discontinuité dans ce très grand récit : il y a continuité entre la vie qui est faite de matière physico-chimique et le monde physico-chimique, mais il y a discontinuité par la nature de l'auto-éco-organisation vivante et ses qualités émergentes. Il y a discontinuité aussi parce que les règles d'évolution changent, elles s'opèrent dans et par une dialectique entre, d'une part, contraintes et stimulations du milieu et, d'autre part, aptitudes réorganisatrices et créatrices du vivant. De même, il y a continuité et discontinuité entre l'évolution biologique et l'évolution humaine, qui devient sociale et culturelle.

Mais je n'ai pas publié ce livre, comme je vous le disais, puisque j'avais surtout hâte d'arriver à *La Connaissance de la connaissance.*

Envisagez-vous de le publier aujourd'hui ? D'en faire le septième volume de La Méthode *?*

La Méthode est achevée. Peut-être, si je le publie, constituera-t-il une sorte d'appendice...

Malgré votre enthousiasme, vous donnez un coup de frein à La Méthode *après les deux premiers volumes. Le troisième,* La Connaissance de la connaissance*, sort en 1986, six ans après le précédent. Ce retard est-il une réaction à la méconnaissance dont a pâti* La Vie de la vie *?*

Nullement, mais j'ai eu des problèmes d'argent, en partie dus à ma séparation d'avec Johanne, pour qui j'achetais alors une maison à Montréal, sa ville natale. Je signe un contrat avec les éditions Nathan qui m'accordent une bonne avance, et j'écris *Pour sortir du XX*e *siècle*, qui paraît en 1981. C'est une application de *La Méthode* à la crise contemporaine de l'humanité. Les années 1980 ouvrent aussi une nouvelle période de ma vie, puisque je m'unis avec Edwige qui m'avait fasciné dès notre première rencontre, en 1961, à Santiago du Chili. Nous errons de logement en logement jusqu'à ce que nous nous installions, en 1984, à Paris, rue des Arquebusiers. Entre-temps, j'ai réuni des articles portant sur les sciences que Claude Durand accepte chez Fayard et qui paraissent en 1982 sous le titre *Science avec* *conscience*. Toujours chez Fayard, je publie en 1984 *Sociologie*, un recueil d'articles sociologiques.

Mon père meurt en 1984, à quatre-vingt-dix ans. Je lui étais de plus en plus attaché. En bonne santé jusqu'à sa fin, il me semblait devenu immortel. Les dernières années de sa vie avaient été rendues difficiles par ses relations avec Corinne, ma tante, avec laquelle il s'était remarié. Elle ne le supportait plus. Vidal a eu une attaque cérébrale à La Turbie et il a été transporté à l'hôpital le plus proche, celui de Monaco, où il est mort. Il avait demandé que son corps soit donné à la médecine, j'ai jugé cette demande dérisoire, en raison de son âge, et je lui ai trouvé une tombe provisoire au cimetière de Monaco. Six ans plus tard, j'ai ramené son corps auprès de celui de ma mère, au cimetière du Père-Lachaise. Quelques mois après sa mort, j'ai eu un rêve qui me demeure très précis. J'étais dans la tombe de mon père, sous la dalle, au-dessus du cercueil, et je l'entends me dire : « Écoute, Edgar, mon chéri, tu peux maintenant sortir. » Je soulève la dalle, je commence à sortir, il ajoute : « N'oublie pas ta serviette. » Je me saisis de ma sacoche. Et il finit : « Le deuil est terminé. » J'ai pu alors me mettre à *La Connaissance de la connaissance*, qui sera publiée en 1986.

Pourquoi faut-il connaître la connaissance ?

Parce qu'elle comporte sans cesse un risque d'erreurs ou d'illusions. La connaissance perceptive n'est jamais un reflet des phénomènes : c'est une traduction à partir des stimuli qui arrivent à nos sens, et une reconstruction cérébrale. Or, toute traduction risque l'erreur, et toute reconstruction risque l'insuffisance. Ce qui vaut pour la perception vaut encore plus pour les descriptions, faites de mots et d'idées, et les théories. La connaissance est l'objet le plus incertain de la connaissance philosophique et l'objet le moins connu de la connaissance scientifique. On assiste désormais au développement des sciences cognitives, mais les unes parlent du cerveau, d'autres de la psychologie, d'autres encore de la théorie des automates ; elles ne sont pas reliées les unes aux autres. Mon œuvre, une fois encore, est une œuvre de reliance. Par exemple, vu que l'esprit et le cerveau sont indissociables, le langage neuro-chimio-électrique des neurosciences ne permet pas de concevoir l'esprit, et le langage conceptuel concernant l'esprit et la conscience ne permet pas de concevoir le cerveau. Je constate qu'on ne peut pas établir une continuité entre la connaissance du cerveau et celle de l'esprit, mais je peux les lier à partir de la notion d'*émergence* : l'esprit est une émergence qui se manifeste dans la relation entre un cerveau humain, d'une part, un langage et une culture, de l'autre. La conscience, émergence ultime, est ce qu'il y a à la fois de plus fragile et de plus précieux. Le volume de *La Connaissance de la connaissance* comporte seulement une anthropologie de la connaissance. En fait, je devais y englober ce qui a paru dans le volume suivant, *Les Idées* : l'écologie des idées, la vie des idées et, noyau de toute *La Méthode*, l'organisation des idées, comportant le langage, la rationalité, la logique et la paradigmatologie, puissance occulte et invisible contrôlant les connaissances.

Dans ce livre publié en 1991, dont le titre complet est Les Idées, leur habitat, leur vie, leurs mœurs, leur organisation, *vous semblez traiter les idées comme des êtres vivants !*

Oui, les grandes idées vivent comme les dieux. Comme les dieux elles sont les produits d'esprits humains, mais, comme les dieux, elles acquièrent puissance et réalité. Comme les dieux elles peuvent faire de nous des victimes ou des bourreaux. Donc, comme les dieux les idées sont douées d'une formidable existence, mais cette existence dépend des humains qui les sécrètent. Tous les dieux et toutes les idées mourront lorsque mourra l'humanité. La conclusion que j'en tire est que nous ne pouvons échapper ni aux mythes ni aux idées ; que nous devons non pas nous laisser subjuguer par les idées, mais entretenir un dialogue conscient avec elles. Nous devons posséder les idées qui nous possèdent, et ne pas être seulement possédés par elles.

Les Idées, *qui poursuit la réflexion entamée dans* La Connaissance de la connaissance, *est paru cinq ans après celui-ci. Dans la mesure où ces deux livres forment une unité, pourquoi un si long laps de temps s'est-il écoulé entre eux ?*

Bien des épreuves se sont mêlées en 1986. Edwige souffrait de sévères crises d'asthme qui nécessitaient son hospitalisation ; sa mère était quasi grabataire, et son beau-père, le docteur Albot, mourut après une terrible agonie. En même temps, je pensais beaucoup aux dernières années de mon père et j'en étais tourmenté. J'ai tenu en 1986, pendant cette période, un journal dont le manuscrit, *« Krisis »*, demeure confidentiel. J'ai perdu le sommeil, je me réveillais à 3 ou 4 heures du matin, je ruminais. Puis je suis resté au lit : je ne pouvais plus me lever, je pleurais. Michel Grappe, le mari de ma fille Véronique, qui est médecin, m'a prescrit des molécules qui m'ont aidé à remonter la pente. C'est la seule dépression que j'ai subie dans ma vie. Un séjour au Québec avec Edwige m'a revigoré. J'ai alors demandé à mon ami Malarewicz, psychologue, que je consulte comme gourou à chacune de mes difficultés intérieures, si je devais poursuivre *La Méthode*, ou d'abord écrire un livre sur mon père. Il m'a conseillé d'écrire sur mon père. À Parme, j'ai donc commencé à rédiger *Vidal et les siens*, premier livre écrit directement sur Macintosh, je l'ai continué à Paris, dans les sourires et les larmes. Le livre est sorti en 1989. Et j'ai pu réenchaîner sur *La Méthode*, avec *Les Idées* dont je vous ai parlé. En fait, comme je vous l'ai dit, *les Idées* devaient constituer l'ultime partie de *La Connaissance de la connaissance*. Mais j'ai craint que le volume ne soit trop énorme.

Dix ans séparent ce quatrième volume du cinquième, L'Humanité de l'humanité. *Un temps qui vous a sans doute été nécessaire pour entrer, si je puis m'exprimer ainsi, dans le vif de votre sujet : l'être humain ?*

C'est qu'au départ je n'avais pas prévu ce volume. Je croyais que *Le Paradigme perdu* rendait inutile pour moi de traiter à nouveau de l'humain. Mais, au cours des années 1990, je me suis rendu compte que mes idées anthropologiques s'étaient enrichies depuis *Le Paradigme perdu* où s'était formée ma conception complexe de l'humain, et qu'il était bon que *La Méthode* revienne sur son point de départ proprement humain.

Dans les années 1990, j'étais néanmoins sollicité par le nouvel état du monde, les réformes de Gorbatchev, l'implosion de l'Union soviétique, la guerre en Yougoslavie, j'étais aussi sollicité par l'Amérique latine. Les temps de latence entre les volumes de *La Méthode* ont été des temps de travail souterrain. Je mûrissais mes idées dans divers livres qui étaient autant d'exercices de pensée complexe, par exemple *Penser l'Europe*, en 1987, ou *Terre-Patrie*, en 1993, diagnostic de l'étape actuelle de l'ère planétaire et appel à la prise de conscience de la communauté du destin terrestre. *La Méthode* nourrissait ces livres qui venaient la nourrir en retour.

Penser l'Europe *et* Terre-Patrie *ont été bien accueillis dans la presse. Ce n'est pas le cas des volumes de* La Méthode *qui ont suivi* La Nature de la nature. *Avez-vous une explication à cela ?*

Cette œuvre n'entre pas dans les catégories étiquetées ni les rubriques qui classent et compartimentent. Pour moi, *La Méthode* est à la fois scientifique, philosophique et littéraire, mais, pour les critiques scientifiques, elle n'est pas scientifique, pour ceux des sciences humaines, elle n'est pas anthropologique, pour les critiques philosophiques, elle n'est pas philosophique, et pour les critiques littéraires, elle n'est pas littéraire. C'est effectivement un monstre par rapport aux critères de la critique, car il réunit ce qui s'exclut mutuellement. De plus, il paraît incongru à l'intelligentsia humaniste de puiser dans les sciences naturelles pour traiter des problèmes humains, et il paraît impertinent à l'intelligentsia scientifique d'aborder les problèmes scientifiques sans être un spécialiste. Ceux qui ne m'ont pas lu m'ont rejeté a priori. Les uns ont voulu y voir un texte de vulgarisation des acquis scientifiques, ignorant le projet épistémologique qui m'anime, les autres ont voulu y voir une synthèse globale de tout le savoir, à la Hegel, ignorant que mon esprit systémique était loin d'être systématique, mais laissait sa part inéluctable à l'incertitude et à l'inachèvement.

Par contre, mes idées ont essaimé. C'est en Amérique latine, au Japon, au Portugal, en Espagne, en Italie, en Grèce, en Chine et même en Iran que *La Méthode* a trouvé le plus d'échos. Et cela, souvent sans que je m'en rende compte. J'en ai pris réellement conscience en 1997, quand j'ai été invité par une université de Medellín, en Colombie. J'ai organisé ensuite, à Rio de Janeiro, un Congrès interlatin pour la pensée complexe. Puis, en 1999, l'Unesco a créé une « chaire itinérante Edgar-Morin sur la pensée complexe », basée à l'université de Salvador, en Argentine, qui opère en Amérique latine. Un peu partout se sont constitués des réseaux de pensée complexe, et il vient de s'instituer une Association internationale de la pensée complexe. Dans certains pays, des instituts et des diplômes de complexité ont été créés. Au Mexique, à Hermosillo, dans l'État de Sonora, s'est tentée une expérience conforme à mes conceptions, et elle va peut-être être installée dans la ville de Mexico [1].

Il y a donc à la fois beaucoup de réticences, de rejets souvent a priori, mais aussi, chez des individus appartenant à des disciplines et à des professions très diverses, une véritable adhésion. Pourquoi ? C'est que mon œuvre répond aux attentes, parfois inconscientes, d'esprits insatisfaits des compartimentations disciplinaires, y compris en philosophie, et qui ressentent l'aspiration à un autre mode de connaissance, à un autre mode de pensée. Je crois que j'ai formulé les vérités encore subconscientes qui dormaient chez ceux qui m'attendaient sans le savoir. En me trouvant, ils se sont trouvés eux-mêmes. Et c'est là ma plus grande joie.

1. Je viens d'apprendre que le ministère de l'Éducation du Mexique va diffuser cinquante mille exemplaires de *La Tête bien faite* auprès des enseignants de ce pays (*NdA*).

Le dernier volume de La Méthode, L'Éthique, *paraît en 2004. Peut-on le qualifier de manuel de morale moderne ? Sur quoi fondez-vous l'éthique ?*

Je n'ai pas cherché à fonder l'éthique. J'ai voulu en reconnaître les sources, qui sont inscrites au plus profond de notre humanité, et même de notre animalité : solidarité et responsabilité. Or, notre civilisation tend à tarir la solidarité et la responsabilité, et notre problème est de ressourcer l'éthique. Cela dit, l'éthique est aussi et surtout complexe dans ce sens où elle comporte en elle des incertitudes et des contradictions. Les incertitudes viennent de ce que les résultats d'une action ne correspondent pas nécessairement aux intentions. Dès qu'elle est déclenchée, une action cesse d'obéir à la volonté de son auteur, subit des interactions et rétroactions issues du milieu où elle se déroule, et elle peut même frapper en boomerang son auteur. Cela arrive très souvent en politique, et bien sûr dans une guerre. C'est ce que j'ai appelé l'écologie de l'action. Aussi, l'éthique complexe ne considère pas seulement les bonnes intentions. Elle doit considérer que toute action éthique comporte un pari, et suppose l'intelligence des conditions dans lesquelles elle s'opère. Si l'on utilise des moyens ignobles pour réaliser des fins nobles, ces moyens peuvent pervertir la fin et se substituer à elle.

Les contradictions éthiques peuvent surgir quand deux impératifs contraires s'imposent dans une même conscience. Ainsi, l'éthique tribale des Bédouins comporte deux impératifs : l'un, celui de l'hospitalité, l'autre, celui de la vengeance pour le meurtre de l'un des siens. J'ai donné l'exemple, fourni par Louis Massignon, de la femme bédouine dont le mari a été assassiné au cours d'une vendetta tribale. Au crépuscule, l'assassin de son mari vient à sa tente et lui demande asile. Elle a deux devoirs impérieux : celui de l'hospitalité, celui de la vengeance. Elle trouve le moyen de résoudre cette contradiction en accordant au meurtrier l'hospitalité pour la nuit et, le lendemain, elle part avec ses beaux-frères pour le tuer.

Nous connaissons nous-mêmes des conflits entre deux devoirs contraires, par exemple entre l'intérêt de notre nation et celui de l'humanité, ou, en médecine, entre le respect absolu de la vie et le respect de la demande du malade d'abréger ses souffrances. Ou bien quand il s'agit de soustraire un organe vital d'une personne en état de coma prolongé pour un blessé ou un malade.

Quelles sont alors les conditions d'une action éthique ?

Je ne peux résumer mon livre, je ne vous en cite que quelques idées. Ainsi il indique, en fonction de la trinité humaine individu/société/espèce, trois directions éthiques : une autoéthique, une éthique pour la société, une éthique pour l'humanité. Dans l'autoéthique, j'insiste sur la nécessité d'une culture psychique permanente d'auto-examen et d'autocritique, car nous nous ignorons nous-mêmes en profondeur, et nous nous mentons très souvent inconsciemment. L'éthique de la compréhension m'apparaît comme une exigence capitale non seulement dans la relation avec l'étranger, mais aussi dans les rapports avec nos proches. L'incompréhension règne souvent dans nos relations de travail, de voisinage, et elle fait des ravages dans les familles, dans les relations entre parents et enfants. L'incompréhension engendre mépris, intolérance, haine ; elle gangrène nos vies.

Nul progrès n'est possible dans les relations entre individus et entre peuples sans une régression des incompréhensions, sans un progrès de la compréhension. Et celle-ci nous demande de considérer la complexité d'autrui au lieu de le réduire à ses pires aspects. Si je nomme criminel l'homme qui a commis un seul crime, du coup j'élimine tous les actes positifs à mettre à son crédit, pour le réduire au seul crime qu'il a commis.

Définissez-vous le bien et le mal ?

Oui, tout en sachant qu'ils ont une source commune. Ce qui sépare et ce qui relie sont nés ensemble à l'origine de notre univers : au commencement, Dieu et le Diable sont le même. Ce qui sépare – *diabolus* – est à la source du mal. Ce qui relie – reliance – est à la source du bien. Donc le bien, pour moi, est Amitié et Amour, qui relient. Le mal est ce qui sépare, sape, détruit. Le mal, c'est la cruauté du monde et la barbarie entre les humains. La première exigence éthique est de résister à la cruauté du monde et de lutter contre les différentes barbaries humaines.

La seconde exigence éthique me vient de ma conception de la poésie de la vie qui s'épanouit dans l'accomplissement de soi, la communion, l'amour, l'extase. Je peux la formuler ainsi : contribuer à tout ce qui permettrait aux humains de vivre poétiquement, c'est-à-dire de réaliser amour, fraternité, communion, émerveillement, extase.

Enfin, il y a ce que j'appelle ma « foi éthique ». Je l'exprime à la fin du livre, lui-même livre final de *La Méthode*. C'est donc ma profession de foi : « La foi éthique est amour. Mais c'est un devoir éthique que de sauvegarder la rationalité au cœur de l'amour. La relation amour/rationalité doit être en *yin/yang*, l'un toujours lié à l'autre et contenant toujours en lui l'autre à l'état originel. Cet amour nous enseigne à résister à la cruauté du monde, il nous enseigne à accepter/refuser ce monde. Amour est aussi courage. Il nous permet de vivre dans l'incertitude et l'inquiétude. Il est le remède à l'angoisse, il est la réponse à la mort, il est la consolation. C'est Docteur Love qui peut sauver Mister Hyde. Paracelse disait : “Toute médecine est amour.” Disons aussi et surtout : “Tout amour est médecine.” L'amour médecin nous dit : aimez pour vivre, vivez pour aimer. Aimez le fragile et le périssable, car le plus précieux, le meilleur, y compris la conscience, y compris la beauté, y compris l'âme, sont fragiles et périssables. »

Ce livre, paru en 2004, vous ne l'avez pas écrit sur les bords de la Méditerranée, comme les précédents...

Je l'ai rédigé à Hodenc-l'Évêque, dans l'Oise, dans la maison de campagne acquise près de chez nos amis Jacques-Francis et Flavienne Rolland. Les conditions de rédaction furent rendues difficiles par l'aggravation de l'état de santé d'Edwige, à qui j'ai dédié ce livre.

A-t-il été bien accueilli ?

Il le fut beaucoup plus sous forme d'hommage à l'exploit sportif que représentait l'achèvement de *La Méthode*, que de reconnaissance de mon apport à la pensée.

Faut-il lire les six volumes de La Méthode *à la suite ?*

Nullement. Chacun, dans son autonomie et sa singularité, contient le tout. On peut entrer dans la danse à partir de n'importe quel volume.

Au fond, quel sens donnez-vous au mot « Méthode » ?

Je pars du sens grec originel qui signifie *cheminement*. Or, toute mon élaboration en six volumes fut un parcours où le chemin se fait en marchant, selon le vers d'Antonio Machado : *« Caminante, no hay camino, se hace camino al andar »* (Toi qui chemines, il n'y a pas de cheminement, le chemin se fait en marchant). De fait, ce chemin a élaboré une méthode de la complexité. Une telle méthode n'a rien à voir avec ce qu'on appelle méthodologie. Une méthodologie définit un programme de travail précis et fixé une fois pour toutes. Ma méthode veut être une aide à l'esprit pour qu'il affronte les complexités et élabore ses stratégies. D'où ma formule : « Aide-toi, la complexité t'aidera. » La méthode de Descartes est proche d'une méthodologie, car elle prescrit les processus à suivre pour arriver à une connaissance pertinente. Moi, j'indique les exigences à satisfaire pour traiter les complexités, exigences comportant les trois principes qui se sont affirmés en cours de route : le principe dialogique, le principe récursif et le principe hologrammatique. Tous trois sont des expressions diverses et complémentaires du principe de reliance. Je ne dédaigne donc nullement les disciplines, puisque je veux les relier ; je conteste leur fermeture et je critique l'hyperspécialisation. J'ajoute que la connaissance est une navigation dans un océan d'incertitudes entre des archipels de certitudes. Tout savoir complexe comporte une part d'incertitude irrémédiable qu'il faut savoir reconnaître et admettre. La pensée complexe comporte la prise de conscience d'un inachèvement du savoir et, plus fondamentalement, d'une limitation des possibilités de l'esprit humain. Il serait vain de chercher un fondement absolu et indubitable. C'est ce que nous devons savoir depuis Nietzsche. Nous devons éliminer la métaphore architecturale qui a besoin de fondements pour bâtir un édifice. Nous devons utiliser la métaphore musicale où la symphonie prend élan sur elle-même et se construit dans son dynamisme même.

Votre Méthode *se fonde tout de même sur les sciences...*

Je pourrais reprendre à mon compte la formule de Descartes sur la méthode qui consiste à bien conduire sa raison dans les sciences. Ma *Méthode* puise dans les sciences et elle examine les sciences dans les conditions actuelles de leur évolution. Or nous sommes dans une époque critique. Comme je l'ai dit, les principes de simplification qui ont guidé la science classique, si féconds qu'aient été leurs apports, sont devenus de plus en plus aveugles en microphysique, en thermodynamique, en cosmologie. Je récapitule : le principe d'ordre que traduisait le déterminisme absolu ne règne plus dans l'Univers. Le principe de séparabilité ou disjonction a rencontré ses limites dans toute considération de système. L'isolement de l'objet, en l'extrayant de son contexte naturel et en le plaçant dans un milieu artificiel, ne vaut pas pour tout ce qui est vivant. La valeur de preuve absolue, fournie par les inductions et les déductions, a montré ses limites. Enfin, l'apparition de contradictions n'est plus forcément signe d'erreur, ce qui indique l'émergence d'un nouveau type de vérité.

Je dirai que la disjonction et la réduction, qui éliminent toute possibilité de vision globale, constituent une barbarie de la pensée. La science classique avait dissous le Cosmos, la Nature, le Sujet humain. Mais le Cosmos a ressuscité dans une cosmologie issue de la découverte de l'expansion de l'Univers. La Nature a ressuscité avec la science écologique. Et si le Sujet a été chassé de la science objective, je montre que le retour du sujet est indispensable, ne serait-ce que parce que l'objet de la connaissance est coproduit par nos projections mentales sur une réalité extérieure, et par l'introduction, via traduction et reconstruction, de cette réalité extérieure dans notre esprit.

Une zone aveugle au cœur de la science classique avait été bien diagnostiquée par Husserl dès 1930 dans sa conférence sur la crise de la science européenne. Celle-ci a développé des instruments subtils, précis et pertinents pour connaître l'objet, mais elle est démunie de tout instrument pour se connaître elle-même. La science n'a pas la connaissance de la connaissance scientifique, et son objectivité n'est pas capable de reconnaître l'existence du sujet de la connaissance. Or, de même que notre galaxie, la Voie lactée, possède en son centre un gigantesque trou noir invisible, notre science comporte en son cœur un trou noir qui lui est invisible. La science, coupée de la philosophie, a été privée de la possibilité de se connaître, de se réfléchir, de penser son devenir. Et la philosophie a perdu, en se coupant de la science, la source de connaissances qui incite et alimente la réflexion. Elle n'a plus de grain à moudre, alors que c'est des avancées des sciences que proviennent toutes les connaissances révolutionnaires sur le cosmos, sur le monde physique, sur la notion de réalité, sur la vie et, bien entendu, sur l'homme. C'est pourquoi nous avons besoin d'une réflexion sur les sciences, et il faut citer ici les apports remarquables de Bachelard et Popper, de Kuhn, Lakatos, Holton, Feyerabend, entre autres. Il faut les intégrer dans une « science avec conscience ». Cela est d'autant plus nécessaire que la science physique a suscité des moyens de destruction inouïs, et que la science biologique élabore des moyens de manipulation inouïs.

Sommes-nous sur la bonne voie ?

Je crois que nous sommes entrés dans les premiers temps d'une révolution scientifique au sens de Thomas Kuhn, qui change les modèles et principes de la connaissance, ou paradigmes. La révolution microphysique a été suivie par une transformation de tout l'univers macrophysique et cosmophysique. Les sciences de la Terre, la science écologique ont opéré la rencontre et l'interfécondation de disciplines séparées. Toutes les sciences avancées, les sciences de la Terre, l'écologie, la microphysique, la cosmologie, brisent le vieux dogme réductionniste d'explication par l'élémentaire. Elles ont en commun de considérer des systèmes complexes où les parties et le tout s'entre-produisent, où des facteurs multiples interviennent et s'entre-organisent. Dans le cas de la cosmologie, la complexité est au-delà de tout système. Tôt ou tard, le mouvement suivra dans les sciences biologiques, déjà amorcé avec la biologie systémique, et enfin, je l'espère, dans les sciences humaines où je suis le seul à avoir effectué la réforme de savoirs issus des disciplines les plus diverses en une anthropologie complexe. J'annonce cette souhaitable révolution scientifique dans le paragraphe final de *La Nature de la nature* : « Nous pouvons entrevoir qu'une science qui apporte des possibilités d'autoconnaissance, qui s'ouvre sur de la solidarité cosmique, qui ne désintègre pas le visage des êtres et des existants, qui reconnaît le mystère en toutes choses, pourrait proposer un principe d'action qui non pas ordonne, mais organise, non pas manipule, mais communique, non pas dirige, mais anime. »

Votre Méthode serait donc strictement scientifique ?

Pas strictement, puisque j'intègre la réflexion philosophique dans la pensée complexe. Mais, surtout, la pensée complexe n'est pas réservée à une caste de philosophes ou de scientifiques. Elle concerne chaque personne, chaque citoyen soumis au risque d'erreur et d'illusion, incapable de relier les connaissances séparées, impuissant face aux problèmes fondamentaux et globaux. Elle concerne notre vie quotidienne, nos relations avec autrui. Chacun porte en soi sa propre complexité, qu'il pourrait reconnaître, et chacun rencontre à tout moment important de sa vie des défis de complexité. La pensée complexe peut aider chacun à surmonter la barbarie de la connaissance qui est non seulement illusion ou erreur, mais morcellement et cloisonnement.

Votre entreprise n'est-elle pas démesurée ?

Je me suis donné une mission impossible. Mais il m'était impossible d'y renoncer.

CHAPITRE 9

L'état du monde

Vous aimez citer la formule d'Ernesto Sabato : « Nous avons besoin de mondiologues »...

En effet. Parce que nous sommes tous embarqués dans l'aventure historique de la mondialisation. Parce que, si abondants soient-ils, nos savoirs sont dispersés et morcelés, alors que l'état du monde est un nœud gordien d'innombrables interactions et réactions, un cocktail d'ordre et de désordre. Il nous manque donc une science qui serait la mondiologie pour concevoir et comprendre l'état du monde.

Nous sommes donc dans le brouillard ?

D'autant plus que, contrairement au sentiment commun, il est très difficile de connaître le présent. José Ortega y Gasset disait : « Nous ne savons pas ce qui se passe, et c'est cela qui se passe. » Il faut toujours un certain retard pour comprendre ce qui se passe. Et le présent est toujours travaillé souterrainement par des forces invisibles, parfois seulement audibles à ceux qui ont l'ouïe fine. Ce qu'Hegel appelait « le travail souterrain de la vieille taupe », qui va faire craquer la surface que l'on croyait stable.

Vous avez cependant quelques idées sur l'état du monde. Vous avez notamment écrit Terre-Patrie, Pour entrer dans le XXIe siècle *et, plus récemment,* Vers l'abîme...

Oui, j'ai essayé de concevoir l'Ère planétaire. Cette notion, empruntée à Heidegger mais travaillée à ma façon, est beaucoup plus pertinente que celle de « Temps modernes » à laquelle elle correspond chronologiquement. Les Temps modernes partent de la chute de Byzance en 1453. L'Ère planétaire commence en 1492 avec la découverte/conquête des Amériques par Christophe Colomb et, peu après, la navigation autour du globe de Vasco de Gama. L'Ère planétaire, c'est l'histoire de la domination, de l'asservissement et de l'exploitation d'une très grande partie du monde par des nations européennes. La fin de la période coloniale en 1975, avec l'abandon par le Portugal de ses colonies, annonce la nouvelle période dite de la globalisation.

Ici il faut noter un paradoxe. L'Europe dominatrice a été aussi le foyer des idées humanistes qui ont favorisé l'émancipation des colonisés. Dès le XVIe siècle, Bartholomé de Las Casas fait reconnaître par l'Église que les Amérindiens ont une âme. Montaigne reconnaît leur civilisation en disant : « Nous appelons barbares les peuples d'une autre civilisation. » Et il constate, dans son chapitre sur les Cannibales, leur moindre barbarie par rapport à celle des colonisateurs. Les grandes idées émancipatrices vont se développer durant le siècle des Lumières, puis avec les principes de la Révolution française, surtout les droits de l'homme, et avec les Internationales du XXe siècle. Et c'est en revendiquant les droits de l'homme, le droit des peuples à disposer d'eux-mêmes, le droit à la nation, que vont s'opérer les processus, parfois tragiques, de la décolonisation.

Peut-on relier l'Ère planétaire à une interdépendance croissante entre les différentes régions du monde ?

C'est juste. Les développements de l'Ère planétaire jusqu'à la fin du XXe siècle ne sont pas seulement ceux de la domination et de l'émancipation (du reste relative). Ce sont aussi ceux de l'interdépendance croissante entre les diverses parties du monde. La conscience de cette interdépendance se manifeste avec l'apparition, vers 1990, de la notion de globalisation.

Est-elle fondamentalement différente de la notion de mondialisation ?

La globalisation des années 1990 est l'étape actuelle de la mondialisation propre à l'Ère planétaire. L'implosion de l'URSS et l'ouverture au capitalisme de la Chine et du Vietnam font que le marché est devenu véritablement mondial. Cette mondialité est favorisée par l'essor concomitant des techniques de communication – téléphone, fax, mail, internet – qui font que l'on peut immédiatement être en relation d'un point de la planète à un autre. À travers ce processus s'accélère l'occidentalisation du globe, c'est-à-dire l'extension de la civilisation et des mœurs issus de l'Occident. En même temps s'opère, certes de façon incomplète et incertaine, une démocratisation qui se manifeste dans les nations qui furent soumises à l'ex-URSS et en Russie même, ainsi qu'en Amérique latine et dans certains pays africains.

Il faut lier cela à une mondialisation culturelle. Marx avait prévu que l'essor mondial du capitalisme permettrait une littérature mondiale. Elle l'est devenue dans le sens où nous, Européens, disposons désormais des littératures sud-américaines, chinoises, japonaises. De même il s'est produit un épanouissement d'une culture cinématographique mondiale comportant des apports originaux des productions coréennes, chinoises, iraniennes, africaines. Cette mondialisation culturelle revêt trois aspects simultanés. Le premier est celui d'une tendance homogénéisante qui concourt à détruire les originalités culturelles ou à les intégrer en les banalisant. Le second est celui d'une régénération de certaines cultures dans leur résistance à l'homogénéisation, lesquelles vont bénéficier d'une audience hors de leurs frontières. Le troisième est celui des métissages culturels, certains extrêmement créatifs.

J'explique ces trois processus avec le flamenco. Cet art du chant, de la guitare et de la danse, né en Andalousie, est le produit original d'un riche syncrétisme culturel intégrant des apports indiens, arabes, juifs. Il dépérissait au milieu du XXe siècle, mais une nouvelle génération, soucieuse de sauvegarder ses racines culturelles, a régénéré le flamenco sous la conduite des vieux maîtres, et l'industrie mondialisée du disque a commencé à produire des anthologies qui l'ont propulsé d'abord en France, puis largement jusqu'au Japon. Simultanément se sont créés des genres métis, flamenco-rock, flamenco-raï, qui apportent de nouvelles originalités.

Ainsi donc, il y a plusieurs mondialisations dans la mondialisation. Celle-ci est une et plurielle. Il y a la mondialisation techno-économique, la mondialisation démocratique, la mondialisation culturelle, elle-même une et plurielle. Ces trois mondialisations en une nous emportent dans l'aventure planétaire où tout ce qui est global intervient sur le local, tout ce qui est local intervient sur le global, où tout interfère, interagit et rétroagit.

Partant de cette vision complexe et non simplifiante qui est la vôtre, vous avez à plusieurs reprises exprimé vos positions sur certains problèmes ou conflits qui secouent la planète. Je pense en particulier au conflit israélo-palestinien...

Ce conflit, né de la formation de deux nations sur une même terre, se situe sur une ligne sismique du globe qui part de l'Arménie et de l'Azerbaïdjan et arrive jusqu'à l'Égypte. Là se rencontrent et s'opposent Orient et Occident, Nord et Sud, judaïsme, christianisme et islam, islam, modernité et fondamentalisme, laïcité et religion. Et cela, dans et entre ces États récents aux frontières arbitraires où des ethnies et des religions sont opprimées, où les conflits s'enchevêtrent, où des intérêts vitaux opposent les uns aux autres. J'ai appelé cancer les conséquences d'un conflit où deux peuples affirment chacun leur droit absolu à la même terre, et dont les métastases se répandent sur la planète. Je dis bien sur la planète, car tout l'Occident s'y trouve impliqué, États-Unis en tête, ainsi que tout le monde islamique.

Vous-même vous y êtes impliqué en prenant parti pour la cause palestinienne...

Entre 1998 et 2004, j'ai écrit sur la question cinq articles où je m'efforce de comprendre les deux points de vue antagonistes (« Le Double Regard »,

« Le Simple et le Complexe » sont des titres éloquents). Mais, comme il y a un dominant et un dominé, un oppresseur et un opprimé, une extrême inégalité de forces, de victimes et de morts, j'exprime mon soutien aux opprimés.

N'oubliez-vous pas les menaces qui pèsent sur Israël ?

Au contraire, je crois que, dans le futur, la radicalisation de l'opposition entre Israël et le monde arabe, le développement technique et militaire de ce dernier, l'éventuel affaiblissement, voire la perte du soutien américain conduiraient à terme Israël au désastre. Sa seule chance, c'est la paix. Mon expérience de la guerre d'Algérie m'a fait comprendre que, lorsqu'un conflit ne trouve pas à temps un compromis, il devient pestilentiel pour les deux partenaires. Je ne sais pas si cette paix sera possible ; je la souhaite ardemment.

Votre soutien à la cause palestinienne n'implique donc aucune contestation de l'existence de l'État d'Israël ?

Dans *Le Monde moderne et la Question juive*, livre que j'ai publié en 2006, je renouvelle mon point de vue sur le processus actuel, étant bien entendu que je suis pour la sauvegarde d'Israël comme nation, tout en souhaitant que soit reconnue l'existence d'une nation palestinienne. Je ne suis pas hostile à l'idée sioniste de Herzl, qui est le droit des juifs persécutés dans les nations à avoir leur propre nation, mais je ne saurais participer à la justification permanente de tout ce que fait Israël. Ce qui est tragique, c'est que le sionisme a cru qu'un peuple sans terre allait sur une terre sans peuple. Or la terre n'était pas sans peuple, il y avait une population arabe, musulmane et chrétienne, en Palestine. La tragédie s'est développée à partir de cette situation.

N'empêche que votre article publié en juin 2002 dans Le Monde, *« Israël-Palestine : le cancer », cosigné par Sami Naïr et Danielle Sallenave, vous a valu d'être traité de traître par certains, et même d'être poursuivi pour diffamation à caractère racial...*

C'est une accusation dont j'ai été acquitté et lavé. Quand les esprits sont échauffés, quand ils sont dominés par une psychologie, je dirais mieux : une hystérie de guerre, alors ils voient de la trahison dans toute dissension. Écoutez-moi bien. L'hystérie de guerre produit le manichéisme, c'est-à-dire d'une part la justification permanente de son camp, d'autre part la chasse au bouc émissaire et la haine de l'ennemi. Or, je n'ai jamais cédé et ne cèderai jamais à la haine immonde de l'autre. Mais je la subis. Il y a en France une rumeur anti-Morin, propagée de bouche à oreille, y compris dans des milieux intellectuels raffinés, lesquels sont parfois capables du pire sectarisme, qui prétend que je veux la destruction d'Israël et que je suis antisémite, ce qui me vaut mépris, insultes et menaces. Les malheureux, ignorants, fanatiques ou crédules qui m'accusent ainsi ne m'ont évidemment pas lu. Mais certains de ceux qui m'ont lu, et qui ne peuvent supporter qu'Israël soit critiqué, *veulent* que je sois antisémite et que je souhaite la destruction d'Israël en vertu de l'adage : « Quand on veut tuer un chien, on dit qu'il a la rage. »

En souffrez-vous ?

Je n'aime pas être haï, je préfère être aimé. Mais j'ai déjà subi des haines abstraites, des calomnies abstraites de gens qui ignorent tout de moi, des haines pour mes idées et surtout pour les idées que leur haine m'attribue. Je ne suis pas le seul à être victime de ce type de haine. J'en ai vu bien d'autres les subir, notamment à l'époque de l'hégémonie intellectuelle du Parti communiste où toute critique contre l'URSS était dénoncée comme relevant d'un ignoble et viscéral anticommunisme. J'ai vu à l'œuvre la *reductio ad hitlerum*, notamment pour les trotskystes qualifiés d'hitléro-trotskistes par les staliniens, et je pense que d'autres, beaucoup d'autres ont subi pire que moi, ce qui m'empêche de me poser en martyr unique de la méchanceté humaine. Ce qui est arrivé à Jésus n'est pas arrivé à Morin. Donc je suis moins affecté que j'aurais pu l'être. Mais, je vous le répète, pour quelqu'un qui n'aime pas être haï, c'est moche. Et ce qui m'inquiète, c'est que la rhinocérite progresse.

Qu'est-ce que la rhinocérite, à part l'un de ces néologismes dont vous êtes si friand ?

J'aime tirer de nouveaux substantifs ou de nouveaux verbes à partir de mots qui existent, et cela pour mieux exprimer des réalités qui manquent de mots. Dans *Rhinocéros*, d'Eugène Ionesco, un habitant d'une paisible ville se transforme soudain en rhinocéros. La contagion se propage de proche en proche, et presque tous les habitants deviennent des rhinocéros furieux. Ce phénomène s'est souvent répété dans l'histoire : dès qu'advient une crise ou une guerre, nationalismes et racismes se déchaînent.

En 1914, une grande partie des Français et des Allemands, sous influence socialiste internationaliste, étaient pacifistes ; il a suffi du déclenchement du conflit pour que le nationalisme dévore l'internationalisme et que les pacifistes se ruent dans l'union sacrée et exècrent l'ennemi. De part et d'autre, l'intelligentsia s'est employée à déshonorer l'adversaire et a prétendu être le défenseur exclusif de la civilisation. Romain Rolland, qui avait condamné la guerre fratricide, s'est fait insulter par les deux camps.

Beaucoup d'Allemands se sont transformés en rhinocéros à partir de la grande crise de 1929-1931 qui a porté Hitler au pouvoir. Plus récemment, la Yougoslavie s'est déchirée en une guerre folle, déclenchant des haines inexpiables et des cruautés insensées. Partout où s'installe la rhinocérite, il y a incapacité à comprendre autrui, à considérer son argument qui apparaît comme une ignoble calomnie, il y a criminalisation de l'adversaire, voire du simple contestataire, réduction de l'autre à l'immonde ou à la bestialité : chien, charogne, etc. La compassion, la justification sont à sens unique, et les crimes commis par les siens sont, au plus, considérés comme des erreurs. L'incapacité à penser la complexité, à considérer deux vérités apparemment antagoniques, sévit de plus en plus. Il est très difficile de reconnaître que le Mal est répandu un peu partout, certes de façon inégale, et que le Bien lui-même est dispersé un peu partout, certes de façon inégale aussi. Le cercle infernal s'aggrave à partir d'un traitement inégal, lequel suscite une haine, laquelle suscite une violence, qui à son tour renforce le traitement inégal, lequel se croit justifié.

Ainsi, bien qu'il ne s'agisse pas partout du même type de régression, celle-ci s'opère dans toutes les parties du monde. La rhinocérite progresse, des esprits délicats se transforment en brutes épaisses, des écrivains subtils deviennent des inquisiteurs implacables, des éclectiques des imprécateurs, et les intimidés feignent de ne rien voir. À la fin de la pièce de Ionesco, alors que tous les humains se sont transformés en rhinocéros, le héros, Bérenger, dit : « Je suis le dernier homme, je le resterai jusqu'au bout ! Je ne capitule pas ! » J'essaierai d'être fidèle à cet exemple.

Vous réécririez votre article sur « le cancer » ?

J'en corrigerais deux ou trois expressions qui, prises hors de leur contexte, prêtent à une interprétation antijuive.

Croyez-vous en la possibilité d'un nouveau conflit mondial ?

Il peut sembler que l'émergence de deux empires du Bien, où l'un pour l'autre est l'empire du Mal, puisse préluder à une guerre à caractère civilisationnel et religieux. Il y a certes une sorte de marche à la mort qui a commencé. Mais il y a encore beaucoup de forces de sens contraire. Je doute que le monde islamique soit entraîné à la suite d'Al-Qaeda, je doute que le monde occidental soit entraîné à la suite des États-Unis. Bien des événements, donc évidemment de l'inattendu, vont survenir. Bien que les États-Unis disposent d'une supériorité scientifique, technique, militaire sur toutes les autres puissances, ils ne peuvent plus aspirer au contrôle de la planète. Un monde multipolaire se dessine avec l'émergence de nouvelles grandes puissances : Inde, Chine, Brésil et peut-être Amérique latine confédérée. L'Europe elle-même, bien qu'inachevée et infirme politiquement, est au moins une entité économique importante. Comme l'a dit Neumann, un jeu à plus de deux joueurs rationnels est imprévisible. Or, nous avons plusieurs joueurs, dont des petits joueurs. Et je doute qu'ils soient tous rationnels. Alors... Il n'est pas exclu que, comme en 1914, une étincelle provoque un incendie généralisé.

Peut-on être optimiste ? Ou faut-il être pessimiste ?

Je suis opti-pessimiste. Je peux reprendre aujourd'hui ce que j'écrivais il y a trente ans : « Nous sommes toujours à l'âge de fer planétaire » et : « Nous sommes encore à la préhistoire de l'esprit humain. » Je suis conscient de la présence, voire de la recrudescence, en notre âge de fer, de trois formes de barbarie. Une barbarie qui se déchaîne dans les guerres, faite de haine et de mépris, provoquant massacres et tortures. Une barbarie inhérente à nos civilisations, qui comporte, pour les subordonnés et les exclus, humiliations et offenses. Et une barbarie glacée, issue du calcul et de la logique de machines, qui ne connaît que le calculable et le programmable, et ignore donc la vie, c'est-à-dire la souffrance, la joie, le plaisir, l'amour...

Vous diriez de la globalisation, qui commence au début des années 1990, qu'elle est barbare ou civilisée ?

Je dirais l'un et l'autre. De façon paradoxale, cette étape de globalisation qui commence donc en 1990 constitue non seulement une étape d'unification planétaire, mais aussi une étape de dislocation et de balkanisation. La guerre de Yougoslavie disloque une nation qui semblait presque achevée, la Slovaquie se détache de la Tchéquie, puis le Kosovo de la Serbie, des conflits éclatent entre Azerbaïdjan et Arménie, puis en Afrique. Presque tous ces conflits ont un caractère ethno-religieux. Comment concevoir ce paradoxe ?

Une première façon consiste à considérer que l'homogénéisation civilisationnelle provoquée par les développements de la globalisation suscite une réaction de défense des identités ethniques qui se sentent mortellement menacées. Une seconde façon, complémentaire, tient à un désastre idéologique survenu, de façon progressive mais irrémédiable, dans la dernière décennie du XXe siècle : la perte du futur, due à l'effondrement de la croyance au progrès comme loi de l'Histoire. Le mythe providentiel issu de l'Occident s'était répandu à l'Est où l'URSS annonçait un avenir radieux, au Sud avec les espoirs du développement. Il s'est désintégré. La perte du futur a fait place à l'incertitude. Nul ne sait plus ce qu'il adviendra demain. Nul ne sait si la planète progresse vers l'unité ou régresse vers le chaos. L'incertitude affecte non seulement l'avenir proche, mais le sens même de l'aventure humaine. Le présent, du coup, est altéré par l'angoisse. Là où il comporte des facilités de vie, il conduit à un renfermement sur un immédiat d'autant plus précieux qu'il est privé d'avenir comme de passé. Et là où le présent est de misère, de souffrances ou d'humiliations, et que tout espoir d'un futur nouveau est perdu, alors s'opère le retour vers le passé, c'est-à-dire vers les fondements religieux et ethniques. D'où le formidable mouvement universel de retour aux identités, de défense des identités, qui peut conduire à des renfermements extrêmes comme en Iran, mais qui porte en soi un message.

Quel message ?

Sauver les diversités culturelles, mais tout en développant l'unité humaine. Le message est double : cette unité ne doit pas seulement être techno-économique ou mono-civilisationnelle, mais il s'agit d'une unité de Terre-Patrie qui comporte le respect des diversités en son sein. Nous revenons ici au thème anthropologique dont je vous ai parlé dans un précédent entretien.

Où en est le processus d'unification, de constitution de l'unité humaine que vous prônez ?

Je crois que le processus techno-économique de la globalisation a créé l'infrastructure d'une société-monde, mais il rend en même temps impossible qu'elle se structure. Que faut-il pour qu'il y ait société ? Il faut un territoire doté de communications ; la planète est un territoire qui jouit de communications comme jamais n'en ont connu les nations. Il faut une économie ; l'économie est mondialisée, mais il lui manque de fortes instances de régulation. Il faut une autorité légitime ; on peut reconnaître la légitimité de l'ONU, mais son autorité est inexistante. Il faut le sentiment vécu d'une communauté de destin ; certes, la communauté de destin existe, et c'est cela qui est de plus en plus vrai depuis Hiroshima : tous les humains sont soumis aux mêmes problèmes à la fois vitaux et mortels des armes de destruction massive, des conflits ethno-religieux, des dégradations écologiques, des dérèglements économiques ; mais la conscience de notre communauté de destin est encore très dispersée et marginale. Donc, nous avons comme le système nerveux – mais sans cerveau ni organisme – d'une société-monde. Celle-ci serait certainement d'un type nouveau encore impossible à envisager, et non pas ressemblante au modèle agrandi des actuels États-nations.

Pourquoi ? À cause des forces de dislocation et de balkanisation dont vous avez parlé ?

Pas seulement. Celles-ci sont des composantes d'une gigantesque crise planétaire aux multiples aspects. Les sociétés traditionnelles sont en crise, travaillées entre modernisation et sauvegarde de leur identité. La civilisation occidentale est elle-même travaillée par des ferments de crise. Elle a commencé à révéler ses ambivalences. Sa science n'est pas qu'élucidations et bienfaits, elle porte sa cécité propre et elle a produit, conjuguée à la technique, des menaces de mort pour toute l'humanité. La technique est ambivalente par nature, et la logique déterministe des machines est en outre de plus en plus appliquée aux sociétés et aux humains. L'économie mondialisée est en manque de véritables régulations ; si elle crée de nouvelles aires de prospérité, elle crée aussi de vastes zones de misère. L'individu, qui a acquis autonomie et responsabilité personnelles, est aussi devenu égoïste et s'est développé dans la dégradation généralisée des solidarités traditionnelles. Le bien-être matériel, là où il est advenu, a entraîné un mal-être moral, insuffisance que les jeunes générations, révoltées depuis 1968, ont profondément ressentie. Ajoutons que ces développements hypertrophient les villes, devenues mégapoles polluées et stressées, et désertifient les campagnes, livrées aux monocultures et élevages industrialisés, aux pesticides pollués et pollueurs.

Certes, notre civilisation occidentale a comporté et continue à comporter bien des caractères positifs, mais les traits négatifs vont croissants. Elle peut apporter au monde humanisme, démocratie, droits humains, le meilleur de nos sciences et de nos techniques, mais elle souffre de carences profondes, et elle devrait recevoir d'autres civilisations ce qui lui manque.

C'est ce que vous appelez « la politique de civilisation » ?

L'expression s'est imposée à moi au début des années 1980 en se raccordant à ce que j'avais appelé une « politique de l'homme ». Ce que j'appelle *politique de civilisation* vise en effet à lutter contre les développements négatifs de notre civilisation occidentale tout en préservant ses développements positifs. Elle serait inséparable d'une politique qui mettrait en symbiose ce que chaque civilisation a de meilleur. Elle a valeur pour tout le monde occidentalisé, mais peut s'appliquer déjà dans un cadre national, dont le nôtre. Elle reprend l'aspiration à plus de communauté, de fraternité et de liberté, qui fut à la source du socialisme au siècle dernier, tout en en reconnaissant la difficulté anthropologique et sociologique, autrement dit de manière moins naïve. Il s'agit de refonder et rénover la politique. La politique de civilisation vise à sauvegarder les anciennes solidarités là où elles n'ont pas été détruites et/ou à instaurer de nouvelles solidarités – comme ma proposition, pour la France, d'un service civique de solidarité, et la création de Maisons de la solidarité.

En quoi consistent ce service civique et ces Maisons de la solidarité ?

Le service civique, en remplacement du service militaire, serait voué aux tâches de solidarité nécessitées ou non par des catastrophes, en France mais aussi hors de France. Pour les Maisons de la solidarité, je propose que l'État – ou la région, ou la municipalité – crée systématiquement de telles maisons où seraient regroupées des associations caritatives et humanitaires. Il y aurait en permanence un service d'alerte, des bénévoles prêts à répondre aux demandes d'aide de la vieille femme isolée ou du suicidaire cherchant une écoute. Les nappes potentielles de solidarité existent, des individus sont prêts à se mobiliser. Je suis convaincu que la solidarité est aussi contagieuse que l'égoïsme. En tout être humain il y a comme deux logiciels complémentaires et antagoniques, également vitaux l'un et l'autre, le premier, celui du Moi-Je, égocentrique dans le sens où il met l'ego au centre du monde, l'autre, celui du Nous, où le Je s'intègre dans la communauté des siens, de sa famille, de sa patrie, de son parti. Notre civilisation a hypertrophié le premier ; le second, endormi, peut se réveiller, comme cela arrive lors d'un désastre humain, même lointain, comme le tsunami qui a frappé l'Asie du Sud-Est en décembre 2004.

La politique de civilisation doit bien sûr développer et utiliser tous les aspects positifs des sciences, des techniques, de l'État, du capitalisme, de l'individualisme, investir sur la recherche, miser sur un nouvel âge de la technique intelligente, et en même temps développer l'économie solidaire, le commerce équitable, les mutuelles et coopératives. Elle appelle l'humanisation des villes et la revitalisation des campagnes, ce qui nécessite bien sûr des investissements. Mais quels bénéfices pour la santé de tous, donc des économies croissantes pour le budget santé ! Il nous faut révolutionner notre façon de vivre. Il nous faut en même temps promouvoir la qualité, au premier chef la qualité de la vie plutôt que le quantitatif, promouvoir le bien-vivre, qui a des dimensions psychologiques et spirituelles, plutôt qu'un bien-être exclusivement matériel qui conduit à l'appauvrissement de la vie au sein de la richesse.

Ce qui manque, c'est la conscience de la nécessité de changer de voie, mais il manque aussi bien la *world politics* que les institutions susceptibles de mettre en œuvre cette politique de civilisation.

En avez-vous parlé avec Nicolas Sarkozy quand vous l'avez rencontré après qu'il eut cité votre expression de « politique de civilisation », lors de ses vœux aux Français le 31 décembre 2007 ?

Nicolas Sarkozy a cité l'expression « politique de civilisation », mais sans se référer à mes idées. Quand je l'ai rencontré, à sa demande, en janvier 2008, il m'a exposé sa propre idée, qui partait des problèmes d'identité et des valeurs. Je lui ai dit que, moi, je partais des effets de plus en plus négatifs de notre propre civilisation. La seule chose qu'il ait retenue lors de sa conférence de presse du lendemain, c'était qu'il fallait renverser l'hégémonie du quantitatif sur le qualitatif. Mais rien d'autre. Par la suite, il a abandonné l'idée même de « politique de civilisation ».

Selon vous, la civilisation occidentale apporte à elle-même et au monde plus de problèmes qu'elle n'en résout ?

J'irai plus loin : elle conduit probablement la planète vers des catastrophes en chaîne. Songez que le vaisseau spatial Terre est propulsé par les quatre moteurs qu'elle a produits : la science, la technique, l'économie, le profit, dont j'ai indiqué les ambivalences. Or il n'y a pas de pilote dans le vaisseau, et celui-ci va probablement vers des catastrophes où se combineraient et s'entre-renforceraient crise économique, crise écologique, déferlements idéologiques et religieux, utilisation des armes de destruction massive... Ce sont les forces vives de l'occidentalisation – et j'insiste ici sur le mot « vives » – qui nous mènent à la mort.

Nous allons donc vers l'abîme ?

Probablement. Encore faut-il savoir ce que signifie le probable : c'est, pour un observateur en un lieu et en un temps donnés, les perspectives futures à partir des meilleures informations dont il peut disposer sur les dynamismes du présent. Mas le probable laisse sa chance à l'improbable qui comporte l'imprévu, voire l'imprévisible. Je vous ai cité l'automne 1941 où le très probable effondrement de l'URSS et la très probable domination nazie sur toute l'Europe ont commencé à perdre de leur probabilité en décembre de cette année-là. Je pourrais vous citer les guerres médiques, il y a vingt-cinq siècles : il était plus que probable que l'énorme Empire perse engloutisse la petite cité qu'était Athènes. Or, une première fois, l'armée athénienne, à Marathon, repousse l'invasion perse ; une seconde fois, la Perse occupe, incendie et détruit Athènes. Mais la flotte grecque tend un piège à la flotte perse, et là, l'improbable advient. La double conséquence de ces deux événements improbables fut, cinquante ans plus tard, la naissance de la démocratie et la naissance de la philosophie.

D'où peut sortir aujourd'hui l'improbable salvateur ?

De notre crise. Pourquoi ? Parce qu'une crise ouvre des incertitudes et des possibilités. Elle libère des forces inhibées qui peuvent se développer de façon accélérée, et elle permet à des potentialités de s'actualiser. La crise est certes ambivalente : elle peut favoriser des forces régressives ou létales ; elle peut aussi favoriser l'imagination créatrice de solutions qui permettent de la surmonter en modifiant le système. Or, nous vivons une crise gigantesque faite de multiples crises conjointes et enchevêtrées : la crise des civilisations traditionnelles sous les effets de l'occidentalisation et la crise de la civilisation occidentale elle-même, les crises économique, sociale, démographique, culturelle, politique, morale, religieuse, éducationnelle. Toutes ces crises, liées en un gigantesque nœud gordien, constituent à mon sens la crise de l'humanité qui n'arrive pas à accéder à l'humanité.

La crise signifie donc à la fois risque et chance ?

Oui et, paradoxalement, plus le risque s'accroît, plus la chance devient possible. Comme le dit Hölderlin dans *Patmos*, « là où croît le péril croît aussi ce qui sauve ».

Pensez-vous que les déviances d'aujourd'hui pourraient devenir les forces vives de demain ?

L'histoire se transforme toujours à partir d'une déviance. Moïse était probablement un déviant égyptien, Jésus était un juif déviant, de même que Paul. Mahomet a été un déviant chassé de La Mecque. Le capitalisme et le socialisme ont été déviants à l'origine, et il en fut de même pour la science moderne au XVIIe siècle. Si la déviance n'est pas éliminée, si elle se développe, avec ses réseaux, ses adeptes, alors elle devient une force réelle et elle peut finalement triompher, comme cela s'est passé dans les cas, hautement improbables à l'origine, que je viens de vous citer.

Vous les voyez, vous, les déviances salutaires aujourd'hui ?

Il y en a des myriades, mais dispersées, isolées, où se manifestent les aspirations à une autre vie, à une autre société, à un autre monde : elles apparaissent partout où renaît cette aspiration humaine fondamentale qui traverse toute l'histoire, s'est formulée dans les idéologies libertaires et socialistes, puis a animé les adolescents en révolte, aspirant à la fois à plus de communauté et plus de liberté.

Mais les obstacles sont énormes...

L'énormité des problèmes à affronter, l'énormité de la réforme de la pensée à effectuer ont amené le rétrécissement général des horizons, l'enfermement sur le partial, le partiel, le particulier. Plus nous sommes dans l'interdépendance planétaire, moins nous la percevons ; les dislocations et recroquevillements empêchent de voir les problèmes vitaux de chacun et de tous. Le repli sur soi généralisé est un effet de la crise planétaire. De plus, la mondialisation a aggravé les conditions de la « rhinocérite » au lieu de les atténuer !

Tout semble même s'aggraver !

Oui. Nous sommes de plus en plus profondément dans la crise de l'humanité. Mais la profondeur même de la crise indique l'improbable espoir. Quand un système est incapable de traiter ses problèmes vitaux, soit il se désintègre, soit il suscite en lui un métasystème plus riche, capable de traiter ses problèmes, c'est-à-dire de se métamorphoser. Or, le système Terre ne peut traiter ses problèmes fondamentaux, ceux de la faim, de la misère, des migrations, de la dégradation écologique, de la diffusion et multiplication des armes de destruction massive, des déferlements de haines idéologico-religieuses. Il est condamné à se désintégrer ou à se métamorphoser.

Que pourrait-il sortir de cette métamorphose ?

Comme elle serait créatrice, on ne peut la connaître avant qu'elle ait lieu. Nul ne pouvait imaginer ce que serait la *Neuvième Symphonie* de Beethoven avant qu'il l'ait composée. La seule chose que nous pouvons prévoir, c'est que ce serait une société-monde non pas sur le modèle agrandi des États-nations, mais selon une organisation et une structure nouvelles dont le visage est encore imprévisible. Ce serait comme une nouvelle naissance. N'oublions pas que, comme nous l'a indiqué Serge Moscovici, l'humanité a connu plusieurs naissances successives : la naissance de la station debout il y a plus de sept millions d'années, la naissance au langage et à la culture chez *Homo erectus*, la naissance d'*Homo sapiens* et des sociétés archaïques, enfin la naissance des sociétés historiques. Les États-nations modernes sont des sociétés historiques apparues il y a cinq siècles en Europe, et leur formule a été mondialisée. L'Histoire, elle, s'est déroulée au travers de l'édification de civilisations multiples, certaines grandioses, mais aussi de guerres, de servitudes, de destructions. Les ultimes développements des armes à feu ont rendu terriblement mortelles les deux guerres mondiales du XXe siècle. Aujourd'hui, la puissance de destruction des armes nucléaires peut anéantir plusieurs fois l'humanité. Donc, il faut en finir avec l'histoire. Non pas, certes, avec les évolutions et les événements, mais avec les guerres entre nations. C'est cela qui serait un des caractères de la métamorphose : la fin de l'histoire. Mais nullement au sens de cette expression chez Fukuyama, pour qui l'histoire a épuisé ses facultés créatrices avec la démocratie parlementaire et l'économie libérale ; mais, au contraire, au sens où la métamorphose produirait de nouvelles créations politiques, culturelles et sociales.

Où sont ces facultés créatrices auxquelles vous faites appel ?

Elles existent, mais elles dorment. Je vais faire une comparaison avec les cellules souches, celles qui s'activent dans l'embryon et ont la faculté de générer tous les types de cellules différentes de l'organisme, celles du foie, de la vessie, du cœur, du cerveau, etc. Nous nous sommes rendu compte récemment que de telles cellules souches, que l'on croyait uniquement embryonnaires, existent dans les organismes adultes, mais sont inactives. Elles dorment. Évidemment, le problème pour la médecine est de les réveiller de façon à ce qu'elles puissent régénérer ou réparer nos organes devenus défaillants, et prolonger ainsi une vie dans la force de l'âge au-delà du terme actuel de mortalité.

Je suis persuadé que les individus et les sociétés détiennent également un potentiel générateur, régénérateur, créateur mais inhibé. Les sociétés en leur état normal ont des rigidités, des contraintes, voire des scléroses qui étouffent les possibilités créatrices des individus. Ce sont les artistes, musiciens, poètes, écrivains, philosophes ou scientifiques novateurs qui témoignent de dons effectivement exceptionnels en ce que leur esprit n'a pu être domestiqué. Mais dans chaque enfant, comme disait Saint-Exupéry, « il y a un petit Mozart assassiné ». Or, la crise favorise l'expression de forces créatrices, dans la société comme chez certains individus. Voilà ce qui contribue à l'improbable espérance...

Comment concevoir cette métamorphose inouïe ?

Tout d'abord, je dois vous rappeler que la métamorphose n'est nullement exceptionnelle chez les insectes, ni même chez les batraciens comme la grenouille. Que se passe-t-il quand la chenille se métamorphose en papillon ? Elle s'enferme dans la chrysalide où à la fois elle s'autodétruit en tant que chenille et s'autoconstruit en tant que papillon. Elle garde son système nerveux, mais non son système digestif. Elle devient autre tout en demeurant la même. Elle acquiert la propriété nouvelle inouïe pour un être rampant : des ailes. Et regardez le papillon qui a déchiré la chrysalide : il est immobile, les ailes luisantes, humides, on a l'impression qu'il ne pourra jamais voler, et soudain il s'élance. Chacun d'entre nous se métamorphose de l'état embryonnaire, dans un milieu clos, sans oxygène, en un nouveau-né surgissant au monde.

Enfin, il y a eu une grande métamorphose de société qui s'est opérée il y a quelques milliers d'années au Moyen-Orient, en Inde, en Chine, puis au Mexique et au Pérou. La planète était recouverte d'une diaspora de petites sociétés ne comptant que quelques centaines d'individus, vivant de chasse et de cueillette, sans agriculture, sans villes, sans États, sans armées, sans classes sociales. Or, dans les quelques points du globe que je viens d'indiquer, il y a eu concentration de ces microsociétés, naissance de l'agriculture et, peut-être sous la férule de nomades pillards, formation des premières sociétés historiques, différentes des sociétés archaïques à la fois par leur taille, leur organisation, leur structure.

Donc, aussi bien la crise radicale de l'humanité, les aptitudes génératrices/régénératrices des individus et des sociétés, les précédents de métamorphoses dans le monde vivant comme dans le monde social, tout cela montre que, si improbable soit-elle, la grande métamorphose anthropo-sociale est possible.

Ce sont donc ces individus isolés qui se métamorphoseront et entraîneront la métamorphose de l'ensemble ?

Ces deux métamorphoses s'entre-détermineront.

Ce serait carrément un nouveau commencement, une nouvelle naissance ?

Qui donnerait sens à la formule de Heidegger : « L'origine n'est pas derrière nous, mais devant nous. » Je crois en la vertu des états naissants. Rien n'est plus beau qu'un amour naissant, ce qu'Alberoni appelle *innamoramento* ; mais rien n'est moins durable. Aussi faut-il sans cesse le régénérer et veiller à le faire renaître. Bob Dylan a dit justement : « *Who is not busy being born is busy dying* » ; qui n'est pas occupé à naître est occupé à mourir. C'est là le message sublime du premier mouvement de la *Neuvième Symphonie* de Beethoven.

Et vous, que faites-vous pour ce nouveau commencement, pour cette nouvelle métamorphose ?

Peut-être y ai-je consacré le meilleur de ma pensée et de mon œuvre. Tout d'abord, la méthode que j'ai élaborée a pour finalité de nous armer, individuellement et collectivement, face aux problèmes fondamentaux et globaux qui sont ceux de l'Ère planétaire. Je poursuis l'effort en intervenant partout où je peux, notamment en Amérique latine, pour une réforme de l'éducation qui irait dans ce sens. J'essaie ainsi d'initier la réforme de pensée qui seule nous sauvera d'un aveuglement, lequel contribue d'autant plus à la course vers l'abîme qu'il est incapable de percevoir l'abîme. Je lutte contre l'aveuglement qui résulte de l'enfermement dans le partiel, le partial, le particulier. Je lutte contre les replis sur soi, sur l'ethnie, sur la nation, qui sont des effets de la crise planétaire. Je renoue le fil de la tradition humaniste née en Occident, particulièrement en France, non pas celle de l'homme souverain, maître de la Nature, mais celle de la fraternité entre les humains. Dans cette tradition même, j'essaie de dépasser l'occidentalocentrisme qui nous donne le monopole de la raison et de la vérité, et je milite pour que l'on puisse reconnaître les vertus propres à toutes les civilisations, y compris les plus archaïques, comme celles des Amérindiens d'Amazonie. Toutes, y compris la nôtre, ont leurs superstitions, leurs aveuglements, mais aussi leurs savoirs, leurs savoir-faire, leurs arts de vivre. Il nous faut le reconnaître et aspirer à une politique permettant l'intégration, les unes dans les autres, des vertus issues de chacune, dans ce « rendez-vous du donner et du recevoir » que demandait Senghor, afin de nous orienter vers une civilisation universelle, riche des apports de tous. Je continue à m'élever contre tous les dénis, tous les mépris qui nous empêchent de percevoir l'injustice que nous commettons quand nous appliquons deux poids, deux mesures à l'Oriental, à l'Africain, à l'Arabe. Ce même « deux poids, deux mesures » nous fait refuser l'accès à l'Europe aux Africains issus des pays que nous avons exploités durant la colonisation et qui sont surexploités par nos implantations économiques. Il nous fait mesurer au compte-gouttes l'accès des Latino-Américains alors que, pendant trois siècles, les miséreux d'Europe ont pu émigrer en masse aux Amériques. Toute ma vie j'ai gardé ma sensibilité aux humiliations et aux offenses, à la misère physique et à la misère morale, et cette sensibilité continue de m'animer dans toute ma vie et ma réflexion politique.

Je dois vous dire également que toute mon œuvre anthropologique, depuis *L'Homme et la Mort* jusqu'à *L'Humanité de l'humanité*, est une démonstration de l'unité dans la diversité et de la diversité dans l'unité de tous les humains : l'unité est le trésor de la diversité humaine, et la diversité est le trésor de l'unité humaine. C'est ce qui nourrit en moi un humanisme permanent.

À l'évidence, vous y croyez pleinement. Mais cette affirmation, aussi forte qu'elle soit, peut-elle suffire ?

Nullement. Bien qu'elle soit méconnue, j'ai élaboré toute une œuvre de refondation politique. Cela commence avec *Introduction à la politique de l'homme*, qui se fonde sur mon anthropologie. Puis la révision critique des fondements marxistes de la social-démocratie et du communisme m'a amené à une refondation dont témoigne mon article « À la recherche des fondements perdus ». Dans *Terre-Patrie*, j'ai indiqué les perspectives planétaires d'une telle politique, et dans *Politique de civilisation*, j'appelle, à partir d'un diagnostic sur la civilisation occidentale qui s'est répandue sur une grande partie du globe, à changer de voie, à substituer l'épanouissement de l'humain au noyau techno-économique de la notion de développement, à concevoir une politique qui intégrerait les aspects positifs du développement en tenant compte des spécificités culturelles et sociologiques des nations ou régions auxquelles elle s'appliquerait.

Vos propositions ne sont-elles tout de même pas assez vagues et utopiques ?

Il y a deux utopies. La première qui, certes, répond à l'aspiration d'harmonie qui traverse l'histoire humaine, qui imagine une société parfaite où tous les problèmes humains seraient résolus. Elle est mauvaise lorsqu'on prétend l'imposer par la force et qu'on croit éliminer tous les ferments de divergences et de conflits. Comme me l'a dit un ami russe en 1989 : « On a réussi à imposer ici l'utopie du socialisme de caserne. » En fait, sous couvert du socialisme sont réapparues dominations, exploitations, corruptions. La bonne utopie est fondée sur des possibilités dont la réalisation semble impossible dans les conditions actuelles : ainsi la suppression des famines est matériellement possible, mais empêchée par les conditions internationales actuelles. La disparition de la guerre entre nations est désormais possible en notre Ère planétaire. Rappelons que les guerres féodales ont cessé dès que les nations sont advenues. L'avènement d'une Ère métanationale (qui intégrerait les nations mais supprimerait leur pouvoir absolu) permettrait la fin des guerres : l'impossible d'aujourd'hui, dans la bonne utopie, serait possible demain.

Cela dit, ne nous bornons pas à la critique de l'utopie : elle a pour complément la critique du réalisme, et je distinguerai ici deux réalismes. Le mauvais réalisme est celui qui croit que le présent est définitif et qu'il faut accepter ordre établi et fait accompli. En 1940 et 1941, le réalisme imposait l'acceptation de la collaboration, puisque la France était vaincue et que l'Allemagne nazie semblait devoir régner durablement sur l'Europe. L'appel de De Gaulle, le 18 juin 1940, sitôt après l'écrasante défaite, pouvait sembler utopique. Mais il misait sur l'entrée des États-Unis et de l'URSS dans la guerre, et son espérance prenait la forme d'un pari fondé sur des possibilités alors improbables. Le réalisme d'adaptation à l'état présent et à l'ordre établi mérite l'expression de Bernard Groethuysen : « Être réaliste, quelle utopie ! » Le « bon » réalisme sait que le réel est traversé par des courants souterrains, que ce qui meurt peut sembler stable, que ce qui naît est encore presque invisible. Autrement dit, le bon réalisme sait que le réel peut se transformer et se modifier. Il faut donc procéder à la fois à la critique du réalisme et à la critique de l'utopie et, en même temps, introduire une part d'utopie dans un réalisme complexe. Ainsi je crois que la politique doit naviguer entre réalisme et utopie, avec le risque de sombrer tantôt dans le mauvais réalisme, tantôt dans la mauvaise utopie. Ici encore, il faut être conscient du pari que comporte toute action politique, compte tenu de l'écologie de l'action qui tend toujours à la détourner de son but.

À terme, le sens de l'histoire tel que vous l'appréhendez débouche-t-il sur la fin des États ?

Il ne s'agit plus aujourd'hui d'opposer l'universel aux patries, mais de lier concentriquement nos patries familiales, régionales, nationales, européennes, et de les intégrer dans l'univers concret de la Patrie terrienne. L'État national est devenu trop petit par rapport aux problèmes mondiaux globaux. À terme, les solutions ne peuvent venir que d'institutions mondiales, issues ou non de l'ONU, pour réguler des problèmes vitaux comme l'écologie, le nucléaire, ou encore l'économie. On le voit déjà à l'échelle européenne. Quoi qu'il arrive, le dépérissement de la souveraineté absolue de l'État-nation suit son cours inexorable, et il est souhaitable qu'il conduise à des formes associatives et non à des soumissions aux mégapuissances. Notre société-monde ne formera pas une supernation sur le modèle de nos États nationaux actuels, mais elle devrait créer une autre forme d'organisation, une sorte de confédération mondiale qui serait elle-même une confédération de confédérations à l'échelle des continents. Ce que l'on peut déjà faire, c'est indiquer la nécessité de changer de voie.

On voit les réticences que de telles idées suscitent, ne serait-ce qu'à l'échelle européenne... Vous êtes vous-même très engagé dans la défense de l'idée européenne. Quelle est cette Europe dont vous rêvez ?

Je pense que la mission de l'Europe est de dépasser l'État-nation qu'elle a créé, qui a été inséparable de son essor, mais qui l'a finalement conduite au désastre des deux guerres mondiales. Dépassement ne signifie pas liquidation : les États-nations demeurent et demeureront au sein de l'ensemble européen, ils conserveront leur souveraineté propre sur tout ce qui relève de leurs niveaux de compétences, mais de nouvelles possibilités d'action et de décision seront créées à un niveau collectif. L'idée d'une communauté européenne est née de la volonté de sortir du suicide collectif qu'avait constitué la Seconde Guerre mondiale, c'est-à-dire d'en finir avec des guerres qui ont déchiré l'Europe depuis des siècles et pris une forme particulièrement destructrice au cours du XXe. Il s'agissait avant tout de créer une unité politique et culturelle, mais les nationalismes, qui demeuraient encore très puissants au lendemain de la guerre, ont empêché cette institutionnalisation. Au cours des années 1950, l'extraordinaire essor économique de l'Europe occidentale a suscité la constitution d'une unité économique qui a commencé avec la Communauté européenne du charbon et de l'acier (Ceca) et s'est presque achevée avec l'institution de l'euro.

Aujourd'hui, l'Europe est une réussite économique et un échec politique. La réalisation de son unité politique est devenue extrêmement difficile, car l'Europe a eu à la fois besoin de l'élargissement aux pays autrefois satellites de l'Union soviétique, et d'un approfondissement avec la mise en place d'institutions efficaces. C'est cette contradiction que l'Europe n'arrive pas à surmonter. Elle est politiquement en crise. Jusqu'à présent, les crises ont permis un nouveau départ. Est-ce que ce sera le cas cette fois-ci ? Je n'en sais rien, je ne sais pas si le pari européen réussira. Je ne sais pas si on bâtira une confédération européenne, elle est une possibilité, quoique actuellement improbable.

J'ai du mal à vous placer dans une « case » politique, et cela doit d'ailleurs vous réjouir, vous qui détestez par-dessus tout être mis dans une « case ». Êtes-vous encore de gauche ?

Je suis de gauche dans le sens où je fais miennes les trois grandes aspirations révolutionnaires du XIXe siècle qui ont donné naissance à trois courants séparés mais que, moi, j'assume conjointement. D'abord, l'aspiration libertaire ou anarchiste qui se soucie de la liberté des individus et s'oppose à l'oppression par l'État. Ensuite, l'aspiration socialiste qui lie le destin des individus à l'amélioration de la société. Enfin, l'aspiration communiste qui est l'aspiration à la communauté, c'est-à-dire à la fraternité humaine. Être fidèle à ces aspirations signifie en même temps lutter contre les barbaries, dont non seulement l'exploitation, mais aussi l'humiliation de l'homme (et de la femme) par l'homme. Je ne me reconnais nullement dans les partis de gauche qui sont devenus des sépulcres blanchis. J'ai toutefois, dans différents textes, appelé le Parti socialiste à se régénérer. Je suis très attaché aux libertés ; le respect de la liberté des individus, de la presse, des partis, est pour moi fondamental. Mais non moins fondamentale est pour moi l'idée qu'il nous faut réformer totalement la société et, pour cela, comme je vous l'ai dit, changer de voie.

Seriez-vous donc resté révolutionnaire ?

J'ai abandonné le mot « révolution », qui a été réduit à ses formes violentes et qui a été souillé par les régimes communistes. Je crois de plus que l'on ne peut révolutionner que si l'on conserve, pas seulement notre patrimoine culturel et les valeurs humanistes héritées du passé, mais aussi la Nature, comme nous l'indique l'écologie. Les révolutions du XXe siècle se sont arc-boutées sur le développement techno-économique, alors que le développement doit être aujourd'hui questionné, repensé et, à mon sens, remplacé par une politique de l'humanité différenciée selon les régions. De toute façon, le mot « révolution » me paraît non seulement perverti, mais insuffisant. C'est pourquoi je parle plutôt de métamorphose, laquelle conserve l'identité, mais en la transformant.

Par ailleurs, mon internationalisme s'est fondu dans un patriotisme terrestre. J'essaie de convaincre que, désormais, la communauté de destin terrestre appelle la conscience d'être citoyen de la Terre-Patrie qui, loin de supprimer les patries, les englobe. J'interviens, partout où je peux, pour indiquer qu'il faut changer de voie, que la voie actuelle conduit à l'abîme. Je suis comme un Jean-Baptiste. J'indique le sens de la nouvelle voie, et j'avertis que le chemin s'effectuera en marchant. D'autres viendront, qui ouvriront cette nouvelle voie.

Enfin, j'annonce une « nouvelle espérance » régénératrice, non pas l'espérance illusoire et trompeuse qui a nourri le communisme, mais une espérance qui sait qu'elle se maintient au bord de la désespérance. Je dis aussi à ceux des jeunes générations qui désespèrent de ne pas avoir de grandes causes à défendre, à la différence de ma génération qui put lutter contre la barbarie nazie, puis la barbarie stalinienne, je leur dis que se présente à eux, maintenant, la plus grande cause jamais connue dans l'Histoire : celle de la métamorphose de l'humanité.

C'est votre but...

C'est un but qui se confond avec le chemin. Il n'y a pas un but final, un salut final, une lutte finale. Il y a une lutte initiale qu'il faut toujours recommencer tout au long du chemin. Le cheminement est permanent. J'ai déjà cité Machado : « Cheminant, il n'y a pas de chemin, le chemin se fait en marchant... » L'humanité doit redevenir une espèce marcheuse.

CHAPITRE 10

L'éducation du futur

Quand je vous ai interrogé sur vos désirs d'aujourd'hui, votre réponse a fusé : votre désir principal, m'avez-vous dit aussitôt, est de concrétiser votre projet de réforme de la pensée dans une réforme de l'enseignement. Ce n'est pas un projet récent. Vous souvenez-vous du moment où vous avez commencé à le formuler ?

J'étais conscient de cette nécessité pendant que j'écrivais les volumes de *La Méthode*. Celle-ci débouchait nécessairement sur une réforme de la pensée, laquelle nécessitait, pour s'opérer, une réforme de l'enseignement. Je pensais même écrire, sitôt cette œuvre achevée, un *Manuel pédagogique pour écoliers, enseignants et citoyens*. Je n'ai pas réalisé un *Manuel* à proprement parler, mais une trilogie pédagogique déclenchée de manière inattendue, en 1998, par Claude Allègre, alors ministre de l'Éducation dans le gouvernement de Lionel Jospin. Allègre m'a demandé de présider un Conseil pour la réforme de l'enseignement secondaire. Nous étions une quarantaine de membres, dont je n'ai pu désigner que quatre ou cinq. Les autres, issus de disciplines diverses, insistaient chacun sur la primauté de son enseignement. J'étais le seul à vouloir relier les connaissances. J'ai été aidé par Didier Dacunha-Castelle, membre du cabinet du ministre délégué à ce conseil, qui m'a permis de réunir ma petite équipe dans les anciens locaux de l'École polytechnique et de préparer huit journées thématiques, avec le concours de chercheurs et d'enseignants dont j'appréciais la compétence. La première journée était consacrée à l'Univers, la deuxième à la Terre, puis les suivantes à la Vie, à l'Humanité, à l'Histoire, aux langues, civilisations et arts, aux cultures adolescentes, et la huitième journée avait pour thème « Relier les connaissances ». Tout au long, je tissais le lien entre les communications et entre les journées. Les enseignants du secondaire avaient été invités, mais l'amphithéâtre fut très moyennement rempli. J'avais été boycotté par le puissant syndicat des enseignants du secondaire : pour les uns, j'étais l'instrument d'Allègre qui voulait « dégraisser le mammouth », pour les autres, Allègre était mon instrument. Les communications de ces journées ont été publiées sous le titre *Relier les connaissances*[1].

Le travail de ce conseil a-t-il été suivi d'un quelconque effet ?

Nous étions deux rapporteurs. Philippe Meirieu s'occupait des réformes institutionnelles, et quelques-unes de ses réformes ont été retenues. Par contre, aucune des propositions de mon rapport n'a été retenue. Mais cet échec m'a stimulé et m'a poussé à écrire et publier *La Tête bien faite*, qui énonce mes propositions pédagogiques. Peu après, en 1999, dans le cadre de la prospective sur l'éducation, l'Unesco m'a demandé un texte à valeur universelle afin d'introduire dans les programmes des écoles, lycées et

1. Seuil, 1999.

universités la connaissance de problèmes fondamentaux qui y sont totalement ignorés : les risques d'erreurs et d'illusions dans la connaissance, l'identité humaine, l'ère planétaire, la compréhension humaine, l'affrontement des incertitudes, l'éthique de l'humanité. Ce rapport a été édité en livre, *Les Sept Savoirs nécessaires à l'éducation du futur*, et traduit en plusieurs langues. Il a connu une bonne diffusion dans certains pays, par exemple en Italie et surtout au Brésil où il s'est vendu à près de 120 000 exemplaires. Il a stagné à 5 000 exemplaires en France.

Tout le monde s'accorde à admettre la nécessité d'une réforme de l'enseignement et même de la recherche en France. Or, avant votre plan et après lui, bien d'autres ont essuyé des échecs !

Il y a en fait plusieurs réformes qui ont été proposées. Je suis sensible à toutes celles qui demandent des augmentations de crédits, de moyens, de techniques. Mais il ne faudrait pas que l'optique quantitative masque le besoin le plus profond, qui ne se chiffre pas. Aucune ne concerne le problème central à mes yeux : celui des contenus et du sens de l'éducation.

Ce sens, Jean-Jacques Rousseau l'a formulé dans son *Émile* où l'éducateur dit de son élève : « Je veux lui apprendre à vivre. » La formule est excessive, car on peut seulement aider à apprendre à vivre. Vivre s'apprend par ses propres expériences avec l'aide d'autrui, notamment les parents et les éducateurs, mais aussi les livres, la poésie. Vivre, c'est vivre en tant qu'individu affrontant les problèmes de sa vie personnelle, c'est vivre en tant que citoyen de sa nation, c'est vivre aussi dans son appartenance à l'humain. Bien sûr, l'enseignement de la littérature, de l'histoire, des mathématiques, des sciences contribue à l'insertion dans la vie sociale, et les enseignements spécialisés sont nécessaires à la vie professionnelle. Mais il manque de plus en plus la possibilité d'affronter les problèmes fondamentaux et globaux de l'individu, du citoyen, de l'être humain. Ces problèmes nécessitent, pour les affronter, la possibilité de réunir et articuler les disciplines entre elles. Ils appellent une façon plus complexe de connaître, une façon plus complexe de penser. Et c'est cela que voudrait apporter la réforme que je propose. Tant que nous ne relions pas les connaissances selon les principes de la connaissance complexe, nous restons incapables de connaître le tissu commun des choses : nous ne voyons que les fils séparés d'une tapisserie. Une tapisserie est constituée de fils de toutes les couleurs, de toutes les matières, rouges, verts, bleus, en soie, en laine, en coton. Mais si vous ne connaissez les fils qu'individuellement, et même si vous les identifiez chacun de manière parfaite, vous ne connaîtrez jamais le visage de la tapisserie. Il faut connaître à la fois la composition des fils et la figure d'ensemble.

Si vous me permettez cette expression, peut-on dire que vous voulez tout chambouler ?

Nullement. Je voudrais mieux intégrer ce qui existe et introduire ce qui n'existe pas. Cela dit, je sais qu'il y a une contradiction logiquement insurmontable pour la réalisation de ma réforme. On ne peut pas réformer l'institution sans avoir au préalable réformé les esprits, mais on ne peut pas réformer les esprits sans avoir au préalable réformé l'institution. Je sais aussi que toute transformation commence par une innovation qui apparaît comme une déviance, mais qui, si elle s'enracine pour démontrer sa fécondité, alors se diffuse, se répand, voire s'universalise. Ainsi, en 1810, Wilhelm von Humboldt fonde à Berlin, capitale d'une petite nation périphérique, la Prusse, la première université moderne, l'actuelle université Humboldt, avec l'appui de son souverain, Frédéric-Guillaume III. En quelques dizaines d'années, le modèle gagne l'Europe, et il s'est répandu aujourd'hui sur toute la planète.

C'est ce modèle qu'il faut aujourd'hui réformer, et la réforme, si elle commence en un lieu, même périphérique, pourrait suivre le même processus. La grande difficulté serait d'éduquer ou rééduquer les éducateurs. Marx avait posé le problème dans sa troisième thèse sur Feuerbach, « Qui éduquera les éducateurs ? ». Or, en ce qui concerne ma réforme, il y a déjà des éducateurs qui se sont autoéduqués en lisant mes livres, et ceux-là peuvent devenir les nouveaux rééducateurs. À titre d'exemple, je donne en janvier 2009, sur le campus du SESC de Rio de Janeiro, un cours de formation à des éducateurs venant de tous les États du Brésil.

Ce ne sont que de petits débuts...

Oui, comme tous les débuts. Il faudra bien du temps, des efforts, des combats, des débats pour que prenne figure la Réforme. Déjà, elle rassemble des esprits dispersés, elle suscite quelques innovations hors de France. Et, même en France, certains enseignants voudraient s'opposer à l'intelligence aveugle qui a pris presque partout les commandes. Beaucoup aspirent à trouver l'équivalent de la vocation missionnaire des débuts de la Troisième République, mais ils ne savent pas que c'est ce que je propose.

Votre projet concerne l'université, le secondaire et même l'école primaire. Pensez-vous sérieusement que les enfants puissent apprendre la complexité ?

Je crois même qu'ils peuvent l'enseigner aux adultes. Avant d'apprendre à tout séparer, ils voient les liens entre toutes choses, surtout quand ils sont élevés au sein de la nature comme les petits Amérindiens qui ont accompagné leurs parents dans la forêt. La nature n'est pas divisée en disciplines, comme l'école. Or l'école leur apprend à tout disjoindre. Il faudrait, dès la maternelle, enseigner à relier et non pas seulement à séparer. Apprenons aux gosses qui se disputent dans la cour de récréation à reconnaître le cercle vicieux dans lequel l'offense de l'un entraîne l'offense de l'autre. Ils sauraient déjà que l'on ne peut porter le tort uniquement sur l'autre. On peut puiser dans l'expérience des gamins tellement d'exemples qui forment à la compréhension, à l'appréhension de la complexité ! Quant aux lycéens en général, l'éducation, sauf exception, leur semble privée de sens vivant, c'est pour eux le moyen de décrocher le bac, d'accéder à une qualification et à un gagne-pain. La réforme que je propose donne un sens vivant et vital à l'enseignement au lycée.

Venons-en à vos Sept Savoirs nécessaires à l'éducation du futur. *Sont-ils vraiment absents de tous les programmes d'enseignement ?*

Il s'agit en fait de sept trous noirs dans tous les

systèmes d'éducation connus, de sept problèmes qui n'ont place ni dans les programmes ni dans l'enseignement, et qui pourtant me semblent absolument nécessaires.

Le premier, dites-vous, est celui de la connaissance. Mais l'éducation ne fournit-elle pas des connaissances en abondance ?

Elle fournit des connaissances sans enseigner ce qu'est la connaissance. Elle ne se préoccupe pas de connaître ce qu'est connaître, c'est-à-dire les dispositifs cognitifs, leurs difficultés, leurs infirmités, leurs propensions à l'erreur, à l'illusion. Car toute connaissance comporte le risque d'erreurs et d'illusions. Nous savons aujourd'hui que bien des croyances du passé étaient effectivement des erreurs et des illusions. Nous savons que les connaissances « vraies », encore récentes, des communistes sur l'Union soviétique ou sur la Chine de Mao paraissent aujourd'hui comme de grossières illusions. Qui nous dit que les connaissances que nous tenons actuellement pour vraies et certaines ne sont pas erronées et illusoires ? Comme l'indiquait Descartes, le propre de l'erreur est qu'elle ne se connaît pas comme telle.

Mais, quand même, nos yeux et nos oreilles ne peuvent pas nous tromper...

Erreur ! Illusion ! Héraclite le savait bien qui, il y a vingt-six siècles, disait : « Ce sont de mauvais témoins pour les hommes que les yeux et les oreilles, quand ils ont des âmes barbares. » Prenez justement la perception visuelle. Contrairement à l'apparence, nous savons, grâce aux travaux des neurosciences, qu'elle n'est pas l'équivalent d'une photographie du monde extérieur. Elle est d'abord la traduction en un code binaire de stimuli photoniques qui parviennent à la rétine, le nerf optique transmet cette traduction au cerveau, lequel opère la reconstruction appelée vision. Or, la vision n'obéit pas totalement à l'image rétinienne qui diminue la taille des personnes éloignées par rapport à celles qui sont proches. Le mécanisme que nous appelons « constance » rétablit les vraies dimensions dans notre esprit. Par ailleurs, quand nous lisons un journal ou un livre, notre regard bondit de façon discontinue de paquet de syllabes en paquet de syllabes, et notre esprit rétablit la continuité, ce qui explique qu'il perçoit rarement les coquilles, et ce qui indique qu'il y a une part hallucinatoire dans la lecture d'un texte. Du reste, quand nous sommes troublés, nous troublons notre capacité à voir objectivement. Les différents témoins d'un même accident en ont des visions différentes, dues non seulement à leur situation au moment de l'accident, mais aussi et surtout à leur émotion. Enfin, il n'y a aucune différence intrinsèque entre une hallucination et une perception : nous avons le même sentiment de réalité. Ajoutons que la limitation de nos sens ne nous permet pas de capter ultra ou infrasons, ultraviolet ou infrarouge. Il y a peut-être même des types de réalité qui nous sont invisibles.

Tout cela pour faire comprendre que si la connaissance apparemment la plus évidente, la perception, risque l'erreur propre à la traduction et l'insuffisance propre à la reconstruction, alors le risque de l'erreur et de l'illusion est intrinsèque à la connaissance.

Les mots, les énoncés sont eux-mêmes des traductions/reconstructions de traductions/reconstructions qui nous viennent de nos sens. Les idées qui nous permettent de communiquer entre nous et avec la réalité peuvent nous abuser et trahir la réalité qu'elles traduisent.

De plus, toutes les empreintes culturelles subies dès la naissance, puis à l'école et dans la vie sociale, déterminent chez les individus (sauf les rétifs et les déviants) leurs principes de connaissance et leurs visions du monde. Ainsi, selon les cultures, des idées sont jugées ici évidentes, là fallacieuses. Dans les sociétés théocratiques ou totalitaires, les déviants sont éliminés physiquement. Dans les nôtres, on ne les élimine pas, on ne parle pas d'eux.

Enfin, autre source d'illusion, l'humanité n'a cessé d'être possédée par des mythes, des dieux, des idées qui, bien que produits et nourris par l'esprit humain, s'imposent à celui-ci. De même que, partout où il règne, on peut mourir pour un dieu, on peut, partout où elle règne, tuer ou mourir pour une idée. Lénine disait : « Les faits sont têtus. » Les idées le sont encore plus, et elles peuvent occulter les faits !

Il me semble donc fondamental d'enseigner que la connaissance comporte des risques considérables d'erreurs et d'illusions, de montrer quelles en sont les causes et quelles peuvent en être les conséquences. Pour l'heure, les nouvelles sciences cognitives apportent certes des connaissances sur la connaissance, mais ces connaissances sont dispersées entre neuroscience, psychologie cognitive, sociologie de la connaissance, et ne disposent pas des moyens conceptuels pour s'articuler les unes aux autres. Quant à l'épistémologie, elle est réservée à une élite restreinte d'étudiants en philosophie et elle est limitée à l'étude critique des connaissances scientifiques.

Et n'oublions pas les limites de la connaissance. Il est en effet essentiel de montrer que l'esprit humain a des limites, que la raison a des limites, que le langage a des limites. Il faut montrer que les plus grandes avancées de la connaissance scientifique, sur l'origine et sur l'avenir de l'Univers, sur la nature de la réalité, débouchent sur de l'inconcevable. La découverte des limites de la connaissance a été un grand progrès de la connaissance au XXe siècle.

Peut-on enseigner non seulement les risques d'erreurs et d'illusions, mais aussi ce que serait une bonne connaissance ?

Autrement dit, une connaissance pertinente ? C'est le deuxième de mes sept savoirs. Une connaissance n'est pas d'autant plus pertinente qu'elle contient un plus grand nombre d'informations ou qu'elle est organisée de la façon la plus rigoureuse possible, sous forme mathématique. Elle est pertinente si elle sait se situer dans son contexte et, au-delà, dans l'ensemble auquel elle est rattachée.

Prenez l'exemple de la science économique qui, dans sa mathématisation, est la plus rigoureuse et la plus exacte des sciences humaines. Pourtant, elle a un très faible pouvoir de prédiction et les économistes corrigent sans cesse leurs pronostics sur les taux de croissance. C'est que la science économique s'isole du contexte de l'univers physique, soumis au deuxième principe de la thermodynamique qu'elle ignore (à l'exception de Nickolas Georgescu-Roegen). Elle s'isole du contexte politique et social, elle s'isole du contexte humain fait de passions, de craintes, de désirs. Le calcul ne peut connaître le cœur de la vie, la chair de la vie.

Ainsi, l'enseignement des connaissances pertinentes doit tout d'abord consister en un enseignement à la contextualisation. Il doit également consister à relier la connaissance abstraite à son référent concret. La connaissance abstraite est nécessaire, mais elle est mutilée si elle n'est pas accompagnée de connaissance concrète. Ici encore, je retrouve l'impératif de la connaissance complexe : relier.

De plus, la connaissance pertinente doit révéler les diverses faces d'une même réalité au lieu de se fixer sur une seule. Cela vaut pour nos relations les plus personnelles. Au début d'une rencontre amoureuse, nous voyons en l'autre sa face lumineuse. Mais, comme la Lune, l'autre a sa face obscure, et nous la découvrons parfois avec épouvante. Or, nous devons savoir que chacun d'entre nous a deux ou parfois plusieurs personnalités qui se succèdent dans l'amour et dans la colère, et certaines apparaissent selon des cycles intérieurs qui nous surprennent.

Tout cela me ramène à l'idée-clé : il faut insérer les connaissances partielles et locales dans le complexe et le global, sans oublier les actions du global sur le partiel et le local. Pour moi, donc, l'enseignement doit aider l'esprit à utiliser ses aptitudes naturelles à situer les objets dans leurs contextes, leurs complexes, leurs ensembles. Il doit s'opposer à la tendance à se satisfaire d'un angle de vue partiel, d'une vérité partiale. Il doit promouvoir une connaissance à la fois analytique et synthétique, qui relie les parties au tout et le tout aux parties. Il doit enseigner les méthodes permettant de saisir les relations mutuelles, les influences réciproques, les inter-rétroactions. Bien entendu, nous n'atteindrons jamais une connaissance totale : le Tout de l'Univers nous restera inaccessible. Mais nous devons aspirer à une connaissance multidimensionnelle.

Le troisième « trou noir » que vous pointez n'est pas le moins ambitieux, du moins dans son intitulé : l'enseignement de la condition humaine. Qu'entendez-vous par là ?

C'est la connaissance de notre identité d'être humain, et il me semble stupéfiant qu'elle ne soit nulle part enseignée. Comme l'a dit Heidegger, jamais il n'y eut autant de connaissances sur l'homme, et jamais on n'a moins su ce qu'était l'humain. Le fait que toutes les connaissances soient dispersées, compartimentées, nous empêche de saisir la réalité à la fois physique, biologique, culturelle, psychologique de l'être humain. Pire : Claude Lévi-Strauss, je l'ai déjà cité, pense que le but des sciences humaines est non pas de révéler, mais de *dissoudre* l'homme ! J'introduis dans ce troisième savoir tout ce que je vous ai dit précédemment sur l'anthropologie complexe, notamment la double identité humaine, naturelle et métanaturelle, la trinité humaine, la complexification des idées d'*Homo sapiens*, d'*Homo faber* et d'*Homo economicus*.

Vous voulez comprendre l'être humain. Vous voulez, de surcroît, comprendre la compréhension. Et, surtout, c'est votre quatrième savoir, développer la compréhension des autres...

Comprendre la compréhension : la compréhension est plus que l'explication. L'explication traite de la réalité humaine comme objet. La compréhension peut intégrer l'explication, mais elle comporte en elle une empathie de sujet à sujet. Nous ne pouvons pas connaître ni comprendre quelqu'un sans un effort d'empathie, d'identification ou de projection. Prenez le cas d'une personne qui pleure devant vous : vous n'avez nul besoin d'examiner le degré de salinité de ses larmes pour comprendre qu'elle souffre ! Et vous compatirez à son chagrin en le comprenant. C'est pourquoi l'amour et l'amitié entretiennent la compréhension d'autrui.

Pourquoi est-ce que, pour moi, l'une des tâches intellectuelles et éthiques les plus importantes est d'enseigner la compréhension humaine ? C'est que l'incompréhension nous ravage. Elle a parfois régressé, par exemple à l'égard de nos proches voisins européens, mais elle redevient virulente pour l'adversaire dès qu'il y a guerre idéologique ou guerre tout court, quand l'autre est diabolisé et nous-mêmes sommes sanctifiés, quand le monde se partage entre l'empire du Mal et celui du Bien, chacun estimant bien entendu qu'il fait partie du Bien.

L'individualisme, qui nous permettrait d'être plus compréhensifs face aux carences ou aux tares d'autrui, si nous étions conscients de nos propres tares et carences, au contraire nous pousse à nous autojustifier sans cesse, à reporter la faute sur autrui dès qu'il y a querelle ou scène de ménage. Nous occultons nos propres fautes comme si nous ne faisions que répondre à l'agression d'autrui. Ainsi se manifeste l'incompréhension au sein des familles, entre époux, entre enfants et parents, au sein des bureaux et dans les ateliers. La compréhension est à la fois moyen et fin de la communication humaine, elle est vitale pour que les relations humaines sortent de leur état barbare, et cela à tous les niveaux, aussi bien entre proches qu'avec des étrangers. Il n'y aura pas le moindre progrès humain s'il n'y a pas progrès de la compréhension.

Le but est louable mais, concrètement, comment peut-on enseigner la compréhension ?

On devrait commencer dans les petites classes, je l'ai dit, en apprenant aux gamins qui se disputent à sortir du cercle vicieux dans lequel l'offense de l'un provoque l'offense de l'autre et où chacun se perçoit comme l'offensé. Il faut enseigner à chacun la culture psychique qui nous ferait pratiquer l'auto-examen et l'autocritique. Il nous faut donner des exemples historiques de compréhension, par exemple ceux de Montaigne et de Bartolomé de Las Casas, les deux seuls qui, à une époque où l'on se demandait si les Indiens avaient une âme, pensaient que ces derniers étaient des humains comme nous, et étaient même moins barbares que nous. La pratique de la compréhension est vitale contre les pestilences humaines que sont le mépris et la haine. Celui qui comprend cela cesse de haïr.

Il devient alors indifférent ?

Non, il ressent l'horreur de la cruauté et de la haine. Il transfère sa haine en haine de la haine. Il faut enseigner que la connaissance de soi est une nécessité interne : pour comprendre autrui, il faut se comprendre. C'est un enseignement qui doit être pratiqué à tous les niveaux éducatifs et à tous les âges. Il peut utiliser tous les chefs-d'œuvre de la littérature et du théâtre qui sont des œuvres de compréhension.

Et c'est donc dans cette optique de compréhension universelle que vous avez nommé le cinquième savoir fondamental l'« identité terrienne » ?

Il s'agit d'enseigner le destin désormais planétaire commun à tout le genre humain. J'y introduis les thèses dont nous avions parlé précédemment au sujet de l'état du monde. Il faudrait enseigner l'histoire de l'ère planétaire, montrer par quels processus toutes les parties du monde sont devenues intersolidaires, sans pour autant occulter les oppressions et dominations qui ont ravagé l'humanité et qui n'ont pas disparu. Il faudrait insister sur le fait que nous sommes tous désormais en interdépendance et confrontés aux mêmes menaces.

Peut-être sommes-nous angoissés devant l'incertitude du futur...

C'est le sixième savoir : affronter les incertitudes. L'enseignement nous fournit des certitudes alors que le destin de chacun affronte un mélange de certitudes et d'incertitudes. Ainsi, nous avons la certitude de notre mort, mais nous avons l'incertitude totale du moment, du pourquoi et du comment de cette mort. Nous allons avancer dans la vie sans savoir si nous trouverons du travail, du bonheur, la maladie. Nul ne sait ce qui arrivera demain. L'histoire humaine nous a sans cesse montré des imprévus. Improbables ont été les grands tournants et les effondrements des empires. Comme je l'ai déjà rappelé, cinq siècles avant notre ère, on pouvait prédire la destruction d'Athènes, attaquée par l'armée du gigantesque Empire perse ; or, à deux reprises, Athènes a résisté, et la conséquence imprévisible en a été la naissance de la démocratie et de la philosophie. L'improbable peut toujours devenir probable, et le probable improbable.

L'histoire de la vie n'est pas une évolution linéaire, elle a été ponctuée de cataclysmes et de phénomènes imprévisibles. Les sciences physiques, foyer des grandes certitudes au XIXe siècle, nous ont révélé les incertitudes microphysiques, les incertitudes macrophysiques avec la théorie du chaos, les incertitudes cosmiques avec les incertitudes sur l'origine, la nature, la finalité de l'Univers. Il y a vingt-cinq siècles, par la bouche du coryphée, le poète grec Euripide nous avait prévenus : « L'attendu ne s'accomplit pas, et à l'inattendu un dieu ouvre la porte. » La connaissance, je le répète, est une navigation sur un océan d'incertitudes entre des archipels de certitudes. C'est cela qu'il faut enseigner : nous éveiller aux incertitudes et savoir les affronter, savoir modifier le développement des actions en fonction du développement des situations.

Tout d'abord, nous devons enseigner à s'attendre à l'inattendu. Ensuite, enseigner les principes de stratégie qui permettent d'affronter les aléas, l'inattendu, l'incertain. La conscience des incertitudes ne signifie pas une régression de la connaissance, c'est la régression de la fausse connaissance, c'est une progression de la véritable connaissance qui comporte la connaissance de ses ignorances.

L'avenir de la planète est lui-même incertain, répétez-vous...

Oui. Que peut-on prédire pour le millénaire ? Rien. On peut, on doit échafauder de très divers et multiples scénarios du futur, mais ils n'éliminent pas la grande incertitude : le sens de l'aventure humaine nous est inconnu.

Le septième savoir que vous considérez comme non moins essentiel correspond, lui, au dernier volume de

La Méthode. *Il s'agit de l'éthique que vous étendez au genre humain. Qu'entendez-vous par l'« éthique du genre humain » ?*

C'est ce que j'ai appelé l'anthropo-éthique, qui prend en compte l'inséparable trinité de la condition humaine : nous sommes à la fois des individus, des membres d'une société et des membres d'une espèce. Ces trois notions sont absolument indissociables, elles sont même comprises les unes dans les autres, comme je vous l'ai indiqué dans l'anthropologie complexe : l'espèce est dans l'individu qui est dans l'espèce ; l'individu est dans la société qui est dans l'individu.

Il y a donc trois directions à l'éthique : personnelle, sociale et, dans notre participation au genre humain, planétaire. Ces trois impératifs sont complémentaires, mais peuvent se trouver antagoniques ; il faut alors choisir provisoirement, puis retrouver ensuite la trinité éthique. En fait, certains choisiront plutôt l'éthique de personne à personne, d'autres seront plutôt des militants de l'éthique sociale, d'autres se voudront planétaires et œuvreront dans les ONG et/ou dans l'altermondialisme. Mais tout cela se révélera finalement complémentaire.

La réforme de l'éducation se bornerait-elle à l'introduction de ces sept savoirs ?

Elle comporterait aussi un enseignement à caractère théorique et un enseignement de civilisation contemporaine. L'enseignement théorique introduit les thèmes suivants : qu'est-ce que la rationalité ? Qu'est-ce que la science ? Qu'est-ce que la complexité ? Qu'est-ce que l'humanisme ? Je constate qu'ils ne sont nullement enseignés et qu'ils sont source de conceptions arbitraires, unilatérales, ou encore de confusions. La connaissance rationnelle doit recéler en elle la conscience de ses propres limites et la conscience des risques de rationalisation, c'est-à-dire d'une conception logiquement cohérente, mais soit unilatérale, soit manquant de vérification empirique. Cet enseignement comporterait des initiations visant à sensibiliser aux ambiguïtés, aux ambivalences, à l'écologie de l'action, à l'affrontement d'inévitables contradictions. Il faut que l'on sache que l'histoire de l'Europe fut profondément ambivalente, que la civilisation occidentale est ambivalente, que la mondialisation est ambivalente, apportant à la fois prospérité et misère, destruction de cultures et avenir de culture planétaire. Bref, il s'agit d'échapper à la pensée binaire et mutilante qui est partout aux commandes.

Enfin, la réforme comporterait un enseignement de civilisation contemporaine qui compléterait les enseignements de sociologie, d'économie, d'histoire, de philosophie. Celui-ci inclurait la vie urbaine (avec les mégapoles), les relations entre villes et campagnes, l'humanisation des villes et la revitalisation des campagnes, l'individualisme et les solidarités, les cultures juvéniles, l'évolution de la famille, la situation de la vieillesse, l'éducation à la consommation pervertie par l'intoxication consumériste, la prise de conscience de l'intoxication automobile, l'éducation aux vacances, l'éducation aux médias...

Vous réalisez que votre réforme de l'enseignement est très ambitieuse. Croyez-vous qu'elle se mettra un jour vraiment en place ?

Elle est ambitieuse, elle est surtout impérative. La réforme a déjà commencé dans certaines universités où s'est créé soit un diplôme de complexité, comme à l'université de Lambayeque, au Pérou, soit un institut de pensée complexe comme à l'université Ricardo Palma de Lima. Quelques-unes vont mettre en place une année propédeutique consacrée aux sept savoirs, d'autres ont réformé les doctorats en sciences humaines, qui deviennent polydisciplinaires. Les réformes se propagent dans plusieurs pays d'Amérique latine, en particulier au Pérou, au Brésil, en Colombie, au Mexique, mais aussi en Espagne, en Italie, au Portugal où mes propositions ont effectivement suscité divers projets de réforme susceptibles de faire évoluer l'université. Un certain nombre d'instituts ou de centres sont nés et se développent. Je peux vous en citer quelques-uns : le Grecom (Groupe de recherches sur la complexité) à l'université de Rio Grande du Nord, à Natal ; il a été créé en 1990, compte vingt chercheurs et développe une activité remarquable ; il y a aussi l'Instituto de Estudos da Complexidade de Rio de Janeiro, le Centro latinoamericano de economia humana (CLAEH) de Montevideo, la chaire Edgar-Morin pour la pensée complexe installée par l'Unesco à l'université de Salvador, à Buenos Aires, l'Institut d'épistémologie et d'anthropologie complexe de l'université de Bergame, le Centre d'épistémologie Edgar-Morin de l'université de Messine, la Catedra para la transdisciplinaridad de l'université de Valladolid, l'Association colombienne pour la pensée complexe à Bogotá. Je dois aussi mentionner l'Institut Piaget, au Portugal, qui dispense un enseignement selon mes idées et publie mes ouvrages. Et aussi l'exemple de chaires de complexité dans trois universités de Cuba, dont l'une à La Havane.

Et puis il y a l'université qui porte votre nom, l'université Mundo Real Edgar Morin, à Hermosillo, au Mexique...

En effet. Sous l'impulsion d'un mécène inspiré, Ruben Reynaga, s'est créée à Hermosillo, capitale de l'État de Sonora, cette université qui dispense un enseignement fondamental mettant en pratique ma conception et s'employant à la tâche première, qui est la formation des formateurs. Car il faut, comme je vous l'ai dit, éduquer et rééduquer les éducateurs. Mais cette déviance universitaire a suscité des réactions locales hostiles, et l'intention de son initiateur est de l'installer dans la capitale même du Mexique.

Vous y avez vous-même dévoilé votre statue en pied !

Je me suis opposé mollement à son édification, puis j'ai manifesté ma vision préposthume dans le discours que j'ai prononcé pour son inauguration. Je vous en lis le début, que je vous traduis de l'espagnol :

> « Une statue !
> C'est une chose posthume...
> Suis-je mort ? Suis-je un fantôme qui revient visiter la statue de sa tombe ?
> Et si je suis vivant, est-ce un songe ?
> Je vais me réveiller et ma statue va disparaître.
> Mais si je ne dors pas et si cette statue est vraie comme de la pierre,
> Alors elle me dit de continuer à me déstatufier comme personne vivante, de ne pas me pétrifier, m'endurcir, me rigidifier.
> Cette statue me dit aussi de ne pas oublier

> les aspirations de ma jeunesse, d'intégrer dans mon esprit les expériences de ma vie,
> De ne pas me fermer, d'avoir cœur, sang, âme, tout ce qui manque à une statue ;
> Mais que son inflexibilité me donne la force de continuer à cheminer,
> De disséminer mes vérités, mes espérances,
> Parce que cette statue est née de l'amitié, de la confiance, de la foi en mes idées,
> De la foi en la régénération de l'éducation... »

Mais quand le fondateur de cette université, Ruben Reynaga, a proposé de décerner annuellement un prix au meilleur ouvrage traitant de la pensée complexe et a envisagé, en guise de récompense, outre un chèque, une statuette de moi, j'ai refusé ! S'ajoutant à ma statue, on entrerait là dans le vrai culte de la personnalité...

Comment expliquez-vous le fait que vos idées aient d'abord germé en Amérique latine ? Pourquoi cette région est-elle plus perméable que d'autres à la complexité ?

Tout d'abord, je dois dire le bonheur que c'est, pour moi. Ma passion pour l'Amérique latine, dans ses diversités et son unité, s'est concrétisée lors de mon premier voyage en 1961. J'y suis revenu souvent depuis lors, notamment en Argentine, au Brésil, au Mexique. Mais c'est à partir de 1997 que j'ai découvert là-bas l'ampleur de la diffusion de mes idées. J'avais été invité par l'université catholique de Medellín à y donner une série de conférences, et j'ai réalisé que mes idées avaient circulé par photocopies de livres et articles, par internet et autres bricolages. Je constatai avec plaisir qu'il y avait un auditoire polydisciplinaire de mathématiciens, biologistes, psychanalystes, ingénieurs, historiens et autres. Et quelle chaleur ! Toujours, en quelque pays de ce continent, convivialité, amitié, affection ! En 1998, avec l'appui du directeur d'alors de l'Unesco, mon bienfaiteur Federico Mayor Saragossa, et l'hospitalité totale de mon autre bienfaiteur, Candido Mendes, j'ai pu organiser à son université de Rio, avec les deux acolytes que j'avais recrutés pour mes journées thématiques à Paris, Alfredo Pena Vega et Nelson Valley-Gomez, un Congrès international pour la pensée complexe où les langues officielles étaient latines, ce qui nous évitait de faire un congrès latin en anglais. La merveille fut non pas tant dans les communications, diverses et inégales, mais dans la rencontre entre participants venus de divers pays d'Amérique latine, de France, d'Italie, d'Espagne, du Portugal, qui ne se connaissaient pas et qui ont fraternisé. Vous savez, la pensée qui relie a effectivement relié, pas seulement intellectuellement, mais aussi affectivement, tous ces participants, devenus depuis amis.

Il y a eu aussi un congrès réunissant les représentants de toutes les universités colombiennes à Bogotá, en 1998, et j'ai participé en 2006, à Cuba, à un Congrès international sur la complexité où j'ai reçu, venus de tous les pays d'Amérique latine, des textes, des revues et même des livres suscités par la complexité.

Oui, mais pourquoi l'Amérique latine ?

En effet, pourquoi est-ce là que j'ai été si bien reçu ? Il y a d'abord le fait que la culture des universitaires y est extrêmement ouverte aux apports étrangers, français, allemands, italiens, nord-américains, et que l'esprit de beaucoup d'entre eux, loin d'être figé, est en mouvement. Il y a ensuite le fait que ces universitaires, au lieu de s'enfermer dans leur caste, sont très sensibles aux problèmes de leurs nations et de leurs peuples, ce qui leur confère une très vive sensibilité politique. Sur ce plan, il faut mentionner non seulement la marque des dictatures cruelles subies dans la seconde moitié du XXe siècle, mais surtout la recherche de voies libératrices. Ces pays ont connu la domination des grands propriétaires et des Églises et, pour beaucoup, les voies de la guérilla, du marxisme, de la théologie de la libération sont apparues comme des solutions, jusqu'à ce que soient mis au jour leurs carences ou leurs échecs. Puis le néolibéralisme économique a été annoncé comme la véritable solution, mais il a apporté non seulement la prospérité pour les riches et l'émergence de nouvelles classes moyennes, mais aussi d'immenses zones de misère, la dégradation des solidarités, l'amplification de la corruption.

D'où l'idée qu'il ne faut plus chercher des solutions unilatérales, mais des solutions complexes. Il y a aussi l'héritage de base de la pensée de Marx, qui est l'universalité et la dialectique, laquelle permet d'affronter les contradictions. À partir de cette base, beaucoup sont sortis du marxisme par le haut en adoptant la pensée complexe. Bref, en Amérique latine, la pensée complexe signifie ouverture et dépassement.

Vous êtes l'un des plus célèbres Français d'Amérique latine. Mais ce n'est pas seulement là que l'on vous reconnaît comme l'un des grands penseurs contemporains. Une vingtaine d'universités vous ont décerné un doctorat honoris causa : Laval au Québec, Pérouse, Palerme, Milan et Messine en Italie, Genève, Bruxelles, Odense au Danemark, La Paz en Bolivie, Cracovie en Pologne, et j'en passe. Vous avez par ailleurs reçu un certain nombre de prix et de décorations. Quel effet cela vous fait-il ?

J'ai très longtemps été marginal au CNRS. Un temps, il m'a été utile, pour compenser cette marginalité, de recevoir un titre ou une médaille, par exemple d'être bombardé, dans les années 1960, président du comité des communications de masse de l'Association internationale de sociologie. Cela me donnait une assise qui me fortifiait dans ma marginalité : j'étais content de pouvoir opposer ces titres à ceux qui voulaient me discréditer en disant que je n'étais ni sociologue ni scientifique. Il est certain que les consécrations officielles, en particulier ces vingt doctorats honoris causa décernés de par le monde, m'ont conforté et encouragé à poursuivre dans la ligne non officielle qui est la mienne. J'y vois une ruse de la raison. Par ailleurs, pour ma première Légion d'honneur, j'ai demandé à François Mitterrand, alors président de la République, de me la remettre pour faire plaisir à mon père, qui adorait les décorations. La deuxième Légion d'honneur m'a été remise par Jack Lang, et j'ai été heureux de la recevoir. Mais c'est la troisième, celle qui m'a fait commandeur, que j'ai le plus apprécié. Non pas en raison du grade, mais parce que j'aurais normalement dû recevoir la Légion d'honneur à la fin de la Seconde Guerre pour faits de résistance ; j'ai été rayé de la liste proposée à l'époque en raison de ma position ambiguë : pour les communistes, j'étais un peu louche ; pour les non-communistes, j'étais également louche. J'ai ainsi payé mon ambiguïté et ma double nature, mon marranisme politique. Il y a quelques années, Jacques Benet, l'un des responsables du mouvement de résistance auquel j'ai appartenu, a été stupéfait d'apprendre que je n'avais pas la Légion d'honneur pour faits de résistance. Il en a fait la proposition, elle a été officialisée par Lionel Jospin et elle m'a été remise par Philippe Decharte et le maire de Paris, Bertrand Delanoë, au cours d'une cérémonie à l'Hôtel de Ville. Je me suis replongé dans mes souvenirs, j'ai évoqué les amis disparus, j'ai rappelé que, lorsque l'on a été résistant, il est impossible de rester insensible à des drames d'aujourd'hui comme ceux de Tchétchénie ou de Palestine.

Y a-t-il des prix ou des titres que vous regrettez de ne pas avoir obtenus ?

Si, à l'époque, on m'avait poussé à poser ma candidature au Collège de France, je l'aurais peut-être fait. Par contre, il y a des choses que je n'ai pas recherchées et que je ne rechercherai pas. Par exemple, l'Académie française à laquelle on m'a suggéré de faire acte de candidature, mais elle n'a jamais fait partie de mon imaginaire... Dans le fond, grâce à tous ces honneurs, je n'ai pas eu d'ambitions universitaires, à l'inverse de beaucoup dont la vraie ambition est d'être souverains d'une chaire et d'accéder aux sommets académiques. Je n'ai jamais eu cette ambition-là. Je n'ai même pas demandé tous ces honneurs : ils sont venus à moi.

Vous n'avez jamais non plus réellement participé aux mondanités parisiennes, très utiles pour faire carrière...

Je suis resté à l'écart du monde des intérêts, des relations artificielles. Je n'ai jamais eu de relations véritables avec des gens pour lesquels je n'avais pas d'affinités. Je suis hors du circuit d'échange de services du style : « Passe-moi la rhubarbe, je te passe le séné. » Je n'ai jamais eu la carrière d'un Rastignac, ni d'un stratège dans le domaine intellectuel. Je n'ai jamais convoité un poste en concurrence avec autrui. Si j'ai fait de l'ombre à quelques-uns, c'est qu'ils ont cru que j'empêchais leur soleil de briller. J'ai subi quelques tentatives d'assassinat intellectuel, je m'en suis remis.

Avez-vous conservé les médailles et diplômes que vous avez reçus ?

Edwige les conservait dans une boîte. Ils doivent être quelque part à la maison.

Ils vous touchent ?

Quand je les reçois, oui. Mais je ne vais pas les contempler.

CHAPITRE 11

La vie

Edgar, vous aimez la vie...

J'aime sa face lumineuse, mais sa face noire peut être cruelle et atroce. La vie est un cadeau, elle est un fardeau, c'est à la fois la chose la plus horrible et la plus merveilleuse. La vie est sans pitié et la vie peut être d'une douceur infinie. La vie, c'est une chose inouïe qui nous est échue pour un certain temps sur la Terre.

Qu'aimez-vous dans la vie ?

J'aime tout ce qui exalte : l'amour, la fraternité, la communion, la danse, la fête. J'ai un profond besoin de communauté, de communion, dû sans doute au vide immense qui a suivi la disparition précoce et brutale de ma mère. Fils unique, j'ai ressenti le manque de frères et de sœurs.

Vous nourrissez un véritable culte pour l'amitié...

J'ai toujours eu besoin d'amour et d'amitié. L'amour et l'amitié sont deux choses vitales au sens littéral du terme, c'est-à-dire qui font vivre. Au lycée, j'avais un sentiment très fort envers mes camarades

Henri Macé et Henri Salem, devenu Alleg. Et j'ai continué jusqu'à maintenant à aimer très fortement mes amis. Je ne dirai pas : « je me suis fait des amis. » Vinicius de Moraes dit justement que « nous ne nous faisons pas des amis, nous les reconnaissons ». C'est toujours, en quelque sorte, le « parce que c'était lui, parce que c'était moi » de Montaigne pour La Boétie. J'ai connu une floraison d'amitiés à Toulouse après la défaite, et je me suis lié avec Hélène et Victor Henri, Clara Malraux, Félix Kreisler, Claude Dreyfus. Le compagnonnage dans la résistance étudiante avec Victor Henri et Jacques-Francis Rolland a soudé notre amitié. Jacques-Francis Rolland est mon plus vieil ami, je l'ai connu au lycée, nous nous sommes sans cesse retrouvés jusqu'à sa fin, à l'hôpital de Beauvais, en juin 2008. Et il y a eu des amitiés de résistance avec Michel Cailliau, Philippe Dechartre et surtout Pierre Le Moigne, évadé d'un camp de prisonniers, arrêté et torturé par la Milice française, qui a réussi à s'évader une fois de plus pour retourner au combat clandestin.

Je me suis fait de nouveaux amis au fil des ans. Il y eut d'abord ceux que j'ai rencontrés à l'état-major de la 1re armée, Romuald et Jacqueline de Jomaron, issus du maquis de Franche-Comté du commandant Chazeaux, dit Durandal. J'ai eu des amis-protecteurs comme Georges Friedmann, Federico Mayor, Gustavo Lopez Ospina. Il y eut deux amitiés profondes qui, l'une et l'autre, ont marqué ma vie en deux étapes décisives. La première est avec François Fejtö dont l'article dans la revue *Esprit* sur le procès Rajk a opéré en moi la rupture intérieure décisive avec le communo-stalinisme, amitié entretenue à *Arguments* et par nos rencontres jusqu'à son décès en juin 2008. La seconde est avec Pierre Naville. C'était pour moi une figure mythologique : il avait été l'un des premiers surréalistes avec Breton et Aragon, avait rompu avec le surréalisme, puis était rapidement devenu trotskiste. Il fut l'un des héros du trotskisme pendant les années 1930. Je l'ai rencontré en 1951 au colloque « Ville et campagne » du Centre d'études sociologiques, il m'a demandé un compte rendu pour *L'Observateur*, ce que j'ai fait et qui m'a valu mon exclusion du Parti communiste. Je l'ai fréquenté avec Denise, l'une de ces femmes destinales du surréalisme. J'ai admiré sa rigueur, son indifférence à la réputation, aux médias, à toute la petitesse parisienne. Puis, après la mort de Denise, il s'est lié à Violette, ma première femme, l'a épousée et il est entré dans ma famille.

Des amis me sont venus au cours des combats intellectuels des années 1950, Claude Lefort et Cornelius Castoriadis, José Vidal Beneyto. Nous sommes restés frères jusqu'à leur fin. José Vidal, sa femme Cécile, leur fille Vera sont devenus notre famille choisie à Edwige et moi. Je me suis lié, au Centre d'études sociologiques, avec Lucien Brams qui a empêché les staliniens de me mettre en quarantaine, et c'est lui qui m'a invité au Chili. Mon lien avec Alain Touraine est devenu amitié profonde. *Arguments* a été une communauté d'amitié avec Jean Duvignaud, Kostas Axelos, Pierre Fougeyrollas et je ne peux oublier Rea Axelos. Nous avons, Johanne et moi, formé un quatuor d'amitié avec Michèle et Jean Daniel. Je dois dire aussi que nos longues conversations d'été me manquent depuis qu'il m'a retranché des « siens ». Je me suis lié pour la vie avec André et Évelyne Burguière à Plozévet. Et il y eut ceux que j'ai entraînés dans la sociologie du présent, devenus des amis : Bernard Paillard, Claude Fischler, Nicole Benoît. J'ai connu le compagnon de Nicole, jeune et courageux journaliste d'investigation. Edwy Plenel, et notre longue amitié, qui a connu quelques orages, s'est raffermie. Il y a ceux qui ont aidé à l'aventure de la pensée complexe, Alfredo Pena Vega et Nelson Valley-Gomez. Il y eut un maelström d'amitié avec Antonio Alçada Baptista, Helena et Antonio Vaz de Silva, rencontrés alors qu'ils étaient, à Lisbonne, en opposition intellectuelle à la dictature de Salazar. J'ai rencontré au Maroc un lycéen en philosophie devenu ami par la suite, Guy de la Chevalerie, et également Tajeddine Baddou, avec qui l'amitié s'est renforcée dans le temps. Nos équipées communes au Brésil et au Mexique m'ont lié à Michel Maffesoli et Jean Baudrillard. La Californie fut un lieu privilégié d'amitiés, notamment avec John et Chantal Hunt, retrouvés ensuite en France.

Puis *La Méthode* a suscité des communautés d'esprits d'où sont nés des amis. Ils sont venus par vagues. Il y eut d'abord l'« enfermé » Gaston Richard qui m'aida pour *La Vie de la vie*. Puis Mauro Ceruti, Gian-Luca Bocchi, Sergio Manghi, Oscar Nikolaus en Italie, Ana Sanchez, Emilio-Roger Ciurana en Espagne, Alfredo Guttierez, Daniel Cazes, Ruben Reinaga au Mexique, Ceiça Almeida, Edgard de Assis Carvalho, Nurimar Falci, Marta de Azevedo au Brésil, Raúl Motta en Argentine.

Des amis me sont venus au cours de l'aventure de « Sciences et citoyens du CNRS » comme Gil et Sylvie Delannoi. Jean-Michel Djian, qui m'a aidé dans mes efforts pour réformer l'éducation, est devenu un ami attentionné. Alors que tant d'amis disparaissaient, de nouveaux sont apparus, le dernier en date étant Patrick Chamoiseau.

J'oublie sans doute d'autres amis de cœur, mais je ne peux pas oublier les amies-sœurs comme Hélène Henri, connue à Toulouse en 1940 et retrouvée en Californie en 1969, Monique Cahen, Monique Antelme, Anne-Brigitte Kern. Il y eut des aimées dont je tairai le nom. Et il y eut les amis inconnus qui se sont reconnus dans mes écrits : mes livres ont suscité non leur admiration, mais leur amitié.

Beaucoup de mes plus anciens amis sont morts et, parmi eux, ceux que j'ai connus à la fin de la Résistance et avec qui j'ai vécu l'expérience d'amitié la plus forte.

Celle de la « rue Saint-Benoît » ?

Oui. Quand nous sommes rentrés d'Allemagne, Violette et moi nous sommes installés à Paris chez Marguerite Duras, rue Saint-Benoît, et nous avons vécu ensemble avec Robert Antelme et Dionys Mascolo. J'avais eu un coup de foudre d'amitié pour Dionys lors de notre première rencontre de résistance, avenue Trudaine, et non moins fulgurantes furent mes rencontres avec Marguerite et Robert. Nous avons vécu plus que de l'amitié : un amour collectif, très profond. Le titre du film italien *Nous nous sommes tant aimés* correspond à ce que nous avons vécu. Nous vivions ensemble, sortions ensemble, chantions ensemble, dansions ensemble, discutions sans cesse de tout et de rien. Nous fûmes animés ensemble par l'espoir communiste, puis nous avons vécu ensemble le désenchantement, puis la désillusion, puis la critique, puis l'exclusion, puis la résistance à la guerre d'Algérie. Le bonheur de vie commune a cessé en 1947. Violette et Marguerite se sont trouvées enceintes au même moment. Nous avons dû partir et nous avons trouvé un appartement à Vanves, aux portes de Paris.

Vous êtes restés amis ?

Notre amitié a continué. Plus tard il y a eu des différends, des problèmes. J'en ai voulu à Marguerite pour une réflexion qu'elle avait faite à Violette quand j'aimais Marilu. Marilu avait avorté, et Marguerite, parlant de moi, lui avait dit : « Est-ce que cet enfant était bien de lui ? » Violette me rapporte cette phrase, j'écris aussitôt à Marilu, en vacances en Italie, une noble lettre lui assurant que, même si cet enfant n'était pas de moi, j'aurais voulu qu'elle le garde et je l'aurais fait mien. Réponse ulcérée de Marilu. J'en ai voulu pendant des années à la Duras !

Puis la rancune tombe, l'oubli vient... Nous nous retrouvons, elle m'invite à travailler chez elle, à Neauphle-le-Château. J'y vais avec Johanne que Marguerite adore, il y avait là Dionys et sa femme Solange, nous retrouvons notre petite communauté d'antan, la même tendresse. C'était en 1967, nous suivions à la télévision la guerre des Six-Jours. Marguerite et moi étions au début très inquiets pour le sort d'Israël, avant de voir très rapidement qu'il avait gagné. Dionys, lui, était pour la Palestine. Mais, enfin, tout se passe bien, quand arrive la tragédie. Solange confie à Johanne que Marguerite ne l'aime pas, Johanne confirme avoir entendu Marguerite le dire. Dionys s'en mêle, nous réunit tous, grande scène. Marguerite calme le jeu. Nous nous séparons pour les vacances, je rappelle Marguerite en septembre, dans l'idée que nous allons nous retrouver. Elle me répond : « Toi, Edgar, quand tu veux ; Johanne, ce n'est plus possible. » Je ne pouvais venir seul.

Vous ne l'avez plus revue ?

Je l'ai revue. J'étais à New York en 1973, Marguerite est venue pour un festival de cinéma qui lui était consacré. Dionys et Solange étaient venus eux aussi : je les ai hébergés chez moi et nous avons retrouvé un peu de l'atmosphère de notre communauté. Une projection fut organisée de 22 heures à 2 heures du matin, j'y ai été, bien sûr, mais, fatigué, je me suis endormi. À la fin de la séance, nous sortons, Marguerite attend à la porte et chacun la félicite. J'avais à côté de moi une durasienne fanatique. Je ne pouvais pas mentir et, après une courte hésitation, j'ai avoué à Marguerite : « Excuse-moi, j'ai dormi. » Elle m'a regardé un instant. Elle était comme le roi Henry VIII : lorsque l'un de ses fous proférait une parole irrespectueuse, on ne savait pas s'il allait être exécuté ou si le roi allait rire. Henry VIII éclate de rire. Marguerite m'absout en me disant : « C'est bien toi ! »

Je l'ai revue plus tard à l'occasion d'une émission de radio qui m'était consacrée. Le principe de l'émission voulait que j'invite une personne de mon choix pour évoquer mon passé. J'ai donné le nom de Marguerite Duras qui a accepté à condition que l'enregistrement se fasse à Neauphle-le-Château. Elle a ajouté une autre condition : que j'aille voir *Le Camion*, le film qu'elle venait de réaliser, avec Gérard Depardieu. J'ai accepté les deux conditions, je me suis rendu avec l'équipe de journalistes chez elle, et là, il y a eu inversion des rôles : à l'antenne, je suis devenu l'invité !

Un ultime épisode me vient à l'esprit. France Culture m'avait proposé, dans les années 1980, d'être l'invité de l'émission « Le Bon Plaisir », où je choisirais mes interlocuteurs selon mon bon plaisir. J'ai pris comme thème « Que sont mes amis devenus ? », et j'ai retrouvé Macroué, ma seconde mère arménienne quand j'étais enfant, et qui s'est exclamée en me voyant : « Ah, mon petit Edgar qui n'a plus de cheveux ! » J'ai invité Félix Kreisler, Pierre Hervé, Jacques-Francis Rolland et, bien sûr, Dionys et Marguerite. L'émission se faisait chez moi. Marguerite n'a pas répondu à l'appel. Dionys, s'en étonnant, téléphone sous mes yeux à Marguerite. Elle répond :

– Edgar ne m'invite que pour la radio, jamais pour la télévision !

– Mais, Marguerite, à la télévision il est invité ; là, maintenant, il est inviteur.

Silence. Puis, Marguerite :

– Et puis, nous n'avons jamais couché ensemble !

Et Dionys, admirable :

– Marguerite, nous avons tous couché avec Edgar !

Vous aimez les amis, mais vous aimez aussi les femmes, l'amour...

Non, pas les femmes, la Femme, ce qui est tout à fait différent. Je suis très sensible au mystère que la femme porte en elle. Il y a quelque chose de divin, de bouleversant dans certains visages de femmes, dans un regard, dans une bouche, une expression. Je subis le charme, la fascination. Je suis un séduit, je ne suis pas un séducteur. Si je suis séduit, j'essaie évidemment de plaire à la personne qui m'a séduit. L'amour est une mystique ; la contemplation du visage, du corps de l'être aimé met dans un état second qui n'est pas fait seulement de désir, mais aussi d'exaltation et d'adoration. Et n'y a-t-il pas confusion de l'état érotique et de l'état mystique au moment de la jouissance ? Évidemment, il y a des séducteurs cyniques, des machos qui ont besoin de se prouver à eux-mêmes. Je suis aux antipodes. Je n'aime pas conquérir, je n'aime pas collectionner. Mais je comprends le mythe de Don Juan qui incarne pour moi la quête mystique de l'infini : Don Juan est obligé de recommencer avec une autre et une autre encore, parce que l'infini le fuit toujours.

Vous vous reconnaissez donc dans la quête mystique de Don Juan ?

Nullement. Don Juan est un inassouvi, il ne s'accomplit pas dans l'amour. Moi, j'ai vécu des accomplissements. Don Juan n'aime pas. Moi, je ne peux vivre sans amour. Certes, je cherche toujours l'au-delà, mais pas de cette façon-là. J'attends la Révélation, mais je ne sais où ni comment. Cela dit, j'ai toujours vécu une expérience mystique dans l'union des corps comme dans l'union des âmes. On se trouve en se perdant, on meurt et renaît dans l'extase amoureuse.

Vous parlez d'âme ?

L'âme existe, c'est la part sensible de notre esprit... Je ne crois pas en son immortalité, mais je crois en sa réalité. Je crois aussi, comme dit Jung, que l'homme, qui est dominé par son *animus*, cherche son *anima* dans la femme. On retrouve cette idée dans le mythe platonicien de l'hermaphrodite originel qui avait les deux sexes en lui ; une fois qu'il est séparé en deux, chaque moitié cherche l'autre pour s'y réunir. Personnellement, je vis profondément l'idée de Jung : je sens que c'est par la femme, aimée et aimante, que je peux me retrouver moi-même. La femme aimée est extérieure et intérieure. Elle porte en elle un mystère, et ce Mystère avec un M majuscule appelle un rite d'adoration. Contrairement à l'adoration des immortels, elle est l'adoration d'un être mortel, d'un visage promis à la flétrissure, d'une âme qui va disparaître. De fait, j'ai profondément, intensément aimé des femmes marquées par une tragédie et vivant à l'ombre de la mort. Je me suis souvent retrouvé dans la phrase d'Edgar Poe, et je pense en ce moment surtout à Edwige : « Je n'ai pu aimer que là où la mort mêlait son souffle à celui de la beauté. »

L'amour n'est-il pas pour vous comme une sorte de religion ?

Pas seulement pour moi. En fait, je crois que l'amour est la vraie religion à la mesure de la vie mortelle. Cette religion prend de plus en plus d'importance au fur et à mesure que s'affaiblissent les grandes religions et les grands systèmes de vénération : la Patrie, la Famille, etc. Plus la vie devient monotone, plate, bureaucratisée, soumise aux nécessités matérielles, plus l'amour devient la grande affaire, le grand centre de la vie, l'aventure d'un monde sans aventures, l'irrationnel sublime d'une société rationalisée, la revanche de l'être des profondeurs. Il est la source vive, nécessaire et évidente, de toute vie personnelle.

Ne serait-ce pas l'Amour que vous aimez plus que la Femme ?

Nullement. Pour moi, les femmes sont beaucoup plus intéressantes que les hommes. Pourquoi ? Parce que les hommes sont voués à leur métier, à leur profession, à leurs ambitions. La recherche de promotion, de pouvoir, d'argent, focalise leur esprit. L'intelligence masculine tend à être abstraite, analytique. L'intelligence féminine est une intelligence sensible. L'intelligence masculine a été moulée par les cadres culturels de la société. L'intelligence féminine aussi, mais ce moule est souvent de surface, incomplet, et je suis émerveillé par le naturel, le non-convenu de bien des intelligences féminines, entièrement associé à leur sensibilité. Je vous rappelle qu'à partir de la fin du XVIIIe siècle, en Occident, ce sont des femmes qui ont été sensibles à la poésie, à la littérature, à la musique, et qui ont entretenu ainsi le vrai trésor de la civilisation occidentale. Bien des hommes sont encore barbares. La parole d'Aragon est juste : « La femme est l'avenir de l'homme. »

S'agit-il d'une tendance particulière à la civilisation occidentale ?

Je ne saurais vous l'affirmer. Ce qu'on peut dire, c'est que partout il existe une relation originale et irréductible entre hommes et femmes. Il y a le rapprochement inouï qu'effectue le désir, l'intimité entre les individus des deux races les plus étrangères et les plus proches qui existent dans l'univers humain, les races sexuelles. Il y a la relation infantile d'amour à la mère, qui persiste dans l'homme adulte, qui déborde imaginairement et symboliquement la mère et qui peut se fixer dans la femme aimée. Même quand la femme est sociologiquement serve, elle détient les pouvoirs existentiels de l'aimée et de la désirée, de la mère, de la fille, de la sœur, de l'épouse, de l'amante. Du reste, la civilisation masculine, qui exalte les valeurs viriles dans le secteur des activités publiques, politiques, économiques, entretient une zone parallèle, en retrait, une zone mythologique où règne la femme souveraine. C'est une zone refuge, privée, où le guerrier se désarme et s'agenouille. Même dans les civilisations les plus soumises à la loi masculine, la femme dispose de ce pouvoir. Si on a pu assimiler la femme à une classe sociale, elle ne saurait constituer une classe comme les autres.

Vous avez été souvent amoureux ?

J'ai été surdéterminé par la perte tragique de ma mère, et le besoin d'amour que je ressens est tel que je me dis tantôt que je suis un malade dont le besoin est pathologique, tantôt qu'au contraire j'ai un besoin inaltérable de ce qui donne un sens à la vie, et que je suis particulièrement sain. Vous pouvez unir les deux vérités contraires et me voir d'autant plus sain que je suis plus malade.

Alors oui, j'ai été amoureux à plusieurs reprises mais, si l'on tient compte de mon âge, pas si souvent. Et puis, il faut distinguer les attractions qui se dissipent rapidement, les amourettes, les liaisons charnelles qui ont pu comporter des envoûtements sans amour, et enfin les amours qui demeurent, même après séparation. Je n'ai jamais été passionné pour une femme envers laquelle, dans le fond, je n'avais pas d'estime. J'ai eu toujours besoin de ressentir une admiration liée à la fascination. J'ai vécu quelques grands amours très importants jusqu'à l'ultime, le plus profond, celui pour Edwige que je peux appeler, maintenant qu'il s'est perdu, l'Amour de ma vie.

Vous vous êtes marié trois fois. Avez-vous éprouvé le même amour pour ces trois femmes ?

Ils furent différents. Violette a été une compagne

dans le sens plein du terme. Elle était étudiante en philosophie, et je l'ai entraînée dans la Résistance. Nous étions de bons copains. Un jour, dans un café, je l'ai embrassée. Quelques temps plus tard, à l'hôtel, à Paris, nous nous sommes retrouvés dans le même lit, nous nous sommes aimés. Nous avons partagé joies, épreuves, amitiés. Je l'ai épousée au sortir de la guerre. Elle m'a toujours aidé, elle gagnait la croûte quand j'étais chômeur. Nous étions encore mariés quand j'ai rencontré fugitivement, la même année, en 1960, les deux autres femmes que j'épouserais par la suite : Johanne la Noire, métisse caraïbo-québécoise, à Montréal, et Edwige la blonde, d'ascendance nordique, à Santiago du Chili. Violette et moi avions, chacun de notre côté, des aventures, des liaisons sans conséquence, dont nous ne faisions pas mystère l'un envers l'autre. La première fois que je me suis montré jaloux, c'était en 1956, l'année de la révolution hongroise. J'étais déjà divorcé d'avec le Parti communiste, mais j'étais en période de crise : les fondements mêmes de mes anciennes croyances dans la révolution, dans le marxisme, s'écroulaient, je comprenais que ceux que je croyais être les miens étaient mes ennemis. Et sans doute parce que j'étais en crise, j'ai demandé à Violette de se séparer d'un collègue qu'elle avait rencontré en province où elle enseignait la philosophie. Elle s'est exécutée au prix d'un gros effort, et nous sommes partis en vacances en Grèce.

La tragédie est intervenue deux mois plus tard lorsque, au cours d'une réunion d'un petit groupe révolutionnaire à Paris, je rencontre Marilu, une Italienne de Crémone, qui venait d'un milieu libertaire. Je la revois en prenant prétexte de traductions du français à l'italien. Son visage tragique a quelque chose de sublime pour moi. Je l'emmène au parc des Buttes-Chaumont et nous devenons amants. C'est mon premier amour à la fois totalement physique et psychique. Avec elle, une révolution s'est opérée en moi. Jusque-là, j'avais eu tendance à dissocier l'amour physique de l'investissement psychologique, je faisais l'amour avec certaines femmes qui m'attiraient physiquement, mais pas psychiquement, pour d'autres j'éprouvais des adorations chastes, des sentiments peut-être trop purs : je les idéalisais, mais je n'avais pas de désir pour elles. Violette était entre les deux, Marilu a réuni les deux : avec elle, pour la première fois, ces deux faces de l'amour se sont rencontrées.

Vous n'avez pas quitté votre femme pour autant...

Nos deux filles, Irène et Véronique, étaient encore petites. J'ai mené une demi-vie commune avec Marilu, je lui avais promis que nous allions vivre ensemble et je lui avais demandé de m'accorder trois ou quatre mois de délai. Mais, au bout de ces trois ou quatre mois, je me suis rendu compte que je ne pouvais pas quitter Violette. Je lui étais trop reconnaissant, elle m'avait trop donné, elle m'avait trop aidé. Ma dette envers elle était énorme. Je l'ai compris le matin où je suis rentré à la maison après une nuit avec Marilu : Violette avait beaucoup bu, elle était là, à terre, sous une douche, geignant, pleurant. Marilu avait une personnalité névrotique, pathétique, mais qui ne cessait de m'émouvoir. Quand je l'ai suppliée d'attendre encore, elle s'est mise à boire, à faire des folies. Nous nous sommes séparés. Marilu a été une possibilité de vie que je n'ai pas pu réaliser. Un peu plus tard, lors du congrès de sociologie de Stresa, j'ai rencontré une autre Italienne, Magda ; c'est notre liaison – mais je vous l'ai déjà raconté – qui allait déclencher ma séparation avec Violette.

Quelles étaient vos relations avec vos deux filles ?

Je n'ai pas été un bon père, un père normal ; je ne suis pas un bon grand-père non plus. Je ne me suis jamais occupé de leur éducation, je me déchargeais de leurs devoirs de classe sur Violette qui était professeur. C'est une de mes carences, et j'en ai beaucoup ! J'ai trop vécu ma vie, j'étais très investi dans mes amours. Et puis, je pense que j'ai été marqué par mon expérience d'enfant, j'avais un père qui m'étouffait, et j'en ai conservé un sentiment très fort qui m'a empêché de m'investir à mon tour dans ce rôle. J'ai attendu que mes filles grandissent pour pouvoir quitter Violette : je suis parti quand elles avaient quinze ou seize ans. Mes relations avec elles n'ont pas été faciles, il y a eu des problèmes. Irène avait quinze ans quand elle m'a sorti que j'avais quitté sa mère parce que j'étais un jouisseur ! Je lui ai expliqué que je m'étais séparé d'elle parce que j'étais amoureux d'une autre. Depuis, nous nous entendons bien, nous nous comprenons. Avec Véronique, que j'ai peut-être plus frustrée, il y a encore des moments où elle n'est pas contente de moi, des malentendus. Mais l'amour demeure. J'éprouve tout de même un malaise, parce que je n'ai pas assumé pleinement la fonction de père. Au décès d'Edwige, en février 2008, elles m'ont entouré, elles ont sans cesse été présentes. Nous sommes désormais davantage liés. Aujourd'hui, de plus en plus leur présence m'est nécessaire.

Vous vous êtes remarié très vite après votre divorce. Après vos deux divorces, d'ailleurs. Pourquoi, vous qui avez dénoncé inlassablement les « valeurs bourgeoises », vous êtes-vous plié, non pas une fois, mais trois, à ce rituel d'officialisation d'une union ?

J'aurais presque envie de vous répondre qu'il y a deux choses merveilleuses dans la vie, le mariage et le célibat, malheureusement incompatibles. Mais, au-delà, le plus merveilleux est l'amour réciproque. J'ai accepté deux fois le mariage de bon cœur. Avec Violette, c'était à sa demande, à la veille de notre départ en Allemagne, quand nous nous étions engagés dans l'armée, afin que nous ne soyons pas séparés et que sa famille périgourdine puisse m'accueillir.

Par contre, en 1964, j'ai voulu épouser Johanne pour la protéger. Elle était enfant quand son père, un Noir des West-Indies, est mort de tuberculose. Sa mère, Québécoise non mariée, abandonne Johanne sous la pression de sa famille catholique, et Johanne est élevée comme orpheline au couvent, sans avoir souvenir de ses parents. Elle était sortie du couvent sans être marquée d'aucune empreinte religieuse, s'était mêlée au monde des artistes à Montréal où elle avait rencontré un cinéaste, Claude Jutra. C'était au cours d'une soirée, il veut lui verser à boire, lui demande : « Voulez-vous une larme ? », elle répond : « Tout un chagrin. » Ils se lient, s'installent ensemble, veulent se marier. Elle tombe enceinte ; la famille de Jutra, une famille bourgeoise du Québec, exerce toutes sortes de pressions pour que leur projet échoue. Il la quitte, elle avorte, rate une tentative de suicide. Il la revoit, consacre un film, réalisé par remords, à leur histoire, dans lequel ils jouent leur propre rôle : *À tout prendre*. Jutra a apporté en 1963 le film au Festival de Venise où j'étais juré. Je l'ai vu en projection privée. J'ai été très ému, j'ai éprouvé une immense compassion pour Johanne dont j'avais fait la connaissance trois ans plus tôt à Montréal. Peu après, je la rencontre par hasard à Paris où elle était venue chercher fortune comme mannequin. Une « soirée mystérieuse » était organisée à la taverne Nicolas Flamel. Johanne était éblouissante, très volubile, gaie, affectueuse. Elle me propose une copie de l'affiche du film, nous échangeons nos numéros de téléphone. Le lendemain, je l'invite à dîner au restaurant Chez Françoise, sous la gare des Invalides. Je lui propose ensuite de venir écouter des disques chez moi : nous sommes restés ensemble jusqu'en 1979.

Si Violette était la compagne, Johanne était la fête, la danse. Comme je l'ai écrit dans mon *Journal de Californie*, « Johanne est la comète d'amour qui nous entraîne tous dans sa chevelure. C'est celle qui en chacun éveille et dévoile le meilleur de soi-même ». Elle était très généreuse, aimante d'une façon parfois indistincte, elle était non pas une alcoolique, mais une intempérante, pouvant passer quatre jours sans boire puis se déchaînant dès qu'il y avait une occasion. Quand je me suis consacré à *La Méthode*, nos destins ont divergé.

Tout de suite après ce second divorce, vous vous remariez avec Edwige que vous aviez connue la même année que Johanne. Est-ce le hasard, là aussi, qui vous fait la retrouver ?

Depuis notre première rencontre au Chili, en 1961, je ne l'avais pas oubliée. Ses yeux bleus, son visage m'avaient d'emblée fasciné. Mais elle avait alors sa vie, elle n'était pas libre. Elle a vécu des tragédies, je suivais son destin, je la rencontrais parfois, jusqu'à ce jour où, au cours d'un repas, elle me regarde fixement. J'ai senti qu'on allait vraiment se rencontrer, ce qui est arrivé en 1978 quand je l'ai invitée, avec son second mari, à passer des vacances à Ménerbes, dans le Luberon, où je m'étais installé pour continuer à travailler à *La Méthode*. Je savais que son mari venait d'entamer une liaison, il repartait pour Paris. Nous nous sommes trouvés tous les deux seuls, et enfin unis pour la vie. Nous nous sommes mariés en 1981.

Avez-vous achevé votre quête mystique avec Edwige ?

Khalil Gibran dit que c'est dans la perte que l'on reconnaît toute la profondeur d'un amour. Edwige était mon âme dans le sens de la citation de Jung : j'étais l'*animus* qui avait trouvé son *anima* en elle. Elle n'a jamais cessé d'être poésie, pour moi, de par son visage, ses émotions, ses émerveillements. Elle avait tant pâti, moralement et physiquement, dans sa vie, et moi qui ai toujours aimé des femmes porteuses d'une douleur d'enfance ou de vie, j'étais ému en profondeur par tant d'injustes souffrances, et j'étais d'autant plus heureux des joies que je pouvais lui donner. Elle était toujours apte à la joie. Elle était non domestiquée, sous des apparences de dame. Elle était harmonie dans son beau visage, son corps parfait, ses gestes. Elle avait l'amour des oiseaux, des chats, des chiens, des beaux objets, de toutes beautés. Avec le temps était venu non pas l'habitude, mais l'enracinement l'un dans l'autre. Mille petits fils tissés nous entrelaçaient. Quand j'étais en voyage, je lui téléphonais à l'arrivée, à l'hôtel, avant et après la conférence, au dîner. Elle veillait sans cesse sur moi et me procurait tout ce qui me serait utile ou me ferait plaisir et, dans ce sens, elle était devenue pour moi, l'orphelin inconsolé, ma « petite maman », comme elle disait. Non seulement elle avait la candeur et des petites ruses d'enfant, mais comme, dans les dernières années, elle était constamment soignée par moi qui lui préparais cachets, comprimés, médicaments divers, elle était devenue en même temps ma petite fille. De toute façon, nous étions l'un et l'autre demeurés très enfants, en partie bloqués dans l'enfance par la tragédie vécue dans notre jeune âge. Nous nous entendions et comprenions profondément à ce niveau-là. Ainsi, tout en étant mon âme, mon amour, elle était ma petite fille et ma petite maman. Tout ce qui fut secondaire – amourettes, moments d'humeur, etc. – s'est évanoui dans la reconnaissance de l'adoration que je lui voue.

N'êtes-vous plus capable d'un nouvel amour ?

La perte d'Edwige est irrémédiable, rien ne viendra d'aussi profond, mais la source d'amour n'est pas tarie. Comme il est dit dans le *Romancero gitano* de Federico Garcia Lorca, *« ¿ Quien vendrá ? ¿ Y por dónde ? »*. Elle est venue du Maroc et nous nous sommes rencontrés à Fès au festival de la musique soufie. Elle savait pour m'avoir lu que nous avions une communauté de destin ; à dix ans, à l'âge où je perdais ma mère, elle perdait son père. Comme moi elle s'est retranchée de sa famille pendant les années qui ont suivi. Comme moi elle a fait l'expérience du sectarisme d'un parti révolutionnaire et le récit de mon expérience, dans *Autocritique*, l'a rassurée sur elle-même. Un nouvel amour n'efface pas l'ancien, mais l'ancien ne le parasite pas.

Vous êtes au fond un très grand affectif. Votre besoin de sentiment, si j'ose m'exprimer ainsi, n'est-il pas un peu hors normes ?

C'est à travers l'amour et l'amitié que chacun peut espérer être vraiment soi, trouver la plénitude, établir une communication avec autrui, vivre son aventure de vie. Et l'amitié, dont l'expérience de la fraternité, vaut surtout pour celui qui n'a pas eu de frères.

Vous englobez dans votre amour toute l'humanité ?

Aimer est une chose qui va de l'amitié à l'amour de personne à personne. L'amour de l'humanité vient d'un sentiment de communauté et, pour moi, de communauté d'aspirations, de souffrances, de destin. C'est un amour abstrait, puisqu'il s'agit d'une entité où disparaissent les individus mais, en même temps, ce que je sens concrètement c'est mon rêve d'une fraternité humaine, d'une communauté humaine. C'est toujours ce même besoin d'amour enfantin, infantile, qui gît en moi et qui s'est exprimé de façons tellement différentes.

Pour moi, l'amour vit aussi dans l'amour des idées, dans l'amour de ce que je trouve beau, de ce que je pense vrai, dans l'amour de la nature. Platon disait que, pour enseigner, il faut de l'Éros. Le mot ne se réduit pas à l'érotisme. Je dirais plus amplement que je ne peux pas vivre sans Éros.

Il est rare d'entendre un grand intellectuel s'exprimer ainsi...

Peut-être que je ne suis pas un grand intellectuel ?

Vous parlez également de manière admirable de la dimension poétique des êtres et des choses...

C'est grâce au surréalisme que j'ai compris que la poésie ne devait pas être seulement lue, récitée, mais devait être vécue. Et, du même coup, j'ai compris que la poésie de la vie est dans l'amour, la tendresse, la communauté, la joie, le jeu, et qu'il fallait faire son possible pour ne pas être emprisonné par la prose de ce qui est obligatoire, contraint, nécessaire, subi, afin de vivre poétiquement. La vie est une alternance de prose répétitive et froide, qui nous contraint, et de poésie qui nous réchauffe, nous enflamme, nous fait communier. La poésie de la vie comporte aussi des moments d'émerveillement au cœur du quotidien, devant une petite fleur qui perce la neige, un papillon qui volette comme en état d'ivresse, un visage entraperçu dans le métro, à l'écoute d'une chanson et, bien sûr, de toute belle musique, qui est poésie sans paroles.

Avez-vous déjà écrit des vers ?

Oui, dans ma jeunesse.

Sommes-nous tous plus ou moins poètes ?

Nous sommes tous potentiellement poètes, et chacun porte en soi sa virtualité poétique. Je suis convaincu qu'il nous faut aspirer à vivre à l'état poétique, et éviter que la prose n'engloutisse nos vies. Dans les sociétés archaïques, ces deux états s'entremêlent, toutes les activités sont ponctuées de chansons et de danses. Dans nos sociétés occidentales, une disjonction s'est opérée entre prose et poésie. Le travail est sans joie, sauf dans les professions de responsabilité, d'initiative, et la poésie ne peut être gagnée que dans le loisir.

Poésie et sagesse sont-elles compatibles ?

Il y a une forme de sagesse qui consiste à éliminer les passions, les désirs, pour mener sa vie selon la raison. Mais une vie totalement raisonnable est-elle sage ? Une vie faite totalement de précautions est-elle sage ? N'est-ce pas stériliser nos vies que d'éviter à tout prix le risque ? De même qu'Antonio Damasio et Jean-Didier Vincent ont montré qu'il n'y a pas de raison pure, mais toujours de l'émotion liée aux activités les plus rationnelles, je pense qu'il n'y a pas de sagesse pure, c'est-à-dire exempte d'émotion. Pour moi, la raison doit s'accompagner de passion, mais la passion a toujours besoin de la raison, sinon elle sombre dans le délire. La sagesse, pour moi, est l'art difficile et périlleux de naviguer dans la dialogique permanente entre raison et passion. Elle ne consiste pas à renoncer à l'attachement, à l'amitié, à l'amour, aux jouissances. L'excès de folie est délire, mais l'excès de sagesse, comme l'excès de raison, est folie. Ma dialogique entre raison et folie empêche ma raison de devenir folle en se suffisant à elle-même, et empêche ma folie d'aller au délire. Ma sagesse est de garder passion dans la raison, raison dans la passion. Ceux qui évitent l'attachement pour éviter le malheur, évitent aussi le bonheur. Certes, la source d'un bonheur, une fois perdue, surtout si c'est un être aimé, vous plonge dans le malheur. Mais je ne renoncerai jamais à aimer pour ne pas connaître la perte de l'être aimé.

L'amour est-il plutôt sagesse ou folie ?

L'amour est le comble de l'union de la folie et de la sagesse, leur conjonction suprême, là où elles se révèlent inséparables et s'entregénèrent l'une l'autre. L'extase est au-delà de toute sagesse et de toute folie, c'est l'expérience quasi cosmique où l'on n'est plus soi-même tout en étant plus que soi-même, où l'on est en même temps l'autre et où l'on se perd en se retrouvant. Mon être tend vers l'extase, mais je ne me suis pas asservi à une drogue pour y arriver. J'aime à me sentir possédé par une puissance qui me dépasse, ne serait-ce que celle que génèrent mes idées quand je donne une conférence. J'aime à me sentir possédé par la danse – le rock, évidemment, où notre être se déchaîne. J'aime l'ivresse des fêtes stimulées par l'alcool, mais j'évite de sombrer dans la saoulerie. De même, je n'ai sombré qu'exceptionnellement dans le délire des sens, et je préfère éviter les gouffres.

Vous avez cité votre Journal de Californie. *C'est un Edgar Morin très jouisseur, très libre, très différent de l'image que l'on a de l'intellectuel, qui s'y révèle. Vous étiez presque quinquagénaire, et là, vous semblez plonger dans un bain de jouvence...*

J'adorais les *park-in* où je devenais littéralement musique, où je vivais la pleine communion qu'elle donne, avec autour de moi d'autres possédés. À travers des danses comme le rock, où l'on est à la fois seul et collectif, j'étais dans ce merveilleux état second qui, avec l'aide d'un petit adjuvant, permet de se dépasser soi-même, d'être en rapport avec des forces, des énergies cosmiques, de communier avec autrui. C'est le véritable état poétique, merveilleux, incroyable, que donne la vibration collective de la musique ! J'ai réalisé que c'est cet état qui est important dans la vie. Et j'avais alors une énergie folle. Déjà, en France, avant la Californie, quand nous allions en boîte avec Johanne qui m'avait fait découvrir la fête et la danse, j'étais le dernier à partir. Que de fois, à l'époque où nous étions à La Mourre, petit hameau de la presqu'île, j'ai fait la fermeture du Papagayo, à Saint-Tropez !

Vous entrez facilement dans cet état d'extase ?

Facilement, non. Par contre, je connais assez souvent les états préextatiques que peuvent procurer la musique, la poésie. C'est d'ailleurs pourquoi, dans mes écrits, j'insiste sur l'importance de l'état poétique. Je comprends très bien les jeunes d'aujourd'hui qui fréquentent les rave-parties.

Vous seriez curieux d'aller à une rave ?

Je suis peut-être trop vieux ? Je continue pourtant d'adorer danser, surtout le rock ; je m'y donne à fond, même si, à me voir, les jeunes se marrent parfois. Je m'éclate, quand je danse !

Pourriez-vous m'en dire plus sur ce « petit adjuvant » qui vous stimulait dans les park-in *californiens ?*

C'est la marijuana que tout le monde prenait pour accompagner les fêtes, les rencontres. J'aimais bien ça, j'ai continué à en consommer après mon retour à Paris, à cette époque de fêtes des années 1970 où nous sortions et dansions tous les soirs. En 1976, j'avais d'ailleurs signé l'« Appel du 18 joint » réclamant la déprohibition des drogues douces. Je me souviens de séances très intenses, dont l'une qui avait eu lieu chez un ami éditeur, un connaisseur qui, au même titre que les grands amateurs de vin, avait des crus différents de haschich, de marijuana, et les pipes adéquates pour les consommer. Ce soir-là, je me suis envolé. Je suis parti sur une capsule spatiale et je faisais le tour, non de la Terre, mais du Cosmos. Dans une sorte d'extase, je me suis écrié : « Je fais la grande ceinture ! » Cet ami demande : « Quelle ceinture ? » Et un troisième, pris d'intuition, lui répond : « La Grande Ceinture cosmique, bien sûr ! » Je me souviens alors que j'ai rendez-vous avec une amie. Et, exactement comme dans une capsule spatiale, je redescends lentement et j'atterris sur terre. Je ne parvenais pas à me tenir droit : je sors de la pièce à quatre pattes, je m'arrête près d'une table où étaient disposés des gâteaux au haschich, j'en grignote deux ou trois, puis je me lève. Je vais à ma voiture et j'arrive à l'heure à mon rendez-vous.

Parce que vous conduisiez dans cet état ?

Oui, mais ce n'est pas le même état que l'ivresse alcoolique ! Il m'est arrivé de conduire dans des états d'ivresse effrayants. Quand j'habitais à Rueil-Malmaison, mon guide était l'éclairage public, disposé non pas latéralement, mais au milieu de la chaussée. Je savais qu'il me fallait rester à la droite de ces lumières. Je me souviens en particulier d'un repas au champagne organisé par l'Institut du goût au château de Thoiry. Sur le chemin du retour, j'ai été assez étonné de voir que cette route, délimitée par une seule bande blanche à l'aller, en comportait désormais deux. J'ai été assez lucide pour me dire que l'une était vraie, l'autre fausse. Sur l'autoroute, ce fut la multiplication des bandes blanches... et deux camions jumeaux devant moi. Mais lequel était le vrai, lequel le faux ? Arrivé à la maison, j'ai réussi à me garer, à rentrer chez moi, et là, je me suis écroulé comme une masse. J'étais un intempérant, je dépassais les limites raisonnables quand il y avait une fête. Tout cela s'est atténué, puis s'est terminé.

Vous ne buvez plus ? Vous ne fumez plus ?

Bien sûr que oui. J'aime beaucoup le vin, la caïpirinha, la margarita et, à l'époque ancienne des fêtes, je ne boudais pas un petit joint de commensalité. Mais je ne prends plus qu'un seul vin, ou qu'une seule caïpirinha. L'hépatite que j'ai subie il y a près de cinquante ans m'a obligé à me modérer. Et, de plus, je trouve, au souvenir, mes saouleries rétrospectivement lamentables.

Vous n'avez pas tenté d'autres expériences ?

J'ai souhaité, je souhaite encore faire l'expérience du peyotl, le champignon hallucinogène mexicain, ou celle de l'ayahusca.

Vous avez souvent été au Brésil. N'avez-vous jamais participé à des rites religieux, je pense en particulier au candomblé ?

J'ai pu participer à un candomblé à Fortaleza. Le « père des saints », qui préside au rituel, m'avait d'abord fait asseoir en face de lui, et m'avait regardé sans parler pendant deux heures. Le soir même, il m'admettait à la cérémonie, mais il m'a retenu quand les orixas ont commencé à prendre possession des participants. Je suis resté à la frontière de la possession, je ne sais pas si je l'aurais franchie sans son intervention.

Avez-vous connu d'autres expériences aussi fortes au sein de groupes religieux ? D'ailleurs, en avez-vous fréquenté d'autres ?

J'aime fréquenter des cercles bouddhistes, car il y a une part du message qui me concerne en profondeur : la commisération et l'impermanence. Je peux donner des conférences dans des cercles chrétiens, surtout là où est vivace l'esprit évangélique. Le hasard a fait que j'ai connu de près la petite secte de l'abbé Jean Boyer, qui m'avait écrit après avoir lu un numéro d'*Arguments* consacré à la bureaucratie. Je lui ai répondu et un jour, sur le chemin de Saint-Jean-de-Luz, j'ai fait étape à son ermitage Notre-Dame-de-Fatima, dans les Landes, près de Seignosse, fait de cabanes en bois et d'un snack-chapelle où l'on prenait les repas et disait la messe. Ancien prêtre-ouvrier, suspendu *a divinis* par le Vatican parce qu'il n'était pas dans la ligne, il s'était transformé en une sorte d'intégriste, avait fondé cet ermitage où il vivait avec une bande de barbus et annonçait l'imminence de la fin des temps, conformément au message de la Vierge de La Salette. J'ai effectué diverses haltes chez lui, fasciné par l'atmosphère à la fois truculente et illuminée qui y régnait. Nous étions en pleine guerre d'Algérie, et Boyer était certain que celle-ci préludait à l'Apocalypse. Il s'y préparait avec ses disciples. Il avait décrété que mon épouse Johanne, portant le même prénom que Jeanne d'Arc, était destinée à me convertir pour que je puisse accéder au trône de France ! Lui-même disait des prières spéciales pour ma conversion, et je trouvais agréable l'idée de ma future royauté...

J'avais caché chez lui un ami, porteur de valises pour le FLN : c'était le lieu le plus sûr que je pouvais lui trouver. Quand la guerre d'Algérie a fini sans susciter l'Apocalypse, l'abbé a cru qu'elle serait déclenchée par l'URSS, et il s'est persuadé que les envoyés du « satanique » Chepilov viendraient le tenter. Comme je suis très raisonnable en esprit, je suis toujours fasciné par certaines folies dans lesquelles je ne puis sombrer. Parmi ses disciples se trouvait une femme, Pompon, juive revenue d'Auschwitz, mariée à un protestant alsacien qui avait gardé leur enfant. Elle voulait « sauver » le petit, un commando de barbus était allé le kidnapper, la police a débarqué et l'abbé Boyer s'est retrouvé en prison. À son procès, il avait besoin de témoins de moralité. Personne n'est venu le défendre, à part deux juifs : Roland Cahen, le traducteur de Jung en France, et moi-même. Devant le tribunal, j'ai expliqué que je ne partageais pas les conceptions de l'abbé, mais que celui-ci était désintéressé dans ses convictions.

Vous définiriez-vous comme mystique ?

Tout dépend de ce que vous entendez par là. Si je me réfère au *Petit Robert*, voici comme on y définit le mysticisme : « Union intime avec le principe de l'être. » Dans les monothéismes, ce principe est Dieu, et le mysticisme se manifeste par des contemplations quasi extatiques de l'Être divin, ou par une communion profonde avec Lui. Bien que sans-Dieu, je suis frappé par les visions des mystiques : l'émouvante sœur Faustina, la religieuse polonaise qui conversait avec le Christ et la Vierge, Sabbataï Zevi, ce messie juif du XVIIe siècle qui voyait réellement des kyrielles d'anges. Je suis touché par Thérèse d'Avila qui a tissé une relation d'amour intense, y compris au sens physique du terme, avec Jésus. Mais c'est la poésie mystique de Jean de la Croix qui résonne profondément en moi quand il évoque la « source obscure » : « Son origine, je l'ignore, elle n'en a pas. Mais je sais que tout être tire d'elle son origine, bien qu'elle soit de nuit. » Ou bien, ce qui montre les limites de la pensée : « Plus on s'élève, moins on comprend ce qu'est la nuée ténébreuse qui fait resplendir la nuit. Voilà pourquoi celui qui le connaît reste toutefois sans savoir, ce qui surpasse toute science. » Oui, je sens « mystiquement » le moment où la connaissance débouche sur l'ignorance, où le savoir débouche sur le mystère. En même temps, je suis rationnellement convaincu que plus notre science avance, plus elle approche l'Inconnaissable. Mais je ne nomme pas cet Inconnaissable, Dieu. Ici encore, j'unis mon démon de la rationalité et celui du mysticisme.

Avez-vous été un communiste rationnel ou bien mystique ?

J'ai cru que mes convictions étaient fondées rationnellement, alors que je rationalisais, autrement dit j'avais une vision cohérente et optimiste à partir d'une occultation des données empiriques. Dans le fond, un profond mysticisme était caché sous le rationalisme, je l'ai bien reconnu en faisant mon *Autocritique*. Je dois dire que non seulement dans ma période communiste, mais aussi par la suite, dans mon idée de Terre-Patrie et mon espoir en une métamorphose de l'humanité, il y a un mysticisme messianique. Il y a peut-être en moi, hérité de l'ascendance juive, un germe de messianisme. C'est le même messianisme, mais amoindri et transformé, que celui qui anima Marx, ce petit-fils de juif converti. Il annonçait la réconciliation de l'humanité dans une sorte de fin des temps, avec une apocalypse qui serait la lutte finale, et un messie, le prolétariat industriel. Je sais qu'il n'y a pas de messie, qu'il n'y a pas de fin des temps. J'ai perdu la foi dans le salut terrestre. Mais je porte en moi l'espérance insensée, la recherche, le rêve d'harmonie qui traverse l'humanité depuis les temps historiques. Oui, je suis traversé par ce messianisme tout en étant ironique à son égard, c'est-à-dire à l'égard de moi-même. Je secrète des contre-forces de scepticisme et de rationalité. Mais, surtout, j'en ai inversé le sens en un « évangile de la perdition » : « Soyons frères parce que nous sommes perdus. » C'est donc un messianisme devenu antimessianique sans cesser d'être messianique. C'est un messianisme complexe...

La vraie mystique n'est-elle pas exclusivement religieuse ?

Non, le phénomène mystique n'est pas le monopole des religions classiques, celles qui postulent un Dieu. Il existe aussi dans les religions séculières. Le culte de la Nation, l'amour de la Patrie peuvent susciter des états mystiques : le drapeau, l'hymne national mettent les fervents de ce culte dans un état second de caractère mystique. Les fidèles de la grande religion de salut terrestre qu'a été le communisme au XXe siècle connaissaient un état mystique quand ils pénétraient dans l'édifice sacré où siégeait le Comité central du Parti, ou quand ils communiaient dans la parole exaltante du dirigeant, ou au moment de chanter *L'Internationale*. Les états mystiques existent en dehors même de ces religions terrestres que sont la religion de la Nation ou la religion communiste. Ils sont des moments de poésie qui nous rendent adorable une vie par ailleurs horrible. Il y a des moments mystiques dans notre vie quotidienne : dans un verre de vin entre amis, dans un visage d'amour, dans une promenade merveilleuse comme celle de Jean-Jacques Rousseau dans l'île Saint-Pierre, dans les danses modernes qui ressuscitent les danses archaïques de possession. En ce sens, soyons mystiques !

Le mysticisme peut-il se comprendre rationnellement ?

Oui. L'état mystique est une expérience de non-séparation. Des examens neurologiques menés sur des moines bouddhistes en état de méditation ont révélé que la « clé » du mysticisme serait l'inhibition des dispositifs cérébraux qui maintiennent la séparation entre soi et l'Univers. La grande vertu du mysticisme est de bannir cette séparation. La levée de la séparation nous plonge et nous noie dans un Grand Tout qui est à la fois Vide et Plénitude. Elle nous unit avec ce qui est indicible, inconcevable, mais qui est, comme dit le Littré, « le principe de l'être », et comme dit Jean de la Croix, « la source obscure ».

Cette vérité mystique rejoint une autre vérité, je dirais scientifique, que révèle en microphysique l'expérience d'Aspect, et qui est de valeur générale : tout ce qui est séparé est inséparable. Ainsi, biologiquement, nous sommes séparés en tant qu'individus, mais, en même temps, nous sommes inséparables de notre espèce. Nous sommes des individus relativement autonomes, nous sommes inséparables de notre société dont nous sommes des moments. Amoureusement nous devenons inséparés dans la séparation. La relation mystique est, au-delà de la séparation, la réunion avec l'inséparable. D'où ce qui est pour moi une vérité fondamentale : tout ce qui est séparé est inséparable, tout ce qui est inséparable se présente, à nos yeux objectifs, comme séparé.

Vous seriez un mystique rationaliste...

Je n'aime pas le mot rationaliste, qui enferme dans la raison. Je suis rationnel. Cela dit, je suis mystique/rationnel, rationnel/mystique, chacun de ces termes insuffisants renvoyant à l'autre. La raison a ses limites et la mystique a ses raisons ! Ma rationalité m'a toujours empêché de croire en un Dieu révélé, en un Jésus qui meurt et qui ressuscite, en une parole divine donnée à Moïse et Mahomet. Jamais je n'ai pu croire en une révélation. Ni même dans le bouddhisme, du fait de la croyance en la transmigration. Je ne peux même pas croire dans le Dieu des philosophes, comme celui de Descartes ou de Voltaire. Je suis « spinozant » dans le sens où Spinoza a éliminé un Dieu extérieur au monde pour mettre la créativité dans la Nature.

Quoique incroyant, vous êtes fasciné par les mythes.

En écrivant *L'Homme et la Mort*, j'ai réalisé que le mythe et l'imaginaire ne pouvaient être réduits au rang de superstructures pouvant plus ou moins influencer les structures, mais néanmoins secondaires. J'ai compris que le mythe, le rite et l'imaginaire occupent une place fondamentale dans l'être humain. Ils ont leur mode d'existence. Les dieux ont ainsi une existence réelle à travers la foi collective d'un peuple. Leur puissance est telle qu'ils sont capables de demander à leurs fidèles de mourir ou de tuer pour eux. C'est dire que nous sommes capables, par nos esprits conjugués, de créer des êtres plus forts que nous, bien que nous en soyons les créateurs. Des êtres avec lesquels se tissent des rapports obséquieux : on leur rend hommage sans arrêt, on les couvre de louanges et on leur demande des services en échange. Mon expérience du candomblé brésilien m'a fait percevoir l'existence des orixas, ces esprits-dieux qui, convoqués au cours des cérémonies, s'emparent d'un fidèle, l'habitent, parlent à travers sa voix. L'existence des orixas est « objective » à partir d'une subjectivité commune des fidèles et grâce à des rites. Les dieux vivront tant que des humains croiront en eux. Mais quand l'humanité disparaîtra, les pauvres dieux mourront, comme nous.

Je connais votre intérêt, je dirais votre fascination pour le chamanisme. Est-ce de la sorcellerie, du mysticisme, de la religion ?

Peut-être un peu de tout cela. Tout d'abord, c'est un phénomène universel dans les cultures archaïques, de la Sibérie à l'Amazonie en passant par le Mexique. Qu'est-ce qu'un chaman ? C'est un sorcier, un guérisseur, un homme qui communique avec les esprits et les forces de la nature, mais tout cela, il ne sait le faire que dans un état de transe suscité soit par une boisson comme l'ayahusca, soit par un champignon hallucinogène, soit par le rythme et la danse. Ce sont probablement eux qui ont introduit dans les sociétés archaïques les connaissances sur les vertus et les dangers des plantes, voire des substances animales. Car à considérer les Amérindiens d'Amazonie, il est impossible qu'ils aient réuni tant de connaissances concernant une faune et une flore extrêmement variées, par la méthode des essais et erreurs. L'anthropologue Jeremy Narby pense qu'étant donné que l'ADN est le langage organisateur commun à toutes les espèces vivantes les chamans ont accès de façon pour nous incompréhensible au langage naturel du vivant et à ses myriades de combinaisons.

Mon point de vue partirait du même constat : les transes chamaniques comportent des visions que nous appelons hallucinatoires, mais qui permettent l'accès à des connaissances. Je le développerai cependant différemment. Dans *La Vie de la vie*, j'ai posé mon hypothèse selon laquelle l'écosystème est un système de communications enchevêtrées, une sorte d'ordinateur spontané géant dans lequel peuvent être captées toutes sortes d'informations par des individus, lesquelles peuvent éventuellement être intégrées ensuite dans leur patrimoine héréditaire. On sait qu'il existe d'innombrables réseaux de communications au sein de chaque espèce dont les congénères disposent d'une gamme très variée de signes ou signaux pour se « parler ». À première vue, il peut sembler que ces communications soient closes, cloisonnées : le langage des abeilles est inintelligible aux non-abeilles et, pis encore, une abeille indienne ne comprend pas une abeille italienne. Mais alors, comment se fait-il que les fleurs émettent des odeurs ou des sucs qui attirent les abeilles afin que celles-ci disséminent leurs pollens, ou que l'araignée sache exactement où planter son dard pour paralyser l'ennemi ? Comment expliquer le savoir du point névralgique intime de la proie ? Je ne crois pas qu'il s'agisse là de hasard, ni du fruit d'essais et d'erreurs. Je postule plutôt l'existence de connexions et d'interactions entre les différents systèmes de communications, donc entre tous les innombrables constituants et vivants des écosystèmes. Cependant, il y a d'énormes trous noirs entre ces réseaux qui, de plus, sont brouillés, parasités par d'énormes quantités d'erreurs ou de « bruits » procédant non seulement des leurres et des ruses entre antagonistes, mais aussi du caractère ambigu de nombre d'événements, ainsi que des limites et carences cognitives de chacun. Mais à travers ces lacunes et ces brouillages, il y a un tissu d'intercommunications vivant.

Quoi qu'il en soit, il existe des transmissions de caractère encore inconnu. Dans mon hypothèse, les chamans accèdent par une sorte de télépathie, et via le tissu des intercommunications entre les êtres vivants, à certaines connaissances sur des plantes ou des animaux. De toute façon, je suis persuadé qu'il faut étudier le chamanisme non seulement comme curiosité ethnographique, et non exclusivement pour ses pouvoirs guérisseurs, mais aussi comme la source la plus archaïque, la plus profonde et la plus mystérieuse des connaissances humaines.

Vous semblez obsédé par les limites de la raison, par le Mystère. Celui-ci n'est-il pas, dans le fond, le nom imprononçable du Dieu de la Bible ?

Il est vrai que la théologie négative ouvre la porte au Mystère, mais c'est Dieu qui est mystère. Le Mystère n'est pas pour moi l'expression d'un Dieu caché. Il écarte Dieu. Cela dit, je suis actuellement porté vers le Mystère. J'ai un projet de livre pour lequel je prends des notes, qui s'intitulerait *Quelques pas vers l'indicible*, et qui concerne les limites : les limites de la pensée humaine, de la raison, de l'esprit, les limites de la connaissance, les limites de ce que l'on peut penser sur le monde, sur la vie. J'ai envie de m'approcher du mystère, mais jusqu'où peut-on l'approcher ?

Je reste rationnel, mais je ne suis pas seulement rationnel. La raison a des limites ; l'esprit humain, aux potentialités beaucoup plus grandes, a lui-même des limites. Le Mystère est partout. Mais attention : il faut distinguer l'inconnu de l'inconnaissable, lequel relève du Mystère. Et nous ne pouvons pas (encore) déterminer les frontières entre l'inconnu et l'inconnaissable. Je suis persuadé qu'il y a d'immenses inconnus que nous pourrons connaître. Je rappelle que nous ne sommes qu'à la préhistoire de l'esprit humain : l'aventure de la connaissance va nous réserver encore bien des surprises.

Ce projet de livre est-il avancé ?

Je l'ai provisoirement interrompu après la mort d'Edwige. J'ai d'abord envie d'écrire un livre sur elle et pour elle. Un livre qui est vital pour moi. Après la mort de mon père, j'avais éprouvé un même besoin, très profond, d'écrire sur lui. Le fait d'écrire *Vidal et les siens* m'avait été bénéfique. La disparition d'Edwige me fait communiquer d'une nouvelle façon avec le mystère, l'inconnu, l'insondable.

La vie, l'Univers ont-ils pour vous un sens ?

La notion de sens a-t-elle un sens ? Si sens est

direction, on voit bien que l'Univers est né – on ne sait du reste ni comment ni pourquoi –, qu'il s'est développé de façon inouïe, et les astrophysiciens aujourd'hui nous prédisent sa mort par dispersion sous l'effet de l'énergie noire. Si sens est signification, celle-ci serait l'exécution d'un dessein divin, ou intelligent, qui produirait l'organisation de plus en plus complexe de la matière, puis de la vie, pour arriver à l'humanité. Mais pourquoi la matière est-elle si minoritaire dans l'Univers (évaluée à 4 %), pourquoi la vie est-elle si minime, si marginale, si isolée dans le cosmos – car s'il y avait d'autres formes de vie, elles seraient rarissimes ? Pourquoi tant de destructions d'espèces, tant de destructions de civilisations ? Pourquoi tout cela serait-il promis à la mort ?

Je comprends que l'organisation ait besoin de désordre, que la vie ait besoin de mort. Mais à quel prix ! Je ne peux croire en un dessein divin qui nous laisserait la liberté de faire le bien. Je ne peux croire en la résurrection ni en l'immortalité humaine. Je ne peux croire en Teilhard de Chardin qui voit l'évolution complexifiante converger vers un « point oméga » de spiritualité. Je n'arrive pas à croire en un dessein intelligent. Qui aurait eu l'intelligence de créer ce dessein intelligent ? S'il avait été tellement intelligent, il se serait arrangé pour que l'histoire du monde ne soit pas si tragique. La tragédie signifie que la mort ne peut être escamotée : l'humanité est promise à la mort, notre Soleil est promis à la mort, l'Univers est promis à la mort. Je n'exclus pas une signification, mais celle-ci serait inconnue et inaccessible à nos esprits.

Ne pensez-vous pas, comme le dit la gnose, que le monde serait créé par un être mauvais, et qu'un Dieu bon essaierait de réparer le mal ?

Pour moi, Dieu et Diable sont le même. À l'origine, il y a les séparations, les divisions (*diabolus*, le diviseur), mais aussi les unions, les reliances, donc la double présence indivisible des origines du mal et du bien. Il y a inséparabilité de ce qui lie et de ce qui détruit, et cela est vrai pour la vie comme pour l'humanité. Dans un sens, notre monde est le meilleur des mondes possibles ; son développement, son activité doivent payer l'inévitable tribut du désordre et de la désorganisation. Dans un autre sens, c'est le pire possible, car il porte en lui la mort, les cataclysmes, les destructions et les cruautés.

Pour qu'un monde soit le meilleur, il faut qu'il soit le pire ? Ce serait cela, le sens ?

Oui, un sens tordu. Ce qu'on peut dire, c'est que l'imperfection est la condition d'existence du monde. Un monde parfait serait immortel et inaltérable. Or, la perfection de l'UN, de l'ÊTRE, du NÉANT est hors de ce monde.

S'il n'y a pas dessein intelligent, d'où viennent l'ordre et l'organisation de l'Univers ? Son développement complexe, surtout dans l'évolution vivante et dans l'évolution humaine ?

Je pense qu'à partir de l'accident de sa naissance, il s'est autocréé et autoproduit. Spinoza avait retiré le pouvoir créateur à un Dieu extérieur au monde pour le situer à l'intérieur même de la nature : c'est la nature qui est créatrice, et c'est nous qui avons créé Dieu. Le grand mystère de l'Univers est cette capacité d'organisation qui crée des qualités nouvelles n'existant pas séparément dans les éléments qu'elle réunit, parmi lesquelles il y a la finalité. Ce n'est pas l'organisation qui naît du dessein, mais le dessein qui naît de l'organisation. Il faut reconnaître, pour les êtres vivants, ce que Jacques Monod a appelé la téléonomie, c'est-à-dire des finalités de survie, de développement et de reproduction (alors que la téléologie est l'idée d'un grand dessein pour tout l'Univers). Dès que s'est créée la vie se sont créés par myriades des desseins intelligents, avec volonté d'exister et de répondre aux défis, avec des stratégies, des capacités d'innover. Le grand mystère de la vie est sa capacité créatrice qui fait apparaître à un moment donné la sexualité chez les plantes et les animaux. Bergson avait raison de reconnaître l'évolution créatrice – moi, je dirais la créativité évolutive : les plantes ont explosé en fleurs, les animaux se sont dotés d'organes, d'yeux, d'antennes, de pattes, de nageoires, d'ailes. L'espèce humaine a surgi, créatrice de civilisations, de techniques, de pensées, d'arts. Mais il ne faudrait pas oublier l'évolution destructrice qui a englouti 90 % des espèces à la fin de l'ère secondaire et, dans l'histoire humaine, englouti tant de formidables empires et tant de chefs-d'œuvre. Ma réponse ne supprime pas le mystère, elle le nourrit : pourquoi l'organisation est-elle apparue ? Pourquoi les émergences ? Mais elle écarte les thèses providentialistes.

Je reviens à ma conviction : si l'Univers a un sens, il nous est inconnu, voire inconnaissable. Quant à l'aventure humaine, son sens pour moi est également inconnu. C'est à nous de donner un sens à nos vies en cherchant à vivre poétiquement, dans la communion et l'amour, et en résistant à la cruauté du monde, de la nature, des humains. Tel doit être *notre* dessein intelligent.

L'homme peut-il vivre sans religion ?

Cela dépend du sens que vous donnez au terme « religion ». Il y a les religions à dieux ou à Dieu, dont les religions de salut, comme le christianisme, qui offrent l'immortalité. Je crois que ceux qui ne peuvent croire à ces religions ne sont pas nécessairement plus malheureux que ceux qui y croient. Et il y a des religions sans salut, comme le bouddhisme, qui prônent l'anéantissement du moi et qui ne suscitent pas particulièrement des angoissés. Il y a les religions terrestres, comme la religion de l'État-nation avec son culte, ses héros, son immortalité propre ; il y eut la religion de salut terrestre que fut le communisme, suscitant une espérance inouïe, ses martyrs et ses héros, et qui s'est éteinte à la fin du XXe siècle. Peut-être renaîtra-t-elle sous une autre forme ?

Moi, je crois en un autre type de religion, sans promesses, sans salut, la religion de la Terre-Patrie qui effectuerait la reliance entre nous et l'humanité, nous et la Terre, nous et l'Univers.

Vous êtes parfois sceptique, parfois rationnel, parfois mystique et même religieux. Me permettez-vous de dire que c'est un mic-mac ?

Pour vous, peut-être. Pour moi, ce sont là les instances fondamentales qui gouvernent ma pensée. C'est dans Pascal que je trouve mon modèle, sauf sur la religion révélée. Il a hérité du doute de Montaigne. Il a développé sa raison dans son activité scientifique. Il a connu une expérience mystique. Il s'est engagé dans la déviance janséniste de la religion catholique. Donc, ensemble : doute, raison, foi, religion... Toutes ces instances ont été chez lui à la fois antagoniques et complémentaires et ont produit une œuvre géniale, les *Pensées*.

De même, j'ai en mon esprit les quatre instances. Le scepticisme de mes jeunes années reste vivant. J'ai développé ma rationalité dans mes travaux. Je ressens un sentiment mystique profond au cœur de mon destin. Et j'ai ma foi religieuse, comme je l'ai dit ; elle est incertaine, comme chez Pascal qui, ne pouvant la fonder en raison, la fonde sur un pari existentiel. Et moi, je suis convaincu du pari existentiel qui comporte ma foi en la fraternité et en la Terre-Patrie. Toutes ces instances, que j'ai appelées mes démons, sont antagoniques et complémentaires. Elles m'ont produit tel que je suis, tel que je doute, tel que je crois, tel que je pense. Je n'ai pas un Maître-Mot solaire qui a éclairé ma vie. C'est le tétralogue :

Foi	⟷	Doute
↕		↕
Raison	⟷	Religion

qui guide ma vie et ma pensée.

L'incertitude, le conflit intérieur, l'absence de salut ne vous angoissent-ils pas ?

Je ne peux éliminer l'angoisse, notamment l'angoisse de mort. Il y a des moments de vide où je sens le néant du monde, des choses, des passions. Il y a des moments où je me bats et débats avec l'angoisse, surtout quand je me perds moi-même dans des inutilités et des futilités. Mais il y a des moments de plénitude. J'adhère au monde, aux choses, à la vie, à ma foi, et je peux assumer mon destin mortel sans plus d'angoisses que celui qui se croit immortel. Car je sais que ce qui peut refouler l'angoisse sans pourtant l'annuler – car la conscience humaine a apporté l'angoisse avec elle –, c'est de vivre pleinement l'aventure humaine en sachant faire dialoguer raison et passion, c'est de vivre l'aventure de la connaissance. C'est de vivre poétiquement, c'est-à-dire de rencontrer l'émerveillement, l'extase, de vivre dans la curiosité, de vivre dans la communion, de vivre avec amour, dans, par et pour l'amour. L'amour est fort comme la mort, dit le *Cantique des cantiques*. N'exagérons pas, il n'est pas aussi fort, mais il est très fort. Comme je vous l'ai dit, ma religion est d'amour, et l'amour est médecin, ainsi que l'énonçait Paracelse.

CHAPITRE 12

La mort

Vous avez aujourd'hui quatre-vingt-sept ans, mais vous êtes resté à certains égards un grand gamin. Tout vous amuse...

Je ne sais pas si tout m'amuse, mais beaucoup de choses me plaisent. J'aime marcher d'un pas alerte, et je continue à pouvoir le faire. J'adorais, quand il y avait encore des autobus à plate-forme arrière, courir, les prendre en marche et descendre en marche. À présent, je continue à courir quand, au bout de ma rue, je vois le bus qui approche, mais ce n'est pas le même plaisir qu'avec les plates-formes. J'adorais aussi descendre deux à deux les marches des escaliers du métro. Maintenant, je me dis : prudence, parce que si je rate une marche... J'adorais conduire dans Paris quand la ville n'était pas trop embouteillée, parce que je pouvais faire de la stratégie : décider et infléchir la conduite à partir de l'examen simultané de la courte distance, de la moyenne distance et de la longue distance. À courte distance, il faut prendre la file la moins occupée, par exemple celle de droite, mais si vous voyez à moyenne distance une voiture à l'arrêt sur cette file, vous changez, si vous voyez une manif au loin, vous changez de route, etc. Bref, cela me plaisait beaucoup mais, depuis des années, j'ai laissé ma voiture au parking, la ville est trop embouteillée. Sur la route, les petites distances m'assomment : je suis un coureur de fond, j'ai besoin d'être lancé, d'être en cet état de possession où la conduite est quasi automatique, et je peux faire dans la journée mille kilomètres.

Je me suis longtemps passionné pour le Tour de France cycliste. Gamin, j'allais voir les résultats affichés à l'entrée d'un grand quotidien sportif ; mon intérêt est retombé, ces dernières années. Par contre, j'aime beaucoup le football qui ne faisait pas partie de mes passions de jeunesse : je ne rate pas les coupes d'Europe et le Mondial. Je suis devenu amateur de rugby dont j'admire les alternances d'élégance où l'attaque prend la forme d'un arc, et de brutalité dans les empoignades. Le cinéma est toujours ma passion, et je m'attache à certaines séries télévisées comme *New York District Police Blues*. Et la musique que j'aime, de la chansonnette à Beethoven, ne cesse de m'enivrer. Enfin, je m'étonne de plus en plus de tout, de rien. En fait, je n'en reviens pas qu'il y ait de la vie, que je sois vivant, que la vie soit la vie.

Vous consultez tous les jours vos mails, vous multipliez les conférences, vous voyagez, vous avez un agenda très chargé. N'êtes-vous jamais tenté de vous poser un peu ?

Oui, je suis submergé. Je voudrais diminuer un peu toutes ces activités. Regardez, je n'arrive même pas à lire toutes ces revues qui s'accumulent dans ce coin, et je ne parviens même pas à les jeter parce que je me dis que je raterais peut-être un bon article. Il est vrai que je m'intéresse à trop de choses. Il serait peut-être temps que je commence à faire mon deuil de certaines d'entre elles, mais je n'y arrive pas, je ne sais pas par quoi commencer. J'ai une grande curiosité, j'aime lire, j'aime le cinéma, j'aime le théâtre, j'aime voyager. Je suis encore très ouvert à tout ce que m'apportent les sens, y compris gustatifs : manger, boire. J'aime tous les petits plaisirs, je goûte aussi de grandes joies. Je ne sais pas si je pourrai vivre encore un bonheur. Mais j'ai mes mélancolies profondes, mes tristesses, mes passages à vide. De mon père je tiens la gaieté, de ma mère la mélancolie ; tantôt je suis possédé par l'esprit de l'un, tantôt par celui de l'autre.

Vous voudriez modifier votre rythme de vie ?

Bien sûr, je voudrais refuser l'accessoire, abandonner le secondaire, me consacrer à l'essentiel. L'essentiel, je le connais, la maxime m'en a été donnée par mon ami Mauro Ceruti : « Me vouer à ce qui me donne passion et compassion. » L'essentiel, ce sont les vrais amis, ce sont les vraies tendresses, c'est ma « mission » réformatrice pour la pensée et l'éducation, c'est ma « mission » en faveur de la politique de civilisation. Comme je vous l'ai déjà dit, mon essentiel est une combinaison d'essentiels.

Retomberez-vous amoureux ?

Dans mon cas, rien ne pourra remplacer l'amour si profond qui me liait à Edwige. Je ne peux rien exclure. Je connais des veufs qui ont été très affectés par la disparition de leur compagne et qui, presque aussitôt, se sont remariés, ont connu un autre type d'amour. Ce n'est pas mon cas, mais ce fut celui de Paul Éluard, ou encore de Pierre Naville. Je comprends ce réflexe vital de ne pas se laisser entraîner dans le gouffre de la mort.

Éprouvez-vous encore du désir physique ?

Je ne répondrai qu'en présence de mon avocat...

Je n'ose pas vous demander si vous vous sentez vieux, tellement je vous sens encore jeune...

J'ai tous les âges. Je suis enfantin, je suis adolescent, je suis adulte et je suis vieillard. Ces quatre états ont toujours coexisté en moi, ils ont peu à peu modifié leurs formes, leur équilibre, mais ils se sont maintenus. La mort de ma mère, alors que je n'avais que dix ans, m'a prématurément vieilli et, en même temps, elle m'a bloqué dans un stade enfantin, pour ne pas dire infantile. Même adolescent, même adulte, j'ai conservé mon infantilité. Et que dire maintenant, puisque la vieillesse permet de libérer sa propre infantilité ? Je suis adolescent, je ressens toujours les aspirations et les ardeurs de mon adolescence. J'ai été adulte jeune, quand j'ai exercé des responsabilités dans la Résistance, mais je suis un adulte inachevé. Et puis voici la vieillesse...

Si c'est l'âge de la sagesse, je suis condamné à considérer qu'il n'y a pas de sagesse sans folie ; si c'est l'âge de l'expérience, oui, je crois que j'ai tiré les leçons de mes expériences, mais l'expérience passée ne vaut pas nécessairement pour le futur, et je ne prétends pas avoir l'expérience du Sage. Je dois dire aussi que la vieillesse est l'âge de la sénescence. La sénescence, je la sens quand je me penche, je suis rouillé. Ma sénescence, c'est d'une part être rouillé, d'autre part la prostate qui m'oblige à me lever deux ou trois fois par nuit. Mais, à part ça, le corps fonctionne. Non, l'âge, jusqu'à présent, je ne l'ai pas ressenti aux niveaux psychologique, ni affectif, ni cérébral ou intellectuel. L'âge n'affecte pas mes activités. Le sens, peut-être illusoire, de ce que j'appelle ma mission, m'insuffle des énergies. J'ai évidemment des projets, dont mes deux projets de livres, l'un consacré à Edwige, l'autre qui s'intitulerait *Quelques pas vers l'indicible*. Je prends des notes, je réfléchis. Et je reste ouvert à tout.

Vous projetez-vous dans l'avenir ?

L'autre jour, examinant mes dents, mon dentiste m'a annoncé de grands travaux. Et il m'a demandé : « Vous sentez-vous jeune ? » Je lui ai demandé : « Pourquoi ? » Il m'a dit qu'en général, quand il annonce ces travaux à des personnes de mon âge, elles lui disent que cela n'en vaut pas la peine.

Que lui avez-vous répondu ?

« Faites ! » Douze jours après la mort d'Edwige, j'ai fait une grosse rhinopharyngite, je n'allais pas bien, j'ai annulé tous mes rendez-vous, je n'ai pas pu aller le soir au récital d'Yves Simon qui m'avait invité à l'Olympia. Le lendemain, mes bronches étaient atteintes, je sentais que tout s'arrêtait, tout se bloquait en moi. Je suis resté au lit comme si une partie de moi renonçait à lutter. Je me suis rappelé l'année qui a suivi la mort de ma mère, quand une partie de moi abandonnait l'idée de vivre. J'appelle le docteur Andrieux, ami médecin, et, mi-sérieux, mi-plaisantin, je lui dis que c'est peut-être la fin. Il me répond : « Si tu veux mourir, meurs et fous-nous la paix ! Mais si tu veux vivre, réagis ! Est-ce que tu veux vivre ? » Je lui ai dit spontanément : « Je veux vivre. » Une heure plus tard, je me sentais si bizarrement mieux que j'ai pris ma température : je n'avais plus de fièvre. Andrieux avait-il réveillé l'Edgar qui veut vivre ?

Vous travaillez beaucoup...

Depuis ma retraite du CNRS, énormément. Le mot « retraite » n'a d'ailleurs pas de sens pour moi : étant émérite, j'ai non seulement le droit, mais aussi le devoir de continuer à travailler, et je dispose pour cela d'une assistante à mi-temps. La diffusion de mes écrits, de mes idées, a entraîné un accroissement de mon travail. Je reçois un courrier de plus en plus abondant, et un minimum de courtoisie me force à répondre à toutes les lettres, même si c'est parfois avec six mois de retard. Je suis en fait de plus en plus submergé de demandes pour des thèses, des recherches, des entretiens. Je dois écrire des introductions à des traductions étrangères de mes livres, voire pour la résurrection d'œuvres jusqu'alors « maudites », comme *L'Esprit du temps*.

Vous seriez d'accord pour vivre, en tout cas pour prolonger la vie à n'importe quelles conditions ?

Pas dans les conditions qu'a acceptées le docteur Faust. Mais il me semble bon que l'on puisse prolonger une vie humaine en empêchant les dégradations du corps et de l'esprit. Notamment parce que nous mettons tellement de temps à avoir de l'expérience ! On ne commence à se connaître un peu soi-même qu'à partir de quarante ou cinquante ans, à reconnaître alors les erreurs qu'il ne faut plus commettre, que ce soit dans la vie amoureuse ou professionnelle. Il est intéressant de pouvoir vivre en plénitude sa propre expérience. Je crois que l'activation des cellules souches dormantes dans notre organisme, en effectuant la régénération de nos organes ou tissus lésés, nous permettrait une prolongation de la vie peut-être indéfinie, mais non pas infinie. Aucune science ne fera de nous des immortels : nous n'échapperons pas à la mort. Il y aura toujours des événements, des accidents mortifères. Vivrait-on continûment, viendra bien le moment où notre Soleil s'éteindra et où la Terre mourra.

Avez-vous peur de la mort ?

Parfois me vient le sentiment de ma mort. C'est souvent, brusquement, au moment de m'endormir. Et ce sentiment, c'est un vide, un grand vide qui me prend aux entrailles. Ce n'est pas tellement la mort de mon corps qui me perturbe, mais la mort de mon Je, le Je de ma conscience, de mon être subjectif.

Êtes-vous prêt à la mort ?

Je ne suis pas prêt, bien qu'elle puisse survenir soudain. J'ai encore mon œuvre à poursuivre, et elle me projette dans l'avenir. Concernant mes idées pour réformer la pensée, l'éducation, j'ai l'impression que nous sommes au début de quelque chose, et je n'aimerais pas mourir maintenant. Il me faudrait vraiment quelques années de plus pour réaliser ce que je crois important et que moi seul, je pense, peux, du moins dans les débuts, stimuler.

Je suis en chemin, comme je l'ai été toute ma vie.

C'est mon destin. Je continue, je suis toujours à la recherche, je cherche, j'aime, je vis, je vis, je jouis. Je suis très content quand je rencontre une amitié nouvelle, quand un nouveau visage me charme. Mon ami François Fejtö, âgé de quatre-vingt-dix-neuf ans, était en convalescence quand il s'entretenait avec une jeune journaliste qui le charmait. Il naissait à nouveau à la joie de vivre, ce matin-là, et il est mort au milieu d'une phrase, les yeux fixés sur le visage de cette jeune femme.

Vous rêvez d'une telle mort ?

La voyante Yaguel Didier m'avait prédit un jour que je vivrais longtemps, que je travaillerais jusqu'au bout. Et que je mourrais debout : frappé, je tomberais à terre. J'espère qu'elle aura eu raison. Je préfère cette perspective à celle de mourir couché. Elle m'avait dit d'autres choses qui se sont révélées pertinentes. Par exemple, de faire attention à mes bronches ; quelques années plus tard m'est tombée dessus une tuberculose, soignée pendant un an et demi par antibiotiques. Elle m'a annoncé aussi qu'une grande réputation me viendrait sur le tard de l'étranger. Ça commence...

Vous avez déjà frôlé la mort...

Elle m'a donné de faux rendez-vous, jusqu'à présent. Le premier fut le jour de ma naissance, je vous l'ai dit : je suis mort-né. Mais l'obstétricien m'a arraché à elle en me ranimant au bout d'une demi-heure de claques. Le second rendez-vous fut celui où elle emporta ma mère. Un an plus tard, une étrange fièvre aphteuse me faisait mourir, mais tante Corinne me sauva en m'enlevant les glaires du gosier et en me mettant dans de la glace. Puis, sous l'Occupation, j'ai risqué plusieurs fois l'arrestation et peut-être la mort. J'aurais même dû inévitablement être arrêté, ainsi que je vous l'ai raconté, ce jour où j'allai trouver mon ami et adjoint Jean l'Allemand, dans sa chambre à l'hôtel Toullier, sans me douter que la Gestapo l'y avait arrêté et y tendait une souricière.

J'ai faussé une nouvelle fois compagnie à la mort en 1945. J'étais au gouvernement militaire français à Baden-Baden, je réalisais avec mon ami André Mandouze un journal pour les troupes françaises d'occupation. Nous avions terminé tard dans la soirée et décidé d'aller en zone américaine où les établissements militaires regorgeaient de whisky, victuailles et chocolat. Nous partons sur l'autoroute, le chauffeur Guérineau, André Mandouze, sa copine, Violette et moi ; nous arrivons dans Karlsruhe désert, en ruine, où nous nous perdons, puis nous retrouvons l'autoroute et continuons. Il était tard dans la nuit. Mandouze, la copine, Violette et moi-même somnolions ; soudain, je crie « stop » en m'éveillant en sursaut. Guérineau arrête la voiture. À deux mètres devant nous, un gigantesque ravin. On a supposé que quelque ultime groupe nazi avait déplacé l'écriteau de déviation. On a appris ensuite qu'une jeep américaine avec des militaires à son bord s'était déjà écrasée au fond du ravin.

Sauvés ?

Pas tout à fait. Nous reprenons la route, le jour point, mais cette fois Guérineau s'endort au volant. La voiture quitte l'autoroute et va s'écraser contre un arbre. Il y eut un moment inouï de silence et je me suis dit : « Tiens, je suis mort, ça n'est pas si désagréable ! » Et alors sont montés des gémissements des sièges arrière, puis une douleur à mon épaule. J'ai pu ouvrir la portière, gravir le talus, faire signe... et nous nous sommes retrouvés à un hôpital voisin pour personnes déplacées.

La mort n'est plus venue vous chercher ?

Non, mais j'ai eu, dès la fin de la guerre, à déplorer la mort d'amis chers : Claude Dreyfus, Joseph Recanati et, ces dernières années, les morts se succèdent, jusqu'à l'ultime, au moment où je vous parle, de mon ami Jacques-Francis Rolland. J'ai voulu dire à chaque fois au revoir à mes amis. Vous savez l'importance pour moi de l'au revoir que l'on m'a empêché de dire à ma mère et qui m'a rongé toute ma vie.

Avez-vous tué ?

Non... ou plutôt presque. Persuadé que deux camarades de notre mouvement de résistance avaient été retournés par la Gestapo, j'avais parlé à François Mitterrand de la nécessité, que je croyais vitale après de nombreuses arrestations, de leur liquidation physique. Il fut d'accord, mais le déclenchement de l'insurrection de Paris nous empêcha d'accomplir ce meurtre. Paris libéré, j'ai estimé inutile de les poursuivre : même s'ils avaient trahi, ils n'étaient plus dangereux. Et, après coup, je ne suis plus si sûr qu'ils aient trahi. Sinon, pendant l'insurrection, j'abordais mon brassard FFI et portais en bandoulière un fusil de chasse, mais je n'avais pas l'intention de tuer un Allemand, et je n'ai pas tiré une seule balle. C'était pour le *show-off*, comme on dit aujourd'hui. Sinon, ce pourquoi je suis plutôt content de moi, pendant cette période, c'est d'avoir libéré discrètement les prostituées qu'on m'amenait à tondre pour avoir couché avec des Allemands...

Pour vous, la mort est une fin ?

C'est le néant. Pour moi, elle ne comporte pas d'espoir de survie ou de résurrection. Elle est irrémédiable.

Rien ne survivra de vous ?

Mon œuvre, je ne sais pendant combien de temps. Et puis, quelque chose de moi, une sorte d'ectoplasme survivra dans la mémoire de ceux qui m'aiment.

Pourtant, vous parlez de la présence d'Edwige...

« Cette présence si aiguë qui vient de l'absence », comme l'a justement dit le poète Attilio Bertolucci. Je voudrais croire qu'elle existe sous quelque forme que ce soit. Au Brésil, j'ai vu trois fois, en des lieux différents, un petit oiseau coquet, gracieux comme elle, marcher sur ses minces pattes élégantes, et je pensais tantôt qu'elle était devenue oiseau, tantôt qu'elle m'adressait un message par l'oiseau. J'ai aussi, en face de ma table de travail, une photo où elle semble vouloir m'adresser la parole. Je lui parle le soir. Je lui ai aussi écrit chaque jour pendant quatre mois. Car, curieusement, je la sens, comme si mon moi archaïque croyait en l'existence de son esprit ou fantôme, même si ma raison ne peut y croire. Enfin, je n'y crois pas tout en y croyant... Je sais qu'on peut vivre avec la quasi-présence de l'être aimé mort. Ce que m'a dit Renée H. de son mari, et que m'a écrit Marine Baudrillard de Jean, décédé il y a deux ans : « Edgar chéri, laisse-moi te dire que "nous" pensons à "vous" en ces temps difficiles. Je ne doute pas que tu parviennes à bien négocier le passage. Si Edwige s'est abstraite radicalement de la commune réalité, il vous reste toutes les autres, toutes celles que votre couple a sécrétées au cours de ces années de complicité. À toi, bien sûr, de t'adapter à sa nouvelle forme. Mais, là encore, tu peux compter sur elle. Aime-la plus que jamais. »

Vous croyez aux esprits sans y croire...

C'est une croyance universelle dans l'humanité, dès la préhistoire, qu'ont plus ou moins refoulée le catholicisme et le rationalisme. Est-ce que les esprits qui se manifestent sont sécrétés par la communauté qui les invoque, ou bien errent-ils dans un univers lié au nôtre ? Je penche pour la première hypothèse.

Vous êtes quand même assez singulier...

Erreur ! Je suis un exemplaire du type moyen de l'humanité. Comme les autres s'écartent de la moyenne, j'apparais à tort comme singulier, alors que je suis un homme moyen à l'état presque pur. Pourquoi ? D'abord, parce que j'ai une intelligence moyenne, sans génie particulier. Ensuite, parce que je n'ai pas eu de culture imposée et que je me suis fait une culture ouverte. Je suis universaliste, non pas comme l'Occidental qui se croit être le propriétaire de l'universel, mais comme un Occidental participant à un universel qui le dépasse et l'englobe. Comme j'ai dû déjà vous le dire, je sais ce que les cultures archaïques, par exemple celles des Amérindiens, peuvent détenir de savoirs, de savoir-faire, d'arts de vivre que nous n'avons pas, et j'aspire au « rendez-vous de donner et recevoir » dont parle Senghor. Bien sûr, j'ai mes particularités, mais celles-ci sont issues de mes multiples appartenances. Je suis un Occidental, mais j'ai certains traits orientaux. Je me suis nourri de beaucoup de cultures qui m'ont ouvert à l'humanité. Certes, je suis français, je suis européen, je suis méditerranéen, je suis juif, je suis aussi citoyen du monde.

Si mes gènes pouvaient parler, ils raconteraient une odyssée méditerranéenne qui partirait du Sud, du Proche-Orient d'aujourd'hui, ils raconteraient leur voyage dans l'Empire romain, leur arrivée en Espagne et en Provence, ils diraient un départ pour l'Italie et l'Empire ottoman, puis l'arrivée en France. Ces identités méditerranéennes successives se sont unies en moi. Au cours de ce périple bimillénaire, la Méditerranée est devenue une matrie, une mère. Mes papilles sont méditerranéennes, mes oreilles adorent le flamenco et les mélopées orientales, et dans mon âme il y a ce je ne sais quoi qui me met en résonance filiale avec son ciel, ses îles, ses côtes, ses aridités, ses fertilités. Mais, où que je sois, en Asie, en Afrique, en Amérique, j'entre dans une culture, dans sa gastronomie, dans ses rites, ses connaissances, sa musique, et ça me plaît. Je ne ressens pas l'étrangeté des autres qui peuvent me sentir, moi, étranger à eux. Je goûte à toutes les différences. Qui je suis ? Moi, et en même temps tout le monde ; je suis tous ceux que j'ai rencontrés, je suis l'humanité.

Vous vouliez écrire un livre qui se serait intitulé Je ne suis pas des vôtres. *Pourquoi avez-vous abandonné ce projet ?*

Parce que, dès que j'ai commencé à réfléchir à ce livre, j'ai compris que j'avais mal posé le problème. Quand j'ai commencé à être reconnu, on a voulu me placer dans une catégorie : universitaire, intellectuel de gauche, juif. Mais je n'ai qu'un pied dans ces catégories. L'essentiel de mon être est ailleurs. Mon originalité, je le répète, est d'être un individu moyen. J'ai compris que ce n'est pas tellement ma différence qui m'intéresse, mais de savoir qui je suis.

Vous regardez la mort avec une lucidité qui peut être dérangeante...

Je dirai que la mort désintègre la vie, mais que la vie intègre la mort. Notre organisme se régénère en remplaçant les cellules qui meurent par des cellules neuves ; notre société et notre espèce se régénèrent en remplaçant les individus qui meurent par des générations nouvelles. Les écosystèmes nourrissent leur vie de la mort de tous les êtres qui les composent. Rien n'est plus ambivalent que la relation vie-mort. J'ai cité Héraclite : « Vivre de mort, mourir de vie. » Mais c'est la mort qui gagne, à la fin, comme disait Staline à de Gaulle...

Et votre mort à vous, la regardez-vous avec la même lucidité ?

L'amour, la communion ne peuvent surmonter la mort, mais ils donnent le sens de la vie à travers et malgré la mort. Ma propre mort m'inspire un hymne à la vie, un hymne à l'amour.

ÉPILOGUE

Renaissances

Au cours de nos entretiens, j'ai été frappée par une idée qui revient souvent dans votre discours quand vous remontez le fil de votre vie : celle de vos « naissances ». Ces naissances successives forment-elles votre recette de jeunesse ?

Il ne s'agit pas d'une recette, mais d'une réalité que je vis. Mon existence, je vous l'ai dit, s'est déroulée selon des cycles de dix ans s'ouvrant chacun par une nouvelle naissance, déclenchée par un événement extérieur qui retentit sur moi. En 1931, la mort de ma mère, quand j'avais dix ans, m'a détruit et, en même temps, catapulté dans une autre vie, avec ce qu'elle comportait de chagrins, de tristesse, d'aspirations, de doutes. Quelque chose est mort en moi, mais je suis né à moi-même tel que ce malheur m'a formé. En 1941, à vingt ans, pendant la guerre, j'ai choisi de risquer la mort en entrant dans la Résistance, et je suis entré dans une nouvelle vie. Quel aurait été mon destin s'il n'y avait pas eu la guerre ? J'aurais peut-être poursuivi mes études d'histoire pour devenir professeur. Mais j'ai arrêté ces études pour entrer dans l'école de la vie, en menant une existence d'errances et d'expériences qui ont englobé la rédaction de mon tout premier livre et une année de chômage. En 1951, à trente ans, je romps définitivement avec le communisme et je renais en entrant au CNRS, dans une carrière qui me donne la liberté de mon temps et de mes thèmes de recherche. C'est aussi une période fiévreuse de renaissance intellectuelle avec la revue *Arguments*. La pensée de Marx devient une des étoiles dans la constellation de penseurs qui m'inspirent. En 1961, à quarante ans, l'Amérique latine entre dans ma vie pour toujours, et l'année suivante, transporté au Mount Sinaï Hospital à New York, je sors du coma, renais à moi-même, décide de reconnaître mes vérités et de réformer ma vie en échappant à la dispersion, ce que je ne réussis pas. Je fais le point dans un manuscrit, *Le Vif du sujet*, puis le hasard me lance dans la « sociologie du présent » qui va occuper le gros de la décennie, jusqu'à 1968 compris. De 1969 à 1971 commence en Californie ma grande renaissance intellectuelle et affective, déclenchée par l'invitation du Salk Institute de biologie. Je retrouve toutes mes aspirations existentielles et, en même temps, me nourris de pensées qui vont faire émerger en moi le projet de *La Méthode*. Ce que j'entreprends au cours de la décennie. En 1978, à près de soixante ans, j'ai commencé une nouvelle vie avec Edwige, une vie qui sera heurtée, qui connaîtra ses difficultés, mais surtout ses joies et ses bonheurs. À soixante-dix ans, en 1991, c'est le nouvel état du monde issu de l'implosion de l'URSS et de la globalisation qui suscite chez moi une repensée dont sortira *Terre-Patrie*, puis *Vers l'abîme ?*, et c'est au cours de cette décennie que prend corps mon idée de réforme de l'enseignement. Enfin, en 2001, à quatre-vingts ans, je me lance dans l'aventure : c'est l'essor de ma mission pédagogique et l'apparition des premières réformes dans cette voie, notamment en Amérique latine. Je ne sais pas si une nouvelle naissance se prépare pour mes quatre-vingt-dix ans ou si, au contraire...

Chaque renaissance a-t-elle été un recommencement ? Autrement dit, tourniez-vous complètement la page à chaque nouveau cycle ?

Les recommencements, voire les ruptures, se sont effectués dans la continuité. La continuité, c'est le sentiment permanent des ambiguïtés, des ambivalences, des contradictions. La continuité, c'est la lente gestation de la pensée complexe qui se forme à travers des terrains très divers, à partir de *L'Homme et la Mort*, *Le Cinéma ou l'homme imaginaire*, *L'Esprit du temps*, *Plozévet*. La continuité, c'est la curiosité jamais assouvie et le questionnement demeuré permanent. La continuité, c'est, à partir de mon *Autocritique*, l'obsession du problème de l'erreur et de l'illusion. La continuité, c'est l'enfance et l'adolescence conservées jusqu'à la vieillesse. La continuité, c'est l'amour jamais tari et l'aptitude à renaître et renaître...

Je vais adopter votre mode de pensée : naître et renaître serait donc à la fois votre continuité et votre discontinuité ?

Oui, ma discontinuité dans la continuité et ma continuité dans la discontinuité. Et je voudrais insister sur l'énergie que produit le recommencement en évoquant à nouveau le premier mouvement de la *Neuvième Symphonie* de Beethoven qui, je vous l'ai dit, a hérissé mes cheveux sur ma tête (alors très chevelue) quand je l'ai entendu pour la première fois, à quinze ans, salle Gaveau. Il y a au tout début un frémissement quasi imperceptible, d'avant toute origine, puis un faible appel sur deux notes, une faible réponse, appel et réponse se confondent, se précipitent, se fortifient, et soudain éclate, avec une énergie inouïe, le surgissement, la titanesque construction de l'univers. Ce commencement est immédiatement suivi d'un recommencement qui consolide le premier et à partir duquel vont apparaître les tendresses, les émotions, les violences. Et le commencement reviendra plusieurs fois au cours de ce mouvement, jusqu'à l'achèvement de celui-ci, qui est exactement le commencement même. Voilà le message qui est devenu mien : il faut toujours commencer, et toujours recommencer. Toutes les vertus se manifestent dans les états naissants, avant que n'interviennent les dégradations : c'est vrai dans l'amour, c'est vrai en politique, dans la révolution, c'est vrai partout.

Vous avez vous-même reconnu avoir une tendance certaine à la dispersion...

C'est vrai, mais elle aurait été totalement négative si je l'avais sans cesse laissée aller. Au contraire, au cours de mes naissances, je me recentre. Ma vie intellectuelle est une succession de décentrages et de recentrages. Au cours des décentrages, je recueille de multiples pollens et je vais faire du miel pour mes périodes de recentrage. Je me suis recentré en 1963 avec *Le Vif du sujet*, en 1972 avec *Le Paradigme perdu*, et les années suivantes, celles de *La Méthode*, ont alterné centrages et décentrages.

Vous avez ainsi suivi votre chemin...

Il n'y avait pas de chemin là où je me suis aventuré. C'est pourquoi j'ai pris pour devise les vers d'Antonio Machado que je cite à satiété : « *Cami-*

nante, no hay camino, se hace camino al andar... »
Oui, pour moi, le chemin se trace en marchant.

Vous êtes un omnivore culturel, vous dévorez toutes sortes de connaissances. Vous a-t-on déjà dit que vous étiez une sorte de Pic de La Mirandole ?

Mais la plus belle période dans l'histoire de l'Europe a été la Renaissance. J'annonce une nouvelle Renaissance !

Et puis vous êtes un rebelle, un révolté.

Non, je suis un débonnaire. C'est ma façon d'être, de penser, de réagir qui me met en situation de rébellion ou de révolte. Je n'aime pas me courber. J'obéis à Beethoven qui a dit : « Je ne m'incline que devant la bonté. »

Au fond, qui êtes-vous ?

Tout d'abord, je suis fils. Fils orphelin de ma mère morte dans mon enfance, fils jusqu'à soixante-trois ans de mon père mort en 1984 (et, pour cela, sans doute père insuffisant), fils de mes actes qui m'ont fait Morin, fils de la Terre, la Pachamama des Incas.

Ma seconde réponse, je le répète, c'est que je suis un être moyen et, à ce titre, un spécimen pas trop singulier de l'espèce humaine, ce qui fait mon apparente singularité. Dire que je suis un être moyen veut dire aussi que j'ai mes carences, mes lacunes, mes infirmités, ma connerie. C'est pourquoi je n'ai jamais voulu édifier avec mon œuvre ma propre statue.

Si vous lisez mes journaux publiés, comme *Journal d'un livre*, *L'Année Sisyphe*, *Aimer, pleurer, rire, comprendre*, vous verrez que je me déstatufie sans arrêt.

Et votre statue au Mexique ?

Je l'ai traitée, comme je vous l'ai dit, avec distance et ironie.

Vous ne vous prenez donc pas au sérieux !

C'est parce que je me prends au sérieux que je me moque de moi-même.

Vous avez été souvent en avance sur votre temps.

C'est pour cela que, sur le moment, je ne suis pas compris, et qu'ensuite on ne voit aucun mérite à celui qui annonçait ce qui est devenu une évidence. C'est André Breton qui, sur ce point, m'a fait l'éloge auquel je suis le plus sensible. Il m'a dédicacé son *Manifeste du surréalisme* avec ces mots : « À Edgar Morin, lui toujours en flèche. »

Notre époque s'interroge volontiers sur le « sens » : des choses, de la vie, de l'univers. Vous-même, quand vous relisez aujourd'hui votre vie, lui trouvez-vous un sens ?

Le « sens » de notre vie est celui que nous élisons parmi tous les sens possibles, et que nous élaborons au fil de notre propre cheminement. Le sens de ma vie a deux faces. La première est la curiosité. J'ai conservé jusqu'à aujourd'hui ma curiosité en éveil ; l'inconvénient en a été la dispersion, mais cette curiosité m'a rendu capable d'acquérir les idées et les connaissances qui convenaient à mes recentrages. L'autre face du « sens » de ma vie est liée à l'amour, à l'amitié, à la beauté, à la joie, aux sentiments. Donner un sens à sa vie, pour moi, c'est vivre poétiquement en cultivant la fraternité. Tel est d'ailleurs mon « évangile de la perdition » : nous sommes perdus dans l'Univers, nous ne savons pas pourquoi nous sommes là, pourquoi le monde existe. Nous sommes de pauvres diables marqués par la tragédie, des êtres souffrants embarqués sur notre petite planète. Ayons donc un peu de compassion les uns pour les autres ! Soyons frères, puisque nous sommes perdus, et non pas parce que nous serons sauvés !

Avez-vous un modèle de vie ?

En 1960, dans la revue *Arguments*, j'avais brossé le portrait du type d'homme qui, à défaut d'être mon modèle, serait mon idéal. Ce portrait reste actuel. « Cet homme ne veut pas quitter le terrain des contradictions, un champ de bataille dans lequel il voit son équilibre se modifier, se détruire, se reformer. Il résiste à la pétrification, il s'efforce de rendre créatrice en lui la lutte des contraires. Tragédie et comédie, épopée et farce sont pour lui indissolublement présentes à chaque instant. Il ne veut ni fuir le réel ni l'accepter, mais il voudrait que le réel soit peut-être un jour transfiguré. Cet homme ne hait rien ni personne. Adulte, il est en même temps très vieux, enfant et adolescent. Toujours en formation, il s'obstine à chercher l'au-delà. Ses deux passions sont l'amour et la curiosité qui donnent une énergie sans frontières. Il se sait infirme, particulier, mais ce qu'il ressent est l'universelle misère de chacun, et non la solitude. »

Votre vie a-t-elle été réussie ?

J'ai horreur de ce mot. Je dirais que je ne suis pas de ceux qui ont une carrière, je suis de ceux qui ont une vie. Evtouchenko a dit avec justesse : « Ma façon de faire ma propre carrière, c'est de ne pas la faire. »

A-t-elle été heureuse ?

Heureuse, malheureuse ne sont pas des épithètes que je pourrais mettre sur ma vie. J'ai connu de fugitifs moments de bonheur avec mille émerveillements. J'ai connu de grands moments de bonheur dans des rencontres d'âme à âme, de corps à corps, d'extase, y compris des extases historiques comme la libération de Paris, les deux premières semaines de mai 1968, la révolution des Œillets à Lisbonne, la chute du mur de Berlin. J'ai connu des périodes de bonheur, notamment la période de la rue Saint-Benoît, celle de la Californie, mes périodes toscanes, la dernière avec Edwige. Mais quand le bonheur est lié à une personne aimée, la perte de l'aimée engendre chagrin et malheur. J'ai ainsi payé le prix du bonheur.

Je dirais aussi que ma vie a été une alternance de chance et de malchance, qu'il est arrivé que ma chance sécrète ma malchance, et ma malchance, ma chance. Ainsi j'ai eu la malchance d'être chômeur en 1949, mais cela m'a valu la chance de pouvoir écrire

L'Homme et la Mort à la Bibliothèque nationale, puis d'entrer au CNRS. J'ai eu la chance de rencontrer Marilu, puis la malchance de devoir me séparer d'elle. J'ai eu la chance de faire ce dont j'avais envie et la malchance de susciter, par cela même, de multiples réprobations. Rappelez-vous qu'une clique de mandarins a voulu m'infliger un « blâme scientifique » pour mon livre sur Plozévet. J'ai eu la chance de vivre jusqu'à mon âge et la malchance de perdre celle et la plupart de ceux que j'aimais.

Vous êtes pourtant un homme gai...

Oui, mais j'ai une face mélancolique, cachée comme l'est la face obscure de la Lune.

Ce sera ma dernière question : quelle est votre maxime de vie ?

J'en ai, à moins d'en oublier, quatorze. Quatorze commandements :

- Le contraire d'une vérité profonde est une autre vérité profonde (je le tiens de Pascal et de Niels Bohr).
- Le meilleur des mondes est aussi le pire (Dieu et Satan sont le même).
- Tout ce qui ne se régénère pas dégénère (ce qui veut dire aussi que rien n'est jamais acquis).
- Rire, aimer, pleurer, comprendre.
- S'attendre à l'inattendu.
- Lutter sur deux fronts.
- Résister à la cruauté du monde et à la barbarie humaine.

- Ne pas sacrifier l'essentiel à l'urgence, mais obéir à l'urgence de l'essentiel.
- Se vouer à ce qui donne passion et compassion.
- Garder toujours en veilleuse la raison dans la passion, et toujours présente la passion dans la raison.
- Garder la révolte dans l'acceptation, garder l'acceptation dans la révolte (le *Muss es sein, es Muss sein* de Beethoven).
- Aimer le fragile et le périssable (« Aimer ce que jamais on ne verra deux fois », Alfred de Vigny).
- « Penser à augmenter la vie de vos jours plutôt que les jours de votre vie » (Rita Levi-Montalcini).
- Renaître et renaître jusqu'à la mort.

Table

Du même auteur

LA MÉTHODE

La Nature de la Nature (t. 1)
Seuil, 1977
et « Points Essais », n° 123, 1981

La Vie de la Vie (t. 2)
Seuil, 1980
et « Points Essais », n° 175, 1985

La Connaissance de la Connaissance (t. 3)
Seuil, 1986
et « Points Essais », n° 236, 1992

Les Idées. Leur habitat, leur vie,
leurs mœurs, leur organisation (t. 4)
Seuil, 1991
et « Points Essais », n° 303, 1995

L'Humanité de l'humanité (t. 5)
L'identité humaine
Seuil, 2001
et « Points Essais », n° 508, 2003

L'Éthique (t. 6)
Seuil, 2004
et « Points Essais », n° 555, 2006

La Méthode
Seuil, « Opus », 2 vol., 2008

COMPLEXUS

Science avec conscience
Fayard, 1982
Seuil, « Points Sciences », n° S64, 1990

Sociologie
Fayard, 1984
Seuil, « Points Essais », n° 276, 1994

Arguments pour une Méthode
Colloque de Cerisy (Autour d'Edgar Morin)
Seuil, 1990

Introduction à la pensée complexe
ESF, 1990
Seuil, « Points Essais », n° 534, 2005

La Complexité humaine
Flammarion, « Champs-l'Essentiel », n° 189, 1994

L'Intelligence de la complexité
(en coll. avec Jean-Louis Le Moigne)
L'Harmattan, 2000

Intelligence de la complexité
Épistémologie et pratique
(co-direction avec Jean-Louis Le Moigne)
(Actes du colloque de Cerisy, juin 2005)
Éditions de l'Aube, 2006

Destin de l'animal
Éd. de l'Herne, 2007

TRILOGIE PÉDAGOGIQUE

La Tête bien faite
Seuil, 1999

Relier les connaissances
Le défi du XXIe siècle
Journées thématiques
conçues et animées par Edgar Morin
Seuil, 1999

Les Sept Savoirs nécessaires à l'éducation du futur
Seuil, 2000

ANTHROPOLOGIE FONDAMENTALE

L'Homme et la Mort
Corréa, 1951
et nouvelle édition, Seuil, 1970
et « Points Essais », n° 77, 1977

Le Cinéma ou l'Homme imaginaire
Minuit, 1956

Le Paradigme perdu : la nature humaine
Seuil, 1973
et « Points Essais », n° 109, 1979

L'Unité de l'homme
(en coll. avec Massimo Piattelli-Palmarini)
Seuil, 1974
et « Points Essais », 3 vol., nos 91-92-93, 1978

Dialogue sur la nature humaine
(en coll. avec Boris Cyrulnik)
Éditions de l'Aube, 2010

NOTRE TEMPS

L'An zéro de l'Allemagne
La Cité universelle, 1946

Les Stars
Seuil, 1957 et « Points Essais », n° 34, 1972

L'Esprit du temps
Grasset, (t. 1) 1962, (t. 2) 1976
Armand Colin, 2008 (nouvelle édition)

Commune en France : la métamorphose de Plozévet
Fayard, 1967
LGF, « Biblio-Essais », 1984

Mai 68 : la brèche
(en coll. avec Claude Lefort et Cornelius Castoriadis)
Fayard, 1968 ; réédition 2008
Complexe, 1988 (nouvelle édition,
suivie de Vingt Ans après*)*

La Rumeur d'Orléans
Seuil, 1969
et « Points Essais », n° 143, 1982
(édition complétée avec La Rumeur d'Amiens*)*

De la nature de l'URSS
Fayard, 1983

Pour sortir du XXe siècle
Seuil, « Points Essais », no 170, 1984
et édition augmentée d'une préface sous le titre
Pour entrer dans le XXIe siècle
Seuil, « Points Essais », n° 518, 2004

Penser l'Europe
Gallimard, 1987
et « Folio », 1990

Un nouveau commencement
(en coll. avec Gianluca Bocchi et Mauro Ceruti)
Seuil, 1991

Terre-Patrie
(en coll. avec Anne Brigitte Kern)
Seuil, 1993
et « Points Essais », n° 643, 2010

Les Fratricides
(Yougoslavie-Bosnie 1991-1995)
Arléa, 1996

L'Affaire Bellounis
(Préface au témoignage de Chems Ed Din)
Éditions de l'Aube, 1998

Le Monde moderne et la Question juive
Seuil, 2006

L'An I de l'ère écologique
Tallandier, 2007

Où va le monde ?
Éd. de L'Herne, 2007

Vers l'abîme ?
Éd. de L'Herne, 2007

Pour et contre Marx
Temps présent, 2010

Comment vivre en temps de crise ?
(en collab. avec Patrick Viveret)
Bayard, 2010

POLITIQUE

Introduction à une politique de l'homme
Seuil, 1965
et « Points Politique », n° PO29, 1969
nouvelle édition, « Points Essais », n° 381, 1999

Le Rose et le Noir
Galilée, 1984

Politique de civilisation
(en coll. avec Sami Naïr)
Arléa, 1997

Pour une politique de civilisation
Arléa, 2002

Ma gauche
Bourin éditeur, 2010

La Voie
Pour l'avenir de l'humanité
Fayard, 2011

VÉCU

Autocritique
Seuil, 1959
et « Points Essais », n° 283, 1994
(réédition avec nouvelle préface)

Le Vif du sujet
Seuil, 1969
et « Points Essais », n° 137, 1982

Journal de Californie
Seuil, 1970
et « Points Essais », n° 151, 1983

Journal d'un livre
Inter-Éditions, 1981

Vidal et les siens
(en coll. avec Véronique Grappe-Nahoum
et Haïm Vidal Sephiha)
Seuil, 1989
et « Points », n° P300, 1996

Une année Sisyphe
(Journal de la fin du siècle)
Seuil, 1995

Pleurer, Aimer, Rire, Comprendre
1er janvier 1995 – 31 janvier 1996
Arléa, 1996

Amour, Poésie, Sagesse
Seuil, 1997
et « Points », n° P587, 1999

Mes démons
Stock, 2008
et « Points Essais », n° 632, 2009

Edwige, l'inséparable
Fayard, 2009

TRANSCRIPTIONS DE L'ORAL

Planète, l'aventure inconnue
(en coll. avec Christophe Wulf)
Mille et une nuits, 1997

À propos des sept savoirs
Pleins Feux, 2000

Reliances
Éditions de l'Aube, 2000

Itinérance
Arléa, 2000
et Arléa poche, 2006

Nul ne connaît le jour qui naîtra
(avec Edmond Blattchen)
Alice, 2000

Culture et barbarie européennes
Bayard, 2005

RÉALISATION : NORD COMPO À VILLENEUVE-D'ASCQ
IMPRESSION : NORMANDIE ROTO IMPRESSION S.A.S. À LONRAI
DÉPÔT LÉGAL : SEPTEMBRE 2011. N° 104095-2 (120661)
Imprimé en France

Éditions Points

Le catalogue complet de nos collections est sur Le Cercle Points, ainsi que des interviews de vos auteurs préférés, des jeux-concours, des conseils de lecture, des extraits en avant-première…

www.lecerclepoints.com

Collection Points Essais

370. Les Règles de l'art, *par Pierre Bourdieu*
371. La Pragmatique aujourd'hui,
une nouvelle science de la communication
par Anne Reboul et Jacques Moeschler
372. La Poétique de Dostoïevski, *par Mikhaïl Bakhtine*
373. L'Amérique latine, *par Alain Rouquié*
374. La Fidélité, *collectif dirigé par Cécile Wajsbrot*
375. Le Courage, *collectif dirigé par Pierre Michel Klein*
376. Le Nouvel Age des inégalités
par Jean-Paul Fitoussi et Pierre Rosanvallon
377. Du texte à l'action, essais d'herméneutique II
par Paul Ricœur
378. Madame du Deffand et son monde
par Benedetta Craveri
379. Rompre les charmes, *par Serge Leclaire*
380. Éthique, *par Spinoza*
381. Introduction à une politique de l'homme
par Edgar Morin
382. Lectures 1. Autour du politique
par Paul Ricœur
383. L'Institution imaginaire de la société
par Cornelius Castoriadis
384. Essai d'autocritique et autres préfaces, *par Nietzsche*
385. Le Capitalisme utopique, *par Pierre Rosanvallon*
386. Mimologiques, *par Gérard Genette*
387. La Jouissance de l'hystérique, *par Lucien Israël*
388. L'Histoire d'Homère à Augustin
préfaces et textes d'historiens antiques
réunis et commentés par François Hartog
389. Études sur le romantisme, *par Jean-Pierre Richard*

390. Le Respect, *collectif dirigé par Catherine Audard*
391. La Justice, *collectif dirigé par William Baranès et Marie-Anne Frison Roche*
392. L'Ombilic et la Voix, *par Denis Vasse*
393. La Théorie comme fiction, *par Maud Mannoni*
394. Don Quichotte ou le roman d'un Juif masqué *par Ruth Reichelberg*
395. Le Grain de la voix, *par Roland Barthes*
396. Critique et Vérité, *par Roland Barthes*
397. Nouveau Dictionnaire encyclopédique des sciences du langage *par Oswald Ducrot et Jean-Marie Schaeffer*
398. Encore, *par Jacques Lacan*
399. Domaines de l'homme Les Carrefours du labyrinthe II, *par Cornelius Castoriadis*
400. La Force d'attraction, *par J.-B. Pontalis*
401. Lectures 2, *par Paul Ricœur*
403. Histoire de la philosophie au XXe siècle *par Christian Delacampagne*
405. Esquisse d'une théorie de la pratique *par Pierre Bourdieu*
406. Le siècle des moralistes, *par Bérengère Parmentier*
407. Littérature et Engagement, de Pascal à Sartre *par Benoît Denis*
408. Marx, une critique de la philosophie, *par Isabelle Garo*
409. Amour et Désespoir, *par Michel Terestchenko*
410. Les Pratiques de gestion des ressources humaines *par François Pichault et Jean Mizet*
411. Précis de sémiotique générale, *par Jean-Marie Klinkenberg*
413. Refaire la Renaissance, *par Emmanuel Mounier*
415. Droit humanitaire, *par Mario Bettati*
416. La Violence et la Paix, *par Pierre Hassner*
417. Descartes, *par John Cottingham*
418. Kant, *par Ralph Walker*
419. Marx, *par Terry Eagleton*
420. Socrate, *par Anthony Gottlieb*
423. Les Cheveux du baron de Münchhausen *par Paul Watzlawick*
424. Husserl et l'Énigme du monde, *par Emmanuel Housset*
425. Sur le caractère national des langues *par Wilhelm von Humboldt*
426. La Cour pénale internationale, *par William Bourdon*
427. Justice et Démocratie, *par John Rawls*
428. Perversions, *par Daniel Sibony*
429. La Passion d'être un autre, *par Pierre Legendre*

430. Entre mythe et politique, *par Jean-Pierre Vernant*
432. Heidegger. Introduction à une lecture, *par Christian Dubois*
433. Essai de poétique médiévale, *par Paul Zumthor*
434. Les Romanciers du réel, *par Jacques Dubois*
435. Locke, *par Michael Ayers*
436. Voltaire, *par John Gray*
437. Wittgenstein, *par P.M.S. Hacker*
438. Hegel, *par Raymond Plant*
439. Hume, *par Anthony Quinton*
440. Spinoza, *par Roger Scruton*
441. Le Monde morcelé
Les Carrefours du labyrinthe III, *par Cornelius Castoriadis*
442. Le Totalitarisme, *par Enzo Traverso*
443. Le Séminaire Livre II, *par Jacques Lacan*
444. Le Racisme, une haine identitaire, *par Daniel Sibony*
445. Qu'est-ce que la politique ?, *par Hannah Arendt*
447. Foi et Savoir, *par Jacques Derrida*
448. Anthropologie de la communication, *par Yves Winkin*
449. Questions de littérature générale, *par Emmanuel Fraisse et Bernard Mouralis*
450. Les Théories du pacte social, *par Jean Terrel*
451. Machiavel, *par Quentin Skinner*
452. Si tu m'aimes, ne m'aime pas, *par Mony Elkaïm*
453. C'est pour cela qu'on aime les libellules
par Marc-Alain Ouaknin
454. Le Démon de la théorie, *par Antoine Compagnon*
455. L'Économie contre la société
par Bernard Perret, Guy Roustang
456. Entretiens de Francis Ponge avec Philippe Sollers
par Philippe Sollers - Francis Ponge
457. Théorie de la littérature, *par Tzvetan Todorov*
458. Gens de la Tamise, *par Christine Jordis*
459. Essais sur le politique, *par Claude Lefort*
460. Événements III, *par Daniel Sibony*
461. Langage et Pouvoir symbolique, *par Pierre Bourdieu*
462. Le Théâtre romantique, *par Florence Naugrette*
463. Introduction à l'anthropologie structurale, *par Robert Deliège*
464. L'Intermédiaire, *par Philippe Sollers*
465. L'Espace vide, *par Peter Brook*
466. Étude sur Descartes, *par Jean-Marie Beyssade*
467. Poétique de l'ironie, *par Pierre Schoentjes*
468. Histoire et Vérité, *par Paul Ricœur*
469. La Charte des droits fondamentaux de l'Union européenne
Introduite et commentée par Guy Braibant
470. La Métaphore baroque, d'Aristote à Tesauro, *par Yves Hersant*

471. Kant, *par Ralph Walker*
472. Sade mon prochain, *par Pierre Klossowski*
473. Seuils, *par Gérard Genette*
474. Freud, *par Octave Mannoni*
475. Système sceptique et autres systèmes, *par David Hume*
476. L'Existence du mal, *par Alain Cugno*
477. Le Bal des célibataires, *par Pierre Bourdieu*
478. L'Héritage refusé, *par Patrick Champagne*
479. L'Enfant porté, *par Aldo Naouri*
480. L'Ange et le Cachalot, *par Simon Leys*
481. L'Aventure des manuscrits de la mer Morte
par Hershel Shanks (dir.)
482. Cultures et Mondialisation
par Philippe d'Iribarne (dir.)
483. La Domination masculine, *par Pierre Bourdieu*
484. Les Catégories, *par Aristote*
485. Pierre Bourdieu et la théorie du monde social, *par Louis Pinto*
486. Poésie et Renaissance, *par François Rigolot*
487. L'Existence de Dieu, *par Emanuela Scribano*
488. Histoire de la pensée chinoise, *par Anne Cheng*
489. Contre les professeurs, *par Sextus Empiricus*
490. La Construction sociale du corps, *par Christine Detrez*
491. Aristote, le philosophe et les savoirs
par Michel Crubellier et Pierre Pellegrin
492. Écrits sur le théâtre, *par Roland Barthes*
493. La Propension des choses, *par François Jullien*
494. La Mémoire, l'Histoire, l'Oubli, *par Paul Ricœur*
495. Un anthropologue sur Mars, *par Oliver Sacks*
496. Avec Shakespeare, *par Daniel Sibony*
497. Pouvoirs politiques en France, *par Olivier Duhamel*
498. Les Purifications, *par Empédocle*
499. Panorama des thérapies familiales
collectif sous la direction de Mony Elkaïm
500. Juger, *par Hannah Arendt*
501. La Vie commune, *par Tzvetan Todorov*
502. La Peur du vide, *par Olivier Mongin*
503. La Mobilisation infinie, *par Peter Sloterdijk*
504. La Faiblesse de croire, *par Michel de Certeau*
505. Le Rêve, la Transe et la Folie, *par Roger Bastide*
506. Penser la Bible, *par Paul Ricoeur et André LaCocque*
507. Méditations pascaliennes, *par Pierre Bourdieu*
508. La Méthode
5. L'humanité de l'humanité, *par Edgar Morin*
509. Élégie érotique romaine, *par Paul Veyne*
510. Sur l'interaction, *par Paul Watzlawick*

511. Fiction et Diction, *par Gérard Genette*
512. La Fabrique de la langue, *par Lise Gauvin*
513. Il était une fois l'ethnographie, *par Germaine Tillion*
514. Éloge de l'individu, *par Tzvetan Todorov*
515. Violences politiques, *par Philippe Braud*
516. Le Culte du néant, *par Roger-Pol Droit*
517. Pour un catastrophisme éclairé, *par Jean-Pierre Dupuy*
518. Pour entrer dans le XXIe siècle, *par Edgar Morin*
519. Points de suspension, *par Peter Brook*
520. Les Écrivains voyageurs au XXe siècle, *par Gérard Cogez*
521. L'Islam mondialisé, *par Olivier Roy*
522. La Mort opportune, *par Jacques Pohier*
523. Une tragédie française, *par Tzvetan Todorov*
524. La Part du père, *par Geneviève Delaisi de Parseval*
525. L'Ennemi américain, *par Philippe Roger*
526. Les Pousse-au-jouir du Maréchal Pétain, *par Gérard Miller*
527. L'Oubli de l'Inde, *par Roger-Pol Droit*
528. La Maladie de l'islam, *par Abdelwahab Meddeb*
529. Le Nu impossible, *par François Jullien*
530. Schumann. La Tombée du jour, *par Michel Schneider*
531. Le Corps et sa danse, *par Daniel Sibony*
532. Mange ta soupe et… tais-toi !, *par Michel Ghazal*
533. Jésus après Jésus, *par Gérard Mordillat et Jérôme Prieur*
534. Introduction à la pensée complexe, *par Edgar Morin*
535. Peter Brook. Vers un théâtre premier, *par Georges Banu*
536. L'Empire des signes, *par Roland Barthes*
537. L'Étranger ou L'Union dans la différence
par Michel de Certeau
538. L'Idéologie et l'Utopie, *par Paul Ricœur*
539. En guise de contribution à la grammaire
et à l'étymologie du mot « être », *par Martin Heidegger*
540. Devoirs et Délices, *par Tzvetan Todorov*
541. Lectures 3, *par Paul Ricœur*
542. La Damnation d'Edgar P. Jacobs
par Benoît Mouchart et François Rivière
543. Nom de Dieu, *par Daniel Sibony*
544. Les Poètes de la modernité
par Jean-Pierre Bertrand et Pascal Durand
545. Souffle-Esprit, *par François Cheng*
546. La Terreur et l'Empire, *par Pierre Hassner*
547. Amours plurielles, *par Ruedi Imbach et Inigo Atucha*
548. Fous comme des sages
par Roger-Pol Droit et Jean-Philippe de Tonnac
549. Souffrance en France, *par Christophe Dejours*
550. Petit Traité des grandes vertus, *par André Comte-Sponville*

551. Du mal/Du négatif, *par François Jullien*
552. La Force de conviction, *par Jean-Claude Guillebaud*
553. La Pensée de Karl Marx, *par Jean-Yves Calvez*
554. Géopolitique d'Israël, *par Frédéric Encel, François Thual*
555. La Méthode
6. Éthique, *par Edgar Morin*
556. Hypnose mode d'emploi, *par Gérard Miller*
557. L'Humanité perdue, *par Alain Finkielkraut*
558. Une saison chez Lacan, *par Pierre Rey*
559. Les Seigneurs du crime, *par Jean Ziegler*
560. Les Nouveaux Maîtres du monde, *par Jean Ziegler*
561. L'Univers, les Dieux, les Hommes, *par Jean-Pierre Vernant*
562. Métaphysique des sexes, *par Sylviane Agacinski*
563. L'Utérus artificiel, *par Henri Atlan*
564. Un enfant chez le psychanalyste, *par Patrick Avrane*
565. La Montée de l'insignifiance, Les Carrefours du labyrinthe IV *par Cornelius Castoriadis*
566. L'Atlantide, *par Pierre Vidal-Naquet*
567. Une vie en plus, *par Joël de Rosnay, Jean-Louis Servan-Schreiber, François de Closets, Dominique Simonnet*
568. Le Goût de l'avenir, *par Jean-Claude Guillebaud*
569. La Misère du monde, *par Pierre Bourdieu*
570. Éthique à l'usage de mon fils, *par Fernando Savater*
571. Lorsque l'enfant paraît t. 1, *par Françoise Dolto*
572. Lorsque l'enfant paraît t. 2, *par Françoise Dolto*
573. Lorsque l'enfant paraît t. 3, *par Françoise Dolto*
574. Le Pays de la littérature, *par Pierre Lepape*
575. Nous ne sommes pas seuls au monde, *par Tobie Nathan*
576. Ricœur, *textes choisis et présentés par Michael Fœssel et Fabien Lamouche*
577. Cantatrix Sopranica L. et autres écrits scientifiques *par Georges Perec*
578. Philosopher à Bagdad au xe siècle, *par Al-Fārābī*
579. Mémoires. 1. La brisure et l'attente (1930-1955) *par Pierre Vidal-Naquet*
580. Mémoires. 2. Le trouble et la lumière (1955-1998) *par Pierre Vidal-Naquet*
581. Discours du récit, *par Gérard Genette*
582. Le Peuple « psy », *par Daniel Sibony*
583. Ricœur 1, *par L'Herne*
584. Ricœur 2, *par L'Herne*
585. La Condition urbaine, *par Olivier Mongin*
586. Le Savoir-déporté, *par Anne-Lise Stern*
587. Quand les parents se séparent, *par Françoise Dolto*

588. La Tyrannie du plaisir, *par Jean-Claude Guillebaud*
589. La Refondation du monde, *par Jean-Claude Guillebaud*
590. La Bible, *textes choisis et présentés par Philippe Sellier*
591. Quand la ville se défait, *par Jacques Donzelot*
592. La Dissociété, *par Jacques Généreux*
593. Philosophie du jugement politique, *par Vincent Descombes*
594. Vers une écologie de l'esprit 2, *par Gregory Bateson*
595. L'Anti-livre noir de la psychanalyse, *par Jacques-Alain Miller*
596. Chemins de sable, *par Chantal Thomas*
597. Anciens, Modernes, Sauvages, *par François Hartog*
598. La Contre-Démocratie, *par Pierre Rosanvallon*
599. Stupidity, *par Avital Ronell*
600. Fait et à faire, Les Carrefours du labyrinthe V *par Cornelius Castoriadis*
601. Au dos de nos images, *par Luc Dardenne*
602. Une place pour le père, *par Aldo Naouri*
603. Pour une naissance sans violence, *par Frédérick Leboyer*
604. L'Adieu au siècle, *par Michel del Castillo*
605. La Nouvelle Question scolaire, *par Éric Maurin*
606. L'Étrangeté française, *par Philippe d'Iribarne*
607. La République mondiale des lettres, *par Pascale Casanova*
608. Le Rose et le Noir, *par Frédéric Martel*
609. Amour et justice, *par Paul Ricœur*
610. Jésus contre Jésus, *par Gérard Mordillat et Jérôme Prieur*
611. Comment les riches détruisent la planète, *par Hervé Kempf*
612. Pascal, *textes choisis et présentés par Philippe Sellier*
613. Le Christ philosophe, *par Frédéric Lenoir*
614. Penser sa vie, *par Fernando Savater*
615. Politique des sexes, *par Sylviane Agacinski*
616. La Naissance d'une famille, *par T. Berry Brazelton*
617. Aborder la linguistique, *par Dominique Maingueneau*
618. Les Termes clés de l'analyse du discours *par Dominique Maingueneau*
619. La grande image n'a pas de forme, *par François Jullien*
620. « Race » sans histoire, *par Maurice Olender*
621. Figures du pensable, Les Carrefours du labyrinthe VI *par Cornelius Castoriadis*
622. Philosophie de la volonté 1, *par Paul Ricœur*
623. Philosophie de la volonté 2, *par Paul Ricœur*
624. La Gourmandise, *par Patrick Avrane*
625. Comment je suis redevenu chrétien, *par Jean-Claude Guillebaud*
626. Homo juridicus, *par Alain Supiot*
627. Comparer l'incomparable, *par Marcel Detienne*
629. Totem et Tabou, *par Sigmund Freud*
630. Malaise dans la civilisation, *par Sigmund Freud*

631. Roland Barthes, *par Roland Barthes*
632. Mes démons, *par Edgar Morin*
633. Réussir sa mort, *par Fabrice Hadjadj*
634. Sociologie du changement
par Philippe Bernoux
635. Mon père. Inventaire, *par Jean-Claude Grumberg*
636. Le Traité du sablier, *par Ernst Jüng*
637. Contre la barbarie, *par Klaus Mann*
638. Kant, *textes choisis et présentés*
par Michaël Fœssel et Fabien Lamouche
639. Spinoza, *textes choisis et présentés par Frédéric Manzini*
640. Le Détour et l'Accès, *par François Jullien*
641. La Légitimité démocratique, *par Pierre Rosanvallon*
642. Tibet, *par Frédéric Lenoir*
643. Terre-Patrie, *par Edgar Morin*
644. Contre-prêches, *par Abdelwahab Meddeb*
645. L'Éros et la Loi, *par Stéphane Mosès*
646. Le Commencement d'un monde, *par Jean-Claude Guillebaud*
647. Les Stratégies absurdes, *par Maya Beauvallet*
648. Jésus sans Jésus, *par Gérard Mordillat et Jérôme Prieur*
649. Barthes, *textes choisis et présentés par Claude Coste*
650. Une société à la dérive, *par Cornelius Castoriadis*
651. Philosophes dans la tourmente, *par Élisabeth Roudinesco*
652. Où est passé l'avenir?, *par Marc Augé*
653. L'Autre Société, *par Jacques Généreux*
654. Petit Traité d'histoire des religions, *par Frédéric Lenoir*
655. La Profondeur des sexes, *par Fabrice Hadjadj*
656. Les Sources de la honte, *par Vincent de Gaulejac*
657. L'Avenir d'une illusion, *par Sigmund Freud,*
658. Un souvenir d'enfance de Léonard de Vinci
par Sigmund Freud
659. Comprendre la géopolitique, *par Frédéric Encel*
660. Philosophie arabe
textes choisis et présentés par Pauline Koetschet
661. Nouvelles Mythologies, *sous la direction de Jérôme Garcin*
662. L'Écran global, *par Gilles Lipovetsky et Jean Serroy*
663. De l'universel, *par François Jullien*
664. L'Âme insurgée, *par Armel Guerne*
665. La Raison dans l'histoire, *par Friedrich Hegel*
666. Hegel, *textes choisis et présentés par Olivier Tinland*
667. La Grande Conversion numérique, *par Milad Doueihi*
668. La Grande Régression, *par Jacques Généreux*
669. Faut-il pendre les architectes?, *par Philippe Trétiack*
670. Pour sauver la planète, sortez du capitalisme, *par Hervé Kempf*
671. Mon chemin, *par Edgar Morin*